biblioteca rao

De acelaşi autor

Chemare din tărâmul morţii
O crimă la case mari
Spionul care a ieşit din joc
Războiul în oglindă
Un orăşel în Germania
Amantul naiv şi sentimental
Cârtiţa
Premiantul
Oamenii lui Smiley
Micuţa toboşăreasă
Un spion desăvârşit
Casa Rusia
Tainicul pelerin
Managerul nopţii
Jocul
Omul nostru din Panama
Single & Single
Grădinarul constant
Cântecul misiunii
Cel mai vânat om din lume
Genul nostru de trădător
Un adevărat delicat
Tunelul cu porumbei
Prietenie absolută

JOHN LE CARRÉ

MOȘTENIREA SPIONILOR

Traducere din limba engleză
GABRIEL DUMITRU STOIAN

rao

Descrierea CIP a Bibliotecii Naţionale a României
CARRÉ, JOHN le
Moştenirea spionilor / John le Carré.
- Bucureşti : RAO Distribuţie, 2019
ISBN 978-606-006-180-9

821.111

RAO Distribuţie
Str. Bârgăului nr. 9-11, Bucureşti, România
www.raobooks.com
www.rao.ro

JOHN LE CARRÉ
A Legacy Of Spies

2019

ISBN 978-606-006-180-9

Fiecare om se naște ca o multitudine,
dar moare ca unul singur.

HEIDEGGER (atribuit)

1

În măsura în care îmi este posibil, ceea ce urmează este o prezentare fidelă a rolului jucat de mine în operaţiunea de dezinformare cu numele de cod Windfall[1], declanşată împotriva Serviciului Est-German de Informaţii (Stasi) la sfârşitul anilor cincizeci şi începutul anilor şaizeci şi care a dus la moartea celui mai bun agent secret britanic cu care am lucrat vreodată, dar şi a femeii nevinovate pentru care el şi-a sacrificat viaţa.

Un ofiţer profesionist de informaţii nu este nicidecum mai imun faţă de simţămintele umane decât restul omenirii. Pentru el contează măsura în care este capabil să şi le ascundă, fie în timp real, fie, în cazul meu, vreme de cincizeci de ani. Până în urmă cu două luni, stând în pat noaptea, în îndepărtata fermă din Bretania care îmi este cămin, ascultând mugetele vitelor şi cârâiturile găinilor, am alungat cu hotărâre vocile acuzatoare care încercau când şi când să îmi tulbure somnul. Eram prea tânăr, protestam eu, eram prea nevinovat, prea naiv, prea începător. Dacă vreţi scalpul cuiva, le spuneam eu, adresaţi-vă marilor maeştri ai iluziilor, lui George Smiley şi stăpânului lui, aşa-numitul Control. Şiretenia lor, insistam eu, intelectele lor savante şi amăgitoare, nu ale mele, au dus la triumful şi la suferinţele născute de Operaţiunea Windfall. Abia acum, după ce am ţinut cont de toate acuzaţiile de a fi direct

---

[1] Moştenire neaşteptată, pleaşcă. (n.tr.)

răspunzător și de condițiile impuse de Serviciul căruia i-am dedicat cei mai buni ani ai vieții mele, sunt îndemnat de vârstă și de uimire să lămuresc, cu orice preț, fațetele luminoase, dar mai ales pe cele întunecate ale participării mele în acea operațiune.

În primul rând, cum am ajuns să fiu recrutat de Serviciul Secret de Informații – „Circul", cum îl numeam noi, „Tinerii Turci"[1], pe vremea presupuselor zile lipsite de griji, când aveam sediul nu în fortăreața grotescă aflată în prezent pe malul fluviului Tamisa, ci într-o clădire din cărămidă roșie, cu aspect bombastic, înălțată în curba din Cambridge Circus – pentru mine rămâne un mister la fel de mare ca și circumstanțele nașterii mele; cu atât mai mult cu cât cele două evenimente sunt total inseparabile.

Tatăl meu, pe care abia dacă mi-l amintesc, a fost, potrivit spuselor mamei, fiul risipitor al unei familii anglo-franceze din regiunea Midlands din Anglia, un bărbat cu apetituri nechibzuite, cu o moștenire ce se năruia cu iuțeală și cu o dragoste mântuitoare față de Franța. În vara anului 1930, făcea o cură de ape minerale în stațiunea balneoclimaterică Saint-Malo de pe coasta de nord a Bretaniei, frecventând cazinourile și *maisons close*[2] și, în general, făcând o impresie deosebită. Mama, singurul vlăstar al unui lung șir de generații de fermieri bretoni, având pe vremea aceea douăzeci de ani, s-a aflat întâmplător în acel oraș, unde îndeplinea îndatoririle de domnișoară de onoare la căsătoria fiicei unui înstărit negustor de vite. Ori cel puțin așa susținea ea. Cu toate acestea, ea este singura sursă a informațiilor pe care le am, fără a mai face referire la unele înfloriri când realitățile erau împotriva ei, și eu nu aș fi fost defel surprins dacă nu cumva ea mersese în acel oraș cu scopuri mai puțin sincere.

Așa cum suna povestea mamei, după ceremonie, ea și o altă domnișoară de onoare, simțindu-se bine după ce băuseră un pahar

---

[1] Tinerii poznași sau derbedei, aici în accepțiunea de boboci, începători (n.red.)
[2] Casă de toleranță, bordel (fr.) (n.tr.)

sau două de şampanie, încă în rochii elegante, şi-au făcut plimbarea de seară pe promenada aglomerată, pe unde se perinda şi tatăl meu, cu intenţia de a cunoaşte pe cineva. Mama era atrăgătoare şi fluşturatică, însă prietena ei era mai retrasă. A urmat o iubire furtunoasă. Lucru uşor de înţeles, mama era sfioasă să dezvăluie ritmul în care s-au desfăşurat lucrurile. S-a aranjat în grabă o a doua nuntă. Din câte se pare, nu era în firea tatălui meu să fie fidel, astfel că încă din primii ani de căsătorie a reuşit să fie mai mult absent decât prezent în cadrul familiei.

Însă acum povestea capătă o turnură eroică. Din câte ştim, războiul schimbă totul şi, într-o clipită, l-a transformat şi pe tatăl meu. Războiul nici nu se declarase bine când tatăl meu deja bătea la uşile Ministerului de Război britanic, oferindu-şi voluntar serviciile pentru orice misiune i s-ar fi încredinţat. După spusele mamei, misiunea lui era să salveze Franţa cu mâinile goale. Dacă făcea aşa ceva doar ca să scape de lanţurile familiei, asta a fost o erezie pe care nu mi-am îngăduit niciodată să o rostesc în prezenţa mamei. Britanicii aveau o grupare de Operaţiuni Speciale, căreia, din câte s-a spus, Winston Churchill îi trasase misiunea de a „incendia Europa". Oraşele de coastă din sud-vestul Bretaniei erau cuib important al activităţii submarinelor germane, iar oraşul Lorient, fostă bază navală franceză, prezenta cea mai mare importanţă. Paraşutat de cinci ori în câmpiile bretone, tata s-a alăturat tuturor grupurilor Rezistenţei pe care le-a găsit, a participat activ la acţiunile de sabotaj şi distrugeri şi a avut parte de o moarte cumplită în închisoarea Gestapo din Rennes, lăsând în urmă un exemplu de dăruire imposibil de egalat de către fiul lui. Cealaltă moştenire lăsată de el a fost credinţa nefondată în sistemul britanic de educaţie publică, astfel că, în ciuda realizărilor lui jalnice în cadrul sistemului de şcoli publice din Marea Britanie, m-a condamnat la aceeaşi soartă.

Anii de început ai vieţii mele s-au scurs în paradis. Mama gătea şi flecărea, bunicul era sever dar bun la suflet, iar ferma prospera. Acasă, vorbeam limba bretonă. La şcoala catolică cu clase primare din satul nostru, o frumoasă şi tânără măicuţă, care îşi petrecuse şase luni în Huddersfield ca bonă, m-a învăţat principiile elementare ale limbii engleze şi, prin decret naţional, franceză. În vacanţele şcolare alergam desculţ pe câmpurile şi falezele din jurul fermei noastre, recoltam hrişcă pentru clătitele pe care le făcea mama, îngrijeam o scroafă bătrână pe nume Fadette şi jucam jocuri nebune cu copiii din sat.

Viitorul nu a însemnat nimic pentru mine, până în momentul în care soarta m-a lovit.

La Dover, o doamnă plinuţă, pe nume Murphy, verişoară a regretatului meu tată, m-a desprins din mâna mamei şi m-a dus la casa ei din Ealing. Aveam opt ani. Pe fereastra vagonului de tren am văzut prima dată baloanele de baraj. La cină, domnul Murphy a spus că totul se va isprăvi în câteva luni, iar doamna Murphy l-a contrazis, amândoi vorbind rar şi repetându-şi vorbele pentru ca eu să pot înţelege. În ziua următoare, doamna Murphy m-a dus la magazinul Selfridges şi mi-a cumpărat o uniformă şcolară, având grijă să păstreze chitanţele. În următoarea zi, a rămas pe peronul gării Paddington şi a lăcrimat în vreme ce eu îi făceam la revedere fluturându-mi noua mea şapcă de şcolar.

Nu este nevoie să analizăm în detaliu anglicizarea pe care o dorise tatăl meu pentru mine. Eram în război. Şcolile trebuie să accepte ceea ce primesc. Nu mai eram Pierre, ci Peter. Engleza mea chinuită era ridiculizată de colegi, franceza mea, cu accent breton, îi copleşea pe profesorii mei. Micul nostru sat, Les Deux Eglises, am fost informat pe un ton aproape nepăsător, fusese ocupat de germani. Scrisorile mamei, doar dacă soseau, erau în plicuri cafenii, cu mărci poştale englezeşti şi ştampile de Londra. Abia după mulţi ani am reuşit să îmi imaginez prin câte mâini curajoase trebuie să fi trecut ele. Vacanțele au fost un amestec neclar de tabere pentru băieți, „părinți“ mandatați. Școli pregătitoare din cărămidă roșie fuseseră transformate în școli publice, însă programa școlară a rămas aceeași, aceeași margarină, aceleași predici despre patriotism și imperiu, aceeași violență dezlănțuită întâmplător, aceeași cruzime nepăsătoare și aceeași dorință sexuală nedomolită, fără adresă precisă. Într-o seară de primăvară din 1944, cu puțin timp înainte de debarcările din Ziua-Z[1], directorul școlii m-a chemat în biroul lui și mi-a spus că tatăl meu murise ca un soldat și că trebuia să fiu mândru de el. Din motive de securitate, nu mi se puteau divulga alte explicații.

Aveam șaisprezece ani când, la încheierea unui trimestru extrem de plicticos, m-am întors în Bretania, în vreme de pace, ca un englez inadaptat și pe jumătate matur. Tatăl meu murise. Un alt domn, Emile, împărțea patul cu mama. Nu mă interesa domnul Emile. O jumătate din Fadette fusese dată germanilor, cealaltă, oamenilor din Rezistență. Dorind să fug cât mai departe de contradicțiile copilăriei mele și stimulat de sentimentul obligației filiale, m-am urcat într-un tren care mergea la Marsilia și, după ce am mai adăugat câțiva ani la vârsta mea, am încercat să mă înrolez în Legiunea Străină Franceză. Aventura mea donquijotescă s-a încheiat la scurt timp după aceea, când Legiunea, făcând o rară concesie față de cererile mamei mele pe motiv că nu eram străin ci francez, m-a eliberat pentru a recădea în captivitate, de această dată în Shoreditch, o suburbie londoneză unde Markus, fratele vitreg al tatei, (lucru puțin probabil) avea o firmă care importa blănuri scumpe și covoare din Uniunea Sovietică - numai că el o numea întotdeauna Rusia -, iar el s-a oferit să mă învețe meserie.

Unchiul Markus rămâne un alt mister nerezolvat al vieții mele. Nici până în ziua de azi nu am aflat dacă oferta lui de a mă angaja a

---

[1] 6 iunie 1944, ziua în care Aliații au invadat Normandia pentru deschiderea celui de-al doilea front în cel de-al Doilea Război Mondial, în engleză este D-Day. (n.tr.)

fost inspirată în vreun fel de stăpânii mei de mai târziu. Când l-am întrebat cum a murit tatăl meu, el a clătinat dezaprobator din cap – nu la adresa tatălui meu, ci față de vulgaritatea întrebării mele. Câteodată mă întreb dacă este posibil să te naști „secret", așa cum oamenii se nasc bogați, înalți sau cu talent muzical. Markus nu era meschin, zgârcit sau aspru. Doar secretos. Era din centrul Europei, iar numele lui era Collins. N-am aflat niciodată care îi fusese numele înainte de asta. Vorbea o engleză cu accent, foarte rapid, dar nu am putut afla care îi era limba maternă. Mie îmi spunea Pierre. Avea ca prietenă o doamnă pe nume Dolly, care deținea un magazin de pălării în Wapping și îl lua cu mașina de la ușa depozitului în fiecare vineri după-amiază. Dar nu am știut nicicând unde se duceau să își petreacă sfârșitul de săptămână, dacă erau căsătoriți sau își petreceau timpul cu alte persoane în familii separate. În viața doamnei Dolly exista un Bernie, dar nu am aflat dacă acel Bernie era soțul, fiul sau fratele ei, pentru că și Dolly se născuse în secret.

Și, privind în retrospectivă, nu știu nici dacă Collins Trans-Siberian Fur & Fine Carpet Company era o firmă de comerț bona fide[1], ori o companie de acoperire, înființată în scopul culegerii de informații. Ulterior, când am încercat să aflu adevărul, m-am izbit ca de un zid. Știam că de fiecare dată când unchiul Markus se pregătea să meargă la un târg comercial, la Kiev, Perm sau Irkurțk, tremura foarte mult și că, la întoarcere, bea la fel de mult. Și mai știam că, în zilele premergătoare târgului, un englez care vorbea foarte elegant, pe nume Jack, apărea în biroul lui, le fermeca pe secretare, își răsucea capul pe după ușa camerei de sortare și striga: „Bună, Peter, ești bine?", dar niciodată nu-mi spunea Pierre – apoi îl scotea pe Markus la un prânz bogat, undeva. Iar după acea masă, Markus revenea în biroul lui și se încuia înăuntru.

---

[1] De bună credință, autentică (n.tr.)

Jack susţinea că era un negustor de blănuri de samur, dar acum ştiu că de fapt se ocupa de culegerea de informaţii, deoarece, atunci când Markus a anunţat că doctorul lui nu îi mai permite să plece la târguri, Jack a sugerat ca la acele prânzuri să mă prezint eu în locul lui. Astfel, m-a dus la Clubul Călătorilor din Pall Mall şi m-a întrebat dacă aş fi preferat viaţa din Legiunea Străină celei de acum, şi dacă eram serios în privinţa prietenelor mele, de ce fugisem din şcoala publică, mai ales că fusesem campionul ei la box, şi dacă mă gândisem să fac ceva folositor pentru ţara mea, prin care el se referea la Anglia, pentru că, dacă simţisem că ratasem participarea la război din pricina vârstei mele, aceea era şansa mea de a mă revanşa. În timpul mesei de prânz, a adus vorba de tata doar o dată, în treacăt, în termeni atât de distanţi încât aş fi putut presupune că subiectul se putea să îi fi dispărut cu totul din minte:

– A, şi în legătură cu tatăl tău atât de iubit. Rămâne strict între noi, deci nu am rostit aceste vorbe. Eşti de acord?

– Da.

– A fost cu adevărat un bărbat foarte curajos şi a făcut o treabă grozav de bună pentru ţara lui. Pentru ambele lui ţări. Am spus destul?

– Dacă aşa crezi...

– Atunci să bem pentru el.

– Pentru el, am încuviinţat, astfel că am băut un toast în tăcere.

Într-o elegantă casă de ţară din Hampshire, Jack şi colega lui, Sandy, dar şi o fată harnică pe nume Emily, de care m-am îndrăgostit imediat, mi-au predat un curs scurt privind modul în care trebuia să recuperez ceva dintr-o „căsuţă poştală impersonală“ din mijlocul oraşului Kiev – care era, de fapt, o gaură acoperită cu o cărămidă din zidul unui vechi chioşc ce vindea ţigări – a cărui machetă identică o aveau în sera pentru portocali. De asemenea, m-au învăţat şi cum să depistez semnalul secret care îmi indica faptul că eram în siguranţă să ridic mesajul – în cazul respectiv, o bucată de panglică de culoare galbenă, legată de o balustradă. Și cum, după aceea, să semnalizez că am golit ascunzătoarea, aruncând un pachet de ţigări gol într-un coş de gunoi din apropierea unui adăpost al unei staţii de autobuz.

– Și, Peter, când soliciţi viza rusească, probabil c-ar fi preferabil să-ţi foloseşti paşaportul franţuzesc în locul celui britanic, mi-a sugerat el cu un aer degajat. Mi-a amintit că unchiul Markus avea o companie afiliată la Paris.

– Și, apropo, Emily e intangibilă, a adăugat el, în caz că eu gândeam altfel, ceea ce era adevărat.

*

Aceea a fost prima mea misiune, prima însărcinare pentru ceea ce am ajuns să aflu mai târziu că se numea Circul și prima mea percepţie ca participant la războiul secret, după imaginea defunctului meu tată. Nu pot povesti și despre celelalte misiuni pe care le-am avut în următorii doi ani, cel puţin șase, la Leningrad, Gdansk și Sofia, apoi la Leipzig și Dresda și, din câte mi-am dat eu seama, toate au fost lipsite de evenimente neprevăzute, dacă făceam uitate eforturile de a mă pregăti sufletește pentru ele, iar apoi cele de a mă liniști după aceea.

În cursul unor weekenduri lungi, petrecute la o altă casă de ţară, cu altă grădină frumoasă, am adăugat la repertoriul meu noi trucuri, cum ar fi depistarea filajului și trecerea pe lângă necunoscuţi aflaţi într-o mulţime, pentru a preda sau prelua un material fără să fiu observat. Pe la mijlocul acelei perioade de instruire în arta trucurilor, în cadrul unei ceremonii modeste desfășurate într-o casă conspirativă din South Audley Street, mi s-a permis să intru în posesia medaliilor de curtoazie primite de tatăl meu, una franceză, cealaltă britanică, și a citaţiilor care elogiau faptele lui de eroism. „De ce cu atâta întârziere?“, aş fi putut întreba. Dar la acea dată deja pricepusem că nu era cazul.

George Smiley, plinuţ, purtând ochelari şi permanent îngrijorat, a apărut în viaţa mea abia după ce am început să vizitez Germania de Est. Aceasta s-a întâmplat într-o duminică după-amiază, în West Sussex, unde eram interogat[1] despre misiunea de extracţie din Cehia, nu de Jack, ci de un tip robust, pe nume Jim, care era cam de aceeaşi vârstă cu mine, al cărui nume de familie, când i s-a permis să aibă unul, s-a dovedit a fi Prideaux. Am adus vorba de el pentru că mai târziu şi el a jucat un rol considerabil în cariera mea.

Smiley nu a vorbit mult în timpul interogării mele, mulţumindu-se să stea şi să asculte, privind când şi când cu ochi ca de bufniţă prin ochelarii cu rame groase. Însă când am încheiat, mi-a sugerat să facem o plimbare prin grădină, care părea vastă, având anexat şi un parc. Am discutat, am stat pe o bancă, ne-am mai plimbat, ne-am aşezat din nou şi am continuat discuţia. Scumpa mea mamă - era în viaţă și sănătoasă? E bine, mulţumesc de întrebare, George. Niţel excentrică, dar în rest e bine. Apoi, tatăl meu - păstram medaliile? I-am spus că mama le lustruia în fiecare duminică, ceea ce era adevărat. N-am mai spus că uneori mi le prindea în piept şi plângea. Însă, spre deosebire de Jack, nu s-a interesat deloc de prietenele mele. Credea probabil că eram în siguranţă dacă numărul lor era mare.

Iar acum, când îmi amintesc acea conversaţie, nu pot să nu mă gândesc că, în mod conștient ori nu, se oferea ca figură paternă, ceea ce mai târziu a și devenit. Dar probabil că doar eu aveam acel sentiment, nu și el. Adevărul rămâne că, în momentul când, în sfârşit, a lansat întrebarea, am trăit senzaţia că mă întorc acasă, deşi căminul meu era dincolo de Canalul Mânecii, în Bretania.

---

[1] După încheierea fiecărei misiuni, ofiţerii de informaţii sunt interogaţi cu privire la modul de desfăşurare a operaţiunii, pentru identificarea unor probleme de ordin operativ (greşeli, decizii de moment, filaj, observaţii) folositoare în planificarea misiunilor viitoare. (n.red.)

– Uite ce e, a spus el cu o voce ca venind de departe, ne întrebam dacă te-ai gândit vreodată să lucrezi cu noi cu regularitate. Oamenii care au fost colaboratori externi nu se adaptează întotdeauna în cadrul sistemului. Dar în cazul tău, credem că ai putea să te acomodezi. Salariul nu este foarte mare şi, câteodată, carierele se întrerup brusc. Dar noi simţim că este o slujbă importantă, atâta vreme cât pe oameni îi interesează scopul şi nu se sinchisesc prea mult de mijloacele folosite.

2

Ferma mea de la Les Deux Eglises este alcătuită dintr-un manoir[1] simplu, construit din granit în secolul al XIX-lea, care nu sare în ochi, un hambar părăginit având o cruce din piatră pe fronton, rămășițe ale fortificațiilor din războaie acum uitate, un puț vechi căptușit cu piatră, în prezent nefolosit, dar anterior rechiziționat de luptătorii din Rezistență pentru a-și ascunde armele de ocupanții naziști, un cuptor pentru copt pâine, la fel de antic, o presă pentru cidru, depășită tehnologic, și cincizeci de hectare de pășuni care coboară spre zona falezelor și marginea mării. Acest loc a fost proprietatea familiei vreme de patru generații. Eu sunt a cincea. Nu este o achiziție nobilă, și nici profitabilă. Când privesc pe fereastra camerei de zi, spre dreapta am turla butucănoasă a unei biserici datând din secolul al XIX-lea, iar spre stânga, o capelă albă, izolată, cu acoperiș din paie. Acestea au dat numele satului. În Les Deux Eglises, ca în întreaga Bretanie, suntem catolici sau nu suntem nimic. Eu nu sunt nimic.

Pentru a ajunge la ferma noastră venind dinspre orașul Lorient, trebuie mai întâi să conduci cam jumătate de oră pe drumul de pe coasta de sud, care iarna este mărginit de plopi piperniciți și, mergând spre vest, treci prin dreptul unor rămășițe ale Zidului Atlanticului construit de Hitler care, pentru că nu poate fi dărâmat,

[1] Conac (fr.) (n.tr.)

dobândește cu rapiditate caracterul unui Stonehenge de dată mai recentă. După aproape treizeci de kilometri, pe stânga trebuie să dai de un restaurant care servește pizza, numit în stil grandios Odyssée, și curând după el, pe dreapta, este un cimitir de mașini care duhnește, unde un domn, numit impropriu Honoré, de fapt un vagabond bețiv, pe care mama mea m-a sfătuit mereu să îl evit pentru că este cunoscut pe plan local și sub numele de piticul otrăvitor, vinde nimicuri, pneuri vechi și gunoi de grajd. Când ajungi la un semn indicator uzat de vreme, pe care scrie *Delassus*, acesta fiind numele de familie al mamei, cotești și urci pe un drumeag presărat de gropi, frânezi sănătos ca să treci peste ele sau, dacă ești Monsieur Denis, poștașul, mergi șerpuit printre ele cu viteză maximă: ceea ce a făcut el și în dimineața asta însorită de început de toamnă, spre indignarea găinilor din curte, și privit cu indiferență de Amoureuse, iubita mea cățea, un setter irlandez, care era prea ocupată cu puii ei recent fătați ca să acorde atenție unor biete treburi umane.

În ceea ce mă privește, din momentul în care Monsieur Denis – poreclit le Général, grație staturii impunătoare și presupusei asemănări cu președintele de Gaulle – s-a descâlcit din cabina furgonetei galbene și a pornit spre treptele ce duc spre ușa principală, mi-am dat seama dintr-o privire că scrisoarea pe care o ținea în mâna ca un fus venea de la Circ.

*

La început nu m-am alarmat, ci doar m-am amuzat în tăcere. Unele lucruri care țin de un serviciu secret britanic nu se schimbă niciodată. Unul dintre ele este anxietatea obsesivă privind tipul de articole de birou pe care le folosesc pentru corespondența directă. Nu trebuie să arate prea oficial sau formal: asta ar da rău pentru acoperire. Plicul să nu fie transparent, de aceea se preferă unul cu dublură în interior. Albul curat este prea vizibil: se alege o nuanță, dar nimic care să sugereze ceva amoros. Un albastru tern, o idee de gri, ambele sunt acceptabile. Acesta era de un gri-deschis.

Următoarea întrebare: dactilografiem adresa, ori o scriem de mână? Drept răspuns, se ţine seama de necesităţile omului din teren, în acest caz, eu: Peter Guillam, fost membru, pensionat, şi fericit din acest motiv. Locuitor de multă vreme al Franţei rurale. Nu participă la întâlnirile veteranilor. Şi nici nu are cunoştinţe în rândul persoanelor importante. Primeşte pensie întreagă, prin urmare este pretabil de a fi supus torturii. Concluzie: într-un îndepărtat cătun breton, unde străinii sunt o raritate, un plic gri, semiformal, cu adresa dactilografiată, purtând o marcă poştală britanică, i-ar putea face pe unii să ridice din sprâncene a mirare, de aceea s-a ales scrisul de mână. Acum partea dificilă. Biroul, sau cum s-o fi numind în prezent Circul, nu poate rezista ispitei de a face o clasificare de securitate, chiar dacă e vorba doar de „Privat". Poate se adaugă „Personal", pentru a fi mai convingători? Poate, „Privat şi Personal, se predă doar destinatarului"? Prea mult. Să rămânem la „Privat". Ori, mai bine, ca în cazul de faţă, „Personal".

1 Artillery Buildings
Londra, SE14

Dragul meu Guillam,

Nu ne cunoaştem, dar permite-mi să mă prezint. Sunt director comercial la firma la care ai lucrat şi răspund de cazurile curente şi cele derulate în trecut. Pe neaşteptate, a apărut o chestiune în care se pare că ai jucat un rol semnificativ şi nu am altă soluţie decât să te rog să vii la Londra cât de curând posibil, pentru a ne ajuta să pregătim un răspuns.

Sunt autorizat să îţi ofer rambursarea cheltuielilor de călătorie (clasa economy) şi o diurnă zilnică, actualizată la nivelul preţurilor nevoilor diurne londoneze, de 130 de lire, pe perioada cât este necesară prezenţa ta.

Întrucât se pare că nu avem un număr de telefon al tău, te rog să fii amabil să îi telefonezi cu taxă inversă Taniei la numărul de mai sus ori, dacă ai e-mail, să trimiţi un mesaj la adresa de e-mail de mai jos. Fără a dori să îţi creez neplăceri, trebuie să precizez că problema prezintă o oarecare urgenţă. Îngăduie-mi ca la încheiere să îţi atrag atenţia asupra Paragrafului 14 din acordul de pensionare.

Cu sinceritate,
A. Butterfield
(CJ al ŞS)

P.S. Cu respect îţi reamintesc să ai asupra ta paşaportul când te vei prezinţa la Recepţie. AB

„CJ al ŞS" a se citi Consilier Juridic al Şefului Serviciului. Cât în ceea ce priveşte „Paragraful 14", acesta stipulează obligaţia ca pe tot cursul vieţii să se răspundă prompt în cazul în care Circul impune acest lucru. Iar „îngăduie-mi... să îţi atrag atenţia" se poate citi „nu uita cine îţi plăteşte pensia". Şi nu am e-mail. Dar de ce nu a datat scrisoarea: din motive de securitate?

Catherine este în livadă cu Isabelle, fiica ei de nouă ani, şi se joacă cu două capriţe nărăvaşe cu care ne-am ales recent. E o femeie slăbuţă, cu faţa mare, tipic bretonă, cu ochi căprui şi calmi, care te măsoară fără nicio expresie în ei. Când întinde mâinile în faţă, caprele îi sar în braţe, iar micuţa Isabelle, care se distrează în felul ei, îşi împreunează mâinile şi se roteşte pe călcâie, foarte încântată. Deşi este musculoasă, Catherine trebuie să fie atentă şi să prindă caprele pe rând, pentru că dacă ar sări amândouă odată ar putea să o dărâme la pământ. Isabelle mă ignoră. Contactul vizual o deranjează.

Pe câmpul din spatele lor, Yves, muncitorul surd pe care îl folosim ocazional, este aplecat şi recoltează varză. Cu mâna dreaptă desprinde căpăţâna, iar cu stânga o aruncă într-o căruţă, fără să schimbe deloc unghiul la care este îndoită spinarea lui. E urmărit de o iapă bătrână, cenuşie, pe nume Artenis, alt animal abandonat şi găzduit de Catherine. În urmă cu doi ani am adoptat un struţ rătăcit care scăpase de la o fermă învecinată. Când Catherine l-a alertat pe fermier, acesta i-a spus să îl păstreze pentru că e prea bătrân. Struțul și-a dat duhul cu grație, iar noi i-am organizat funeralii de stat.

– Pierre, dorești ceva? întreabă Catherine.

– Îmi pare rău, dar trebuie să plec câteva zile, îi răspund.

– La Paris?

Catherinei nu-i place când plec la Paris.

– La Londra, îi răspund. Și pentru că, până și ca pensionar, am nevoie de o legendă[1], spun: A murit cineva.

– Cineva iubit?

– Nu mai e cazul, răspund eu cu o fermitate care mă surprinde.

– Înseamnă că nu e important. Pleci în seara asta?

– Mâine. O să iau primul avion de la Rennes.

Pe vremuri, era suficient ca oamenii de la Circ să fluiere și dădeam fuga la Rennes să mă îmbarc. Acum nu mai este cazul.

*

Trebuie să fi crescut în curtea spionilor din vechiul Circ pentru a înțelege aversiunea care m-a cuprins când, la ora patru în următoarea după-amiază, am plătit taximetristul și am început să urc pasarela din beton care ducea spre noul cartier general, șocant de ostentativ. Trebuia să fii în pielea mea la începuturile vieții mele de spion, revenind obosit mort din vreun avanpost al imperiului uitat de Dumnezeu– cel mai probabil imperiul sovietic, ori din capitala vreunui stat membru al ei. Vii direct de la aeroportul londonez cu autobuzul, apoi cu metroul până la Cambridge Circus. Echipa de analiză și producție așteaptă să prezinți raportul. Urci cinci trepte roase de vreme până la ușa clădirii pocite, în stil victorian, pe care noi o numim cum ne vine, Cartier General, Birou sau, pur și simplu, Circul. Și ai ajuns acasă.

---

[1] Poveste creată de ofițerul operativ sau de un colectiv de specialiști ai Serviciului, cu scopul de a crea acoperirea acestuia sau a agenților lui. (n.red.)

Să facem uitate discuţiile aprinse pe care le aveai cu cei de la Analiză şi Producţie, Logistică şi Financiar. Sunt certuri de familie, între oamenii de pe teren și cei de la bază. Din ghereta lui, portarul îţi urează bună dimineaţa cu un atotcunoscător „Bine-aţi revenit, domnule Guillam" și te întreabă dacă eşti dispus să îl lași să-ţi verifice valiza. Și tu spui „Mulţumesc, Mac sau Bill" sau cine se întâmplă să fie de serviciu în acea zi și nu te deranjează să-i prezinţi legitimaţia. Îi zâmbeşti și nu prea știi de ce. În faţa ta se află trei lifturi vechi și părăginite, pe care le-ai detestat încă din prima zi când te-ai înrolat – doar că două dintre ele sunt blocate undeva sus, iar al treilea este strict al lui Control, așa că nici să nu te gândești că-l vei folosi. Și, oricum, preferi să te pierzi în labirintul de coridoare și fundături care reprezintă întruparea fizică a lumii în care ai ales să trăiești, cu scări având trepte din lemn mâncate de carii, stingătoare de foc deformate, oglinzi gen ochi de pește, o duhoare de fum de ţigară, Nescafé și deodorant.

Iar acum această monstruozitate. Acest „Bun Venit" în Ţara Spionilor pe Malul Tamisei.

Sub supravegherea unor bărbaţi și femei purtând treninguri, mă prezint la ghișeul de primire din sticlă armată și văd cum pașaportul meu britanic este înșfăcat de o tavă glisantă din metal. Faţa dinapoia geamului este a unei femei. Emfaza absurdă și vocea electronică sunt ale cuiva din Essex:

– Vă rugăm să așezaţi toate cheile, telefoanele mobile, banii, ceasurile de mână, instrumentele de scris pe care le aveţi asupra dumneavoastră în caseta de pe masa din stânga, păstraţi ecusonul alb pentru identificarea casetei dumneavoastră, apoi vă rugăm să treceţi cu pantofii în mână prin ușa pe care scrie „Vizitatori".

Paşaportul meu îmi este returnat. Suportând procedurile plictisitoare, sunt percheziţionat cu o paletă ca de ping-pong de o fată veselă, de vreo paisprezece ani, iradiat într-un soi de sicriu din sticlă care stă în poziţie verticală. După ce îmi pun pantofii și îmi leg şireturile – o procedură oarecum mai umilitoare decât descălţarea lor – sunt condus de către fata veselă la un lift fără însemne, apoi mă întreabă dacă am avut o zi frumoasă. N-am avut. Şi nici n-am avut parte de o noapte frumoasă, dacă tot ţine să ştie, lucru care nu o interesează. Graţie scrisorii lui A. Butterfield, am dormit mai prost decât mi s-a întâmplat într-un deceniu, dar nici asta nu i-o pot spune. Sunt un animal de teren, mai bine zis, am fost. Habitatul meu natural a fost spaţiul deschis al spionajului. În anii mei de aşa-zisă maturitate, descopăr o scrisoare care începe cu „Dragă John", care vine ca din senin de la Circ în noua lui încarnare, prin care mi se solicită prezenţa neîntârziată la Londra şi care mă lansează într-o călătorie de noapte a sufletului.

Am ajuns la ceea ce mi se pare a fi ultimul etaj, dar nimic nu confirmă bănuiala mea. În lumea în care am trăit cândva, secretele cele mai mari se aflau întotdeauna la ultimul etaj. Tânăra mea însoţitoare are la gât un mănunchi de panglici cu etichete electronice pe ele. Deschide o uşă pe care nu scrie nimic, eu intru, iar ea o închide în urma mea. Încerc clanţa. Uşa nu se clinteşte. Am fost încuiat de câteva ori în viaţă, dar întotdeauna de adversari. Nu există ferestre, ci doar nişte picturi copilăreşti înfăţişând flori şi case. Operele vlăstarelor lui A. Butterfield? Ori graffiti făcute de foşti deţinuţi?

Şi unde a dispărut tot zgomotul? Cu cât ascult mai mult, cu atât suport mai greu liniştea. Nici vorbă de ţăcănitul vesel al maşinilor de scris, nici telefoanele care sunau fără să fie ridicate de pe furcă, nici zdrăngănitul înfundat al cărucioruluі cu dosare, care era condus precum căruţa lăptarului pe coridoarele podite cu scândură, nici răcnetul furios al vreunui mascul care cere: „Încetaţi cu fluierăturile acelea nenorocite!" Undeva, de-a lungul drumului dintre Cambridge Circus şi Embankment[1], a murit ceva, şi nu este vorba doar de scârţâitul cărucioarelor.

[1] Staţie de metrou din Londra (n.tr.)

Îmi reazem spinarea de spătarul din oţel şi piele al unui scaun. Frunzăresc un exemplar jerpelit din *Private Eye*[1] şi mă întreb care dintre noi şi-a pierdut simţul umorului. Mă ridic, încerc încă o dată clanţa uşii şi mă aşez, dar pe alt scaun. Deja am concluzionat că A. Butterfield face un studiu aprofundat al limbajului meu corporal. Ei bine, dacă despre asta este vorba, să-i fie de bine. Chiar în acel moment în care uşa se deschide furtunos, iar o femeie în jur de vreo patruzeci şi ceva de ani, agilă, cu părul tuns scurt, purtând un taior elegant, intră în încăpere şi îmi spune cu un glas din care a dispărut orice accent care să îi trădeze clasa:

– A! Bună, Peter, grozav. Sunt Laura, vrei să mă urmezi, te rog?

Cred că probabil am retrăit într-o ordine accelerată toate greşelile şi dezastrele în care am fost implicat într-o viaţă întreagă de înşelătorii aprobate oficial.

Mărşăluim pe un coridor pustiu şi pătrundem într-un birou de o curăţenie exemplară, zugrăvit în alb, care are ferestre ce nu pot fi deschise. Un elev ieşit de pe porţile unei instituţii publice, cu chipul proaspăt, purtând ochelari, de vârstă greu de precizat, în cămaşă şi pantaloni cu bretele, sare dinapoia unui birou şi mă prinde de mână.

– Peter! Doamne! Arăţi de-a dreptul elegant! Şi parcă eşti de două ori mai tânăr! Ai călătorit bine? Cafea? Ceai? Sincer, nu vrei nimic? Serios, frumos din partea ta că ai venit! Ne vei fi de mare ajutor. Ai cunoscut-o pe Laura, nu? A, sigur că da. Îmi pare rău că te-am făcut să aştepţi acolo. Un telefon de sus. Ei, în fine. Ia loc, te rog.

Toate acestea se desfăşoară cu întredeschideri de ochi pentru stabilirea unei intimităţi suplimentare în timp ce mă conduce spre un scaun drept şi respingător, care are braţe. Ceea ce sugerează o şedere lungă în el. Apoi se aşază şi el de cealaltă latură a biroului,

---

[1] Revistă bilunară de investigaţii jurnalistice, care are o atitudine critică faţă de personalităţi publice. (n.tr.)

care este doldora de dosare care par vechi, marcate în culorile tuturor naţiunilor. După aceea, plasează coatele între ele, ca să nu i le pot vedea, şi îşi împreunează mâinile sub bărbie într-un soi de leagăn pentru pisici.

– Apropo, eu sunt Bunny[1], mă anunţă el. Un nume al naibii de stupid, care m-a urmărit din copilărie, şi nu am cum să scap de el. Dacă mă gândesc bine, probabil că ăsta este motivul pentru care am nimerit în acest loc. Nu prea poţi să păşeşti prin Înalta Curte de Justiţie când toată lumea aleargă după tine strigând: „Bunny, Bunny", nu-i aşa?

Asta e introducerea lui obişnuită? Aşa vorbeşte în prezent un jurist de vârstă mijlocie al Serviciului Secret? Urechea mea pentru engleza contemporană este destul de zdruncinată, dar, judecând după expresia de pe faţa Laurei, când ea se aşază alături de el, îmi confirmă acest lucru: da, este. Aşezată, ea pare o fiară gata să sară la beregată. Un inel cu sigiliu pe degetul mijlociu al mâinii drepte. Al tatălui ei? Ori un semnal codificat privind preferinţele sexuale? Am stat prea multă vreme departe de Anglia.

Flecăreli fără rost, conduse de Bunny. Fiicele lui adoră Bretania. Laura a vizitat Normandia, dar nu şi Bretania. Nu spune cu cine a fost.

– Vai, dar tu te-ai născut în Bretania, Peter! protestează brusc Bunny, ca din senin. Ar trebui să-ţi spunem Pierre!

– Peter e de ajuns, spun eu.

– Aşadar, Peter, pe scurt, problema cu care ne confruntăm este o chestiune gravă, un fel de terci juridic, ca să spun aşa, care trebuie rezolvată, spune Bunny ceva mai rar şi mai tare, după ce a zărit noul meu aparat auditiv care îmi răsare din pletele albite. Problema încă nu s-a transformat în criză, dar este în proces de dezvoltare şi mă tem că este foarte schimbătoare. Şi de aceea avem mare nevoie de ajutorul tău.

---

[1] Iepuraş (n.tr.)

La care îi răspund că voi fi extrem de încântat să îi dau satisfacție după putințele mele și este plăcut să mai fiu de folos după atâția ani de la pensionare.

– Evident, mă aflu aici ca să protejez Serviciul. Asta-mi este slujba, continuă Bunny, ca și când eu n-aș fi scos nicio vorbă. Iar tu ești aici ca persoană privată, de acord, un fost membru, pensionat de multă vreme și fericit, sunt convins, dar nu pot garanta că interesele tale și ale noastre vor coincide perfect.

Mă privește printre gene. Afișează un zâmbet ca un rictus și continuă:

– Așadar, Peter, ceea ce încerc să spun sună astfel: cu toate că te respectăm enorm pentru lucrurile splendide pe care le-ai reușit pe vremuri în numele Biroului, acesta este Biroul. Iar tu ești tu, iar eu sunt un jurist ucigător. Ce mai face Catherine?

– Bine, mulțumesc. De ce întrebi asta?

Pentru că nu am trecut-o pe lista contactelor mele. Ca să stârnească totul împotriva mea. Ca să îmi spună că acum luptăm fără mănuși. Și ca să înțeleg ce ochi vigilenți are Serviciul.

– Ne-am întrebat dacă ea n-ar trebui adăugată la lista destul de lungă a persoanelor cu o oarecare semnificație, îmi explică Bunny. Regulamentul Serviciului și așa mai departe.

– Catherine este arendașa mea. E fiica și nepoata precedenților arendași. Am ales să locuiesc acolo și, în măsura în care este treaba voastră, nu m-am culcat niciodată cu ea și nici nu intenționez. Asta explică situația?

– Admirabil, mulțumesc.

Prima mea minciună, rostită convingător. Acum, o să încerc o perdea de fum.

– S-ar părea că am și eu nevoie de un avocat, sugerez eu.

– E prematur și nu-ți poți permite. Mai ales la onorariile lor de zi. Datele de cunoaștere spun că ai fost căsătorit, apoi necăsătorit. Corect?

– Da.

– Ambele într-un singur an calendaristic. Sunt impresionat.

– Mulţumesc.

Glumim? Sau ne provocăm unul pe celălalt? Bănuiesc că a doua variantă se potriveşte.

– O nebunie de tinereţe? sugerează Bunny, pe acelaşi ton curtenitor al investigaţiei.

– O neînţelegere, îi răspund. Alte întrebări?

Dar Bunny nu cedează cu una, cu două, şi ţine ca eu să-mi dau seama de asta.

– Cum să zic – al cui este copilul? Al cui a fost? Şi tatăl? – cu acelaşi glas fals.

Mimez că mă gândesc.

– Ştii ceva? Nu cred că mi-a trecut prin minte să o întreb, îi răspund.

Şi cât el se gândeşte la asta, spun:

– Pentru că tot discutăm cine cu cine, poate îmi spui ce caută Laura aici.

– Laura lucrează la departamentul istoric al Serviciului, îmi răspunde Bunny cu glas sonor.

La serviciul istoric? Ca femeie fără nicio expresie pe faţă, cu părul scurt, ochi căprui şi nemachiată? Şi în afară de mine, nimeni nu mai zâmbeşte.

– Aşadar, ce scrie în fişa de acuzaţii, Bunny? îl întreb binedispus, mai ales că acum am ajuns să luptăm aproape corp la corp. Am incendiat docurile reginei?

– Hai, serios, fişa de acuzaţii e o exagerare, Peter! protestează Bunny, la fel de binedispus. Lucruri care trebuie rezolvate, atâta tot. Dă-mi voie să-ţi pun o întrebare înaintea altora legate de subiect. Îmi permiţi? Şi strânge din pleoape. Operaţiunea Windfall. Cum a fost organizată, cine a condus-o, unde s-a greşit şi ce rol ai avut tu în cadrul ei?

Oare simţi o uşurare în suflet când îţi dai seama că cele mai sumbre aşteptări ţi se confirmă? În cazul meu, nu.

– Windfall, ai spus, Bunny?

– Windfall, repetă ceva mai tare, în cazul în care cuvântul nu a ajuns la aparatul meu auditiv.

Să păstrez ritmul lent. Să nu uit că am o vârstă. Memoria mea nu mai este punctul meu forte în prezent. Să nu mă grăbesc.

– Aşa, mai precis, ce anume a fost Windfall, Bunny? Dă-mi un indiciu. Cam la ce dată s-a desfăşurat?

– La începutul anilor şaizeci, în mare. Aceeaşi dată ca astăzi.

– O operaţiune spui?

– Operaţiune secretă, ilegală. Numită Windfall.

– Împotriva cărei ţinte?

Venind dintr-o parte, astfel că nu o văd, Laura spune:

– Sovieticii şi sateliţii. Îndreptată împotriva serviciului de informaţii est-german. Cunoscut de altfel şi sub numele de Stasi – aproape că răcneşte ca să înţeleg mai bine.

– Stasi? Stasi? Lăsaţi-mă o clipă. A, da, Stasi...

– Cu ce scop, Laura? întreb după ce mi-am adunat gândurile.

– Organizarea unei acţiuni de dezinformare, înşelarea inamicului, protejarea unei surse vitale. Pătrunderea în centrala serviciilor secrete din Moscova cu scopul de a identifica trădătorul sau trădătorii din rândul conducerii Circului.

Și, schimbând registrul, devine de-a dreptul plângăreaţă.

– Doar că nu mai deţinem nicio fărâmă din dosarele acelea. Doar o serie de referinţe încrucișate privind dosarele care s-au topit ca și cum nici n-ar fi existat. Ca și cum s-ar fi pierdut, considerăm că au fost furate.

– Windfall, Windfall, repet eu, clătinând din cap şi zâmbind aşa cum fac bătrânii, chiar dacă ei nu sunt atât de bătrâni pe cât îi socotesc ceilalţi. Îmi pare rău, Laura, nu-mi sună cunoscută operaţiunea asta.

– Nici măcar o idee vagă?

Acesta a fost Bunny.

– Vai, niciuna. Absolut niciuna – asta, în timp ce alung imaginile din tinereţe în care port o uniformă de băiat care livrează pizza şi este aplecat peste ghidonul motocicletei de începător, în timp ce duc în viteză o comandă specială de dosare de la sediul Circului către un oarecare loc din Londra.

– Şi, în cazul în care nu am adus vorba de asta, ori nu ai auzit, spune Bunny cu vocea cea mai plăcută, noi am înţeles că la Operaţiunea Windfall a participat prietenul şi colegul tău Alec Leamas, despre care s-ar putea să-ţi aminteşti că a fost împuşcat mortal la Zidul Berlinului în timp ce se grăbea să o ajute pe prietena lui Elizabeth Gold, care fusese deja împuşcată mortal la Zidul Berlinului. Dar probabil că ai uitat şi asta?

– Sigur că n-am uitat, ce naiba! mă răstesc eu.

Şi abia după aceea, drept explicaţie spun:

– M-aţi întrebat despre Windfall, nu despre Alec. Şi răspunsul este: nu. Nu-mi amintesc acea operaţiune. Nici n-am auzit de ea. Îmi pare rău.

*

La orice interogatoriu, negarea este punctul crucial. Să facem uitate politeţurile de până acum. Din momentul negării, lucrurile nu vor mai fi la fel. La nivelul poliţiei secrete, este probabil ca negarea să declanşeze instantaneu represalii, în primul rând pentru că poliţistul secret obişnuit este mai prost decât persoana interogată. Pe de altă parte, văzând că i se trânteşte uşa în nas, anchetatorul sofisticat nu încearcă imediat să o deschidă cu forţa. Preferă să se regrupeze şi să-şi atace ţinta dintr-un unghi diferit. Şi, judecând după zâmbetul de satisfacţie de pe faţa lui, Bunny tocmai asta se pregăteşte să facă.

– Aşa, Peter.

Având glasul adaptat pentru cei cu auzul slab, în ciuda asigurărilor mele, continuă:

– Lăsând pentru moment deoparte subiectul Windfall, te deranjează mult dacă eu și Laura ți-am pune câteva întrebări de fond privind chestiuni mai generale.

– Mai precis?

– Răspunderea individuală. Vechea problemă: unde se oprește supunerea față de ordinele superiorilor și unde începe răspunderea cuiva pentru acțiunile lui individuale. Mă urmărești?

– Oarecum.

– Ești pe teren. Conducerea Biroului ți-a dat aprobarea, dar nu totul decurge conform planului. Se varsă sânge de nevinovați. Se consideră că tu sau un coleg apropiat ați depășit cadrul instituit de ordinele primite. Te-ai gândit vreodată la o asemenea situație?

– Nu.

Ori a uitat că nu pot auzi, ori socotește că pot.

– Și nu poți concepe, tu, personal, pur și simplu, în cadru abstract, cum o situație atât de stresantă ar putea apărea? Privind retrospectiv la numeroasele situații-limită în care sigur te-ai aflat în timpul îndelungatei tale cariere de agent operativ?

– Nu. Nu pot. Îmi pare rău.

– Nu a existat nici măcar un moment în care ai simțit că ai depășit ordinele primite de la conducerea Biroului, că ai declanșat ceva ce nu ai putut opri? Că ai pus sentimentele, necesitățile, chiar poftele mai presus de îndatoririle de serviciu? Cu consecințe cumplite, pe care nu le-ai dorit sau nu le-ai anticipat?

– Păi asta mi-ar fi adus mustrări din partea Biroului, nu? Ori o rechemare la Londra. Sau, într-un caz grav, mi s-ar fi arătat ușa, sugerez, aruncându-i o încruntătură care să îl disciplineze.

– Încearcă să mergi o idee mai departe, Peter. Sugerez că ar putea exista terțe părți care au suferit vătămări. Oameni obișnuiți din lumea din afară, care, ca urmare a ceva ce ai făcut tu, din greșeală, în febra momentului sau când vigilența este scăzută, să zicem, au suferit daune colaterale. Oameni care ar putea hotărî, la ani distanță, poate cu o generație mai târziu, că pot clădi un caz juridic foarte avantajos împotriva acestui Serviciu. Fie din cauza daunelor, fie, dacă asta nu ar merge, pe baza unei acuzații într-un proces civil pentru ucidere sau mai rău. Împotriva Serviciului în general sau – ridică pleoapele într-o expresie de surpriză mimată – a unui fost membru al Serviciului. Nu te-ai gândit niciodată că ar putea exista o astfel de posibilitate?

Vorbea mai puțin ca avocat și mai mult ca un doctor care te pregătește pentru a-ți da vestea cu adevărat proastă.

Las timpul să treacă. Mă scarpin în capul albit. Nu are rost. „Sunt prea ocupat să creez necazuri opoziției, bănuiesc", gândii asta cu un zâmbet de veteran. „Inamicul în fața mea, conducerea Biroului pe urmele mele, nu prea am timp să filozofez. Cel mai ușor curs ar fi să se înceapă cu o procedură parlamentară și să se pregătească drumul pentru proceduri legale prin intermediul unei scrisori de înștiințare[1], dar fără să se meargă până la capăt." Încă stau pe gânduri, Bunny. „Apoi, bineînțeles, imediat ce se inițiază procedurile legale, orice anchetă parlamentară încetează. Ceea ce lasă mână liberă tribunalelor."

Bunny așteptă, dar în zadar, de aceea atacă mai viguros:

– Și totuși, Windfall nu-ți sună cunoscut? O operațiune sub acoperire care s-a desfășurat vreme de doi ani, în cadrul căreia ai jucat un rol considerabil – unii ar spune chiar eroic? Și nu-ți sună niciun clopoțel?

Și Laura mă întreabă același lucru din ochii ei căprui ca de măicuță, fără să clipească, în vreme ce eu mă prefac a scotoci încă o dată în memoria mea de om bătrân – la naiba! – și nu reușesc să descopăr nimic, dar ăsta este Anno Domini pentru tine, așa presupun, dând întristat din cap și părând frustrat.

[1] În original, *letter before action (scrisoare înainte de acțiune)*, o scrisoare oficială trimisă către un debitor, care trebuie să își plătească datoria în termen de șapte zile de la primirea ei, în caz contrar se inițiază o procedură legală. (n.tr.)

– N-a fost cumva un soi de exercițiu de instruire? întreb eu cu un aer curajos.

– Laura ți-a spus deja ce a fost, îmi răspunde Bunny.

Iar eu fac „a da, sigur că da“ și mă străduiesc să par jenat.

*

Am lăsat deoparte subiectul Windfall și am revenit la analizarea fantomei unei persoane obișnuite din lumea din afară, care întâi hăituiește prin intermediul parlamentului un fost membru al Serviciului, având numele lui, apoi acționează nemilos în instanțele judecătorești. Dar încă nu am spus numele sau care este fostul membru despre care discutăm noi. Am spus noi, deoarece, dacă ai interogat vreodată pe cineva și te găsești în locul interogatului, există o complicitate care te plasează pe tine și pe anchetator de o parte a mesei și lasă de cealaltă parte a ei chestiunile care trebuie discutate.

– Uite, să luăm dosarul tău personal, Peter, adică ceea ce a mai rămas din el, se plânge Laura. Nu doar că a fost curățat. A fost crâmpoțit. De acord, cuprindea anexe sensibile, socotite a fi prea secrete pentru a ajunge în Arhiva Generală. Nimeni nu se poate plânge în privința asta, atât cât se poate. De aceea există anexe secrete. Dar când am mers la Arhiva Documentelor Clasificate, ce am descoperit? Un măreț gol.

– La naiba, intervine Bunny ca să clarifice lucrurile. Potrivit dosarului, întreaga ta carieră în cadrul Serviciului este un morman căcăcios de certificate de distrugere.

– Dacă asta este, comentează Laura, clar netulburată de acea demonstrație de limbaj indecent, nefirească pentru un avocat.

– A, dar fii dreaptă, Laura, – Bunny îmbracă haina mincinoasă a celui care este prieten cu deținutul –, s-ar putea prea bine ca în cazul de față să avem de a face cu opera lui Bill Haydon, cel de tristă amintire, nu?

Iar apoi mi se adresează:

– Dar poate c-ai uitat cine este Haydon.

Haydon? Bill Haydon. Mi l-am amintit pe individ: agent dublu, stăpânit de sovietici, care, în calitate de Şef al omnipotentului Comitet Întrunit de Coordonare, cunoscut îndeobşte sub numele de Întrunirea, a trădat cu hărnicie secretele sale către Centrala de la Moscova. Tot el este omul al cărui nume îmi apare în minte mai toată ziua, dar nu sunt pe punctul de a sări în sus şi să strig: „Ticălosul acela, îmi venea să-i rup gâtul" – lucru care, până la urmă, l-a făcut cineva pe care din întâmplare îl cunosc, spre satisfacţia generală a celor fideli.

Între timp, Laura continuă conversaţia cu Bunny:

– A, Bunny, n-am absolut nicio îndoială în privinţa asta. Acea Arhivă Clasificată poartă semnele lui Bill Haydon. Şi Peter, aici de faţă, a fost unul dintre primii care l-a mirosit, adevărat, Pete? În rolul tău de asistent personal al lui George Smiley. Paznicul şi discipolul lui de încredere, am dreptate?

Bunny clatină din cap cu respect.

– George Smiley. Cel mai bun ofiţer operativ pe care l-am avut vreodată. Conştiinţa întruchipată a Circului. Al lui Hamlet, după cum îl numeau unii, probabil că nu întru totul pe drept. Ce om! Cu toate astea, în cazul Operaţiunii Windfall, continuă el, încă adresându-se Laurei ca şi cum nu aş fi fost în cameră, nu crezi că nu Bill Haydon a fost cel care a prădat Arhiva Documentelor Clasificate, ci George Smiley, din cine ştie ce motiv? Există câteva semnături foarte ciudate pe certificatele acelea de distrugere a documentelor. Nume de care eu şi tu nu am auzit niciodată. Nu spun că Smiley a făcut asta personal. Ar fi folosit un intermediar dispus să o facă, desigur. Cineva care să îi execute orbeşte ordinele, indiferent dacă erau legale ori nu. Aşa mare cum a fost, George al nostru nu era omul care să-şi murdărească mâinile în felul acesta.

– Ai vreo părere despre asta, Pete? întrebă Laura.

Am o părere, și încă una convingătoare. Dar detest acest Pete ca apelativ, iar conversaţia a scăpat grav de sub control.

– Laura, de ce, Dumnezeule, dintre toţi oamenii din lume, de ce ar fi avut nevoie George Smiley să fure dosare ale Circului? De acord, Bill Haydon, da. Bill ar fi fost în stare să fure și codrantul unei văduve[1] și asta l-ar fi distrat nespus de mult.

Și un chicotit și o clătinare bătrânească din cap pentru a sugera că tinerii de azi nu au cum să știe cum a fost cu adevărat.

– A, cred că George ar fi avut un motiv să le fure, clar, răspunse Bunny în locul Laurei. A fost Șeful Operaţiunilor Secrete în cei mai glaciali zece ani ai Războiului Rece. Împreună cu Întrunirea a purtat un război pe viaţă și pe moarte. Nu au existat limite, fie că era vorba de a fura agenţii sau scotocind în seifurile altora. A fost creierul celor mai întunecate operaţiuni pe care le-a organizat acest Serviciu. Și și-a călcat pe conștiinţă ori de câte ori imperativele superioare o dictau. Ceea ce pare că s-a întâmplat foarte frecvent. Parcă-l văd pe George al nostru strecurând cu ușurinţă câteva dosare sub preș.

Adresându-se către mine apoi, fără menajamente, spuse:

– Și te pot vedea și pe tine ajutându-l, fără nicio mustrare de conștiinţă. Unele dintre acele semnături arată remarcabil de asemănătoare cu scrisul tău. Doar semnezi actele sub numele altuia, și gata. În ce privește dosarul personal al mult regretatului Alec Leamas, care a murit atât de tragic la Zidul Berlinului, acesta nu a fost hărtănit. A dispărut cu desăvârșire. Nu a rămas nici măcar o cartelă jerpelită în indexul general. Și tu pari ciudat de netulburat.

– Dacă vrei să știi, sunt șocat. Și mișcat. Profund.

– De ce? Pur și simplu pentru că sugerez că ai șterpelit dosarul lui Leamas din arhiva secretă și l-ai ascuns în scorbura unui copac? La vremea ta, ai palmat câteva dosare pentru bunul tău unchi George. De ce să nu-l subtilizezi și pe al lui Leamas? Ceva care

---

[1] Biblia, Sfânta Evanghelie după Marcu 12:42. Codrant, adică doi bănuţi. (n.tr.)

să-ți aducă aminte de el după ce a fost secerat de gloanțe împreună cu... Care era numele acelei fete?

– Gold. Elizabeth Gold.

– Aha. Deci ai ținere de minte. Și Liz, pe scurt. Și dosarul ei a dispărut. Ai putea deveni romantic în legătură cu ideea că dosarul lui Alec Leamas și al lui Liz Gold au dispărut în cer împreună. Apropo, cum se face că tu și Leamas ați devenit prieteni atât de apropiați? Frați de arme până la sfârșit, din câte am auzit eu.

– Am făcut câteva chestii împreună.

– Chestii?

– Alec era mai în vârstă decât mine. Și mai înțelept. Dacă avea vreo operațiune în desfășurare și avea nevoie de sprijin, mă cerea pe mine. Dacă George și cei de la Personal cădeau de acord, atunci făceam echipă.

Laura revine, spunând:

– Dă-ne câteva exemple de asemenea ocazii când ați constituit o echipă – asta, cu o voce care sugerează în mod nevoalat dezaprobarea unor asemenea potriviri profesionale, dar eu mă arăt foarte fericit că mi se oferă prilejul de a face o digresiune.

– A, eu și Alec am avut succes în Afganistan, la mijlocul anilor cincizeci. Prima noastră misiune împreună a fost de a ne infiltra în unele mici grupuri din Caucaz, prin intermediul cărora apoi să pătrundem în Rusia. Probabil că asta vi se pare ceva prăfuit. Un alt chicotit și o clătinare din cap și am continuat: Trebuie să recunosc, nu a fost un succes răsunător. Nouă luni mai târziu, l-au mutat în zona baltică, recrutând soldați din Estonia, Letonia și Lituania. M-a cerut din nou să fac echipă cu el, așa că am acționat ca ajutor al lui. Și pentru a o lămuri și pe Laura: Pe vremea aceea, statele baltice făceau parte din blocul sovietic, după cum sunt convins că știi.

– Și soldații erau agenți. Acum îi numim colaboratori. Iar Leamas a avut baza oficială la Travemünde, corect? În nordul Germaniei, da?

– E corect, Laura. Sub acoperire, ca membru al Grupului Internaţional de Supraveghere Maritimă. Protecţia zonelor de pescuit pe timpul zilei şi debarcări cu bărci rapide pe timp de noapte.

Bunny întrerupe discuţia noastră între patru ochi:

– Şi debarcările astea aveau cât de cât un nume?

– Jackknife[1], dacă-mi amintesc bine.

– Deci nu Windfall?

Ignoră-l.

– Jackknife. A funcţionat doi ani, după care s-a renunţat.

– Şi cum a decurs?

– Întâi de toate, trebuiau găsiţi voluntari. Apoi, aceştia erau instruiţi în Scoţia, în Pădurea Neagră sau altundeva. Estonieni, letoni. Apoi trebuiau duşi înapoi de unde proveneau. Aşteptam o zi fără lună. Bărci de cauciuc. Motoare silenţioase. Binocluri pentru vedere nocturnă. Grup de primire pe plajă, care să semnalizeze că totul era în regulă. Şi intram. Adică informatorii.

– Iar după ce soldaţii se întorceau, ce făceaţi tu şi Leamas? În afară de a desface o sticlă, evident, ceea ce în cazul lui Leamas era normal, bineînţeles, din câte am aflat.

– Ei bine, doar nu era cazul să zăbovim acolo, nu? i-am răspuns, refuzând din nou să mă expun. Mesajul era plecaţi de aici cât de repede se poate. Lăsaţi-i pe recruţi să se descurce. De fapt, de ce-mi pui asemenea întrebări?

– În parte, ca să te înţeleg mai bine. În parte pentru că mă întreb de ce ţi-ai amintit atât de bine lansările acelea când nu ţii minte absolut nimic despre Windfall.

Laura, din nou:

– Lăsându-i să se descurce, presupun că îi lăsaţi pe agenţi pe cont propriu?

– Da, Laura, dacă ţii să te exprimi astfel.

---

[1] Briceag sau săritură în echer de la trambulină (n.a.)

– Şi ce însemna asta? Soarta lor. Ori ai uitat şi asta?

– Au murit pentru noi.

– Chiar au murit?

– Unii au fost prinşi imediat ce au debarcat. Alţii, două zile mai târziu. Unii au devenit agenţi dubli şi au acţionat împotriva noastră şi au fost executaţi abia mai târziu, am răspuns eu, auzind furia crescând în vocea mea şi nedorind să o opresc.

– Şi pe cine învinuieşti pentru asta, Pete? Tot Laura. Pentru ce?

– Pentru moartea acelor oameni.

O mică explozie nu strică.

– Pe nenorocitul de Bill Haydon, trădătorul nostru din interior, pe cine altul? Sărmanii oameni au fost trădaţi încă înainte ca noi să fi părăsit coasta germană. Pe scumpul nostru şef al Comitetului Întrunit de Coordonare, acelaşi care planificase operaţiunea încă de la început.

Bunny îşi lasă capul în jos şi consultă ceva sub parapetul aflat în faţa mea. Laura se uită întâi la mine, apoi spre mâini, pe care le preferă. Unghii tăiate scurt, ca ale unui băiat, extrem de curate.

– Peter... E rândul lui Bunny, care trage acum în rafale, nu foc cu foc. În calitate de şef al consilierilor juridici ai Şefului Serviciului, şi nu ca avocat al tău; repet: mă îngrijorează anumite aspecte ale trecutului tău. Asta înseamnă că printr-o consiliere iscusită se poate crea o părere despre tine, iar dacă Parlamentul s-ar da deoparte şi ar lăsa frâu liber tribunalelor, secrete sau de alt fel, care, Doamne fereşte, pot considera că în cursul întregii tale cariere ai fost implicat într-un număr exorbitant de decese, pe care le-ai tratat cu nepăsare. Că ai fost desemnat să desfăşori – să zicem, de impecabilul George Smiley – operaţiuni secrete în care moartea unor persoane nevinovate a fost considerată drept o urmare acceptabilă, chiar necesară. Poate chiar una dorită, cine ştie?

– Urmare dorită? Moarte? Ce tot bâigui acolo?

– Windfall, spune Bunny cu răbdare în glas.

3

– Peter?

– Da, Bunny.

Laura a adoptat o tăcere dezaprobatoare.

– Ne putem întoarce la acel moment din 1959, când cred că Operaţiunea Jackknife a fost abandonată?

– Nu mai sunt chiar atât de sclipitor în privinţa datelor, Bunny.

– Anulată de conducerea Biroului pe motiv că operaţiunea se dovedise neproductivă şi scumpă în ceea ce privea vieţile omeneşti. Pe de altă parte, tu şi Alec Leamas aţi bănuit că era ceva putred pe frontul de acasă.

– Comitetul Întrunit cerea intensificarea acţiunilor. Alec striga că era vorba de o conspiraţie. Indiferent pe care porţiune de coastă am fi debarcat, de fiecare dată adversarii erau acolo. Legăturile radio erau blocate. Totul era ratat. Trebuia să fie vorba de cineva dinăuntru. Asta era părerea lui Alec şi, din punctul meu de vedere, atât de redus cât era, m-am simţit îndemnat să o împărtăşesc.

– Aşadar, voi doi aţi hotărât să faceţi un demarché[1] către George Smiley. Probabil că îl socoteaţi potenţial trădător chiar pe Smiley, fără să afirmaţi asta.

– Jackknife a fost operaţiunea iniţiată de Întrunire. Sub comanda lui Bill Haydon. Haydon, apoi Alleline, Bland şi Esterhase. Băieţii

[1] Demers, intervenţie (fr.).

lui Haydon, aşa le spuneam. George nu a avut nicio treabă cu operaţiunea.

– Iar Întrunirea şi Operaţiunile Secrete au fost la cuţite?

– Întrunirea conspira mereu pentru a-i avea pe cei de la Operaţiuni Secrete sub aripa lor. George a văzut în aceasta o tendinţă de acaparare a întregii puteri din Serviciu şi a depus eforturi deosebite pentru a se opune.

– Şi unde se situa galantul şef de serviciu în toată această dispută? „Control", aşa cum trebuie să-l numim.

– Îi asmuţea pe unii împotriva celorlalţi. Ca de obicei, cum se spune, dezbină şi stăpâneşte.

– Am dreptate dacă tind să cred că existau probleme personale între Smiley şi Haydon?

– S-ar putea să fi existat. Se vorbea pe la colţuri că Bill avea o aventură cu Ann, soţia lui George. Aceasta i-a complicat mult viaţa lui George şi ţintele sale. Era genul de mişcare pe care o puteai aştepta din partea lui Bill. A fost un ticălos inteligent.

– Smiley a discutat cu tine despre viaţa lui privată?

– Nici vorbă de aşa ceva. Nu este genul de discuţie pe care o porţi cu un subordonat.

Bunny se gândeşte la asta, nu crede şi pare că vrea să urmărească subiectul, dar se răzgândeşte.

– Aşadar, odată cu abandonarea Operaţiunii Jackknife, tu şi Leamas v-aţi prezentat necazurile faţă de Smiley. Faţă în faţă. Doar voi trei. Şi tu. În ciuda funcţiei mici pe care o aveai.

– Alec m-a rugat să merg cu el. Nu avea încredere în sine.

– De ce?

– Alec se aprinde mult prea repede.

– Şi unde s-a desfăşurat această întâlnire „a trois"?

– Ce importanţă mai are, la naiba?

– Pentru că-mi imaginez un loc ferit. Unul despre care nu mi-ai vorbit, dar o vei face la momentul potrivit. M-am gândit că era momentul în care să te întreb asta.

Mă amăgisem să cred că prin această discuţie banală am putea ajunge în ape mai puţin primejdioase.

– Am fi putut folosi casa conspirativă a Circului, dar, în mod obişnuit, Întrunirea le înţesase pe toate cu microfoane. Am fi putut apela la locuinţa lui George din Baywater Street, dar acolo locuia Ann. Exista un soi de înţelegere potrivit căreia ea nu trebuia amestecată în treburi care nu o priveau.

– Ar fi dat fuga la Haydon să-l informeze.

– Nu asta am spus. Exista acel sentiment. Nimic altceva. Vreţi să continui sau nu?

– Chiar te rog, dacă nu te superi.

– L-am luat pe George din Baywater Street şi am făcut o plimbare de-a lungul South Bank în beneficiul sănătăţii lui. Era o seară de vară. Se plângea mereu că nu face destulă mişcare.

– Și în cursul acelei plimbări de-a lungul fluviului s-a născut Operaţiunea Windfall?

– Of, pentru numele Domnului! Maturizează-te!

– O, sunt matur, nu-ţi face griji. Iar tu întinereşti din clipă în clipă. Cum a decurs conversaţia? Sunt numai urechi.

– Am discutat despre trădare. În general, nu în amănunt, pentru că nu avea rost. Prin definiţie, oricine era membru actual sau recent al Întrunirii devenea suspect. Așadar, cincizeci sau șaizeci de oameni, toţi potenţiali trădători din interior. Am discutat despre cine avea suficient acces ca să deconspire Operaţiunea Jackknife, dar noi ştiam că având-ul pe Bill în fruntea Întrunirii, pe Percy Alleline care îi mânca din palmă și pe Bland și Esterhase care se implicaseră în acţiune atât cât se putea, trădătorul nu trebuia decât să apară la şedinţele de planificare ale Întrunirii, la care aveau acces toţi sau să stea la barul ofiţerilor superiori și să-l asculte pe Percy Alleline vorbind vrute și nevrute. Compartimentarea era o povară, spunea mereu Bill, și atunci să le permitem tuturor să ştie orice se petrecea. Asta i-a oferit acoperirea de care avea nevoie.

– Şi cum a reacţionat Smiley la démarche-ul vostru?

– A spus că se va gândi bine şi ne va da un răspuns. Pentru că nimeni n-ar fi putut obţine mai mult de la George. Ascultaţi, cred că aş vrea cafeaua pe care mi-aţi oferit-o mai devreme, dacă nu vă supăraţi. Neagră. Fără zahăr.

M-am întins, am clătinat din cap şi am căscat. Am şi eu o vârstă, ce Dumnezeu. Dar Bunny nu s-a lăsat păcălit, iar Laura îşi pierduse demult încrederea în mine. Mă priveau ca doi oameni care se cam săturaseră de mine, iar cafeaua nu intra în meniu.

*

Bunny adoptase o expresie de avocat. Nu mai privea printre gene. Nu mai ridica vocea la un bătrân ramolit care nici nu aude prea bine.

– Vreau să ne întoarcem de unde am plecat, eşti de acord cu asta? Tu şi domnia legii[1]. Serviciul şi domnia legii. Îmi acorzi întreaga ta atenţie?

– Cred că da.

– Am vorbit mai devreme despre interesul insaţiabil al publicului britanic faţă de infracţiunile istorice. Ceva ce nu le scapă nicidecum bravilor noştri parlamentari.

– Ai vorbit de asta? Probabil.

– Ori curţilor de justiţie. Acum este la modă jocul istoric de învinovăţire. Noul nostru sport naţional. Generaţia imaculată de astăzi contra celei vinovate din care faci şi tu parte. Cine va ispăşi păcatele părinţilor noştri, chiar dacă la vremea respectivă nu erau considerate păcate? Dar tu nu eşti tată, adevărat? Deşi dosarul tău personal sugerează că ar trebui să fii înconjurat de nepoţi.

---

[1] În original, „Rule of Law“ înseamnă domnia legii sau conducerea societăţii prin intermediul legii. Dacă legea este „entitatea“ dominantă, toată lumea supusă legii are şansa egalităţii cu toţi ceilalţi şi oportunitatea libertăţii. Sens total diferit faţă de „Rule by Law“, care înseamnă domnia (dominaţia, stăpânirea) prin lege, care e utilizată ca un instrument de control al societăţii. (n.red.)

– Parcă ai spus că dosarul meu a fost crâmpoțit. Acum îmi zici că nu e așa?

– Încerc să-ți citesc emoțiile. Și nu pot. Ori nu ai așa ceva, ori ai prea multe. Ai trecut cu ușurință peste moartea lui Liz Gold. De ce? Ai trecut cu nonșalanță peste moartea lui Alec Leamas. Mimezi o amnezie totală în legătură cu Windfall, deși noi știm cu certitudine că ai primit aprobare să participi la acea operațiune. În mod semnificativ, regretatul tău prieten Alec Leamas nu a primit aprobare, în ciuda faptului că a murit înhămat la o operațiune pentru care nu era autorizat. Nu-ți cer să mă întrerupi, așa că te rog să n-o faci. Cu toate astea, a continuat el, făcând uitată purtarea mea nepoliticoasă, încep să percep contururile unei înțelegeri între noi. Ai recunoscut că Operațiunea Windfall ar putea face să sune slab pentru tine. Probabil un exercițiu de instruire, ai spus cu grație și ridicol. Prin urmare, ce a fost? În schimbul unei transparențe mai mari din partea noastră, s-ar putea ca acel clinchet îndepărtat să devină mult mai clar din partea ta?

Rămân pe gânduri, clatin din cap și încerc să recepționez acel clinchet îndepărtat. Am senzația unei lupte până la ultimul om, iar acel ultim om sunt eu.

– Bunny, felul în care cred că îmi amintesc ca prin ceață, recunosc eu, semnalizând o ușoară schimbare de direcție în favoarea lui, Windfall, dacă îmi aduc aminte cât de cât, nu a fost o operațiune, ci o sursă. Cred că de asta nu ne înțelegem unul pe celălalt – sperând că voi obține un fel de scădere a presiunii exercitate de cei aflați de cealaltă parte a mesei, dar neobservând așa ceva – o sursă potențială care a ratat totul încă de la primul obstacol întâlnit. Și a fost abandonată, imediat și foarte elegant. Se închide dosarul și se uită.

Mă avânt mai departe:

– Sursa Windfall a fost o relicvă din trecutul lui George. Un alt caz istoric, dacă vreți – o înclinare politicoasă a capului către Laura –, un profesor est-german de literatură barocă de la Universitatea din

Weimar. Un prieten de-al lui George din război, care ne-a făcut unele servicii minore. A luat legătura cu George printr-un cadru universitar suedez, undeva prin 1959 – vorbește cursiv, păstrează lucrurile neclare, asta este regula de aur. Proful, așa cum îl numeam noi, susţinea că deţine informaţii fierbinţi despre un acord super-secret care se încheiase între cele două Germanii și Kremlin. Spunea că auzise asta de la un amic din administraţia est-germană, care împărtășea aceleași vederi ca și el. (Acum totul curge de pe limbă, la fel ca pe vremurile bune.) Cele două Germanii urmau să fie unite, cu condiţia să rămână neutre și dezarmate. Cu alte cuvinte, era exact ce Occidentul nu voia: un vid de putere chiar în mijlocul Europei. Dacă Circul va reuși să-l aducă în secret pe Prof în Occident, el ne va furniza informaţii complete.

Un zâmbet mâhnit, o clătinare a capului albit. Și de dincolo de prăpastia uriașă dintre noi nu vine niciun semn.

– S-a dovedit că tot ce voia Proful era o catedră la Oxford, o slujbă pe viaţă, un titlu de cavaler și să ia ceaiul cu regina – și chicotesc. Și bineînţeles că inventase totul. Prostii de nimic. Caz închis, am încheiat eu, simţind că totuși făcusem o treabă bună, iar Smiley, oriunde s-ar fi aflat în acele momente, ar fi aplaudat în tăcere auzindu-mă.

Însă Bunny nu a aplaudat. Nici Laura. Bunny părea îngrijorat în mod nesincer, iar Laura, de-a dreptul neîncrezătoare.

– Vezi tu, Peter, problema este că ceea ce tocmai ne-ai servit nu sunt altceva decât exact aceleași rahaturi pe care le-am găsit în dosarele false din arhiva centrală despre Windfall, mi-a explicat Bunny după o vreme. Am dreptate, Laura?

Evident că avea dreptate, pentru că ea a preluat imediat ideea.

– Practic, cuvânt cu cuvânt, Bunny. Născocite cu unicul scop de a duce orice anchetator curios pe un drum greșit. Nu a existat un asemenea profesor, iar povestea este o plăsmuire de la un capăt la celălalt. Și vreau să spun că totul a fost frumos și elegant: dacă

Windfall trebuia protejat de ochii curioşi ai oricărui Haydon de pe pământul ăsta, un dosar măsluit pentru a crea o perdea de fum aflat în arhiva centrală se justifică perfect.

– Peter, ceea ce nu are logică este ca la vârsta ta să te afli aici şi să încerci să ne serveşti acelaşi rahat pe care tu, George Smiley şi ceilalţi de la Operaţiuni Secrete l-aţi scornit cu o generaţie în urmă, a spus Bunny, şi a reuşit să strângă uşor din ochi în semn de amiciţie.

– Vezi tu, Pete, am descoperit rapoartele financiare ale lui Control, cel care domnea peste toate, a explicat Laura spre lămurirea mea, venindu-mi în ajutor, în timp ce mă gândeam la ce să răspund. Pentru fondurile lui reptiliene[1]. Asta este felia de fonduri obţinută prin vot secret pe care Control o primeşte drept bani de buzunar, dar trebuie totuşi justificată până la ultimul bănuţ, corect, Peter? Asta a sunat ca o întrebare adresată unui copil. Rapoartele financiare de justificare au fost oferite chiar de el aliatului său de încredere de la Trezorerie. Se numea Oliver Lacon, mai apoi Sir Oliver, iar în prezent regretatul Lord Lacon de Ascot West...

– N-ai vrea să-mi spui, te rog, ce legătură au toate astea cu mine?

– Practic, toate, a spus Laura cu calm în glas. În rapoartele lui financiare către Trezorerie, doar spre cunoştinţa lui Lacon, Control dă numele a doi ofiţeri ai Circului care, în caz că li se va cere, vor furniza informaţii complete şi sincere privind costurile unei anumite Operaţiuni Windfall. Asta, în situaţia în care cheltuielile suplimentare vor fi vreodată contestate de posteritate. Control era foarte vigilent în astfel de probleme, chiar dacă în rest era neglijent. Primul nume este al lui George Smiley. Iar cel de-al doilea este Peter Guillam. Adică tu.

O vreme, Bunny lasă impresia că nu a auzit nimic din acest schimb de replici. A stat din nou cu capul plecat, cu ochii sub

[1] Expresie atribuită lui Otto von Bismark, care se referă la fonduri secrete pentru finanţarea de operaţiuni, asasinate etc. (n.tr.)

parapet și, indiferent ce citea, îi solicita întreaga atenție. În cele din urmă, a ridicat capul.

– Laura, spune-i de apartamentul secret pe care l-ai descoperit în cazul Windfall. Ascunzătoarea deținută de secțiunea Operațiuni Secrete, unde Peter a depozitat toate dosarele pe care le-a furat, a sugerat el pe un ton care arăta că era preocupat de alte chestiuni.

– Da, în fine, există acel apartament sigur care este menționat în rapoarte, așa cum spune Bunny, mi-a explicat Laura cu un aer îndatoritor. Și o menajeră a acelei case conspirative, ceea ce vine în plus – spune ea cu indignare în voce –, și un misterios domn, pe nume Mendel, care nici măcar nu figurează în registrele Serviciului, a fost angajat de Operațiuni Secrete exclusiv în calitate de agent pentru Windfall. Două sute de lire pe lună plătite în contul lui poștal de economii la Weybridge, plus cheltuieli de călătorie și suplimente însumând alte două sute de lire, care trebuiau justificate, bani plătiți dintr-un cont de client nenumit, gestionat de o firmă fantomă de avocatură din City. Și un anume George Smiley, care era persoana împuternicită să se ocupe de acel cont în integralitatea lui.

– Mendel fiind cine? a întrebat Bunny.

– Ofițer de poliție pensionat, de la Brigada Specială, am răspuns eu, aflat acum pe autopilot. Numele mic, Oliver. A nu se confunda cu Oliver Lacon.

– Angajat cum, și de unde?

– George și Mendel se cunoșteau de multă vreme. George colaborase cu el într-un caz. Îi plăcea cum se îmbrăca. Și îi mai plăcea faptul că nu făcea parte din Circ. Gura mea de aer curat, așa îl numea.

Bunny a părut brusc istovit de întreaga discuție. Se lăsase greu pe spătarul fotoliului și își rotea încheieturile mâinilor, parcă pregătindu-și corpul pentru un zbor lung.

– Așa, ce-ar fi să revenim pe teren ferm, se poate? a sugerat el cu un căscat implicit. Fondul reptilian al lui George era în acel moment singura și exclusiva dovadă credibilă care ne pune la dispoziție: (a) o cale privind desfășurarea și scopul Operațiunii Windfall și (b) un mijloc de a ne apăra de orice acțiune civilă frivolă sau de o acuzație privată adusă împotriva Serviciului și împotriva lui Peter Guillam personal, de un anume Christoph Leamas, singurul moștenitor al regretatului Alec, și de o anume Karen Gold, fată bătrână, singura fiică a regretatei Elizabeth, sau Liz. Ai auzit de așa ceva? Să nu-mi spui că, în cele din urmă, te-am surprins.

Încă prăbușit pe fotoliu, a scos un slab Iisuse, timp în care a așteptat reacția mea. Și probabil că asta a durat multă vreme, pentru că îmi aduc aminte că a răcnit imperios: „Ei bine?" către mine.

*

– Liz Gold a avut un copil? mă aud întrebând.

– O versiune arțăgoasă a ei, din câte se pare. Abia împlinise cincisprezece ani când a fost lăsată gravidă de nu știu ce tântălău din școala ei. La insistențele părinților ei, copilul a fost dat spre adopție. Cineva a botezat-o Karen. Ori probabil că nu a fost botezată. Este evreică. După ce a crescut în casa femeii respective, numita Karen și-a exercitat dreptul legal de a cunoaște identitatea părinților naturali și, lucru de înțeles, a manifestat curiozitate privind locul și modul în care a murit mama ei.

A făcut o pauză, în caz că aveam de pus vreo întrebare. În cele din urmă, am avut una: de unde naiba au obținut Christoph și Karen numele noastre? A ignorat-o.

– În investigația ei, Karen a fost încurajată mult de Christoph, fiul lui Alec, care, de la căderea Zidului, fără știința ei, s-a străduit din răsputeri să descopere cum și de ce murise tatăl lui și, trebuie să spun, nu cu sprijinul entuziast al acestui Serviciu, care a făcut toate eforturile să le pună în cale toate obstacolele posibile, și nu numai. Din nefericire, eforturile noastre s-au dovedit contraproductive, în ciuda faptului că numitul Christoph Leamas are un cazier german lung cât brațul tău.

O altă pauză. Și totuși, nicio întrebare din partea mea.

– Cei doi avocați și-au unit acum forțele. S-au convins, și nu fără motiv, ca părinții celor doi au murit ca urmare a ceea ce pare să fi fost un rateu de zile mari al acestui Serviciu, comis de George Smiley și de tine. Ei doresc o dezvăluire completă, daune și scuze publice în care trebuie să apară nume. Al tău, de pildă. Știai că Alec Leamas zămislise un fiu?

– Da. Dar ce e cu Smiley? De ce nu este el aici în locul meu?

– Așadar, știi din întâmplare cine a fost fericita mamă?

– O nemțoaică pe care a cunoscut-o în timpul războiului, când acționa în spatele liniilor. Ulterior, ea s-a căsătorit cu un avocat din Düsseldorf, pe nume Eberhardt. Acesta a adoptat băiatul. Numele lui nu este Leamas, ci Eberhardt. Te-am întrebat unde este George.

– Să lăsăm asta pentru mai târziu. Și îți mulțumesc pentru capacitatea excelentă de a-ți aminti. Știau și alții despre existența acelui băiat? Ceilalți colegi ai amicului tău Leamas? Am ști și noi asta, numai că dosarele au fost furate, înțelegi? Apoi, deja îngrețoșat să mai aștepte răspunsul meu, spune: Se știa sau nu, în general, în cadrul Serviciului că Alec Leamas zămislise un bastard german pe nume Christoph, care locuia la Düsseldorf? Da sau nu?

– Nu.

– Cum dracu' nu?

– Alec nu vorbea mult despre sine.

– Se pare că doar față de tine. L-ai cunoscut?

– Pe cine?

– Pe Christoph. Nu pe Alec. Pe Christoph. Cred că ai devenit din nou îndărătnic, în mod deliberat.

– Nu sunt nicidecum așa cum zici și răspunsul meu este nu, nu l-am cunoscut pe Christoph Leamas, am răspuns eu, pentru că m-am gândit: de ce să-l răsfăț cu adevărul? Și, cât el a digerat asta, am spus: Te-am întrebat unde este Smiley.

– Și, după cum ai băgat de seamă, am ignorat întrebarea.

O pauză, cât amândoi am așteptat să ne adunăm gândurile, iar Laura a privit cu un aer absent pe fereastră.

– Christoph, așa cum îi putem spune, reia Bunny pe un ton letargic, nu e lipsit de talente, Peter, chiar dacă s-ar putea să fie infractor. Probabil că-l ajută genele. După ce a avut confirmarea că tatăl lui natural a murit la Zidul Berlinului pe partea estică, el și-a croit drum, nu știm prin ce mijloace, dar le respectăm, într-un maldăr de arhive Stasi, presupuse a fi închise publicului, și a descoperit trei nume semnificative. Al tău, al defunctei Elizabeth Gold și al lui George Smiley. S-a organizat o întâlnire. Acea pereche s-a sudat, în ce măsură, nu e treaba noastră să ne întrebăm. Împreună, s-au consultat cu unul dintre acei admirabili și inteligenți avocați specializați în drepturi civile, care poartă sandale ce lasă degetele picioarelor la vedere și care reprezintă o pacoste pentru acest Serviciu. Drept reacție, noi analizăm posibilitatea de a le oferi avocaților o avere din bani publici în schimbul tăcerii, dar suntem foarte conștienți că procedând astfel nu facem decât să confirmăm că ei au un caz solid, iar astfel îi vom încuraja să devină mai vocali decât sunt în prezent: „Duceți-vă naibii cu banii voștri, oameni ai răului. Istoria trebuie să vorbească. Putreziciunea trebuie îndepărtată. Vrem să vedem capete rostogolindu-se". Al tău, de exemplu, mă tem.

– Și probabil al lui George.

– Drept urmare, ne confruntăm cu premisa grotescă, shakespeariană prin care două victime ale diavolescului complot al Circului apar pentru a ne acuza prin intermediul vocilor vlăstarelor lor. Până în prezent am reușit să potolim mass-media sugerând – nu întru totul adevărat, dar cine stă să pună la îndoială? – că, în eventualitatea în care Parlamentul se dă deoparte pentru a lăsa loc unui proces civil, cazul va fi audiat în izolarea decentă oferită de un tribunal cu uși închise și doar noi vom hotărî cine a câștigat. Drept răspuns, reclamanții au instigat ca întotdeauna prin avocații lor, extrem de supărători, spunând: „Lăsaţi-ne în pace, vrem transparenţă, vrem dezvăluiri complete". Cu o oarecare ingenuitate, ai întrebat de unde putea avea Stasi numele voastre. Păi de unde? De la Centrala moscovită, bineînţeles, care le-au comunicat în mod firesc către Stasi. Şi de unde avea Centrala moscovită numele voastre? De la acest Serviciu, desigur, din nou mulţumită foarte harnicului Bill Haydon, pe acea vreme în largul lui şi care avea să mai rămână la fel încă şase ani, până când sfântul George a apărut pe calul lui alb şi l-a făcut să dispară. Mai eşti în legătură cu el?

– Cu George?

– Cu George.

– Nu. Unde se află acum?

– Şi nu ai luat legătura cu el în ultimii ani?

– Nu.

– Aşadar, când a fost ultima oară când ai luat legătura cu el?

– Acum opt ani. Ba nu, zece.

– Precizări.

– Mă aflam la Londra. L-am căutat.

– Unde?

– În Baywater Street.

– Şi cum se simţea?

– Bine, mulţumesc.

– Noi îl căutăm aici, şi dincolo. Şi rătăcitoarea Lady Ann? Mai ţii legătura cu ea? Legătură în înţeles strict metaforic, fireşte.

– Nu. Şi nici nu simt nevoia unor insinuări.

– Ei bine, vreau paşaportul tău.

– Pentru ce?

– Paşaportul pe care l-ai prezentat la recepţia de la parter, te rog. Paşaportul tău britanic, şi întinse mâna peste parapet.

– De ce, pentru Dumnezeu?

Oricum, i l-am dat. Ce altceva puteam face? Să mă iau la bătaie cu el?

– Atât ţi-a rămas? spune el răsfoind gânditor paginile lui. Ai avut o sumedenie de paşapoarte la vremea ta, sub diferite nume. Unde sunt acum?

– Le-am predat. S-au distrus.

– Ai naţionalitate dublă. Unde ţi-e paşaportul francez?

– M-am născut dintr-un tată britanic, am lucrat ca britanic şi asta e de ajuns pentru mine. Acum pot să-l primesc înapoi, te rog?

Însă el dispăruse deja sub acel parapet.

– Aşadar, Laura. Tu, din nou, spuse Bunny parcă redescoperind-o. Acum putem pătrunde ceva mai adânc în acel apartament secret Windfall, te rog?

S-a terminat. Am luptat până la ultima minciună. Sunt un om mort şi nu mai am muniţie.

*

Laura examinează din nou documentele aflate sub limita mea de vizibilitate şi fac toate eforturile pentru a ignora picăturile de sudoare care mi se rostogolesc pe piept.

– Da, în fine, casa conspirativă, şi încă cum, îl aprobă ea, moment în care îşi înalţă capul cu un aer încântat. Un apartament sigur, dedicat exclusiv pentru a fi folosit în Operaţiunea Windfall şi asta este descrierea aproape completă a fişei postului. Să fie situat în zona învecinată Londrei centrale, plus o declaraţie că, din motive de securitate, respectivul apartament va fi cunoscut sub numele de Grajduri, iar acestuia i se va atribui un îngrijitor permanent, care să se afle la discreţia lui Smiley. Şi cam asta este soarta noastră.

– A sunat clopoţelul? mă întreabă Bunny.

Cei doi aşteaptă. La fel şi eu. Laura îşi reia conversaţia personală cu Bunny.

– E ca şi cum Control nu a vrut să ştie nici măcar Lacon unde era acel loc sau cine se ocupa de el, Bunny. Ceea ce, având în vedere puterea pe care o avea Lacon la Trezorerie şi cunoştinţele lui cuprinzătoare despre alte domenii ale afacerilor Circului, mi se pare că este vorba de o oarecare paranoia din partea lui Control, dar cine suntem noi ca să-l criticăm?

– Adevărat, ce drept avem? Grajduri care să fie curățate? întreabă Bunny, extrem de curios.

– Așa presupun, spune Laura.

– Alegerea lui Smiley?

– Întreabă-l asta pe Pete, sugerează ea cu un aer sugestiv.

Însă Pete, nume pe care îl urăsc, a devenit mai surd decât se preface a fi.

– Și vestea bună este că încă există o casă conspirativă pentru Windfall! spune Bunny, însă adresându-se Laurei. Pentru că fie dinadins, ori din simplă neglijență, iar eu bănuiesc că e vorba de neglijență, Grajdurile au rămas pe cheltuiala personală a nu mai puțin de patru șefi succesivi ai Serviciului. Și există și acum. Și șefii noștri de la ultimul etaj habar nu au că el există, fără a mai vorbi de locul în care se află. Lucru și mai ciudat, în aceste vremuri de austeritate, existența apartamentului nu a fost investigată de scumpii noștri oameni de la Trezorerie. Au aprobat cheltuielile, Domnul să-i binecuvânteze, an de an. Se preface că este sâsâit și antihomosexualitate: Prea secret pentru a întreba, dragii mei. Semnați pe linia punctată, și nu suflați nicio vorbă către mami. Este o proprietate închiriată și nu avem nici cea mai vagă idee când expiră contractul, cine o deține și nici ce prostănac generos plătește facturile. Și, spre mine, cu același ton dezlănțuit: Peter. Pierre. Ai devenit tare tăcut. Te rog să ne lămurești. Cine este acel prostănac generos?

Când ești încolțit, după ce ai încercat toate trucurile pe care le cunoști, iar ele nu au dat roade, nu ai prea multe șanse să scapi pe furiș. Poți depăna povestea din interiorul poveștii. Mai făcusem asta și nu mersese. Poți încerca un loc comun parțial și să speri că totul se încheie acolo. Mai făcusem și asta, însă nu se încheiase unde dorisem eu. De aceea, accepți că ai ajuns la capătul drumului și că singura soluție care ți-a rămas este să fii îndrăzneț, să spui adevărul sau o parte din el, cât să poți scăpa cu atât și să primești câteva bile albe pentru că te-ai dovedit băiat bun. Însă niciuna dintre aceste tactici nu mi s-a părut a duce spre un final plauzibil, poate doar îmi mai putea aduce pașaportul înapoi.

*

– George avea un avocat fidel, am spus eu, în timp ce ușurarea de păcătos care se confesează creștea în mine fără să vreau asta. Cel sau cea căreia tu îi spui cochetul sau cocheta. El sau ea a fost de acord să intre în acel joc. Casa conspirativă nu este un apartament, ci o casă cu trei etaje și a fost închiriată de o firmă offshore înregistrată în Antilele Olandeze.

– Totul rostit ca un erou, spuse Bunny pe un ton aprobator. Și cine are grijă de casă?

– Millie McCraig. O fostă agentă a lui George. A mai avut grijă de ea și înainte. Se pricepea foarte bine la asta. Când a început Operațiunea Windfall, ea ținea o casă conspirativă a Circului pentru Întrunire în New Forest. Un loc numit Tabăra 4. George i-a spus să-și dea demisia, apoi să se reangajeze la Operațiuni Secrete. A transferat-o apoi la fondul reptilian și a plasat-o la Grajduri.

– Care se află unde, putem afla acum? – tot Bunny.

Așa că le-am spus și asta, ba le-am dat și numărul de telefon de la Grajduri, care mi-a scăpat de pe limbă cu atâta ușurință de parcă s-ar fi încordat tot timpul să-mi iasă pe gură. Apoi a urmat o scenă de regie cât Bunny și Laura au creat o ravenă între dosarele de pe masa dintre noi și Bunny a scos un telefon cu baza foarte lată, de o complexitate care mă depășea total în acel spațiu gol și, după ce a atins în succesiune sacadată o serie de taste cu o viteză amețitoare, mi-a întins receptorul.

Cu o zecime din iuțeala lui Bunny, am tastat numărul de telefon de la Grajduri și am rămas surprins să aud tonul răsunând puternic în încăpere, ceea ce, pentru urechile mele vinovate, nu reprezenta doar o gravă încălcare a regulilor de securitate, ci de-a dreptul un act de trădare, ca şi cum aş fi fost deconspirat, capturat şi închis dintr-o singură mişcare. Telefonul a sunat. Am aşteptat. Încă niciun răspuns. Şi m-am gândit, Millie este la biserică, pentru că obişnuia să facă asta cu asiduitate, ori e plecată să se plimbe cu bicicleta, ori e cu mult mai puţin agilă decât era odinioară, ca şi noi ceilalţi de fapt. Dar mai probabil este că a murit, pentru că, frumoasă şi intangibilă cum era, avea cel puţin cu cinci ani mai mult decât mine.

Ţârâitul a încetat. S-a auzit un foşnet şi am presupus că apelul trecea pe modul răspuns. Apoi, spre uimirea şi incredulitatea mea, am auzit glasul lui Millie, acelaşi glas, acelaşi tăiş de dezaprobare scoţiană puritană pe care îl maimuţăream pentru a-l face pe George să râdă când era prost dispus:

– Da? Alo? Iar după ce am ezitat: Cine este, vă rog? cu un ton indignat, ca și cum ar fi fost miezul nopţii, nu șapte seara.

– Sunt eu, Peter Weston, Millie, am spus eu. Și, pentru mai multă siguranţă, strecor și numele de cod al lui Smiley: Prietenul domnului Barraclough, dacă mai ţii minte.

Mă aşteptam, chiar speram că măcar o dată în viaţă Millie McCraig va avea nevoie de timp ca să-și adune gândurile, însă ea a revenit atât de brusc, încât eu, nu ea, am rămas deconcertat.

– Domnul Weston?

– În carne și oase, Millie, nu umbra lui.

– Te rog să te identifici, domnule Weston.

Să mă identific? Nu i-am oferit deja două nume conspirative? Apoi mi-am dat seama: vrea reperul meu, care era o formă de comunicare codificată obscură, folosit mai frecvent în sistemul telefonic al Moscovei decât al Londrei, dar în zilele noastre cele mai întunecate, Smiley insistase să fie folosit. De aceea am ridicat un creion cafeniu care se afla în faţa mea și, simţindu-mă un idiot desăvârşit, m-am aplecat deasupra super-sofisticatului telefon al lui Bunny şi am bătut în microfon codul de reper vechi de o mie de ani: trei lovituri, pauză, o lovitură, pauză şi două lovituri. Şi asta a dat roade, evident, pentru că imediat ce am dat ultima lovitură, Millie a revenit cu glas dulce şi plăcut, spunând că se bucura să îmi audă vocea după atâţia ani, domnule Weston, şi întrebându-mă cu ce îmi putea fi de folos.

La care i-aş fi putut răspunde: Ei bine, Millie, fiindcă tot ai întrebat, ai putea, te rog, să confirmi că aceste evenimente se petrec în lumea reală şi nu în cine ştie ce colţ neguros al lumii de mijloc, rezervată spionilor neadormiţi de altădată?

4

În dimineaţa precedentă, la sosirea din Bretania, mă cazasem într-un hotel jalnic din apropiere de Charing Cross şi plătisem nouăzeci de lire în avans pentru o cameră de mărimea unui coşciug. În drum spre Birou îi făcusem o vizită de curtoazie vechiului meu prieten şi fost informator Bernie Lavendar, croitor pentru bărbaţii din Corpul Diplomatic, al cărui atelier era situat într-un demisol minuscul din apropiere de Saville Row. Dar mărimea nu prezentase niciodată importanţă pentru Bernie. Ceea ce conta pentru el – şi pentru Circ – era de a pătrunde în saloanele diplomatice din Kensington Palace Gardens şi de la St John' Wood şi să culeagă informaţii pentru Anglia, contra unui venit modest, scutit de impozit.

Ne-am îmbrăţişat, am tras storurile şi am încuiat uşa. De dragul vremurilor trecute, am probat două articole dintre cele pe care cei care le comandaseră nu le ridicaseră: sacouri şi costume cusute pentru diplomaţi străini care, din motive necunoscute, nu veniseră să şi le ia. Şi, în cele din urmă, tot în spiritul vremurilor apuse, i-am încredinţat un plic sigilat pe care să îl păstreze în seiful lui până la întoarcerea mea. Conţinea paşaportul meu francez, dar chiar dacă în el s-ar fi aflat planurile pentru debarcarea din Normandia, Bernie nu l-ar fi tratat cu un respect mai mare.

Acum m-am întors ca să îl recuperez.

– Ce mai face domnul Smiley? mă întreabă el, coborând glasul cu venerație, sau ca o măsură exagerată de securitate. Am mai auzit de el, domnule G?

Nu am auzit. Dar Bernie? Vai, nici Bernie nu a auzit, de aceea ne consolăm cu un chicotit provocat de obiceiul lui George de a dispărea lungi perioade de timp fără nicio explicație.

Dar lăuntric nu am chicotit. Era posibil ca George să fi murit? Și că Bunny știa asta, dar nu voia să îmi spună? Dar nici măcar George nu putea muri în secret. Și ce era cu Ann, veșnic necredincioasa lui soție? Cu câtva timp în urmă, îmi ajunsese la urechi vestea că, sătulă să mai continue cu numeroasele ei aventuri, se măritase cu o organizație caritabilă la modă. Dar era greu de spus dacă atașamentul ei față de acea organizație durase mai multă vreme decât precedentele.

Având pașaportul francez în buzunar, m-am dus spre Tottenham Court Road și am investit bani în două telefoane mobile fără abonament, fiecare având timp de convorbiri în valoare de zece lire. Și, în altă ordine de idei, am cumpărat și o sticlă de scotch, pe care uitasem să o cumpăr de pe aeroportul din Rennes, lucru care explică probabil faptul că nu îmi amintesc nimic despre noaptea care s-a scurs cumva.

Trezindu-mă în zori, m-am plimbat o oră prin burniță și am mâncat un dejun prost la un bar care servea sendvișuri. Abia după aceea, cuprins de un sentiment de resemnare marcat de scepticism, mi-am făcut curaj și am oprit un taxi și i-am dat adresa care vreme de doi ani fusese scena mai multor bucurii, stres și suferință umană decât oricare alt loc din viața mea.

*

Din câte îmi aminteam, Disraeli Street 13, altfel spus Grajduri, fusese o casă dărăpănată, nerestaurată, în stil victorian, aflată la capătul unui șir de altele asemănătoare, pe o stradă lăturalnică din

Bloomsbury. Şi, spre surprinderea mea, aceea este casa care se înalţă în faţa mea acum: neschimbată, impenitentă, un reproş viu la adresa vecinelor sale strălucitoare şi dichisite. Este ora nouă dimineaţa, ora stabilită, dar pragul ei este stăpânit de o femeie suplă în blugi, adidaşi şi o jachetă din piele, care vorbeşte aprig la telefonul mobil. Mă pregătesc să încep încă un circuit, când îmi dau seama că femeia este Laura-de-la-Istorie, dar în ţinută modernă.

– Ai dormit bine. Pete?

– Ca un înger.

– Ce sonerie să apăs fără să fac vreo cangrenă?

– Încearcă „Etica".

„Etica" reprezenta alegerea lui Smiley pentru cea mai puţin tentantă sonerie pe care găsit-o. Uşa principală se deschide, iar acolo, în semiîntuneric, stă fantoma lui Millie McCraig, părul ei, care cândva era negru ca tăciunele, acum era la fel de alb ca al meu. Cu trupul cândva atletic, acum încovoiat de vârstă, dar având aceeaşi privire luminoasă, plină de zel şi arzândă, care izvora din ochii albaştri şi umezi, identică cu cea de atunci când îmi permitea un sărut, abia atins, pe obrazul ei uscat de femeie celtică.

Laura a trecut de noi şi a intrat în hol. Cele două femei s-au măsurat în priviri ca doi boxeri înainte de luptă, în vreme ce eu am trăit sentimente atât de tulburătoare de recunoaştere şi remuşcare, încât singura mea dorinţă a fost să mă furişez înapoi pe stradă, să închid uşa în urma mea şi să mă prefac că nici n-am călcat acolo. Ceea ce vedeam în jurul meu ar fi depăşit până şi visul celui mai meticulos arheolog: o încăpere mortuară conservată cu scrupulozitate, cu sigiliile nedesfăcute, dedicată Operaţiunii Windfall şi tuturor celor care au pătruns în ea, păstrând fiece lucruşor original, începând cu uniforma mea de băiat care livrează pizza la domiciliu, care atârnă de bicicleta de damă a lui Millie McCraig, un model vechi chiar şi la vremea achiziţiei, cu coş din răchită, clopoţel şi sac de transport marca Rexine, aşezată pe suportul ei în hol.

– Vrei să arunci o privire? îi spune Millie Laurei, la fel de indiferentă ca şi cum i s-ar adresa unui potenţial cumpărător.

– Există o uşă în spate, îi spune Laura lui Millie, scoţând un plan arhitectural al clădirii.

De unde Dumnezeu a obţinut aşa ceva?

Rămânem în faţa uşii cu geam vitrat a bucătăriei. Dedesubtul nostru, o grădină cât o batistuţă, iar în mijlocul ei, parcela cu legume pe care le cultivă Millie. Eu şi Mendel am săpat-o prima oară. Frânghia de rufe este goală, dar Millie ne aştepta. Căsuţa păsărilor, aceeaşi. Am încropit-o cu Mendel la un miez de noapte din bucăţi disparate de scândură. Sub îndrumarea mea puţin ameţită, Mendel o înfrumuseţase cu o placă pirogravată pe care scria: „Nicio pasăre nu e refuzată“. Şi iat-o acolo, la fel de mândră şi dreaptă ca în ziua de naştere pe care o sărbătorise. O potecă pietruită şerpuieşte printre straturile de legume până la poarta sărutului care duce spre parcarea privată ce dă spre stradă. Nicio casă conspirativă nu era aprobată de George dacă nu avea o ieşire în spate.

– A intrat vreodată cineva pe acolo? întreabă Laura.

– Control, îi răspund, scutind-o pe Millie de efort. N-ar fi intrat prin faţă nici să-l pici cu ceară.

– Şi voi ceilalţi?

– Foloseam uşa din faţă. După ce Control a hotărât că uşa din spate era a lui, ea a devenit calea lui privată de acces.

Fii generos cu lucrurile mărunte, mă sfătuiesc. Lasă restul încuiat în memoria ta şi azvârle cheia. Următoarea escală a itinerarului Laurei este scara şerpuitoare din lemn, o replică miniaturală a fiecărei scări sumbre de la Circ. Suntem pe cale să urcăm când, însoţită de clinchetul unui clopoţel, apare o pisică: un animal mare, negru, cu părul lung, cu aspect ameninţător, purtând o zgardă roşie. Se aşază pe fund, cască şi ne măsoară. Laura se uită fix la el, apoi se întoarce spre Millie.

– Şi ea inclusă în buget?

– E motan şi plătesc eu pentru el, mersi.

– Are nume?

– Da.

– Dar e secret?

– Sigur.

Având-o pe Laura în frunte, urmată cu precauţie de motan, urcăm jumătate de palier şi ne oprim în faţa uşii verzi ca fetrul de pe mesele de biliard, având încuietoare cu combinaţie. Înapoia ei se află camera cifrului. Când George a luat acea casă, uşa avea geam din sticlă, dar Ben, cifrorul, nu voia să îi fie urmărite degetele, de aceea s-a pus acea pânză de fetru.

– Corect. Cine ştie combinaţia? spune Laura pe tonul unei îndrumătoare de la cercetaşi.

Cum Millie nu spune nimic nici de data asta, eu recit fără niciun chef combinaţia: 211005, data Bătăliei de la Trafalgar.

– Ben a făcut parte din Marina regală, explic eu, dar chiar dacă Laura înţelege aluzia, nu are nicio reacţie.

Aşezându-se pe fotoliul rotativ, se uită încruntată la şirul de cadrane şi comutatoare. Apasă un comutator. Nimic. Roteşte un cadran. Tot nimic.

– Alimentarea este oprită de atunci, murmură Millie către mine, nu către Laura.

Rotindu-se pe scaunul lui Ben, Laura împunge cu un deget spre seiful din perete, marca Chubb.

– Corect. Chestia aceea are cheie?

Repetarea acelui corect mă calcă pe nervi. Seamănă cu nesuferitul de nume Pete. Dintr-un mănunchi de chei aflat la brâul ei, Millie alege una. Încuietoarea se roteşte, uşa seifului se deschide şi Laura se uită în el şi, cu o mişcare ca de seceră a mâinii, scoate conţinutul lui pe rogojina mică din fibre de cocos de pe masă: registre de coduri purtând înscrisul Strict Secret, creioane, plicuri ranforsate, sugative folosite o sigură dată, vârâte în celofan, în pachete de câte douăsprezece file.

– Lăsăm totul așa cum este, corect? ne anunță ea, rotindu-se spre noi. Nimeni nu atinge nimic. Ați înțeles? Pete? Millie?

E deja la mijlocul următorului șir de trepte când Millie, spunând „Scuze!“, o oprește din drum.

– Vrei să intri și în apartamentul meu?

– Și dacă o fac?

– Ai toată libertatea să-mi inspectezi apartamentul și bunurile personale cu condiția să primesc în prealabil și în timp util o înștiințare scrisă, semnată de autoritatea competentă de la Biroul Central, spune Millie într-o singură frază, fără nicio modulație de ton, pe care bănuiesc că a repetat-o. Între timp, te rog să-mi respecți intimitatea, așa cum merită o persoană de vârsta și statutul meu social.

La care Laura răspunde cu o erezie pe care nici măcar Oliver Mendel nu ar fi riscat-o într-una dintre zilele lui bune:

– De ce, Milli? Ai pe cineva ascuns acolo?

*

Motanul clasificat s-a îndepărtat. Stăm în Camera de Mijloc, numită astfel din ziua în care eu și Mendel am îndepărtat vechile partiții din rigips. Privită dinspre stradă, tot ce se putea vedea era o fereastră murdară de parter, cu draperii lungi până la pământ. Însă pe dinăuntru nu exista fereastră, deoarece într-o după-amiază de sâmbătă dintr-un februarie am zidit-o, reducând încăperea la o beznă eternă, asta până când aprindeai lămpile cu abajururi verzui pe care le cumpăraserăm de la un magazin din Soho.

Două birouri greoaie din epoca victoriană umpleau centrul camerei, unul al lui Smiley, celălalt – însă doar ocazional – al lui Control. Originea lor rămăsese un mister, până într-o seară când Smiley ne-a dezvăluit la un pahar de scotch că un văr de-al lui Ann din Devon vindea o mulţime de piese de mobilier pentru a plăti taxele de moştenire.

– Pentru numele a tot ce este sfânt, ce este acel lucru hidos care se află în această casă?

Ochii Laurei s-au îndreptat, ceea ce nu mă surprinde defel, pe diagrama de prost gust, de aproape un metru pe şaizeci de centimetri care atârna în spatele biroului lui Control. Hidos? Nu şi pentru ochii mei. Însă e ceva ce ameninţă viaţa, asta sigur. Fără să îmi dau seama, am înşfăcat bastonul din lemn de frasin care atârna pe spătarul fotoliului pe care stătea Control şi m-am apucat să dau o explicaţie care nu avea rolul de a lămuri ceva, ci de a crea o diversiune.

– Laura, secţiunea de aici – şi fluturând bastonul spre labirintul de linii colorate şi nume conspirative, care seamănă cu o hartă dementă a Metroului londonez – este o reprezentare făcută de mână a reţelei est-europene a Circului, care poartă numele codificat de Mayflower, aşa cum a existat ea înainte de conceperea Operaţiunii Windfall. Aici îl avem pe marele om în sine, sursa Mayflower, inspiratorul reţelei, fondatorul, făcut pentru asta şi centrul ei, aici sunt sub-sursele lui, iar aici, în ordine descendentă, sub-sursele lor, conştiente de asta sau nu, împreună cu o scurtă descriere a ceea ce furnizau, evaluarea planului de către Whitehall şi evaluarea noastră internă a seriozităţii surselor şi sub-surselor, pe o scară de la unu la zece.

După care aşez bastonul înapoi, atârnat de spătarul fotoliului. Însă Laura nu a părut a fi chiar atât de derutată sau confuză cum aş fi dorit eu. Ea examina unul după altul numele conspirative de pe diagramă, verificându-le. Millie iese discret din încăpere.

– Ei bine, din întâmplare, acum ştim câteva lucruri despre Operaţiunea Mayflower, a remarcat Laura pe un ton superior. Din dosarul întreg pe care ai fost îndeajuns de amabil să îl laşi în Arhiva Generală. Plus alte două surse de-ale noastre. Şi, după ce lasă ca aceste cuvinte să își facă efectul, spune: Ce e cu asta, să dai nume fiecăruia după câte o plantă de grădină?

– A, Laura, este de pe vremea când foloseam tematici, i-am răspuns eu, menţinându-mi tonul superior atât cât am putut. Mayflower, deci flori, nu corabia[1].

Însă, încă o dată vorbele mele nu au niciun efect.

– Ce naiba reprezintă stelele astea?

– Sunt scântei, Laura. Nu steluţe. Scântei figurative. În cazurile în care agenţii din teren erau înzestraţi cu aparate de radioemisie. Roşu pentru aparate active, galben pentru cele depozitate în ascunzători.

– Ascunzători?

– De obicei, învelite în materiale impermeabile.

– Dacă eu vreau să ascund ceva, atunci ascund, mă lămureşte ea, încă vânând printre numele conspirative. Nu depozitez. Eu nu vorbesc limbajul spionilor şi nici nu sunt membră a vreunui club de băieţi. Şi ce e cu semnele astea de plus? – şi împunge cu un deget spre bulina din jurul unei sub-surse, rămânând cu el acolo.

– De fapt, nu sunt semne de plus, Laura. Sunt cruci.

– Vrei să spui că sunt agenţi dubli? Că au fost recrutaţi în cruce?

– Vreau să spun că au dispărut.

– Cum?

– Au fost demascaţi. Au renunţat. O mulţime de motive.

– Ce s-a întâmplat cu omul ăsta?

– Cu nume de cod Violet?

– Da. Ce s-a întâmplat cu Violet?

Mă încolţea? Începeam să presupun că asta făcea.

– A dispărut, credem că a fost interogat. Cu baza în Berlinul de Est între 1956 şi 1961. A condus o echipă care supraveghea trenurile

[1] Numele corabiei cu care au ajuns primii colonişti, cunoscuţi sub numele de Pelerini sau Părinţi fondatori, în America în 1620. (n.tr.)

de marfă. Dar totul e scris în bula aceea – ceea ce însemna că putea citi și singură.

– Și individul ăsta? Tulip?

– Tulip este o femeie.

A așteptat atâta timp ca să-și așeze degetul pe acest nume?

– Diezul, cum îl numești tu, este un simbol.

– Cred că am priceput asta. Ce e cu el?

– Tulip era o rusoaică ortodoxă, de aceea a fost notată acolo folosindu-se crucea ortodoxă rusă.

Vocea mea rămâne egală în vreme ce ea pregătește un nou atac.

– Cine a făcut asta?

– Femeile. Cele două secretare-șefe care au lucrat aici.

– Fiecare agent religios primea o cruce?

– Ortodoxia lui Tulip făcea parte din motivația ei de a lucra cu noi. Crucea a consemnat asta.

– Ce s-a întâmplat cu ea?

– Din păcate, a dispărut de pe ecranele noastre.

– Pe vremea aceea nu aveați ecrane.

– Noi am presupus că ea a hotărât să renunțe la acea activitate. Unii informatori procedează în acest fel. Întrerup contactul și dispar.

– Numele ei adevărat era Gamp, corect? Ca umbrela[1] aceea. Doris Gamp?

Nu simt doar un val de greață, asta e sigur. Nu am mai avut un asemenea gen de tresărire în stomac.

– Probabil că o chema Gamp. Da, cred că așa o chema. Mă surprinde că știi asta.

– Probabil că n-ai furat suficient de multe dosare. A reprezentat o pierdere mare?

– Cum adică?

---

[1] Cuvânt englez ieșit din uz, pătruns în argou, care definește o umbrelă mare și prost legată, termen derivat de la un personaj feminin creat de Charles Dickens în romanul *Martin Chuzzlewit*, publicat în 1846. (n.tr.)

– Hotărârea ei de a se retrage.

– Nu sunt convins că și-a anunțat hotărârea. Doar că a încetat să mai lucreze. Cu toate astea, în timp, asta a însemnat o pierdere. Tulip era o sursă importantă. Substanțială. Da.

Prea mult? Prea puțin? Prea ușor? Laura stă pe gânduri. Dar prea mult timp.

– Aveam impresia că te interesa Windfall, îi reamintesc eu.

– A, ne interesează totul. Windfall este doar un pretext. Ce s-a întâmplat cu Millie?

Millie? A da, Millie. Nu Tulip. Millie.

– Când? întreb eu prostește.

– Acum. Unde a dispărut?

– Sus, în apartamentul ei, probabil.

– N-ai vrea s-o chemi, te rog? Pe mine mă urăște.

Însă când deschid ușa, o văd pe Millie așteptând cu cheile. Trecând pe lângă ea, Laura înaintează pe coridor cu harta casei în mână. Eu rămân în urmă.

– Unde-i George? murmur eu către Millie.

Ea scutură din cap. Nu știu? Sau nu întreba asta?

– Cheile, Millie.

Îndatoritoare, Millie descuie ușile duble care dau spre biroul-bibliotecă. Laura face un pas înainte, apoi doi înapoi, ca în filmele proaste și scoate strigătul obligatoriu: „O, Doamne!“ – dar atât de strident încât probabil că i-a trezit și pe morții din Muzeul Britanic. Nevenindu-i să creadă, Laura înaintează spre rândurile de tomuri zdrențuite care stau îngrămădite pe rafturi, de la podea până în tavan. Cu delicatețe, face prima alegere, volumul 18 dintr-un set de treizeci de volume chinuite din *Encyclopaedia Britannica*, publicată în 1878. Deschide volumul, răsfoiește nedumerită câteva pagini, îl aruncă pe o măsuță și se delectează în schimb cu *Aventuri prin Arabia și dincolo de ea*, publicată în 1908, care face parte dintr-o serie incompletă și cu prețul, după cum îmi amintesc fără niciun motiv, de cinci şilingi şi şase pence volumul, în total o liră pentru tot lotul, după ce Mendel îl învinsese pe negustor la negociere.

– Vrei să fii amabil să-mi spui cine citeşte toate porcăriile astea? Ori le-a citit? – adresându-se tot spre mine.

– Oricine avea aprobare să facă parte din Windfall şi avea motive întemeiate să o facă.

– Ce ar însemna asta?

– Asta înseamnă, îi răspund cu toată demnitatea pe care o pot dovedi, că George Smiley era de părere că, de vreme ce nu eram binecuvântaţi cu o fortăreaţă blindată pe malul Tamisei, ascunderea firească era preferabilă protecţiei fizice. Şi că, deşi ferestrele baricadate şi seiful din oţel ar sluji drept o invitaţie directă pentru orice infractor local ca să forţeze intrarea, încă nu s-a născut acel spărgător a cărui pradă ideală ar fi doar o groază de cărţi vechi...

– Atunci, arată-mi, bine? Tot ce aţi furat. Tot ce se află aici.

Aşezând o scară de bibliotecă în faţa şemineului care este cotropit de florile uscate de Millie, culeg de pe raftul cel mai de sus un exemplar din *Ghidul profanului pentru ştiinţa frenologiei* de Henry J. Ramken, doctor în ştiinţe (CANTAB[1]), iar din interiorul scobit al volumului scot un dosar îngălbenit. Transferând dosarul Laurei, îl reaşez pe doctorul Ramken pe raftul lui şi cobor pe terenul ferm al podelei, pentru a o descoperi pe ea aşezată pe braţul unui fotoliu din bibliotecă, examinând acea pradă; şi Millie nu apare nicicum.

– Văd un Paul aici, spune Laura cu glas acuzator. Cine e Paul când se află acasă?

De data asta nu mai reuşesc chiar atât de bine să îmi controlez reacţiile vocale.

---

[1] Cambridge Neuropsychological Test Automated Battery (Baterie de teste automate neuropsihologice), având rolul de a testa diferite zone ale funcţiei cognitive. (n.tr.)

– Nu e acasă, Laura. A murit. Paul, pronunţat în germană, a fost unul dintre numele conspirative pe care Alec Leamas le-a folosit la Berlin faţă de informatorii lui. În cele din urmă, am reuşit să adopt un ton neutru: Îşi schimba numele. Nu avea mare încredere în lume. În fine, nu avea încredere în Comitetul Întrunit, să o spunem pe şleau.

Pare interesată, dar nu ţine ca eu să ştiu asta.

– Şi astea sunt dosarele, corect? Toată grămada. Tot ce ai furat se află aici, în cărţile astea vechi? Da?

Mă arăt cât se poate de încântat să o lămuresc:

– Regret, Laura, nu toate, în niciun caz. Politica lui George era să păstrăm cât mai puţine lucruri posibil. Orice putea fi aruncat se toca. Am tocat, apoi am ars resturile. Asta era legea lui George.

– Şi unde e tocătorul?

– Chiar acolo, în colţ.

Îi scăpase atenţiei.

– Şi unde le-aţi ars?

– În şemineul de acolo.

– Aţi păstrat certificatele de distrugerea documentelor?

– Apoi ar fi trebuit să distrugem şi certificatele de distrugere, nu?

În vreme ce eu savurez mica mea victorie, ea îşi mută privirea spre cel mai întunecat şi îndepărtat colţ al încăperii, unde se află două fotografii lungi, înfăţişând bărbaţi stând unul alături de altul. Şi de această dată, nu mai scoate un strigăt de genul „La naiba“ sau vreo altă exclamaţie, ci înaintează spre ei cu paşi rari, ca şi cum s-ar teme că ei ar putea dispărea în zbor.

– Şi frumuseţile astea?

– Josef Fiedler şi Hans-Dieter Mundt. Mai precis şeful şi şeful-adjunct al Direcţiei Operaţii din cadrul Stasi.

– Mă interesează cel din stânga.

– Acela este Fiedler.

– Descriere?

– Evreu german, singurul supravieţuitor al părinţilor care erau profesori universitari şi care au murit în lagăre. A studiat ştiinţele umaniste la Moscova şi Leipzig. A fost primit în Stasi destul de târziu. Foarte abil, inteligent şi îl detestă din rărunchi pe cel care stă alături de el.

– Mundt.

– Printr-un proces de eliminare, da, Mundt, o aprob eu. Pe numele mic, Hans-Dieter.

Hans-Dieter Mundt, în costum la două rânduri, cu toţi nasturii încheiaţi până sus. Hans-Dieter Mundt, cu braţele lui de ucigaş strânse pe lateral, cu degetele mari ale mâinilor în jos, privind cu dispreţ spre aparatul de fotografiat. Participă la o execuţie. A lui. A altcuiva. În orice caz, expresia lui nu se schimbă deloc, tăietura de pumnal de pe o latură a feţei lui nu se va vindeca niciodată.

– El era ţinta voastră, corect? Omul pe care amicul tău Alec Leamas trebuia să îl elimine, corect? În schimb el l-a eliminat pe Leamas. Nu-i aşa? Se întoarce spre Fiedler. Iar Fiedler era super-sursa voastră? Corect? Voluntarul secret suprem. Intrusul care nu a pătruns niciodată în interiorul sistemului. Doar v-a aruncat o serie de informaţii fierbinţi în prag, după care a sunat clopoţelul şi a fugit fără să-şi lase numele. Mereu, mereu. Şi încă nu ştiţi sigur dacă a fost informatorul vostru, aşa cum îl numiţi. Corect şi asta?

Inspir adânc:

– Toate informaţiile nesolicitate din cadrul Operaţiunii Windfall pe care le-am primit au indicat în direcţia lui Fiedler, răspund eu, alegându-mi cuvintele cu atenţie. Chiar ne-am întrebat dacă Fiedler se punea în poziţia de a trăda şi, ca să zic aşa, arunca pâinea pe apă dinainte[1].

---

[1] Parafrazare după Biblie, Ecleziastul; 11.1: „Aruncă pâinea pe apă, căci o vei afla după multe zile". (n.tr.)

– Asta pentru că îl ura atât de mult pe Mundt? Mundt, fostul nazist care nu se reformase?

– Acesta ar fi fost un motiv. Combinat, am presupus noi, cu deziluzia privind democrația, mai precis lipsa acesteia, așa cum era practicată în Republica Democrată Germană, adică RDG. Sentimentul că zeul lui comunist se putea să-l fi părăsit, sentiment care se transforma în certitudine. Existase o contrarevoluție eșuată în Ungaria, pe care sovieticii o reprimaseră foarte brutal.

– Mulțumesc. Cred că știam asta.

Bineînțeles că știa. Este de la departamentul istoric al Serviciului.

În cadrul ușii apăruseră doi tineri cu părul în dezordine, un tânăr și o tânără. Primul meu gând a fost că ei pătrunseseră pe ușa din spate, unde nu exista sonerie; iar al doilea gând – cam nebunesc, trebuie să recunosc – a fost că ei erau Karen, fiica lui Elizabeth, și amicul ei reclamant, Christoph, fiul lui Alec, veniți să opereze o arestare în numele cetățenilor. Laura se înalță și mai mult pe scara de bibliotecă pentru a căpăta o autoritate suplimentară.

– Nelson. Pepsi. Salutați-l pe Pete, poruncește ea.

– Bună, Pete.

– Bună, Pete.

– Bună.

– În regulă. Ascultați-mă cu atenție, toți. Din acest moment, locul în care vă aflați va fi tratat drept scena unei infracțiuni. El este în același timp proprietatea Circului. Asta include și grădina. Orice petic de hârtie, dosar, gunoi, tot ce este pe pereți ca diagrame, panouri perforate, orice se află în sertare și pe rafturi este proprietatea Circului și posibil probe într-o instanță judecătorească. Totul trebuie copiat, fotografiat și listat în mod corespunzător. Corect?

Nimeni nu spune că nu e corect.

– Pete, aici de față, este lectorul nostru. Pentru asta, Pete va rămâne aici, în bibliotecă. Pete va prezenta și va fi interogat de șeful

Departamentului Juridic și de mine. Exclusiv. Revenind la cei doi tineri cu părul răzvrătit: Discuțiile voastre cu Pete vor fi strict banale, corect? Se vor purta pe un ton politicos. Nu vor atinge în niciun fel materialele pe care le va prezenta sau motivele pentru care le prezintă. Lucruri pe care voi doi le cunoașteți, dar le repet spre informarea lui Pete. În cazul în care vreunul dintre voi are motive să presupună că Pete, din greșeală sau în mod deliberat, încearcă să îndepărteze documente sau probe de pe proprietatea Circului, va informa neîntârziat Departamentul Juridic. Millie.

Niciun răspuns, deși ea se află în pragul ușii.

– Zona ta, apartamentul tău, a fost folosit vreodată – acum este folosit – pentru vreun fel de activitate a Serviciului?

– Nu am cunoștință de așa ceva.

– Zona aceea conține echipamente ale Serviciului? Camere? Dispozitive de ascultare? Materiale secrete de scris? Dosare? Documente? Corespondență oficială?

– Nu.

– Mașină de scris?

– Proprie. Cumpărată de mine, din bani personali.

– Electronică?

– Manuală, Remington.

– Radio?

– Cu baterii. Propriu. Cumpărat de mine.

– Magnetofon?

– Pentru aparatul de radio. Cumpărat de mine.

– Computer? iPad? Smartphone?

– Doar un telefon normal, mulțumesc.

– Millie, ai fost informată dinainte. Confirmarea scrisă va veni pe cale poștală. Pepsi. Te rog să o însoțești acum pe Millie în apartamentul ei, corect? Millie, te rog să-i oferi tot sprijinul necesar lui Pepsi. Vreau ca totul să fie verificat în amănunțime. Pete.

– Da, Laura.

– Cum identific volumele active de pe rafturi?

– Toate cărţile format cvarto de pe raftul de sus, la care numele autorilor de la A la R trebuie să conţină documente, dacă nu cumva au fost distruse.

– Nelson. Tu rămâi în bibliotecă până la sosirea echipei. Millie.

– Ce mai e?

– Bicicleta din hol. Te rog să o muţi de acolo. Ne stă în drum.

*

Aşezaţi în Camera de Mijloc, eu şi Laura am rămas singuri pentru prima oară. Mi-a oferit fotoliul lui Control. Eu îl prefer pe al lui Smiley. Acaparează fotoliul, lăsându-se pe o parte, fie ca să se relaxeze, fie ca să-mi facă un serviciu.

– Sunt juristă. Corect? Şi încă una al dracului de bună. Întâi am lucrat pe cont propriu, apoi m-am angajat la o corporaţie. După aceea, m-am sictirit şi am făcut cerere de angajare la voi. Eram tânără şi frumoasă, de aceea mi-au încredinţat departamentul istoric. Lucrez acolo de la început. Ori de câte ori trecutul a ameninţat să muşte Serviciul de dos, Laura a fost acolo. Iar Windfall, crede-mă, pare să fie o muşcătură serioasă.

– Îmi închipui că eşti foarte încântată.

Chiar dacă simte ironia din glasul meu, o ignoră.

– Şi chiar dacă ar putea suna stupid, vrem de la tine tot adevărul şi nimic altceva, şi ducă-se naibii loialitatea ta faţă de Smiley sau oricine altul. Corect?

Nu e corect deloc, dar de ce să mă deranjez să i-o spun? Ea continuă:

– După ce vom afla adevărul, vom şti cum să soluţionăm problema. Poate chiar în favoarea ta, dacă interesele noastre coincid. Treaba mea este să îndepărtez rahatul înainte de a împuţi totul. Fără scandaluri, indiferent cât de istorice sunt. Reprezintă o distragere a atenţiei şi stârnesc comparaţii neplăcute cu vremurile pe care le trăim. Extrădare, tortură, flirturi pe ascuns cu psihopați criminali: acestea ne afectează negativ imaginea în ochii publicului și sunt un factor destabilizator pentru întreaga activitate. Așadar, suntem de aceeași parte a baricadei, corect?

Încă o dată reușesc să tac.

– Așa, uite și vestea proastă. Nu doar urmașii victimelor rezultate în Operațiunea Windfall ne vor sângele. Bunny a îndulcit puțin lucrurile din amabilitate. Există un grup de membri ai Parlamentului, hămesiți să fie băgați în seamă, care vor să folosească Windfall drept exemplu privind ceea ce se întâmplă când serviciilor de supraveghere li se permite să o ia razna. Nu pot avea acces la operațiunile reale, de aceea se leagă de istoricul Serviciului. Și tot mai impacientată de tăcerea mea: Pete, îți spun sincer. Dacă nu cooperezi deplin, chestia asta ar putea să...

Așteaptă ca eu să închei fraza. Însă eu o las în așteptare.

– Și chiar nu ai nicio veste de la el, corect? spune ea în cele din urmă.

Îmi trebuie un moment ca să-mi dau seama că stau pe scaunul lui.

– Nu, Laura. Încă o dată spun: nu mai știu nimic de George Smiley.

Se lasă puțin pe spate și scoate un plic dintr-un buzunar de la spate al pantalonilor. Preț de un moment nebunesc cred că va fi ceva de la George. Tipărit electronic. Fără filigran. Fără atingerea vreunei mâini umane.

Ți s-a găsit cazare temporară începând cu data de astăzi la apartamentul 110B, Hood House, Dolphin Square, SV Londra. Sunt valabile următoarele condiții.

Nu am voie cu animale de companie. În apartament nu va pătrunde nicio persoană neautorizată. Trebuie să fiu prezent și la dispoziție în apartament între orele 22.00 și 7.00 sau să transmit departamentului juridic o notificare prealabilă dacă nu pot respecta acest orar. Având în vedere situaţia mea (neprecizată), chiria de 50 de lire pe noapte va fi dedusă din pensia mea. Nu voi plăti energia termică, iluminatul sau energia electrică, dar voi răspunde pentru orice pierdere sau daune aduse proprietăţii.

Tânărul răvăşit pe nume Nelson vâră capul pe uşă.

– A venit furgoneta, Laura.

Devastarea Grajdurilor este pe cale să erupă.

5

Se aşternea amurgul. O seară de toamnă, dar, după standardele englezeşti, caldă ca o vară. Într-un fel sau altul, prima mea zi la Grajduri se încheiase. M-am plimbat o vreme, am băut un scotch într-un bar plin de tineri care făceau un vacarm asurzitor, am luat un autobuz până în Pimlico, am coborât cu câteva staţii mai devreme și am mers din nou pe jos. Curând matahala iluminată a Dolphin Square s-a înălţat în faţa mea din negură. Acel loc îmi dăduse fiori încă de când mă înrolasem sub drapelul serviciului secret. Pe vremea mea, în Dolphin Square existau mai multe apartamente conspirative pe metru pătrat decât în orice clădire din lume, și nu era vreunul în care să nu primesc informaţii sau să nu instruiesc un informator nefericit. Tot acela era și locul în care Alec Leamas își petrecuse ultima noapte în Anglia ca oaspete al recrutorului Moscovei, după care plecase în călătoria care îl ucisese.

Apartamentul 110B de la Hood House nu făcea nimic pentru a alunga acea fantomă. Apartamentele conspirative ale Circului fuseseră întotdeauna modele de disconfort planificat. Acesta era un clasic al speciei: un extinctor de dimensiuni industriale, de culoare roșie, două fotolii butucănoase cu arcurile învechite, o reproducere în acuarelă a lacului Windermere, un minibar încuiat, un avertisment tipărit să nu se fumeze NICI MĂCAR CU FEREASTRA DESCHISĂ, un televizor foarte mare despre care am presupus că avea și rolul de a spiona și un telefon negru prăfuit, care nu avea număr, pentru a fi folosit, în ceea ce mă privea, doar în scopul dezinformării. Iar în dormitorul minuscul, un pat de o persoană, cu cadru metalic, la fel ca acela dintr-un internat școlar, pentru a descuraja dezmățurile.

Închizând ușa dormitorului ca să nu mai rămân în raza de acțiune a televizorului, am desfăcut geanta cu îmbrăcăminte pentru noapte și am privit în jur, căutând un loc în care să-mi ascund pașaportul franțuzesc. Pe ușa băii erau prinse prost în șuruburi INSTRUCȚIUNI ÎN CAZ DE INCENDIU. Slăbind șuruburile, am strecurat pașaportul în spațiul liber, le-am strâns la loc și am coborât la parter, unde am devorat un hamburger. Revenit în apartament, m-am tratat cu o porție generoasă de scotch și am încercat să mă relaxez într-unul dintre fotoliile austere. Însă abia ațipisem că m-am trezit din nou, perfect lucid, de data asta în Berlinul de Vest în anul Domnului una mie nouă sute cincizeci și șapte.

*

Era într-o vineri, spre sfârșitul zilei.

Mă aflam în orașul divizat de o săptămână și așteptam cu nerăbdare să petrec două zile și două nopți carnale în compania unei ziariste suedeze pe nume Dagmar, de care m-am îndrăgostit nebunește în doar trei minute, la un cocktail oferit de Înaltul Comisar britanic, care avea și funcția de ambasador pe lângă guvernul etern provizoriu de la Bonn. Urmează să o întâlnesc peste două ore, dar înainte de asta am hotărât să trec pe la centrala noastră din Berlin ca să îl salut și să îmi iau rămas-bun de la vechiul meu amic Alec.

La Stadionul Olimpic din Berlin, într-o clădire construită memorabil din cărămidă roșie, pentru a cinsti gloria lui Hitler, și cunoscută cândva sub numele de Casa Sportului German, rezidența se pregătește de weekend. Îl găsesc pe Alec stând la coadă în fața ferestrei cu zăbrele a Registraturii, așteptându-și rândul ca să predea o tavă plină cu documente secrete. Nu mă așteaptă, dar nimic nu îl mai poate surprinde, de aceea spun: „Salut, Alec, mă bucur grozav să te revăd!“ Iar el spune: „A, bună, Peter, tu erai, ce naiba cauți aici?“ Apoi după o ezitare care nu îl caracterizează, mă întreabă dacă sunt ocupat în weekend. Și îi spun că da, chiar sunt. La care el spune: „O, păcat, credeam că vii cu mine la Düsseldorf“. Și eu spun: „De ce Dumnezeu tocmai la Düsseldorf?“ Și el ezită încă o dată.

– Simt nevoia să plec din Berlinul ăsta nesuferit, spune el, ridicând neconvingător din umeri în semn de indiferență. Și pentru că pare să accepte că eu nu mi l-aș imagina nici în visele mele cele mai nebunești drept turist.

– Trebuie să mă întâlnesc cu un om, în legătură cu un câine, îmi explică el, drept care trag concluzia că dorește ca eu să înțeleg că are un informator de care trebuie să aibă grijă, iar în acest caz i-aș putea fi de folos ca sprijin sau orice ar fi avut nevoie. Dar acesta nu e un motiv ca să-i dau plasă lui Dagmar.

– Îmi pare rău, Alec, dar nu pot. O doamnă scandinavă are nevoie de atenția mea totală. Și eu la fel de a ei.

Stă pe gânduri în legătură cu asta, dar nu într-un mod pe care îl asociez cu comportarea obișnuită a lui Alec. E ca și cum s-ar simți jignit sau nedumerit. De cealaltă parte a grilajului, funcționara de la registratură face un gest impacientat. Alec predă documentele. Funcționara le înregistrează.

– O femeie ar prinde bine, spune el, fără să se uite la mine.

– Chiar și una care crede că lucrez la Ministerul Muncii, care caută talente germane din domeniul științific. Fii serios!

– Adu-o. Se va simți bine, spune el.

Și cine îl cunoaște pe Alec la fel de bine ca mine, venind din partea lui, acela a fost aproape un strigăt de ajutor. În toți anii în care vânaserăm împreună, între suişuri şi coborâşuri, până acum nu l-am văzut niciodată atât de descumpănit. Dagmar este de acord, astfel că în aceeaşi seară noi trei zburăm pe coridor către Helmstedt, luăm o maşină, conducem până la Düsseldorf şi ne cazăm la un hotel pe care îl ştie Alec. La cină abia dacă scoate câteva vorbe, dar Dagmar se dovedeşte a fi o femeie puternică şi rezistentă, după care ne furişăm spre cameră şi avem noaptea carnală, ambii partenerii fiind întru totul satisfăcuţi. Sâmbătă-dimineaţă ne întâlnim toţi la un dejun târziu şi Alec spune că are bilete la un meci de fotbal. Nu l-am auzit niciodată pe Alec manifestând măcar cel mai mic interes faţă de fotbal. Apoi se vădeşte că are patru bilete.

– Cine-i al patrulea? îl întreb, închipuindu-mi că are vreo iubită ascunsă în oraş care este liberă doar sâmbăta.

– Un puşti pe care-l cunosc, spune el.

Ne urcăm în maşină, eu şi Dagmar în spate, şi plecăm. Alec opreşte la un colţ de stradă. Un băiat înalt, cu faţa rigidă, adolescent, stă sub o reclamă la Coca-Cola, aşteptându-l. Alec deschide portiera, băiatul se instalează pe scaunul din faţă, iar Alec spune:

– El este Christoph.

Iar noi spunem:

– Bună, Christoph.

După care pornim spre stadion. Alec vorbeşte germana la fel de bine ca engleza, probabil mai bine, şi i se adresează băiatului pe un ton scăzut. Băiatul mormăie ceva, dă din cap afirmativ sau negativ. Ce vârstă o avea? Paisprezece? Optsprezece? Indiferent ce vârstă ar avea, este eternul adolescent german din clasa autoritară: morocănos, cu coşuri pe faţă şi supărător de supus. E blond, palid şi are umeri masivi, iar pentru un puşti, nu zâmbeşte prea mult. Pe o tribună, retrasă faţă de linia de tuşă, el şi Alec stau alături şi schimbă câteva cuvinte pe care nu le pot auzi, dar băiatul nu e binedispus, ci doar priveşte lung, iar la pauză, dispar amândoi, iar eu presupun că s-au dus să urineze sau să mănânce un hotdog. Însă Alec revine singur.

– Unde e Christoph? întreb eu.

– A trebuit să se întoarcă acasă, răspunde el îmbufnat. Ordinele mămicii.

În restul weekendului asta a fost. Eu și Dagmar am petrecut clipe fericite în pat, dar habar nu am avut ce a făcut Alec în tot acest timp. Am presupus că tânărul Christoph era fiul vreunui informator și avea nevoie de o ieșire în lume, pentru că în cazul informatorilor este vorba întâi de bunăstare, restul lucrurilor fiind secundare. Curând urma să mă întorc la Londra, Dagmar se înapoiase deja la Stockholm, la soțul ei, iar eu și Alec beam un pahar în semn de rămas-bun într-una din numeroasele bodegi din Berlin, pe care le cunoștea. Atunci l-am întrebat în treacăt de Christoph, pentru că mi se păruse că băiatul era puțin debusolat, cam greu de mulțumit și probabil că am și spus ceva în acest sens.

La început am crezut că voi avea parte din nou de o muțenie ciudată, pentru că el s-a întors față de mine, astfel că nu i-am putut vedea fața.

– Sunt tatăl lui, pentru numele lui Dumnezeu, a spus el.

Apoi, cu izbucniri scurte, rezervate, mai toate fără verbe și fără ca măcar să se ostenească să îmi spună să țin totul pentru mine, pentru că știa că așa va rămâne, a urmat povestea, ori atât cât a fost dispus să spună: femeia îi fusese curier în perioada cât a stat la Berna, locuia la Düsseldorf: fată bună, buni prieteni și avusese o aventură cu ea. Ea a vrut ca el să o ia de soție. El nu a vrut, de aceea, ea s-a căsătorit cu un avocat din oraș. Acesta a adoptat băiatul, singurul lucru decent pe care îl făcuse vreodată.

– Mă lasă să-l văd din când în când. Nu-i poate spune soțului, pentru că ticălosul ar bate-o.

Și imaginea finală pe care o văd acum, când mă ridic de pe fotoliul auster: Alec și Christoph stând umăr lângă umăr, urmărind meciul cu ochi ficși și rigizi. Și aceeași expresie fixă pe fețele lor, amândoi având fălci de irlandezi.

*

La un moment dat în noapte trebuie că am adormit, dar nu-mi amintesc asta. Este șase dimineața în Dolphin Square, iar în Bretania, șapte. Catherine este probabil trează și s-a apucat de treabă, pentru că Isabelle începe să cânte odată cu Chevalier, cocoșelul nostru șef. Vocea ei se aude din partea opusă a curții, din căsuța Catherinei, pentru că Isabelle își ține ferestrele deschise tot timpul, indiferent de vreme. Probabil că au dat de mâncare căprițelor, apoi Catherine i-a dat Isabellei să mănânce, probabil într-o fugărire în joacă în jurul curții, când Isabelle scapă și Catherine o urmărește cu o lingură de iaurt în mână. Și găinile, și poruncile inutile ale lui Chevalier, care se comportă în general de parcă s-a sfârșit lumea.

În timp ce îmi imaginam această scenă, mi-a trecut prin gând că dacă telefonam pe numărul aparatului de telefon aflat în casa mare și dacă, din întâmplare, Catherine trecea prin preajma ei, avea cheile tot timpul asupra ei, ar putea auzi sunetul și ar răspunde. De aceea, am făcut o încercare la plesneală, folosind unul dintre telefoanele mele mobile, pentru că nu aveam niciun chef ca Bunny să mă asculte. Telefonul de la fermă nu are sistem de memorare a apelurilor, de aceea l-am lăsat să sune câteva minute, și tocmai când abandonasem orice speranță, am auzit glasul Catherinei, care este bretonă și, câteodată probabil, ceva mai severă decât intenționează.

– Pierre, ești bine?

– Bine. Și tu la fel, Catherine?

– Ți-ai luat adio de la prietenul care a murit?

– Mai sunt două zile.

– O să ții o cuvântare memorabilă?

– Enormă.

– Ești agitat cumva?

– Îngrozit. Ce face Isabelle?

– Isabelle e bine. Nu s-a schimbat în absenţa ta. Deja observasem un ton subtil de îngrijorare, sau ceva mai pregnant în vocea ei. Ieri a venit un prieten de-al tău în vizită. Pierre, aşteptai vreun prieten?

– Nu. Ce fel de prieten?

Însă, ca orice interogator dur, Catherine are propriul mod de a răspunde:

– I-am spus – nu, Pierre nu e aici, a plecat la Londra, e un bun samaritean, şi a murit cineva, s-a dus să îi consoleze pe cei care sunt îndureraţi.

– Dar cine era, Catherine?

– Nu a zâmbit. Nu a fost nici politicos. A tot insistat.

– Vrei să spui că a fost violent?

– M-a întrebat cine a murit. I-am spus că nu ştiu. M-a întrebat de ce nu ştiu. Am spus că Pierre nu-mi spune orice. A râs. A spus că, probabil, la vârsta lui Pierre, toţi prietenii îi mor. M-a întrebat dacă a fost ceva subit. Era o femeie, un bărbat? M-a mai întrebat dacă stai la un hotel din Londra. Și care? Care e adresa? Cum se numeşte? I-am spus că nu ştiu. Sunt ocupată, am un copil și o fermă de care îngrijesc.

– Era francez?

– Poate german. Poate american.

– A venit cu maşina?

– Cu taxiul. De la gară. Cu Gascon. Îmi plăteşti dinainte, aşa i-a spus Gascon. Altfel, nu te duc.

– Cum arăta?

– Pierre, nu a fost politicos. Farouche[1]. Masiv ca un boxer. Avea multe inele pe degete.

---

[1] Nesociabil, violent, necivilizat (fr.) (n.tr.)

– Vârsta?

– Poate cincizeci. Sau şaizeci. Nu i-am numărat dinţii. Poate era mai bătrân.

– Ţi-a spus cum îl cheamă?

– A spus că nu era nevoie. A spus că sunteţi prieteni vechi. A spus că aţi urmărit împreună un meci de fotbal.

Rămân neclintit, abia respirând. Cred că ar trebui să mă dau jos din pat, dar sufăr de fuite de courage[1]. Cristoph, fiul lui Alec, reclamant, cel care a furat din dosarele închise ale Stasi, infractor cu un cazier cât braţul meu de lung, cum naiba de a găsit drumul până la ferma mea din Bretania?

Ferma de la Les Deux Eglises mi-a revenit ca moştenire din partea mamei. Încă purta numele ei de fată. În cartea de telefon locală nu exista numele niciunui Pierre Gillam. Din motive misterioase, Bunny îi dăduse pe furiş lui Christoph adresa mea? Dar în ce scop imaginabil?

Apoi mi-am amintit de pelerinajul meu pe motocicletă până la un cimitir măturat de ploaie din Berlin într-o zi întunecată de iarnă din 1989 şi totul a căpătat sens.

*

Zidul Berlinului căzuse de o lună. Germania este în extaz, satul nostru din Bretania nu tocmai. Şi eu par să oscilez între cele două atitudini, acum bucurându-mă de pacea relativă care s-a instaurat, pentru ca un moment mai apoi să devin introspectiv gândindu-mă la tot ce am reuşit şi la sacrificiile făcute, mai ales în ceea ce privea vieţile altor oameni, în îndelungii ani când credeam că Zidul va rămâne acolo pentru totdeauna.

În exact această dispoziţie mă zbăteam în legătură cu declaraţia anuală de venituri a fermei în sala fiscului de la Les Deux Eglises, când tânărul nostru poştaş, Denis, care încă nu primise demnitatea

---

[1] Lipsă de curaj (fr.) (n.tr.)

de „Monsieur“, şi cu siguranţă nu aceea de „le Général“, nu a sosit cu furgoneta lui galbenă, ci cu bicicleta, şi a înmânat o scrisoare, nu mie, ci bătrânului Antoine, un bătrân veteran de război fără un picior, care, ca de obicei, îşi făcea de lucru prin curte cu o furcă în mâini, deşi nu avea nimic deosebit de făcut.

După ce a examinat plicul pe o parte şi pe alta şi a acceptat totuşi ideea că puteam să intru în posesia lui, Antoine a venit şchiopătând până la uşă, mi l-a întins, după care s-a retras şi m-a urmărit citind conţinutul scrisorii.

Mürren,
Elveţia

Dragul meu Peter,

M-am gândit că ai dori să ştii că cenuşa prietenului nostru Alec a fost depusă recent să se odihnească în Berlin, în apropiere de locul în care a murit. Din câte se pare, cadavrele celor ucişi la Zid au fost de obicei incinerate în secret, iar cenuşa lor, împrăştiată. Cu toate acestea, mulţumită meticulozităţii datelor deţinute de cei de la Stasi, în cazul lui Alec s-au luat măsuri speciale. Rămăşiţele lui au apărut, şi i s-a făcut o înmormântare decentă, chiar dacă tardivă.

Ca întotdeauna,
George

Şi pe o pagină separată – vechile obiceiuri mor greu – era scrisă adresa unui cimitir mic din districtul Friedrichshain, Berlin, înfiinţat oficial pentru victimele războiului şi tiraniei.

Pe vremea aceea, eram cu Diane, o altă pasiune trecătoare care se apropia de sfârşit. Cred că i-am spus că un prieten de-al meu era bolnav. Ori poate că el murise. Am sărit pe motocicleta mea – la data aceea, era încă a mea – şi am condus nonstop până la Berlin pe cea mai rea vreme de care avusesem parte vreodată, m-am dus direct la cimitir şi am întrebat la intrare unde îl pot găsi pe Alec. Cădea o ploaie deasă, care nu se mai oprea. Un bătrân, care era un fel de paracliser, mi-a dat o umbrelă şi o hartă şi m-a îndreptat spre o alee largă, mărginită de copaci cenuşii. După ce am orbecăit puţin, am descoperit ceea ce căutam: un mormânt proaspăt şi o piatră funerară din marmură, pe care scria: ALEC JOHANNES LEAMAS, spălată ciudat de ploaie. Fără date, fără să se spună cu ce se ocupase şi o movilă prelungă pentru a indica poziţia celui înmormântat, deşi acolo se afla doar cenuşa lui. Pentru acoperire? Te cunoşteam de atâţia ani, am gândit eu, şi niciodată nu mi-ai spus despre acel Johannes: lucru tipic. Nu adusesem flori; gândisem că ar fi râs de mine. De aceea, am rămas sub umbrelă şi am purtat un fel de dialog lăuntric cu el.

În momentul în care urcam din nou pe motocicletă, bătrânul paracliser m-a întrebat dacă aş dori să semnez în cartea de condoleanţe. Carte de condoleanţe? Era îndatorirea lui să ţină aşa ceva, mi-a explicat el; nu atât ca îndatorire, ci mai mult ca un omagiu adus dispărutului. Şi atunci mi-am zis: de ce nu? Prima notaţie era semnată „GS", cu adresa „Londra". În coloana rezervată tributurilor, singurul cuvânt era „Prieten". Aşadar, acela era George, ori ceea ce era dispus să recunoască. Sub George, un grup de nume nemţeşti care nu însemnau nimic pentru mine, cu dedicaţii de genul „Nu te vom uita niciodată", până când am ajuns la un nume „Christoph", fără numele de familie. Iar sub dedicaţie, cuvântul „Sohn" – fiu. Iar la rubrica adresei de domiciliu, scria Düsseldorf.

Fusese o criză trecătoare legată de faptul că Zidul se dărâma şi toată lumea era din nou liberă, lucru de care mă îndoiam cât se putea de mult: ori era vorba de o senzaţie viscerală pentru că acţionasem îndeajuns de mult în secret în cursul vieţii de până atunci, ori de îndemnul de a sta drept în ploaia torenţială şi să trec drept unul dintre prietenii lui Alec? Indiferent cum ar fi stat lucrurile, am respectat datina: mi-am scris numele real, adresa adevărată din

Bretania, iar în coloana omagiilor, pentru că nu mi-a venit în minte o idee mai bună, am trecut „Pierrot“, pentru că așa mi se adresa Alec în rarele ocazii în care devenea afectiv.

Și, Christoph, ferocele meu partener îndoliat și fiu al lui Alec, ce ai făcut? Într-una dintre vizitele recente la mormântul tatălui tău – fără să am indicii aparte, presupun că ai mai fost acolo, fie și numai în scop de documentare – s-a întâmplat să arunci o privire în cartea de condoleanțe, și ce ai văzut? Peter Guillam și Les Deux Eglises scrise pentru tine „en clair“, nu ca alias, nu o adresă falsă a unei case conspirative, ci doar adresa mea și locul în care trăiesc. Și asta te-a adus de la Düsseldorf tocmai până în Bretania. Așadar, Christoph, fiu al lui Alec, care va fi următoarea ta mișcare? Parcă aud vocea fructuoasă și juridică a lui Bunny, nu mai departe de ieri:

– Christoph nu e lipsit de talente, Pete. Probabil că-l ajută genele.

6

– Pete, aici de faţă, este lectorul nostru, afirmase Laura faţă de audienţa ei, alcătuită din admiratori. Pentru a ne oferi expertiza lui, Pete va fi găzduit aici, în bibliotecă.

Mă văd în zilele ce vor urma nu atât ca lector, ci ca un soi de student bătrân, silit să dea un examen pe care ar fi trebuit să îl ia cu o jumătate de viaţă în urmă. Și din când în când, bătrânul aflat în cauză este scos din sala de examen şi silit să reziste unei examinări „viva voce" conduse de unii profesori ale căror cunoştinţe privind subiectul sunt misterios de inegale, însă asta nu îi împiedică să încerce să îl supună la mari cazne. Apoi, tot din când în când, el este atât de îngrozit de istoriile propriei tinereţi, încât este pe punctul de a le nega, asta până când dovezile îl vor condamna prin însăşi vorbele lui rostite. În fiecare dimineaţă la sosire mi se serveşte un teanc de dosare, unele cunoscute, altele nu. Simplul fapt că ai furat un dosar nu înseamnă că l-ai şi citit.

În dimineaţa celei de-a doua zile, biblioteca a rămas închisă pentru toţi cei aflaţi acolo. Din bubuiturile care se auzeau de acolo şi după foiala tinerilor şi tinerelor în treninguri cărora nu le fusesem prezentat, am presupus că va urma o scotocire pe tot parcursul nopţii. Apoi, spre după-amiază, a venit o tăcere ameninţătoare. Biroul meu nu mai era birou, ci un postament oarecare, aşezat ca un eşafod, în mijlocul bibliotecii. Rafturile bibliotecii dispăruseră, lăsând în urma lor doar nişte dâre fantomatice, precum umbra unor gratii de închisoare pe pereţii pe care s-a aplicat tapet în culori texturate.

– Când ajungi la o rozetă, să te opreşti, îmi spune Laura pe un ton poruncitor, după care se îndepărtează.

Rozetă? Se referă la agrafele cu capete roşii, vârâte la anumite intervale între dosare. Nelson ocupă în tăcere scaunul supraveghetorului de examen şi deschide o carte groasă, în format carte de buzunar. Viaţa lui Tolstoi, de Henry Troyat.

– Să ne dai un semn dacă vrei o pauză de tufiş, corect? Tatăl meu urinează cam la zece minute.

– Sărmanul om.

– Şi să nu pleci cu nimic de aici.

*

O seară ciudată când, fără nicio explicaţie, Laura îl înlocuieşte pe Nelson pe scaunul de supraveghetor şi, după ce mă urmăreşte cu un aer acru vreme de mai bine de jumătate de ceas, spune:

– La naiba. Pete, n-ai vrea să mă scoţi la o cină gratis?

– Acum? spun eu.

– Acum. În seara asta. Când preferi?

Gratis pentru cine? mă întreb eu, în vreme ce dau din umeri în semn de aprobare precaută. Gratis pentru ea? Sau pentru mine? Ori gratis pentru amândoi, pentru că Biroul ne împerechează? Ne retragem la un restaurant grecesc. Ea a rezervat o masă. Poartă fustă. Masa e într-un colţ, cu o lumânare neaprinsă într-un soi de cuşcă roşie. Nu ştiu de ce stăruie în mintea mea imaginea unei lumânări neaprinse, dar aşa se întâmplă. Şi patronul se apleacă deasupra noastră şi îmi spune că am cea mai bună vedere spre salon, referindu-se la Laura.

Bem un uzo, apoi încă unul. Simplu, fără gheaţă, ideea ei. Aşadar, e băutoare, înfigăreaţă – şi eu, la vârsta mea, pentru numele lui Dumnezeu? – ori își închipuie că alcoolul va dezlega limba bătrânului bășinos? Și cum să interpretez prezența unei perechi de vârstă medie, care se află la masa alăturată și se străduiește să nu se uite la noi?

Laura poartă un top decoltat, fără mâneci, care sclipește în lumina lumânării, iar linia decolteului a alunecat spre sud. Comandăm obișnuitele aperitive – tarama, humus, sardine –, ea adoră musacaua, de aceea alegem amândoi acel fel și, după aceea, ea începe un alt tip de interogatoriu, genul flirt. Deci, e chiar adevărat, Pete, ce i-ai spus lui Bunny, că tu și Catherine sunteți doar prieteni?

– Pentru că sincer, Pete – vocea i se îndulcește spre intimitate –, având în vedere trecutul tău, cum e posibil să locuiești cu o franțuzoaică extrem de atrăgătoare cu care nu te culci? Doar dacă nu cumva ești gay în secret, pentru că Bunny asta crede. Dar atenție, Bunny socotește că toți bărbații sunt gay. Probabil o fi chiar el gay și nu vrea să recunoască.

Pe de o parte, îmi vine să-i spun să se ducă dracului, pe de alta, vreau să aflu ce intenții are. De aceea las lucrurile așa cum sunt.

– Dar vorbesc serios, Pete, e o nebunie! insistă ea. Uite, nu-mi spune că ți-ai retras cavaleria din șarjă, așa cum spunea tatăl meu: o hermelină ca tine, nu se poate!

Deși nu e înțelept ce fac, o întreb ce o determină să o socotească pe Catherine atât de atrăgătoare. Și spune: O, mi-a zis o păsărică. Bem vin roșu grecesc, negru și având un gust asemănător tușului, iar ea se apleacă în față ca să-mi ofere o vedere mai bună a decolteului.

– Hai, Pete, spune-mi adevărul. A, onoarea cercetașului, da? Dintre toate femeile pe care le-ai avut de-a lungul vieții – pe care o consideri numărul unu? Și apoi râde zgomotos.

– Ce-ar fi să vorbești mai întâi tu? ripostez eu, iar asta pune capăt glumei.

Cer nota de plată, iar perechea de alături face la fel. Laura spune că va lua metroul. Eu spun că mă voi plimba puțin. Și nici până în ziua de azi nu ştiu dacă Laura a fost în misiune pentru a mă trage de limbă sau a fost doar un alt suflet singuratic în căutarea unei idei de căldură umană.

*

Sunt lectorul. Pe coperta lucioasă de culoare galben-închis a mapei din care citesc e scris de mână doar un număr de referinţă – nu ştiu al cui e scrisul, dar probabil e al meu. Seria din partea de sus a filei, unde scrie Strict Secret şi Protejat, ceea ce înseamnă că nu trebuie cunoscut de americani, indică faptul că este un raport – apologie în loc de raport ar fi un cuvânt mai potrivit – întocmit de un anume Stavros de Jong, un tip de aproape un metru nouăzeci, un stagiar dizgraţios al Circului, în vârstă de douăzeci şi cinci de ani. Prescurtat, Stas este absolvent al Universităţii Cambridge şi mai are şase luni de stagiu până să fie confirmat. E detaşat la secţia de Operaţiuni Secrete a Rezidenţei din Berlin, care este condusă de camaradul meu de arme, veteranul ofiţer operativ Alec Leamas.

O chestiune de protocol, în calitate de comandant local, Leamas este de facto adjunct al şefului rezidenţei. Drept urmare, raportul lui Stas este adresat lui Leamas şi, apoi, transmis Şefului Operaţiunilor Secrete aflat în Londra, George Smiley.

Raport întocmit de S. de Jong către AS[1]/Rezidenţa Berlin, copie către CIC[2].

Am primit ordin să prezint următorul raport.

Întrucât ziua de Anul Nou a fost friguroasă, dar însorită şi sărbătoare publică, eu şi soţia mea Pippa am hotărât să îi ducem pe copii (Barney, 3 ani, şi Lucy, 5) şi pe câinele nostru jack russell (Loftus) la Köpenick, pentru un picnic la marginea lacului, îmbrăcaţi călduros şi pentru o plimbare prin pădurea învecinată.

---

[1] AS – Adjunctul Şefului (rezidenţei) (n.red.)

[2] Comitetul Întrunit de Coordonare – CIC (n.red.)

Maşina familiei noastre este un Volvo albastru cu plăcuţe de înmatriculare militare, faţă şi spate, ceea ce ne dă dreptul de acces nerestricţionat între sectoarele Berlinului, Köpenick fiind unul dintre locurile în care obişnuim să ieşim la picnic, dar şi preferat de copii.

Am parcat maşina ca de obicei alături de zidul perimetrului vechii distilerii din Köpenick, în prezent abandonată. Nu am văzut nicio altă maşină, iar la marginea lacului erau doar câţiva pescari aşezaţi pe scaune, care ne-au ignorat. Am luat din maşină coşul cu mâncare şi am mers la locul nostru obişnuit de lângă lac, un promontoriu acoperit cu iarbă şi după aceea ne-am jucat de-a v-aţi ascunselea cu Loftus, care a lătrat puternic, spre iritarea unuia dintre pescari, care ne-a înjurat peste umăr, pentru că, susţinea el, Loftus sperie peştii.

Bărbatul, în jur de cincizeci de ani, era slab, avea părul încărunţit şi l-aş recunoaşte dacă l-aş mai vedea. Purta o şapcă neagră şi o manta veche de Wehrmacht, căreia i se scoseseră însemnele.

Întrucât era aproape 15.30, iar Barney trebuia dus la culcare, am strâns lucrurile pentru picnic şi am lăsat copiii să fugă până la maşină, ducând împreună coşul, iar Loftus i-a urmat lătrând.

Când au ajuns la maşină, copiii au lăsat coşul şi au pornit înapoi în goană, alarmaţi, urmaţi de Loftus care lătra, ca să ne anunţe că portiera din partea şoferului fusese forţată de un hoţ „care a furat cu totul aparatul foto al tatei!" – după cum s-a exprimat Lucy.

Portiera fusese deschisă cu forţa, iar mânerul era rupt, dar vechiul meu aparatul foto Kodak, pe care îl uitasem din greşeală în torpedo, nu fusese furat, după cum nu fuseseră luate nici paltonul meu, alimentele şi alte provizii pe care le luasem de la Naafi, care, spre surprinderea noastră, era deschis în ziua de Anul Nou, înainte de a trece în Berlinul de Est.

Am descoperit că, departe de a fura ceva, făptuitorul lăsase o cutie de tutun marca Memphis alături de aparatul foto. În cutie era un cartuş mic nichelat, pe care l-am identificat imediat ca fiind un ambalaj standard Minox pentru film sub-miniatural.

Întrucât astăzi a fost sărbătoare publică, iar eu am urmat un curs de fotografie operativă, am socotit că existau suficiente motive pentru a anunţa ofiţerul de serviciu al rezidenţei. Sosind acasă, am developat imediat filmul în baia noastră, care nu are fereastră, folosind echipamentul standard al Serviciului.

După ce am examinat cu ajutorul unei lupe câteva dintre cele aproape o sută de cadre de negative developate, la ora 21.00 l-am alertat pe adjunctul şefului rezidenţei (Leamas), care mi-a dat ordin să aduc neîntârziat materialul la sediu şi să pregătesc un raport scris, lucru pe care l-am făcut.

Privind în urmă, recunosc că ar fi trebuit să duc filmul nedevelopat direct la Rezidenţa din Berlin pentru a fi prelucrat de secţia foto şi că era nesigur şi posibil dezastruos ca eu, stagiar, să efectuez developarea în locuinţa mea. Drept scuză, ţin să repet că 1 ianuarie era sărbătoare publică şi am avut o reţinere în a alerta rezidenţa pentru ceva ce putea fi o alarmă falsă, plus că am absolvit cursul de fotografie operativă la Sarratt cu note maxime. Cu toate acestea, regret sincer hotărârea luată şi aş dori să afirm că am învăţat încă o lecţie.

S de J

Şi în partea de jos a raportului, Alec a scris chinuit, la furie, către Şeful Operaţiunilor Secrete, Smiley:

George – ţâncul ăsta încurcă-lume a trimis o copie a raportului şi către Întrunire înainte de a-l opri cineva. Asta înseamnă educaţia. Sugerez să discuţi amical cu P. Alleline, B. Haydon, T. Esterhase şi nenorocitul de Roy Bland şi compania ca să-i faci să creadă că a fost vorba de o acţiune de dezinformare: adică, nu se impun alte acţiuni, sunt materiale de mâna a doua etc.

Alec

Însă Alec nu era omul care să stea degeaba, mai ales când viitorul carierei lui era în joc. Contractul lui cu Circul urma să fie reînnoit, trecuse de vârsta-limită pentru agent operativ, avea prea puţine perspective să primească o slujbă călduţă de birou la Oficiul

Central, ceea ce explică întrucâtva reacţia de neîncredere a lui Smiley faţă de ceea ce a făcut Alec după aceea:

Ş/Operaţiuni Secrete Marylebone (Smiley) pentru Control. Doar de văzut. Personal, predat personal.
Subiect: AL, Ş/Operaţiuni Secrete, Berlin.[1]

Şi scris de mână, în stilul imaculat al lui George:

C: Vei fi la fel de surprins ca şi mine că AL a apărut neanunţat la uşa casei mele din Chelsea seara trecută, la ora zece. Cum Ann plecase pentru o cură, rămăsesem singur. A. mirosea a băutură, lucru deloc neobişnuit, dar nu era beat. A insistat să decuplez telefonul din sufragerie înainte de a sta de vorbă, şi apoi, în ciuda vremii foarte friguroase, să stăm la capătul serei, care dă spre grădină, pe motiv că „sticla nu poate conţine microfoane". Apoi mi-a zis că a venit de la Berlin cu un avion civil pentru ca numele lui să nu apară pe lista de zbor a RAF[2], despre care el bănuieşte că este monitorizată de Comitetul Întrunit de Coordonare. Din acelaşi motiv el nu mai are încredere în curierii Circului.

Întâi de toate, a vrut să ştie dacă pusesem Întrunirea pe o pistă greşită în legătură cu materialul de la Köpenick, aşa cum mă rugase. I-am spus că, după părerea mea, reuşisem acest lucru, întrucât era bine de ştiut că Rezidenţa din Berlin era asediată de oferte de informaţii lipsite de valoare.

Apoi a scos din buzunar fila împăturită pe care o anexez, explicându-mi că era un rezumat pregătit doar de el al materialelor conţinute de filmul de la Köpenick, dar fără confirmare suplimentară din altă sursă secretă sau nesecretă.

---

[1] Şeful/Operaţiuni Secrete Marylebone (Smiley) pentru Control. Doar de văzut. Personal, predat personal.
Subiect: Alec Leamas, Şeful/Operaţiuni Secrete, Berlin. (n.red.)
[2] Royal Air Force – Forţele Aeriene ale Marii Britanii (n.red.)

Simultan, am două imagini în minte: cea cu George și Alec, stând ghemuiți și cu capetele apropiate în interiorul serei friguroase din Baywater Street, a doua, cu Alec singur în noaptea dinainte, aplecat deasupra anticei mașini de scris Olivetti și cu o sticlă de scotch, în biroul plin de fum din subsolul clădirii Stadionului Olimpic din Berlinul de Vest. Rezultatul trudei lui se află în fața mea: o pagină dactilografiată, murdară, presărată de urme de lichid de corecție și învelită într-o folie de celofan, al cărei text sună astfel:

1. Procese-verbale ale ședinței serviciilor secrete din Blocul Estic, Praga, 21 decembrie 1957.
2. Numele și gradele ofițerilor KGB detașați în cadrul direcțiilor Stasi, încă din data de 5 iulie 1956.
3. Identitatea agenților Stasi prezenți în Africa Sub-Sahariană.
4. Numele, gradul și numele conspirative ale tuturor ofițerilor Stasi care sunt instruiți de KGB în URSS.
5. Poziționarea a șase noi instalații secrete sovietice de comunicații din RDG și Polonia, la data de 5 iulie 1956.

Întorc fila și revin la procesul-verbal întocmit de mână de George Smiley pentru Control; nu prezintă nicio ștersătură:

Restul poveștii lui Alec sună astfel: După informațiile primite de către de Jong, dacă așa au stat lucrurile, cu regularitate, în fiecare săptămână, Alec a luat mașina Volvo și câinele familiei de Jong, a pus 500 de dolari în torpedo, împreună cu o carte de colorat cu numărul lui direct de telefon al Rezidenței din Berlin, scris neglijent în interiorul ei, și-a pus sculele de pescuit în portbagaj (până acum nu am știut că Alec pescuia și sunt înclinat să mă îndoiesc), a mers la Köpenick și a parcat mașina în locul folosit întotdeauna de Jong, cam la aceeași oră. Având câinele cu el, s-a dus să pescuiască și a așteptat. La a treia încercare, a avut noroc.

Cei 500 de dolari au fost înlocuiți cu două casete. Cartea de colorat în care se afla numărul de telefon dispăruse.

Două seri mai apoi, aflat în Berlinul de Vest, Alec a primit un apel pe telefonul direct de la un bărbat care a refuzat să se prezinte, dar a spus că pescuia la Köpenick. Alec i-a propus să vină în seara următoare la ora șapte și jumătate în fața unei anumite case de pe Kurfürstendamm și să țină în mâna stângă numărul din săptămâna precedentă al revistei Der Spiegel.

Acea treff (adică întâlnire secretă, cuvânt împrumutat de agenții din Berlin din jargonul spionajului german) a avut loc într-un microbuz Wolkswagen condus de de Jong și a durat optsprezece minute. La început, MAYFLOWER, după cum Alec l-a botezat la întâmplare, a refuzat să își dea numele, susținând că acele casete nu veneau de la el, ci de la „un prieten din interiorul Stasi", pe care trebuia să îl protejeze. Rolul lui era doar acela de intermediar voluntar, a insistat el, motivația lui nefiind de mercenar, ci ideologică.

Însă Alec nu a înghițit povestea asta. Materialele provenite din surse necunoscute, furnizate de un intermediar anonim erau un drog de pe piață, a spus el. Așa că nu făceau nicio înțelegere. În cele din urmă – și doar ca răspuns la rugămintea insistentă a lui Alec, așa ni se cere să credem – Mayflower a scos din buzunar o carte de vizită cu numele Dr. Karl Riemeck și adresa Spitalului Charité din Berlin, pe o parte, iar pe cealaltă, o adresă din Köpenick, scrisă de mână.

Alec a fost convins că Riemeck nu făcuse decât să aștepte pentru a-l cântări înainte de a-și dezvălui identitatea și că după zece minute abandonase orice rezervă. Dar nu trebuie să uităm de irlandezul care zăcea în Alec.

Așadar, întrebarea evidentă este:

Chiar dacă doctorul Riemeck este cine susține că este, cine este sub-sursa lui magică?

Avem de a face cu încă o operațiune de dezinformare organizată de Stasi?

Ori – deși mă doare să sugerez așa ceva – avem în față ceva născocit chiar de Alec?

În concluzie:

Alec cere cu o oarecare patimă, trebuie să o spun, să i se permită să îl treacă pe Mayflower la etapa următoare fără să îl supună la vreuna dintre obişnuitele percheziţii sau verificări ale trecutului său, ceva ce, după cum se prezintă situaţia, nu se poate efectua fără cunoştinţa şi sprijinul Comitetului Întrunit de Coordonare. Rezervele lui ne sunt cunoscute amândurora şi eu îndrăznesc să sugerez să le împărtăşim cu precauţie.

Cu toate acestea, Alec nu dovedeşte astfel de rezerve privind suspiciunile lui. Seara trecută, după cel de-al treilea pahar de scotch, a numit-o pe Connie Sachs drept agent dublu al Centralei moscovite din sânul Circului, după care, pe locul doi vine Toby Esterhase. Teoria lui, bazată pe nimic altceva decât pe intuiţia lui alimentată de whisky, a fost că această pereche a fost surprinsă într-o „folie a deux" animată de sex, iar ruşii au descoperit asta şi îi şantajează. În cele din urmă, l-am făcut să se culce pe la ora 2.00, numai că l-am descoperit în bucătărie la ora 6.00, făcându-şi ouă cu bacon.

Întrebarea este ce trebuie să facem. Pe de o parte, mă simt înclinat să îi permit să mai aibă o întâlnire cu acest Mayflower (ceea ce înseamnă, efectiv, cu această sub-sursă misterioasă din Stasi) în condiţiile pe care le vrea el. După cum ştim amândoi, zilele lui ca agent operativ sunt numărate şi are toate motivele să le prelungească. Dar mai ştim că partea cea mai grea a activităţii noastre este să investeşti încredere. Bazându-se pe ceva mai mult decât instinctul, Alec susţine că este ferm convins de buna credinţă a acestui Mayflower. Acest lucru ar putea fi inspirat de intuiţia inspirată a unui veteran sau de pledoaria aparte a unui agent operativ îmbătrânit care se confruntă cu încheierea firească a carierei lui.

Cu respect, având cunoştinţă de toate acestea, recomand să i se permită să meargă mai departe.

GS

Însă Control nu se lasă uşor convins: a se vedea următorul schimb de cuvinte:

Control către GS: Sunt serios îngrijorat că Leamas vâsleşte singur şi cum vrea. Unde sunt ceilalţi indicatori? Putem pune la încercare informaţiile în domenii în care viziunea pe care o are Leamas asupra lucrurilor nu sunt contaminate?

GS către Control: Sugerez o consultare cu Ministerul de Externe și cel al Apărării sub un pretext oarecare. Ambele vorbesc laudativ despre acele materiale și nu cred că sunt născocite. Câteva grăunțe aruncate, acolo, ca preludiu al unei înșelătorii majore, întotdeauna o posibilitate.

Control către GS: Sunt nedumerit de ce Leamas nu îl consultă pe șeful Rezidenței din Berlin. Manevrele de culise de acest gen nu fac deloc bine Serviciului.

GS către Control: Din păcate, îl consideră pe șeful rezidenței având orientări potrivnice secției Operațiuni Secrete și pro Întrunirea.

Control către GS: Nu mă pot lipsi de grupul de ofițeri superiori pe baza unei presupuneri nedovedite că unul dintre ei este un măr stricat.

GS către Control: Mă tem că Alec vede Întrunirea ca pe o livadă bolnavă grav.

Control către GS: Atunci probabil că el trebuie îndepărtat.

Următorul raport scris al lui Alec are un caracter cu totul diferit: este dactilografiat impecabil și într-un stil de redactare mult superior capacităților lui. Cel pe care îl suspectez imediat drept persoana care scrie după dictare este Stas de Jong, care a absolvit cu onoruri facultatea de limbi moderne. Așadar, de astă dată îl văd pe Stas cel de un metru nouăzeci stând aplecat asupra mașinii de scris Olivetti în subsolul plin de fum al Rezidenței din Berlin, în vreme ce Alec se plimbă prin cameră, pufăind una dintre puturoasele lui țigări rusești și dictând cu glas răgușit obscenități irlandeze pe care, discret, de Jong le trece cu vederea.

Raport de întâlnire, 2 februarie 1959. Loc: Berlin
Casa conspirativă K2. Prezenți: AȘ/Rezidența Berlin Alec Leamas (PAUL) și Karl Riemeck (MAYFLOWER).
Sursa MAYFLOWER. A doua întâlnire secretă. Mai mult decât secret, Personal și privat de la AL către Ș/Nume conspirativ Marylebone.

Sursa Mayflower, cunoscută elitei din RDG drept „Doctorul din Köpenick“ după ce Carl Zuckermayer s-a bucurat de același titlu, este medic al unei clici selecte de oameni importanţi din PUS (Partidul Unităţii Socialiste «partid comunist») şi al unor membri proeminenţi ai Stasi şi al familiilor acestora, dintre care unii locuiesc în vile şi apartamente de la marginea lacului din Köpenick. Trecutul său de stânga este impecabil. Tatăl lui, Manfred, comunist încă de la începutul anilor treizeci, a luptat în cadrul Batalionului Thälman în Războiul Civil din Spania. În perioada 1939-1945 a transmis în secret mesaje ale tatălui său, care a fost împuşcat de Gestapo în lagărul de concentrare de la Buchenwald în 1944. Prin urmare, Manfred nu a trăit să vadă sosirea revoluţiei în Germania de Est, dar fiul lui, Karl, din dragoste faţă de tatăl lui, a ţinut să îi devină camarad devotat. După rezultate excelente în liceu, a studiat medicina la Jena şi Praga. A absolvit magna cum laudae. Nemulţumit să lucreze peste program în singurul spital universitar din Berlinul de Est, şi-a deschis cabinet personal la casa familiei din Köpenick, pe care o împarte cu mama lui bătrână, Helga, unde operează pacienţi selecţi.

Ca membru al elitei RDG pe filieră filială, Mayflower primeşte sarcini medicale cu un caracter sensibil. O înaltă oficialitate a PUS a contractat o boală venerică în cursul unei vizite în străinătate şi nu vrea ca superiorii lui să afle aceasta. Mayflower a dat un diagnostic fals. Un deţinut al Stasi a murit de insuficienţă cardiacă în timpul interogatoriului, dar certificatul de deces trebuie să susţină altceva. Un deţinut de mare valoare pentru Stasi urmează să fie supus unui tratament dur. Lui Mayflower i se solicită să verifice starea fizică şi psihică a deţinutului şi să evalueze toleranţa la acest tratament.

Având în vedere aceste răspunderi, lui Mayflower i s-a acordat statutul de Geheime Mitarbeiter (colaborator secret) sau GM pe scurt, ceea ce îl obligă să se prezinte lunar la coordonatorul său din cadrul Stasi, un anume Urs ALBRECHT, „un funcţionar fără prea multă imaginaţie". Mayflower susţine că rapoartele lui către Albrecht sunt „selective, cele mai multe invenţii, care nu au consecinţe posibile". În schimb, Albrecht i-a spus că este „un doctor bun, dar un spion jalnic".

În mod excepţional, lui Mayflower i s-a acordat o legitimaţie de acces în „Micul oraş", altfel cunoscut sub numele de Maiakovskiring din Berlinul de Est, unde locuiesc mulţi dintre oamenii elitei din RDG, în vreme ce este protejat cu atenţie de public de Brigada Jerjinski, o unitate instruită în mod special. Deşi „Micul oraş" se laudă cu propriul centru medical – fără a mai vorbi de magazine pentru privilegiaţi, grădiniţe speciale etc. –, lui Mayflower i se permite să intre în acea zonă sfântă în scopul de a-şi trata iluştrii pacienţi „privaţi". După ce trece de barieră, susţine el, regulile discreţiei se relaxează, bârfele şi intrigile sunt regula, iar limbile se dezleagă.

Motivare:

Motivarea susţinută de Mayflower este dezgustul faţă de regimul din RDG, considerând că visul comunist al tatălui său a fost trădat.

Oferta de servicii:

Mayflower susţine că sub-sursa TULIP, o pacientă care este angajată a Stasi, nu numai că a fost catalizatorul recrutării lui, ci reprezintă sursa casetelor miniaturizate pe care le-a depus în numele ei în Volvo-ul lui de Jong. El o descrie pe Tulip ca suferind de nevroză, dar extrem de controlată, dar şi extrem de vulnerabilă. El insistă că ea este doar pacienta lui şi nimic mai mult. Spune în mod repetat că nici el, nici Tulip nu solicită recompense financiare.

Stabilirea în Occident în eventualitatea unei compromiteri încă nu a fost discutată. A se vedea mai jos.

Însă noi nu vedem acest „mai jos". În ziua următoare, Smiley în persoană zboară până la Berlin ca să îl cunoască pe acel Riemeck şi îmi ordonă să îl însoţesc. Însă nu sursa Mayflower este motivul principal al călătoriei noastre. Pe Smiley îl interesează mai mult identitatea lui, accesul şi motivaţia sub-sursei, femeia nevrotică, dar extrem de controlată, al cărei nume de cod este Tulip.

*

Este miezul nopţii într-un Berlin de Vest care nu doarme niciodată şi care este măturat de vânturi îngheţate aducătoare de lapoviță și zăpadă. Alec Leamas și George Smiley stau izolați împreună cu noua lor sursă, doctorul Karl Riemeck, denumit Mayflower, la un pahar de Talisker, vinul preferat al lui Alec, iar pentru Riemeck, aceasta este o premieră. Eu stau alături de Smiley. Casa conspirativă K2 se află la Fasanenstrasse nr. 28, în clădirea care a supraviețuit bombardamentelor aliate lansate în acel cartier. Este construită în stil Biedermeier, cu o ușă de intrare pe piloni, o fereastră logie și cu o ieșire în spate care dă spre Uhlandstrasse. Cel care a ales-o a demonstrat o predilecție pentru nostalgia imperială și abilități bune de agent operativ.

Unele chipuri, oricât s-ar strădui, nu pot ascunde bunele intenții ale posesorilor, iar fața lui Riemeck este una dintre acestea. Chelește, poartă ochelari și e simpatic. Ceea ce rostește nu poate fi cu niciun chip negat. Indiferent de încruntarea studiată a medicului: din el radia bunăvoință prin toți porii.

Retrăind acum acea primă confruntare, trebuie să îmi aduc aminte că în 1959 nu era încă o mare dramă pentru un medic de a traversa din Berlinul de Est în cel de Vest. Mulți făceau asta și tot atât de mulți nu se mai întorceau, motiv pentru care fusese construit Zidul.

Numărul de serie al dosarului este dactilografiat și nesemnat. Nu este un raport oficial și nu pot decât să presupun că autorul a fost Smiley și că, întrucât nu se indică niciun destinatar, el scrie doar pentru a finaliza dosarul, cu alte cuvinte, a scris pentru sine.

Cerându-i-se să precizeze procesul prin care a intrat în ceea ce el descrie drept stadiul de „crisalidă“ a opoziției lui față de regimul din RDG, Mayflower povestește momentul în care interogatorii Stasi i-au cerut să pregătească o femeie pentru „izolare investigativă“. Femeia în vârstă de aproximativ cincizeci de ani era cetățeană a RDG, acuzată că ar lucra pentru CIA. Suferea de claustrofobie acută. Izolarea în care fusese ținută o făcuse deja să fie pe jumătate dementă. „Țipetele ei, când o duceau spre boxă, încă îmi răsună în urechi“, spune Mayflower.

În urma acelei experienţe, Mayflower, care susţine că nu este înclinat să ia hotărâri pripite, spune că el „a reanalizat situaţia din toate unghiurile". Ascultase minciunile Partidului Comunist în mod nemijlocit, observase corupţia din cadrul lui, ipocriziile şi abuzurile de putere. El „diagnosticase simptomele unui stat totalitar care poza în opusul acestuia". Departe de democraţia pe care o visase tatăl lui, Germania de Est era „un vasal sovietic, condus ca un stat poliţienesc". După ce căpătase acea percepţie, spune el, pentru fiul lui Manfred rămăsese deschisă doar o cale: aceea a opoziţiei.

La început, se gândise să înfiinţeze o celulă subterană. Va alege unul sau altul dintre pacienţii lui din elită, care dăduse când şi când semne de nemulţumire faţă de regim şi va încerca să îl atragă de partea lui. Dar ce să facă după aceea? Şi cât timp? Manfred, tatăl lui, fusese trădat de propriii camarazi. Cel puţin din acest punct de vedere, fiul nu îşi propusese să urmeze calea aleasă de tatăl lui. Aşadar, în cine să aibă suficientă încredere, în orice circumstanţe şi în orice vremuri? Răspunsul nu putea veni nici măcar de la Helga, mama lui, o comunistă înfocată, indiferent ce s-ar fi întâmplat.

Foarte bine, a gândit el, va rămâne ceea ce deja era: „o celulă teroristă formată dintr-un singur om". Va călca pe urmele cuiva, nu ale tatălui său, ci ale unui erou din copilărie, George Elser, omul care, în 1939, fără să aibă niciun complice sau om de încredere, făcuse, plasase şi detonase o bombă artizanală în berăria din München în care, cu câteva minute mai devreme, Führerul se adresase celor care îi erau fideli. „Doar un noroc infernal l-a salvat" – Mayflower.

Însă RDG-ul, socotea el, nu avea un regim care să poată fi distrus cu o singură bombă, tot astfel cum nici cel al lui Hitler nu putuse fi eliminat. În primul şi în ultimul rând, Mayflower era medic. Un sistem putred trebuie tratat din interior. Modul în care se va realiza asta se va revela la vremea potrivită. Între timp, el nu se va confesa nimănui şi nu va avea încredere în nimeni. Va rămâne singur, suficient pentru sine, şi va răspunde doar în faţa propriei conştiinţe. Va fi o „armată secretă alcătuită dintr-un singur om".

„Crisalida“ s-a desfăcut, spune el, când, în ziua de 18 octombrie 1958, ora 22.00, o tânără tulburată, pe care nu o cunoștea, a venit pe bicicletă până la Köpenick, în suburbiile răsăritene ale Berlinului și s-a prezentat la cabinetul privat al lui Mayflower, dorind să facă un avort.

Moment în care relatarea lui Smiley se întrerupe și doctorul Riemeck ni se adresează în mod direct. Trebuie că George a simțit că relatarea lui, în ciuda lungimii, era prea importantă pentru a fi rezumată:

Tovarășa (cuvânt șters) este o femeie deosebit de inteligentă, extrem de fermecătoare, în aparență directă, în maniera aprobată de Partid, de o ingeniozitate neîndoielnică, dar în intimitatea unui consult medical este în mod intermitent copilăroasă și lipsită de apărare. Deși nu sunt înclinat să dau diagnostice privind starea mintală a pacienților, deoarece nu am pregătire de specialitate în domeniu, aș sugera în mod provizoriu că ea suferă de o formă de schizofrenie selectivă, controlată cu rigiditate. Faptul că este de asemenea o femeie curajoasă și animată de principii înalte nu trebuie perceput ca un paradox.

O informez pe tovarășa (șters) că nu este însărcinată și prin urmare nu are nevoie de un avort. Ea îmi spune că este surprinsă să audă asta, ținând seama că s-a culcat cu doi bărbați respingători în cursul aceluiași ciclu. Mă întreabă dacă am ceva alcool. Îmi spune că nu este alcoolică, dar ambii bărbați beau mult și a deprins și ea acest obicei. Îi ofer un pahar de coniac franțuzesc primit de la un ministru congolez al agriculturii în semn de recunoștință pentru serviciile medicale pe care i le-am oferit. După ce a băut tot paharul dintr-o înghițitură, ea mă interoghează.

– Niște prieteni mi-au spus că sunteți un om decent și discret. Au dreptate? mă întreabă ea.

– Ce prieteni? întreb eu.

– Prieteni secreți.

– De ce trebuie să fie secreți prietenii tăi?

– Pentru că sunt dintre organe.

– Ce organe?

Am iritat-o. Se răstește la mine:

– Stasi, tovarășe doctor. Ce credeai?

O previn. Chiar dacă sunt doctor, am răspunderi față de Stat. Se preface că nu aude. Are dreptul de a alege, spune ea. Într-o democrație în care toți tovarășii sunt egali, ea poate alege între un soț sadic care o bate și refuză să admită că este homosexual și un porc gras de cincizeci de ani care îi este șef și care socotește că este dreptul lui să o posede pe bancheta din spate a mașinii de serviciu marca Volga, de fiecare dată când are chef.

În timpul discuției, ea a lăsat să îi scape de două ori numele doctorului Emmanuel Rapp. Îl numește Rappschwein. O întreb dacă acest Rapp are vreo legătură cu tovarășa Brigitte Rapp, care insistă să o consult pentru o serie de suferințe imaginate. Da, confirmă ea, Brigitte este numele soției porcului. Am făcut legătura. Frau Brigitte Rapp mi s-a confesat deja că s-a căsătorit cu un funcționar superior de la Stasi, care face tot ce îi trece prin cap. Prin urmare, mă aflu în prezența furioasei asistente personale a doctorului Emannuel Rapp și – potrivit spuselor ei – amanta lui secretă. Spune că s-a gândit să îi pună arsenic în cafea. Mai spune că ține un cuțit sub pat, pe care îl va folosi data următoare când soțul ei o va maltrata. O previn că acestea sunt fantezii primejdioase și că ar trebui să renunțe la ele.

O întreb dacă cu soțul sau cu colegii de serviciu vorbește la fel de rebel. Râde și mă asigură că nu face asta. Are trei fețe, spune ea. Din acest punct de vedere este norocoasă, pentru că în RDG cei mai mulți oameni au cinci sau șase fețe.

– La locul de muncă sunt o tovarășă devotată și harnică, sunt bine îmbrăcată și am părul coafat tot timpul, dar mai ales la ședințe, și mai sunt și sclava sexuală a unui porc ilustru. Acasă, sunt obiectul urii unui homosexual sadic, care este cu zece ani mai vârstnic decât mine, al cărui unic scop în viață este să devină membru al elitei de la Maiakovskiring și să se culce cu bărbați tineri și frumoși.

Cea de-a treia identitate a ei este cea pe care o am în fața ochilor: o femeie care detestă orice aspect al vieții din RDG, cu excepția fiului ei și a găsit alinare în Dumnezeu-Tatăl și în sfinții Lui. O întreb cui i-a dezvăluit această a treia față în afară de mine. Nimănui. O întreb dacă aude voci. Nu știe să i se fi întâmplat așa ceva, dar dacă ar auzi vreo voce, aceea ar fi a lui Dumnezeu. O întreb dacă este cu adevărat tentată să își facă singură rău, așa cum a sugerat mai devreme. Îmi răspunde că recent s-a simțit îndemnată să se arunce de pe un pod, dar dragostea față de fiul ei Gustav a împiedicat-o.

O întreb dacă a fost tentată să comită alte acte demonstrative sau de răzbunare și îmi spune că recent, într-o seară, când doctorul Emannuel Rapp și-a lăsat puloverul pe scaunul lui, ea a luat un foarfece și l-a tăiat bucăți, apoi a adunat bucățile și le-a ars într-un cuptor pentru distrugerea de documente secrete. A doua zi dimineață, când Rapp a venit la serviciu și s-a plâns că nu știe unde și-a lăsat puloverul, ea l-a ajutat să îl caute. După ce a socotit că i l-a furat cineva, ea i-a sugerat numele unor posibili vinovați.

O întreb dacă sentimentele de răzbunare față de tovarășul doctor Rapp s-au mai domolit de atunci. Îmi răspunde că ele sunt mai puternice ca niciodată și singurul lucru pe care îl detestă mai mult decât pe Rapp este sistemul care promovează asemenea porci în funcții de putere. Ura ei ascunsă este alarmantă și este aproape un miracol pentru mine că reușește să și-o ascundă față de vigilența camarazilor ei de muncă.

O întreb unde locuiește. Îmi spune că până recent, ea și soțul ei au locuit într-un apartament din Stalinallee, unde nu există protecție specială și de unde, cu bicicleta, putea ajunge în zece minute la cartierul general Stasi din Magdalenstrasse. Recent – datorită relațiilor lui homosexuale sau banilor moșteniți, nu știe precis, pentru că soțul ei este secretos în legătură cu banii ce i-au fost lăsați de tatăl lui – s-au mutat într-o zonă protejată din Berlin, Hohenschönhausen, rezervată oficialităților guvernamentale și funcționarilor superiori. Acolo există lacuri și pădure, ceea ce îi place, un loc de joacă pentru fiul ei Gustav și chiar o grădină privată cu un grătar. În orice alte circumstanțe, casa ar fi idilică, dar faptul că o împarte cu un soț odios o face să devină o batjocură. Este o ciclistă pasionată, încă pedalează până la locul de muncă și bănuiește că face acel drum în jumătate de oră.

Este ora unu după-amiază. O întreb ce îi va spune soțului ei Lothar când va ajunge acasă. Îmi declară că nu îi va spune nimic și adaugă următoarele:

– Când nu mă violează sau se îmbată, iubitul meu soț Lothar stă pe marginea patului cu documente ale Ministerului de Externe al RDG în poală, mârâind și scriind ca un dement care urăște întreaga lume, nu doar pe soția lui.

O întreb dacă este vorba de documente secrete pe care soțul ei le aduce acasă. Îmi spune că sunt extrem de secrete și că le aduce acasă în mod ilegal, pentru că, pe lângă faptul că este un homosexual pervers, este și un ambițios obsesiv.

Mă întreabă dacă, la următoarea vizită, voi face amor cu ea pe motiv că vrea să facă asta cu un bărbat care nu este porc sau violator. Cred că glumește, dar nu sunt sigur. În orice, caz, refuz, explicându-i că am făcut un principiu din a nu mă culca cu pacientele mele. O las cu posibila consolare de a se putea gândi la faptul că dacă nu aș fi medicul ei, m-aș culca cu ea. În momentul în care se urcă pe bicicletă pentru a pleca, ea mă informează că și-a pus viața în mâinile mele. Îi răspund că, în calitate de doctor, respect confidențele făcute de ea. Îmi cere o altă programare. Îi spun că poate veni joia următoare la ora șase seara.

Cuprins de un val de repulsie lăuntrică, mă ridic în picioare fără să vreau.

– Știi unde este asta? mă întreabă Nelson, fără să ridice ochii de pe paginile cărții.

Mă încui în baie și rămân acolo atât de mult, cât îndrăznesc să am curajul. Când îmi reiau locul la masa de studiu, Doris Gamp, alias Tulip, a sosit punctuală la cea de-a doua programare, după ce a pedalat tot drumul de la Köpenick, avându-l pe fiul ei Gustav în coșul bicicletei.

Din nou Riemeck:

Starea de spirit a mamei și a fiului este bună: sunt veseli și relaxați. Vremea e frumoasă, soțul ei Lothar a fost convocat de urgență la o conferință care se desfășoară la Varșovia și nu se va întoarce decât peste două zile, de aceea amândoi sunt binedispuși. În ziua următoare, ea și Gustav vor merge cu bicicleta la sora ei Lotte, „singura persoană din lume pe care o iubesc", mă informează ea veselă. Încredințând copilul scumpei mele mame, care își dorește ca el să fi fost al meu, o conduc pe tovarășa (șters) în cabinet, pun un disc cu muzică de Bach pe pick-up-ul meu la volum mare. Ceremonios – aș spune în mod jucăuș – ea îmi întinde o cutie de bomboane de ciocolată despre care îmi spune că i-a fost oferită de Emannuel Rapp și mă sfătuiește să nu le mănânc pe toate odată. Desfăcând cutia, văd că în ea se află, în loc de ciocolată belgiană, două rolfilme miniaturizate. Mă așez pe un scaun alături de ea și ea își apropie gura de urechea mea. O întreb ce se găsește în acele rolfilme. Îmi spune că sunt documente secrete ale Stasi. O întreb cum le-a obținut, iar ea îmi răspunde că le-a fotografiat chiar în această după-amiază cu camera Minox a lui Emannuel Rapp după o relație sexuală deosebit de degradantă. Actul abia se consumase când Rappschwein fugise la o întâlnire la Clădirea 2 din complexul Stasi, la care deja era în întârziere. Ea s-a simțit răzbunătoare și îndrăzneață. Pe biroul lui erau împrăștiate o serie de documente. Iar aparatul de fotografiat Minox se afla în sertarul în care îl ținea în cursul zilei.

– Ofițerii Stasi trebuie să fie tot timpul consecvenți în ceea ce privește obiceiurile lor, îmi spune ea, adoptând tonul unui funcționar comunist. Rappschwein este atât de arogant încât își închipuie că este deasupra reglementărilor Serviciului.

– Și filmele? o întreb eu. Ea cum le va justifica lipsa?

Rappschwein este infantil, așadar capriciile lui trebuie satisfăcute pe loc, spune ea. Este cu totul interzis ca ofițerii cu grad mare să păstreze echipamente speciale precum aparate foto secrete sau dispozitive de înregistrare în seifurile personale, dar Rapp ignoră acest ordin, la fel ca și mulți alții. Pe de altă parte, plecând din birou atât de precipitat, a lăsat ușa seifului întredeschisă, o altă încălcare flagrantă a regulilor de securitate, permițându-i ei să treacă de sigiliul din ceară.

O întreb:

– Ce este un sigiliu din ceară?

Ea îmi spune că pe seifurile Stasi mai există o încuietoare complicată, care este acoperită cu un strat de ceară moale. După ce închide seiful, deținătorul lui face propria imprimare pe ceară, folosind cheia pusă la dispoziție de Stasi și sigiliul (Petschaft) atașat, pe care le păstrează asupra sa tot timpul. Fiecare astfel de petschaft este numerotat, produs individual și unic. În ceea ce privește rolele miniaturizate de film, are cutii pline cu ele, câte o duzină. Nu le ține socoteala și folosește aparatul foto Minox ca pe o jucărie pentru multe scopuri neoficiale și destrăbălări. De exemplu, a încercat de multe ori să o convingă să pozeze goală, însă ea a refuzat de fiecare dată. De asemenea, păstrează în seif sticle de votcă și șlibovița, pentru că, la fel ca mai-marii Stasi, bea foarte mult, iar când bea, vorbește fără nicio reținere. O întreb cum de a reușit să scoată în secret filmele din sediul Stasi, iar ea a chicotit și a spus că un doctor ca mine ar trebui să știe cum.

Cu toate acestea, spune cu insistență că, în ciuda obsesiei Stasi pentru securitatea internă, cei care au permisele potrivite nu sunt supuși verificării fizice. De pildă, tovarășa (șters) deține o legitimație care îi permite să se deplaseze după cum dorește între clădirile 1 și 3 ale complexului Stasi. Acum, după ce m-a compromis cu acele filme, o întreb ce se așteaptă să fac cu ele, iar ea îmi răspunde că trebuie să le transmit serviciilor de informații britanice. O întreb de ce nu trebuie predate americanilor, iar ea este șocată. Ea este comunistă, îmi spune. America imperialistă este dușmanul ei. Revenim la parter. Gustav joacă domino cu scumpa mea mamă. Ea ne anunță că este un copil încântător, foarte priceput la domino și că ar dori să îl fure.

Structura de asigurare tehnică din cadrul Operaţiunilor Secrete, întotdeauna pregătită să se alăture festinului, intervine astfel:

Dep. Tehnică Operativă către Ş/Operaţiuni Secrete Berlin (Leamas). Referitor la agentul MAYFLOWER:

---

1. Raportaţi dacă în cabinetul medical din Köpenick se află un aparat de radio demodat. Să intervină Tehnica Operativă pentru a-l adapta ca dispozitiv de interceptare?
2. Raportaţi dacă Mayflower deţine un aparat fotografic Exakta cu lentilă unică reflex care este aprobat de Stasi pentru folosire recreativă. Cu siguranţă mai deţine o lampă cu ultraviolete pentru uz terapeutic şi, de pe vremea studenţiei, un microscop. Întrucât are deja componentele de bază, să fie instruit în producerea de micropuncte?
3. Köpenick este o zonă rurală, dens împădurită, ideală pentru ascunderea de echipamente de comunicaţii şi alte echipamente operative. Echipa de recuperare trebuie să efectueze o recunoaştere şi să raporteze?
4. Încuietori cu ceară. În timp ce cochetează cu Emannuel Rapp, Tulip ar putea avea ocazia de a obţine o copie a cheii personale de seif şi a sigiliului anexat (Petschaft)? Magazinele tehnice deţin o mare diversitate de DA (dispozitive de ascundere) pentru a conţine materiale de genul plastilinei.

Repulsia lăuntrică îmi revine. *În timp ce cochetează?* Nu Tulip cocheta, ci Rappschwein o domina, la naiba! Ea se supunea, pentru că ştia că în caz contrar avea să fie dată afară şi acuzată de indisciplină, iar Gustav nu avea să ajungă niciodată la şcoala de elită pe care o visa ea. Şi, în fine, era o femeie pasională, care se excita uşor. Asta nu însemna că simţea vreo plăcere cu Rappschwein sau cu soţul ei!

Însă în Berlin, Alec Leamas nu este tulburat de asemenea gânduri:

Ş/Operaţiuni Secrete Berlin (Leamas) către Ş/Marylebone (Smiley)
Scrisoare DO (cu verificare prealabilă), copie de îndosariat.

Dragul meu George,

O adevărată aversă!

Sunt fericit să te anunţ că impresiunile cheii şi petschaft-ului, luate de sub-sursa Tulip, au produs o copie clară, cu toate literele şi cifrele apărând pregnant. Specialiştii de la tehnic au recomandat că ar trebui, din motive de securitate, ca ea să aplice o uşoară răsucire când retrage petschaft-ul din ceară. Aşadar, succes pe toată linia!

Al tău în credinţă,

Alec

P.S. Anexat: DP-ul lui Tulip, conform instrucţiunilor Şefului Operaţiilor, STRICT PENTRU OPERAŢII SECRETE!! AL

DP înseamnă Date Personale. DP pentru prescurtarea unei vieţi umane faţă de care Serviciul manifestă interes. P de la penitenţă. DP de la durere personală.

Nume complet al sub-agentului: Doris Carlotta Gamp.

Data şi locul naşterii: Leipzig, 21.X.1929.

Studii: Absolventă a universităţilor din Jena şi Dresda în Ştiinţe Sociale şi Politice.

Rude în viaţă: o soră, Lotte, învăţătoare la o şcoală elementară din Potsdam, necăsătorită.

CV şi alte date personale: Vârstă, 23 de ani, recrutată ca funcţionară la Cartierul General Stasi, Berlinul de Est. Acces restricţionat la documente Confidenţiale şi sub acest nivel. După o perioadă de stagiatură de şase luni, a primit accesul la documente Secrete. Repartizată la Secţia J3, care răspunde de prelucrarea şi evaluarea rapoartelor sosite de la posturile externe.

După un an de la angajare, stabileşte o relaţie cu Lothar Quinz, de patruzeci şi patru de ani, socotit o stea în ascensiune a Ministerului de Externe al RDG. Urmează sarcina şi căsătoria civilă.

După şase luni de căsnicie, doamna Quintz, născută Gamp, dă naştere unui fiu, numit Gustav, după numele tatălui. Lucru necunoscut tatălui, ea îl roagă pe un preot ortodox rus şi stareţ (rătăcitor sfânt), un soi de Rasputin, detaşat la cazarma armatei roşii din Karlhorst, să îi boteze copilul. În rest, nu se cunosc amănunte privind presupusa convertire la ortodoxia rusă. Pentru a scăpa de Quintz, Gamp i-a spus acestuia că o vizita pe sora ei din Potsdam şi a făcut călătoria până la acel Rasputin pe bicicletă, avându-l pe Gustav în coşul acesteia.

Pe 10 iunie 1957, la încheierea celui de-al cincilea an de activitate, este promovată din nou, de această dată ca asistentă a lui Emannuel Rapp, director la secţia de operaţiuni externe, instruit de KGB.

Pentru a rămâne sub patronajul lui Rapp, ea s-a văzut silită să îi ofere favoruri sexuale. Când s-a plâns de acest lucru faţă de soţul ei, acesta i-a spus că dorinţele unui tovarăş atât de important precum Rapp nu trebuie respinse. Ea crede că aceasta este o atitudine împărtăşită de colegii ei de la Stasi. Potrivit Lui Tulip, aceştia au cunoştinţă de acea legătură, dar şi că sunt conştienţi că reprezintă o încălcare grosolană a disciplinei din cadrul Stasi. Dar, pe de altă parte, se şi tem că, având în vedere puterea lui Rapp, dacă ar raporta un asemenea lucru, ar suferi consecinţele.

Experienţa actuală ca agent operativ:

Înainte de a fi angajată de Stasi, a urmat un curs de instruire şi îndoctrinare destinat personalului începător. Spre deosebire de majoritatea colegilor ei, vorbeşte şi scrie bine în limba rusă. A fost selecţionată pentru o instruire suplimentară în domeniul metodelor conspirative, întâlnirilor secrete, recrutării şi dezinformării. De asemenea, a fost instruită în ceea ce priveşte scrierea secretă (cărbune şi lichide), fotografierea clandestină (sub-miniaturală şi micropunct), filaj, contrafilaj şi folosirea de tehnică operativă. Aptitudinile ei au fost apreciate drept „bune spre excelente".

Asistenta personală a lui Emannuel Rapp sau „fata de aur" (potrivit descrierii lui Rapp) îl însoţeşte cu regularitate la Praga,

Budapesta și Gdansk, unde el participă la conferințe ale serviciilor de informații din Est, organizate de KGB. A fost angajată de două ori la astfel de consfătuiri ca stenografă. În ciuda antipatiei față de Rapp, ea visează să îl însoțească la Moscova pentru a vedea Piața Roșie pe timpul nopții.

Comentarii concluzive ale ofițerului de caz:

Ș/Operațiuni Secrete/Marylebone (neîndoielnic scris cu sprijinul lui Stas de Jong)

Relația sub-sursei Tulip cu acest serviciu se desfășoară exclusiv prin intermediul lui Mayflower. Este medicul ei personal, instructor, confident, confesor personal și cel mai bun prieten, în această ordine. Așadar avem o fată în stăpânirea agentului nostru principal și, după părerea mea, lucrurile trebuie să rămână astfel. După cum știi, recent i-am pus la dispoziție un aparat foto Minox, ascuns în fermoarul genții ei de umăr, precum și casete în fundul unei cutii cu talc. De asemenea, ea este mândra posesoare a copiei cheii și a petschaft-ului pentru sigiliul cu ceară de la seiful lui Rapp.

Prin urmare, este mulțumitor că Mayflower raportează că Tulip nu dovedește semne alarmante de stres. Dimpotrivă, el afirmă că moralul ei nu a fost nicicând mai ridicat și că pare să fie delectată de pericol, iar singura lui îngrijorare este că ea va deveni din cale afară de încrezătoare și își va asuma riscuri inutile. Pentru că, atâta vreme cât cei doi se pot întâlni în mod firesc în Berlin, sub acoperirea medicală, el nu este prea îngrijorat.

Cu toate acestea, apare o problemă operativă cu totul diferită când ea îl însoțește pe Rapp la consfătuirile care se desfășoară în afara RDG-ului. Întrucât căsuțele tainice nu reprezintă un răspuns la cerințele ad-hoc, ar putea serviciul de operațiuni secrete analiza posibilitatea de a plasa un curier în așteptare, operativ la anunțarea în timp scurt, pentru a o servi pe Tulip în orașe care fac parte din blocul țărilor din est?

Întorc pagina. Mâna nu îmi tremură deloc. Întotdeauna se întâmpla asta în condiții de stres. Acestea sunt schimburile de mesaje operative obişnuite dintre cei de la Operaţiuni Secrete şi Berlin.

George Smiley către Alec Leamas la Berlin, notă personală, scrisă de mână, copie la dosar:

Alec. Anticipând viitoarea vizită a lui Emannuel Rapp la Budapesta, te rog să faci aranjamente privind fotografia lui Peter Guillam, care va acţiona drept curier al ei, pentru a-i fi prezentată sub-sursei Tulip cât de curând posibil.

Cele mai bune urări, G

George Smiley către Peter Guillam, notă scrisă de mână, copie la dosar:

Peter. Asta va fi doamna ta din Budapesta. Studiaz-o bine!

Bon voyage, G

– Ai spus ceva? a întrebat brusc Nelson, ridicând ochii de la cartea lui.

– Nu. Dar de ce?

– Cred că a fost vreun zgomot pe stradă.

*

Când examinezi trăsăturile unei femei necunoscute în scopuri operative, gândurile lascive trebuie să dispară. Nu cauţi farmecul. Te întrebi dacă are părul scurt sau lung, vopsit, sub vreo pălărie sau lăsat liber şi ce are de oferit faţa ei în ceea ce priveşte trăsăturile distinctive: sprâncene late, pomeţi înalţi, ochi mici sau mari, dacă sunt rotunzi sau micşoraţi în mod firesc. După chip, te uiţi la forma şi dimensiunea corpului şi încerci să descoperi cum ar arăta dacă ar purta ceva mai recognoscibil decât taiorul standard impus de Partid şi pantofii stângaci, cu aspect sever. Nu cauţi şarmul ei sexual decât în măsura în care acesta ar putea atrage atenţia unui privitor oarecare. În această etapă, singura mea preocupare a fost modul în care posesoarea unei asemenea feţe şi a unui asemenea corp va reacţiona faţă de un curier necunoscut într-o zi caniculară de vară pe străzile atent vegheate ale Budapestei.

Şi, pe scurt, reacţia avea să fie perfectă. Pricepută, abilă, anonimă, hotărâtă. Iar eu, în calitate de curier, am fost la fel de bun. O zi însorită, o stradă aglomerată, doi necunoscuţi, am înaintat unul spre altul, cât pe ce să ne ciocnim, eu mă duc spre stânga, ea spre dreapta, şi apare un moment de contact. Eu mormăi ceva drept scuză, ea mă ignoră şi trece mai departe. Dar eu sunt mai bogat cu două casete cu microfilme.

O a doua misiune de „periere" în oraşul vechi din Varşovia, patru săptămâni mai târziu, deşi mai solicitantă, se desfăşoară fără nicio problemă, iar dovada este raportul scris de mine de mână către George şi, în copie, pentru Alec:

PG către Ş/Marylebone, copie pentru AL, Berlin.
Subiect: Întâlnirea secretă între doi necunoscuţi, cu sub-sursa TULIP.

Ca şi în ocaziile precedente am reuşit să ne recunoaştem imediat. Contactul între corpuri a fost rapid şi greu de detectat. Cred că nici măcar un filaj extrem de atent nu ar fi putut surprinde momentul transferului.

Era clar că Tulip fusese instruită perfect de Mayflower. Predarea materialelor către Ş/Rezidenţa din Varşovia nu a prezentat dificultăţi.

PG

Şi răspunsul scris de mână al lui Smiley:

Reuşită cu dexteritate, Peter! Bravo! GS

Însă nu a fost chiar atât de abilă cum crede Smiley sau chiar atât de lipsită de evenimente, aşa cum nota mea scrisă de mână dorea să o sugereze.

*

Sunt turist francez din Bretania care călătoreşte într-un tur cu un grup turistic elveţian. Paşaportul mă prezintă drept director de companie, dar întrebat de membrii grupului cu ce mă ocup, le dezvălui că sunt un umil călător în căutare de îngrăşăminte. Împreună cu grupul, mă delectez cu priveliştea oraşului vechi din Varşovia, restaurat în mod splendid. O tânără femeie purtând blugi largi şi o vestă cu model ecosez păşeşte vioi spre noi. Părul ei, pe care l-am văzut ultima oară ascuns sub o beretă, este acum liber şi străluceşte castaniu. La fiecare pas al ei, părul tresaltă în soare. Poartă o eşarfă verde în jurul gâtului. Lipsa eşarfei constituia semnalul de pericol, deci renunţarea la predarea de materiale. Eu port o şapcă din pânză cu o stea roşie, pe care am cumpărat-o de la o tarabă de pe stradă. Semnul meu că predarea materialelor nu va avea loc era introducerea şepcii în buzunar. Oraşul vechi geme de alte grupuri de turişti. Al nostru este mai greu de stăpânit decât şi-ar dori ghida noastră poloneză. Trei dintre noi s-au rătăcit de ea şi discutăm între noi în loc să ni se ţină o prelegere despre renaşterea miraculoasă a oraşului după bombardamentele naziste. O statuie din bronz mi-a reţinut atenţia. Şi Tulip pare interesată de ea, deoarece întâlnirea noastră a fost regizată în acest fel. Niciunul nu va rări paşii când ne vom întâlni. Nonşalanţa este totul, dar nici prea multă. Fără contact vizual, dar nimic prea studiat în modul în care trebuie să ne ignorăm unul pe celălalt. Varşovia este un oraş foarte conectat. Atracţiile turistice se află în fruntea listei lucrurilor ce trebuie văzute.

Şi atunci, ce înseamnă acea legănare sfidătoare din şolduri, ce e cu lumina de bun venit explicit în ochii ei mari şi migdalaţi? Preţ de o scurtă secundă – dar mai scurtă decât sunt pregătit să aştept – mâinile noastre drepte se prind. Însă, în loc să se despartă instantaneu, după ce a depus micile obiecte în palma mea, degetele ei se cuibăresc în ea şi ar fi zăbovit şi mai mult dacă nu i le-aş fi desprins. A înnebunit? Sau eu? Și ce e cu zâmbetul sclipitor de bun venit pe care l-am surprins? Ori mă autoamăgesc?

Ne vedem fiecare de drum: ea, către conferinţa liderilor spionilor din ţările membre ale Pactului de la Varşovia, eu, împreună cu grupul meu, la un bar dintr-un subsol, unde, ca din întâmplare, secretarul cultural al ambasadei britanice şi soţia lui se cinstesc la o masă dintr-un colţ. Comand o bere şi mă îndrept spre toaleta bărbaţilor. Secretarul cultural, cunoscut mie din altă viaţă drept coleg de curs la Sarrat, mă urmează. Predarea se realizează rapid şi fără cuvinte. Mă alătur grupului meu. Însă vibraţia degetelor lui Tulip nu s-a şters.

Și nu a dispărut nici acum, când citesc imnul de slavă dedicat sub-sursei Tulip, cea mai sclipitoare stea din reţeaua Mayflower:

> Tulip a înţeles pe deplin că raportează Serviciului şi că Mayflower este asistentul nostru neoficial, dar şi legătura ei. Ea a decis că iubeşte Anglia în mod necondiţionat. Este deosebit de impresionată de calitatea superioară a activităţii noastre, a apreciat recenta întâlnire din Varşovia drept exemplu de excelenţă britanică.
>
> Condiţiile de recompensare la încheierea operaţiunii, indiferent când se va întâmpla acest lucru, va fi de 1 000 de lire pe lună de servicii complete, plus o plată unică ex gratia[1] în valoare de 10 000 de lire, conform aprobării date de Ş/Operaţiuni Secrete (GS). Însă dorinţa ei cea mai mare este ca, la acea dată, indiferent când va fi aceasta, ea şi fiul ei Gustav să devină cetăţeni britanici.
>
> Calităţile ei de agent sunt probabil chiar mai impresionante. Reuşita de a plasa un aparat foto sub-miniatural în postamentul platformei duşului din toaleta femeilor de pe coridorul unde se află biroul ei o scuteşte de stresul de a îl introduce şi scoate din

[1] Ca act de bunăvoinţă, generozitate.

Clădirea 3 avându-l asupra ei, în poşetă. Petschaft-ul şi cheia ei, confecţionate de Birou, îi îngăduie să aibă acces la seiful lui Rapp când acesta este plecat şi ea simte că poate face asta fără riscuri. Sâmbăta trecută i s-a confesat lui Mayflower că visul ei cel mai recent a fost să se căsătorească cu un englez atrăgător!

– S-a întâmplat ceva rău atunci? întreabă Nelson, de data asta cu intenţie.

– Am atins o rozetă, răspund eu, lucru care este din întâmplare adevărat.

*

Bunny a venit cu o geantă diplomat şi poartă costum negru. A venit direct de la o întâlnire la Trezorerie, dar nu spune cu cine sau de ce. Laura se lăfăie în fotoliul lui Control, stând cu picioarele încrucişate. Bunny scoate din geantă o sticlă de vin de Sancerre, cam călduţ şi ne toarnă tuturor câte un pahar. Apoi desface un pachet de caju, invitându-ne să ne servim.

– Merge greu, Peter? se interesează el cu amabilitate.

– La ce te aşteptai? îi răspund pe un ton îngrijorat, pe care am decis să îl adopt. Nu e tocmai o plimbare de plăcere pe drumul memoriei, nu?

– Dar folositoare, sper. Nu e prea stresant să revezi timpurile şi chipurile de altădată?

Las asta fără răspuns. Interogatoriul începe, la început în ritm lent.

– Îmi dai voie să te întreb întâi de Riemeck, un personaj neobişnuit de atrăgător pentru un agent, eu aşa aş fi crezut.

Dau aprobator din cap.

– Şi doctor. Chiar foarte bun.

Dau iar din cap.

– Şi de ce rapoartele, aşa cum au fost ele distribuite clienţilor fericiţi de la Whitehall, descriu sursa drept – şi aici citez – *un funcţionar bine plasat, angajat la nivel mediu în Partidul Unităţii Socialiste din Germania de Est, cu acces regulat la materiale strict secrete ale Stasi?*

– Dezinformare, îi răspund.

– Gândită de cine?

– George, Control, Lacon de la Trezorerie. Toţi ştiau că materialele Mayflower vor stârni senzaţie în momentul în care vor ajunge acolo. Primul lucru pe care aveau să-l întrebe clienţii va fi: cine este sursa? De aceea au născocit o sursă fictivă de calibru egal.

– Și Tulip a ta?

– Ce e cu ea?

Prea repede. Trebuia să mă fi aşteptat. Mă îmboldeşte? Ce alt motiv ar avea să-mi arunce acel zâmbet lipsit de umor, cunoscător, care mă face să vreau să-l iau la palme? Și de ce rânjeşte şi Laura? Se răzbună după cina greacă ratată?

Bunny citeşte ceva ce ţine în poală, iar subiectul lui e tot Tulip:

– *Sursa este o secretară cu experienţă de la Ministerul de Interne, care are acces la cele mai înalte cercuri.* Asta nu sună un pic prea mult?

– Cum sună?

– Nu-i oferă ceva mai multă – în fine, respectabilitate decât merită? Cum să zic, ce părere ai de „secretară promiscuă de rang înalt", ca să spunem lucrurilor pe nume? „Nimfomană de birou" ar suna ceva mai bine, în cazul în care am căuta un soi de echivalenţă în lumea reală. Ori poate „târfă sfântă", ca să respectăm preferinţele ei religioase.

Mă urmăreşte, aşteptând izbucnirea mea de furie, indignare şi respingere. Într-un fel sau altul, reuşesc să îi refuz această satisfacţie.

– Cu toate astea, presupun că ar trebui să o cunoşti pe Tulip a ta, continuă el. Tu, care i-ai făcut servicii cu hărnicie.

– Nu i-am făcut niciun serviciu, şi nu e Tulip a mea, răspund cu glas măsurat. Tot timpul cât s-a aflat în activitate, eu şi ea nu am schimbat nicio vorbă.

– Niciuna?

– Nu la întâlnirile noastre. Am trecut unul pe lângă celălalt și nu am vorbit niciodată.

– Și atunci cum se face că îți știa numele? mă întreabă el cu zâmbetul cel mai fermecător, băiețesc.

– Nu mi-a știut numele! Cum dracu' putea, când noi nu ne-am spus nici bună ziua unul celuilalt?

– Unul dintre numele tale, ca să ne exprimăm astfel, insistă el netulburat.

Intervenția Laurei:

– Pete, încearcă Jean-François Gamay, de exemplu, sugerează ea, pe același ton glumeț. Partener al unei companii de produse electronice din Metz, bucurându-se de un sejur cu servicii complete oferit de agenția de turism a Bulgariei. Asta înseamnă mai mult decât un salut schimbat de voi doi.

Izbucnirea mea de râs este nestăpânită, și așa ar trebui să și fie, deoarece este urmarea unei senzații sincere și spontane de ușurare.

– A, pentru numele Domnului! exclam eu, distrându-mă alături de ei. Asta nu i-am spus-o lui Tulip. Asta i-am spus-o lui Gustav!

*

Deci asta e, Bunny și Laura, și sper că ședeți confortabil pentru a asculta această poveste pe post de avertisment, despre felul în care planurile cele mai secrete și cele mai bine puse la punct se pot ruina din cauza inocenței unui copil.

Numele meu de agent de teren este Jean-François Gamay, și da, fac parte dintr-un grup de turiști mare, vegheat îndeaproape, care ne bucurăm de un sejur ieftin și de soare într-o stațiune nu tocmai salubră din Bulgaria, pe malul Mării Negre.

În fața hotelului nostru jalnic, dincolo de micul golf, se înalță Hotelul Activiștilor de Partid, o matahală brutalizată din beton, construită în stil sovietic, încărcată de drapele comuniste, de unde auzim venind peste golf marşuri bubuitoare, punctate de mesaje înălţătoare de pace şi înţelegere care răsună dintr-un grup de difuzoare. Undeva între zidurile acelui hotel, Tulip şi fiul ei de cinci ani Gustav au parte de o vacanţă colectivă a muncitorilor, graţie legăturilor influente ale odiosului tovarăş Lothar, soţul lui Tulip, care, în condiţii misterioase, a înfrânt rezervele Stasi de a permite lucrătorilor săi să ţopăie pe nisipuri străine. Este însoţită de sora ei, Lotte, învăţătoarea din Potsdam.

Între patru și patru și un sfert, eu și Tulip vom încerca o întâlnire în trecere şi, de data aceasta, va fi însoţită de fiul ei Gustav. Lotte va rămâne blocată în hotel, pentru că va participa la un consiliu al muncitorilor. Iniţiativa este a agentului de teren, în cazul de faţă, Tulip. Sarcina mea este să reacţionez creativ faţă de ea. Și iat-o că se apropie, venind dinspre mare, îmbrăcată într-o robă largă și lălâie și are o geantă de umăr cu mânere din sfoară. Are aceeași mișcare vioaie din șolduri la care refuzasem să reacţionez în orașul vechi din Varșovia. Am mare grijă să nu aduc vorba despre asta faţă de Bunny și Laura, care ascultă cu un scepticism nedisimulat fiecare cuvânt rostit de mine cu lejeritate.

Apropiindu-se, ea scotoceşte în geanta de umăr. Alţi iubitori de soare, alţi copii se scaldă stropind în jur, fac plajă, mănâncă sendvişuri cu cârnaţi sau joacă şah. Iar Tulip, încadrată în acea scenă, este gata să zâmbească sau să adreseze câte un cuvânt către un tovarăş sau altul. Nu ştiu prin ce şmecherie îl convinge pe Gustav să se apropie de mine, ori ceea ce îi spune îl face să râdă tare şi să pornească săltând spre mine, foarte îndrăzneţ şi îmi vâră în mână o bucată de caramelă cu nucă de cocos, colorată în albastru, alb şi roz.

Însă, eu ştiu că trebuie să fiu fermecător şi să îmi exprim încântarea. Trebuie să mă prefac a mânca o bucată din ea, să pun restul în buzunar, să mă las pe vine, să descopăr în apă o scoică pe care o aveam ascunsă în palmă şi să i-o ofer lui Gustav drept răsplată pentru caramelă.

Şi, la toate acestea, Tulip râde fericită - poate prea veselă, dar eu nu le spun asta Laurei şi lui Bunny - şi îi face semn să se apropie: Vino înapoi, dragule, şi lasă-l în pace pe tovarăşul.

Însă Gustav nu vrea să îl lase în pace pe tovarăş, ceea ce constituie tot rostul poveştii mele spirituale pe care le-o spun lui Bunny şi Laurei. Gustav, care chiar după standardele oricui este un copil exuberant, nu respectă scenariul. Îşi închipuie că a încheiat un târg cinstit cu un tovarăş de treabă, o caramelă contra unei scoici, şi doreşte să îşi cunoască noul partener din punct de vedere social şi comercial.

- Cum te cheamă? mă întreabă el.

- Jean François. Dar pe tine?

- Gustav. Jean François şi mai cum?

- Gamay.

- Şi câţi ani ai?

- O sută douăzeci şi opt. Dar tu?

- Cinci. De unde vii, tovarăşe?

- Din Metz, Franţa. Dar tu?

- Din Berlin, Germania Democrată. Vrei să auzi un cântec?

- Chiar foarte mult.

De aceea, Gustav ia poziţia drepţi între valurile mici şi îşi împinge pieptul înainte şi îmi oferă un cântec şcolăresc prin care mulţumeşte iubiţilor soldaţi sovietici care şi-au vărsat sângele pentru o Germanie socialistă. Între timp, mama lui, care îi stă în spate, îşi desface fără jenă cordonul halatului de plajă şi, ţinându-şi privirea aţintită asupra mea, îşi expune trupul gol în gloria lui neîndoielnică, după care îşi leagă la loc şireturile şi mi se alătură în aplauzele dezlănţuite drept apreciere pentru micul spectacol oferit de fiul ei, apoi se uită ca o mamă mândră ce este, în timp ce eu şi ea îi strângem mâna lui Gustav, facem un pas scurt înapoi şi, cu pumnul mâinii drepte ridicat, îi răspund la salutul lui de mic comunist.

Însă frumuseţea trupului gol al lui Tulip este ceva ce păstrez doar pentru mine, timp în care mă gândesc la o întrebare care a ars în mine înainte chiar de a începe această poveste veselă: cum naiba de-aţi ştiut că Tulip mi-a aflat numele?

7

Nu știu ce formă aparte de amnezie m-a cuprins când, eliberat devreme de la caznele mele, am ieșit din semiîntunericul de la Grajduri în agitația de după-amiază a zonei Bloomsbury și, dintr-un impuls de care nu mi-am dat seama, am pornit spre sud-vest, către Chelsea. Era vorba de umilire, desigur. De frustrare, nedumerire, fără nicio îndoială. Și mai ales de răzvrătire, văzându-mi trecutul scotocit și azvârlit în față. Vinovăție, rușine, îngrijorare, toate se adună. Și toate erau îndreptate printr-o singură explozie de durere și neînțelegere către George Smiley, care devenise de negăsit.

Ori nu era așa? Mă mințea Bunny, așa cum îl mințeam eu pe el, iar George nu era chiar atât de negăsit așa cum susținea el? Îl găsiseră deja și îl storseseră de informații, ca și cum acest lucru ar fi fost posibil? Dacă Millie McCraig deținea răspunsul – și am bănuit că așa era –, ea se vedea silită să păstreze tăcerea despre propria versiune a Legii Secretelor Oficiale, care prevedea că, fiind în viață sau nu, George Smiley nu putea fi pus sub acuzare.

Apropiindu-mă de Baywater Street, care cândva era o fundătură pentru cei care nu o duceau prea bine financiar și care devenise acum unul dintre „ghetourile“ milionarilor din Londra, refuz să accept valul de nostalgie care mă cuprinde sau să îmi notez mintal, lucru obligatoriu, poziția mașinilor parcate acolo, să observ ocupanții sau să îmi arunc privirea, cu un aer neglijent, spre ușile și ferestrele caselor de vizavi. Când am ajuns ultima oară în acea zonă? Amintirea mea se oprește la noaptea în care am ocolit micile vicleșuguri ale lui George cu niște pene din lemn în ușa de intrare și am stat în așteptare pentru a-l conduce până la castelul roșu al lui Oliver Lacon din Ascot în prima etapă a călătoriei lui dureroase spre scumpul lui prieten Bill Haydon, marele trădător și amantul soției lui.

Însă în această după-amiază târzie de toamnă care te îmbie la lenevеală, Baywater Street nr. 9 nu știe nimic și nici nu a văzut nimic din toate astea. Cu storurile trase și având grădina din față cotropită de buruieni, casa părea că este părăsită de proprietarii care puteau să fi plecat sau să fi murit. Urc cele patru trepte către ușa de la intrare, apăs butonul soneriei și nu aud țârâitul familiar, nici zgomot ușor sau apăsat de pași. Nici urmă de George, care clipea de plăcere în timp ce își curăța ochelarii de căptușeala interioară a cravatei și mă întâmpina: „Bună, Peter, arăți ca și cum ai avea nevoie de un păhărel... hai, intră". Nici urmă de Ann, care, grăbită, pe jumătate machiată spunea: „Tocmai mă pregăteam să plec, dragul meu Peter – și mă pupa pe ambii obraji – dar intră odată, te rog, și pune lumea la cale împreună cu sărmanul George".

Revin în pas milităros în Kings Road, iau un taxi până pe Marylebone High Street și cobor vizavi de de magazinul de carte Daunt's, dar care, pe vremea lui Smiley, se numea Messr Francis Edwards, fondat în 1910, unde petrecea multe ore fericite la ora mesei de prânz. Mă afund într-un labirint de alei pietruite și case care au fost cândva grajduri și au găzduit sediul separat al Circului doar pentru Operațiuni Secrete, ori într-un anume fel de a vorbi, pur și simplu Marylebone.

Spre deosebire de Grajduri, care era doar o casă conspirativă dedicată unei singure operațiuni, *Marylebone*, cu cele trei uși în față, a fost un serviciu în sine: cu ofițeri proprii, cifrori, decifrori, curieri și propria sa armată cenușie de Ocazionali, care nu se cunoşteau unii pe alţi şi proveneau din toate straturile societăţii, care trebuiau doar să audă chemarea pentru a lăsa jos uneltele şi să se alăture cauzei.

Era totuşi de conceput ca Operaţiunile Secrete să mai fiinţeze acolo? În amnezia mea, am preferat să cred că da. Şi George Smiley mai bântuie înapoia ferestrelor oblonite? Cred că m-am convins singur că da. Dintre cele nouă butoane de sonerie, doar unul funcţiona. Trebuia să fii de-al casei ca să ştii care. Apăs butonul. Niciun răspuns. Apăs celelalte două butoane de la aceeaşi uşă. Trec la uşa alăturată şi apăs toate trei butoanele. Vocea unei femei se răsteşte strident la mine:

– Sammy, la naiba, ştii deja că ea nu-i aici! A fugit cu Wally şi cu copilul. Dacă mai suni o dată, chem poliţia, jur că aşa o să fac.

Sfatul ei mă trezeşte la realitate. Apoi mă trezesc pe un scaun în liniştea de pe Devonshire Street, bând suc de soc într-o cafenea plină de medici în costume, care murmură stând cu capetele apropiate. Aştept să îmi recapăt suflul. Pe măsură ce mi se limpezeşte mintea, şi scopul meu devine mai clar. În ciuda tuturor lucrurilor care mi-au distras atenţia în ultimele două zile şi nopţi, imaginea lui Christoph, delincvent, infractor, fiul inteligent al lui Alec, care a interogat-o pe Catherine a mea în pragul casei mele din Bretania, nu a dispărut. Asta din acea dimineaţă când am auzit vibraţia de spaimă din vocea Catherinei. „Pierre, nu a fost politicos... Farouche... masiv ca un boxer... m-a mai întrebat dacă stai la un hotel din Londra... Care e adresa?"

Spun „Catherine a mea", pentru că de la moartea tatălui ei am socotit-o drept copila mea, şi ducă-se naibii insinuările lui Bunny că nu ar fi aşa. Am văzut-o crescând de când era sugar. A văzut femeile mele venind şi plecând până când nu a mai rămas niciuna. Când s-a autointitulat fata rea a satului ca să o sfideze pe sora ei mai frumoasă, s-a culcat cu orice bărbat pe care a pus mâna, eu nu am acordat nicio atenţie interpretărilor pompoase ale preotului satului, care probabil ar fi vrut-o și el. Nu mă simt în largul meu în prezența copiilor, dar când s-a născut Isabelle, m-am bucurat pentru Catherine, așa cum și ea se bucura. Nu i-am spus niciodată cum îmi câștig existența. Iar ea nu mi-a spus cine era tatăl copilului. În întregul sat, eram singurul care nu știa și căruia nu-i păsa. Dacă ea dorea, ferma va fi a ei într-o bună zi, iar Isabelle va alerga pe lângă ea și probabil că se va găsi și un bărbat tânăr pentru Catherine, iar micuța Isabelle va dori să îl privească în ochi.

Suntem amanți, după ce am petrecut împreună atâția ani? Se pare că da. Aranjamentul a fost mijlocit de Isabelle, care într-o seară de vară a traversat curtea desculță, târând după ea un cearșaf și, fără să îmi arunce nicio privire, s-a instalat chiar pe piatra de afară, dedesubtul ferestrei lungi până în podea a dormitorului meu. Patul meu este mare, camera de oaspeți este întunecoasă și răcoroasă, iar mama și copilul nu puteau fi separate. Îmi aduc aminte că eu și Catherine am dormit ca niște prunci alături vreme de săptămâni până să ne întoarcem unul către celălalt. Dar poate că nu am așteptat chiar atât de mult pe cât aș vrea să cred.

*

Măcar de un lucru eram sigur: n-aș întâmpina nicio dificultate în a-l recunoaște pe urmăritorul meu. După moartea lui Alec, făcând curățenie în deprimanta lui cameră de burlac din Holloway, dădusem peste un album foto de dimensiunile unei cărți de buzunar, având o floare de colț strecurată sub coperta acoperită cu celofan. Eram pe punctul de a-l azvârli, când mi-am dat seama că aveam în mână o arhivă fotografică a vieții lui Christoph din leagăn și până la înrolare. Dedesubtul fiecărui instantaneu fusese adăugat cu cerneală albă câte un subtitlu în germană. Ceea ce m-a impresionat a fost că aceeași expresie neclintită pe care o țineam minte de la meciul de fotbal urmărit la Düsseldorf se fixase pe fața lui în toate ipostazele, până la copia lui Alec, masivă, într-un costum de sărbătoare, strâmbându-se și ținând un pergament făcut rulou pe care îl strângea în mână ca și cum s-ar fi pregătit să îl împungă cu el pe privitor.

Și ce știe Christoph despre mine? Că sunt la Londra, la înmormântarea unui prieten. Că sunt un bun samaritean. Nu am nicio adresă cunoscută și nu sunt membru al niciunui club. Niciun investigator de talia apreciată a lui Christoph nu mă va găsi pe lista unor cluburi precum Travellers sau National Liberal. Și nici în evidențele Stasi ori în altă parte. Ultima mea locuință din Regatul Unit a fost un apartament de două camere din Acton, unde am locuit sub numele de Peterson. Când l-am înștiințat pe proprietar că plec, nu am lăsat o adresă spre care să îmi fie transmisă corespondența. Așadar, unde, după Bretania, ar putea severul, insistentul, nepoliticosul, infractorul Christoph, fiul lui Alec, puternic precum un boxer, să vină să mă caute? Care ar putea fi acel unic loc, singurul loc din lume, dacă este chiar atât de norocos și dacă ar avea vânt prielnic, unde m-ar putea descoperi?

Răspunsul – sau singurul răspuns care mi se părea cât de cât logic – „Lubianka"[1] vechiului Serviciu de pe malul Tamisei: nu Circul vechi, greu de găsit, al tatălui său, ci succesorul lui înfiorător, bastionul pe care eram pe cale să îl explorez.

*

Podul Vauxhall geme de navetiști în drum spre casă. Fluviul de dedesubt curge repede și este aglomerat de ambarcațiuni. Nu fac parte din grupul de turiști bulgari în care am pătruns, ci sunt un turist de la antipozi, care admiră priveliștile oferite de Londra: pălărie de cowboy, vestă kaki cu multe buzunare. Pentru prima mea trecere, am purtat o șapcă plată și o eșarfă ecosez, iar pentru a

[1] Clădirea cartierului general și a temutei închisori a KGB din Moscova. Aici, cu sensul de fortăreață, clădire inaccesibilă din exterior și imposibil de evadat din interior. (n.red.)

doua, o căciuliță din lână de suporter al echipei Arsenal, care are și moț. Costul net al acestei vestimentații, cumpărată de la piața de vechituri de la gara Waterloo, este de paisprezece lire. La Sarratt, numeam asemenea accesorii drept schimbări de înfățișare.

Pentru orice echipă de filaj există elemente care distrag atenția și de care trebuie să se țină seama, obișnuiam să îi previn pe tinerii mei cursanți: lucruri de la care nu se dezlipesc ochii, cum ar fi o fată atrăgătoare care, curajoasă, se bronzează pe balconul apartamentului ei, ori vreun predicator stradal, îmbrăcat ca Iisus Hristos. Pentru mine, în această seară, este un dreptunghi de mărimea unei batiste, de peluză verde, luxuriantă, încadrată cu totul de un gard de metal cu țepușe pe care ochii mei refuză să o abandoneze. Ce înseamnă asta? O celulă de pedeapsă în aer liber pentru infractorii din cadrul Circului? O grădină secretă a plăcerilor, rezervată doar ofițerilor superiori? Dar cum pătrund ei în ea? Ba mai grav, cum ies de acolo?

Pe o plajă minusculă, presărată cu pietriș fin, de la poalele fortificațiilor exterioare ale bastionului, o familie de asiatici, purtând haine din mătase colorată, face un picnic în mijlocul gâștelor canadiene. O ambarcațiune amfibie de culoare galbenă urcă pe rampa aflată alături de ei și se oprește trepidând. Din ea nu coboară nimeni. Este aproape ora cinci și jumătate. Țin minte orele de lucru ale Circului: ora zece, până nu se știa când pentru cei aflați în funcții de comandă, de la nouă la cinci pentru operatorii de rând. Este pe cale să înceapă un exod discret de angajați tineri. Număr punctele probabile de ieșire, care sunt dispersate, pentru a nu atrage atenția. Când bastionul a fost ocupat prima oară de actualii locatari au existat povești privind tuneluri secrete pe sub fluviu, până la Whitehall. Ei bine, la vremea lui, Circul a săpat un tunel sau două, cea mai mare parte a lor aflându-se sub proprietățile deținute de alți oameni, astfel că de ce nu ar exista și vreo două sub acelea?

Când m-am prezentat prima oară în fața lui Bunny, fusesem condus printr-o ușă care era dominată masiv de două porți din fier, rezistente la loviri, având un motiv în stil art deco, dar bănuiala mea este că acea uşă era rezervată strict pentru vizitatori. Dintre celelalte trei ieşiri pe care le-am depistat, cea care se potriveşte cel mai bine intuiţiei mele este perechea de uşi vopsite în gri, aflate la capătul unui palier care nu atrage atenţia, cu trepte de piatră pe partea fluviului, care oferă acces pentru fluxul pietonal de pe alee. Când schimb direcţia de deplasare după colţul clădirii, uşile cenuşii se deschid şi vreo şase bărbaţi şi femei ies pe acolo, toţi cu vârste între douăzeci şi cinci şi treizeci de ani. Îi caracterizează expresii de anonimitate hotărâtă. Uşile se închid, presupun că în mod electronic. Se deschid din nou. Coboară şi iese un al doilea grup.

Sunt prada lui Christoph, dar şi urmăritorul lui. Presupun că a făcut ceea ce fac şi eu de vreo jumătate de ceas: se familiarizează cu clădirea-ţintă, alegând posibile ieşiri, aşteptând momentul prielnic. Acţionez în baza presupunerii că acest Christoph este mânat de aceleaşi instincte operative sănătoase ca şi tatăl lui, că şi-a conceput pătrunderea prin acţiunile posibile făcute de prada lui şi a făcut planuri în funcţie de asta. Dacă, aşa cum spune Catherine, am plecat la Londra pentru a participa la înmormântarea cuiva – şi de ce s-ar îndoi de asta... –, atunci este o certitudine precipitată că eu îi voi contacta pe foştii mei patroni ca să discutăm despre supărătorul proces istoric pe care Christoph şi recent descoperita lui prietenă, Karen Gold, îl instrumentează împotriva Serviciului şi a ofiţerilor săi cu nume, printre care mă număr şi eu.

Un nou grup de bărbaţi şi femei coboară treptele. În timp ce ei ajung pe alee, merg şi eu în urma lor. O femeie cu părul cărunt îmi aruncă un zâmbet politicos. Îşi închipuie că mă recunoaşte de undeva. Pietonii de pe aleea publică se amestecă cu noi. O tăbliţă ne spune că mergem spre parcul Battersea. Ne apropiem de o arcadă. Arunc o privire în sus şi văd silueta cu pălărie a unui bărbat masiv, purtând un pardesiu trei sferturi, de culoare închisă, stând pe pod şi examinându-i pe cei care trec pe dedesubt. Punctul pe care l-a ales, din întâmplare sau dinadins, îi oferă o priveliște grandioasă a celor trei ieșiri din bastion. După ce am profitat și eu de aceeași perspectivă, îi pot confirma valoarea tactică. Datorită înclinării spre în jos a capului său, dar și a pălăriei, care este una clasică, având calotă înaltă și un bor mic, fața lui este umbrită. Însă corpul lui masiv, ca de boxer este inconfundabil: cu umeri largi, spinare lată și cu vreo zece centimetri mai înalt decât m-aș fi așteptat din partea fiului lui Alec; dar, la urma urmelor, nu i-am văzut niciodată mama.

Am trecut de arcadă. Cel în haină închisă la culoare și cu pălărie a părăsit pasarela și s-a alăturat procesiunii. În ciuda masivității lui, se deplasează rapid. La fel era și Alec. Este la aproape douăzeci de metri în urma mea, iar pălăria lui se leagănă într-o parte și în alta. Se străduiește să țină în ochi ceva sau pe cineva aflat în fața lui și sunt înclinat să cred că este vorba de mine. Chiar vrea să îl descopăr? Ori sunt eu mult prea conștient de supraveghere, un alt păcat față de care obișnuiam să protestez?

Prin dreptul meu trec alergători, bicicliști și ambarcațiuni. Spre stânga mea, blocuri de apartamente. La parterele lor, restaurante sclipitoare cu mese pe trotuar, cafenele și tarabe cu mâncare gen fast-food. Mă folosesc de reflexiile vitrinelor. Astfel îl fac să încetinească. Îmi aduc aminte de propriile sfaturi pe care le dădeam noilor recruți: voi stabiliți ritmul deplasării, nu persoana care vă urmărește. Fiți leneși. Fiți indeciși. Nu alergați dacă puteți merge în pas de plimbare. Fluviul zumzăie de ambarcațiuni de agrement, feriboturi, skifuri, bărci cu vâsle și barje. Pe mal, cântăreții ambulanți arată ca niște statui umane, puștii agită baloane sau fac să zboare drone de jucărie. Dacă nu ești Christoph, înseamnă că ești un supraveghetor al Circului. Însă chiar în zilele noastre cele mai nefericite, supraveghetorii Circului nu erau vreodată atât de nepricepuți.

Ajuns la debarcaderul St George's, mă deplasez spre dreapta și mimez că examinez orarul plecărilor. Îți poți identifica urmăritorul oferindu-i şanse. Va sări în autobuz după tine ori va spune: „Lasă naibii autobuzul şi mergi pe jos până la următoarea staţie?" Dacă va merge pe jos, înseamnă că te lasă în seama altcuiva. Însă cel cu pălărie şi haină închisă la culoare nu mă lasă în grija altei persoane. Mă vrea pentru sine şi se opreşte la o tarabă care vinde cârnaţi. De acolo mă urmăreşte în oglinda ciudată din spatele sticlelor cu muştar şi ketchup.

La aparatul care eliberează bilete pentru feribotul care se îndreaptă spre est se formează coadă. Mă alătur ei, îmi aştept rândul şi cumpăr un bilet până la Tower Bridge, pentru o persoană. Urmăritorul meu a hotărât să nu îşi cumpere un cârnat. Feribotul se lipeşte de mal, debarcaderul se cutremură slab, lăsăm pasagerii să coboare. Urmăritorul meu a traversat aleea şi se apleacă peste aparatul de eliberat bilete. Face nişte gesturi care îi trădează iritarea. Hei, ajutaţi-mă careva. Un rastafarian cu o căciulă largă îi arată cum să procedeze. Bani peşin, nu carte de credit, iar faţa îi este încă umbrită de pălărie. Ne îmbarcăm. Puntea de sus este înţesată de turişti. Mulţimea îţi este prietenă. Foloseşte-o bine. Mă slujesc de mulţimea de pe puntea superioară şi îmi găsesc un spaţiu lângă o balustradă, în timp ce mă aştept ca urmăritorul meu să facă acelaşi lucru. Îşi dă seama că l-am simţit? Suntem amândoi conştienţi de acest lucru? După cum ar fi spus cursanţii mei, a înţeles că l-am depistat? Dacă da, ar trebui să renunţe.

Numai că eu nu vreau să renunţ. Feribotul se întoarce. O dâră de raze de soare îl luminează, însă faţa lui rămâne umbrită, chiar dacă în marginea stângă a liniei mele de percepţie îl văd aruncând priviri furişate, una după alta, spre mine, ca şi cum s-ar teme că mă voi repezi la el sau m-aş arunca peste bord.

Să fie chiar Christoph, fiul lui Alec? Ori este vreun executor judecătoresc, trimis să îmi înmâneze o citaţie? Dar dacă aşa ar sta lucrurile, de ce mă urmăreşte? De ce nu vine direct spre mine, acum şi aici, ca să mă confrunte? Feribotul se roteşte din nou şi razele soarelui îl găsesc din nou. El își înalță capul. Pentru prima oară, îi văd capul din profil. Trăiesc senzația că s-ar cuveni să fiu deopotrivă uimit și încântat, dar nu simt nici una, nici alta. Nici vorbă de năvala relației dintre noi. Sunt conștient doar de o amintire iminentă: Christoph, fiul lui Alec, având aceeași privire pe care mi-o amintesc de pe stadionul din Düsseldorf și aceeași falcă proeminentă, tipică pentru un irlandez.

*

În cazul în care Christoph îmi citea intențiile, și eu le citeam pe ale lui. Nu se identificase față de mine deoarece aștepta să descopere unde stăteam, așa cum procedează urmăritorii: să afle unde locuiam, iar după aceea să aleagă locul și momentul. Drept reacție, eu trebuie să îi refuz informația operativă pe care o căuta și să impun condițiile mele, adică un loc aglomerat, în care sunt o mulțime de martori nevinovați. Însă avertismentele Catherinei, care se adăugau îngrijorărilor mele, mă silesc să iau în calcul posibilitatea ca acest om violent să dorească să se răzbune pentru ceea ce el percepea drept păcatele mele față de regretatul lui tată.

Având în gând această eventualitate, mi-am adus aminte că, atunci când eram mic, am fost plimbat cam cu forța în jurul Turnului Londrei de mama, care exclama strident și jenant, îngrozită de tot ce vedea. Și mai țin minte îndeosebi scara mare de pe Tower Bridge. Exact acea scară îmi vorbea acum, nu pentru atracția emblematică pe care o exercita, ci pentru autoconservarea mea. Centrul de instruire de la Sarratt nu avea cursuri de autoapărare. Preda o diversitate de metode de a ucide, unele tăcute, altele mai puțin, dar autoapărarea nu figura în meniul de acolo. Știam sigur că, dacă ajungeam la o altercație, trebuia să am greutatea adversarului deasupra mea și să fiu ajutat de atracția gravitațională. El era un scandalagiu instruit în închisori, care cântărea cu cel puțin douăzeci de kilograme mai mult decât mine. Trebuia să folosesc greutatea împotriva lui şi am socotit că nu există un loc mai bun decât o scară abruptă, iar eu să mă aflu la câţiva paşi înapoia lui ca să îi fac vânt în jos. Îmi luasem deja câteva măsuri de precauţie: transferasem tot mărunţişul pe care îl aveam asupra mea în buzunarul drept al sacoului pentru a le folosi drept proiectile pentru a-i distrage atenţia şi îmi vârâsem degetul mijlociu de la mâna stângă prin inelul breloculului, drept box improvizat. Nimeni nu pierdea o luptă dacă se pregătea pentru ea, adevărat, fiule? Nu, domnilor, nimeni n-a pierdut.

Ne aşezam la rând pentru debarcare. Christoph era la patru metri în spatele meu, îi vedeam silueta reflectată în uşa din sticlă. Nicio expresie pe faţa lui. Păr cărunt, aşa spusese Catherine. Acum am văzut de ce: o masă de păr, ţâşnind în toate direcţiile de sub pălărie, cărunt, sârmos şi neîmblânzit, ca al lui Alec, partea centrală a lui fiind împletit într-o coadă care îi atârna peste pardesiul negru. De ce nu menţionase Catherine asta? Poate şi-o băgase sub haină. Ori poate că aşa ceva nu o interesa în acele momente. Într-un şir sinuos, am urcat rampa. Tower Bridge era jos. O lumină verde îndemna pietonii să traverseze. Ajungând la intrarea spre scara mare, m-am întors şi l-am privit direct. Îi comunicam: dacă vrei să stăm de vorbă, s-o facem aici, în timp ce oamenii trec pe lângă noi. Şi el se oprise, dar în ochii lui nu am văzut decât privirea neclintită a spectatorului de fotbal. Am făcut vreo zece paşi în josul scării, care era goală, pe ea mai fiind doar doi bătrâni ramoliţi. Aveam nevoie de un punct de mijloc. Voiam să cadă de sus după ce trecea de mine, pentru că nu ţineam să-l văd revenind.

Scara s-a populat. Mână în mână şi chicotind, au trecut prin dreptul meu două fete. Doi călugări în robe de culoarea şofranului erau prinşi într-o discuţie filozofică cu un cerşetor. Christoph stătea în vârful scării, o siluetă cu pălărie purtând pardesiu. Pas cu pas, cu o grijă studiată, a început să coboare, ţinându-şi braţele ridicate în lateral, picioarele desfăcute, mersul unui luptător. Eşti prea lent, l-am îndemnat eu în gând, coboară spre mine, pentru că am nevoie de inerţia ta. Însă el s-a oprit la câteva trepte deasupra mea şi i-am auzit pentru prima oară vocea de adult, vorbind engleză americană cu accent german, piţigăiată, ceea ce m-a şocat întrucâtva.

– Bună, Pete. Bună, Pierre. Băieţelul lui Alec, mai ţii minte? Nu te bucuri că mă vezi? Nu vrei să-mi strângi mâna?

Eliberând monedele, i-am întins mâna dreaptă. A prins-o şi a ţinut-o în a lui ca să îi simt tăria, în ciuda umezelii alunecoase a palmei.

– Ce pot face pentru tine, Christoph? am spus, iar drept răspuns m-am ales cu un hohot caustic de râs ca al lui Alec şi cu o idee de accent irlandez pe care îl lua vocea lui când se aşeza undeva.

– Ei, băiete, pentru început, poţi să-mi oferi ceva de băut!

*

Restaurantul era la primul etaj al unei clădiri ce se voia Olde Towne House, având grinzi care simulau găurile de cari şi oferea o privelişte înclinată a Tower Bridge prin ferestrele îmbinate la 45 de grade. Chelneriţele purtau bonete şi şorţuri, şi puteam să ne aşezăm la o masă dacă eram de acord să comandăm un meniu complet. Christoph şi-a tolănit corpul uriaş pe scaun, apoi şi-a tras pălăria peste ochi. Chelneriţa ne-a adus bere, pentru că asta comandase el. A luat o înghiţitură, s-a strâmbat şi a dat paharul deoparte. Avea unghiile înnegrite şi roase. Inele pe fiecare deget al mâinii stângi. Pe dreapta, doar cele două inele pe degetele care contează. Faţa lui Alec, dar exprimând o nemulţumire buhăită în locul ridurilor de durere. Aceeaşi falcă bătăioasă. În ochii căprui, când priveau spre mine, aceleaşi sclipiri de farmec pirateresc.

– Cu ce te ocupi zilele astea, Christoph?

– Zilele astea?

– Da.

– Ei bine, cred că răspunsul scurt este: cu asta, mi-a răspuns el, zâmbindu-mi larg.

– Ce să înțeleg prin asta? Nu cred că știu toată povestea.

Însă el a scuturat din cap, ca și cum ar fi vrut să spună că nu conta, astfel că s-a înălțat drept doar când chelnerița ne-a adus friptonce cu cartofi prăjiți.

– Ai o proprietate frumoasă în Bretania, a remarcat el în timp ce mestecа. Câte hectare?

– Fix cincizeci. De ce întrebi?

– Ale tale toate?

– Despre ce vorbești, Christoph? De ce m-ai căutat?

A mai luat o îmbucătură, și-a înclinat capul într-o parte și mi-a zâmbit pentru a-mi sugera că pusesem întrebarea potrivită.

– De ce am venit să te caut? De treizeci de ani sunt căutător de comori. Am călătorit în întreaga lume. Am vândut droguri. Am vândut și arme, doar puțin. Am făcut închisoare. Prea mult timp. Mi-am găsit averea? Pe dracu'. Apoi am revenit în mica Europă și te-am găsit pe tine. Mina mea de aur. Cel mai bun prieten al tatei. Cel mai bun camarad. Și ce i-ai făcut celui mai bun camarad al tău? Ai făcut să fie ucis. Asta înseamnă bani, domnule. Bani adevărați.

– Nu am contribuit la moartea tatălui tău.

– Citește dosarele, domnule. Citește dosarele Stasi. Sunt curată dinamită. Tu și George Smiley l-ați omorât pe tata. Smiley a fost șeful acțiunii. Iar tu ai fost comis-voiajorul lui. L-ai trădat pe tata, așa că l-ai ucis. Direct ori indirect, dar asta ai făcut. Și ai atras-o și pe domnișoara Elizabeth Gold în treaba asta. Totul e în dosarele acelea nenorocite, domnule! Marele complot pe care l-ați visat, care s-a întors împotriva voastră și a dus la moartea tuturor. L-ați mințit pe tata! Tu și marele vostru George. L-ați mințit pe tata și l-ați trimis la moarte. În mod deliberat. Întreabă avocații. Știi ceva? Patriotismul este mort, domnule. Patriotismul este pentru neînțărcați. Dacă acest caz devine internațional, patriotismul ca justificare nu se va susține. Patriotismul, drept circumstanță atenuantă, e dus. La fel ca și acela al elitelor. La fel ca și voi, domnilor, a adăugat el, pe cale să ia o gură împrospătătoare de bere, dar s-a răzgândit și a scotocit printr-un buzunar al pardesiului negru, pe care continuase să îl poarte, în ciuda căldurii. Dintr-o cutie deformată de metal a turnat o picătură de pudră albă pe încheietura celeilalte mâini și, strângându-și o nară cu mâna rămasă liberă, a aspirat-o chiar sub privirile câtorva clienți, cărora le păsa să privească în jur, iar unii chiar au văzut scena.

– Și ce cauți aici? l-am întrebat.

– Îți salvez viața, domnule, mi-a răspuns și, întinzând ambele brațe, m-a prins de o încheietură în semn de fidelitate. Uite care-i treaba. Scăparea ta de vis. Ai înțeles? Oferta mea personală. Cea mai bună pe care o vei primi în viața ta. Ești prietenul meu, înțelegi?

– Dacă așa zici...

Îmi eliberasem mâna, însă el a continuat să se uite rugător la mine.

– Alt prieten nu ai. Alt târg nu există. E o ofertă pe care ți-o fac doar o dată. Fără idei preconcepute. Nenegociabilă. Ridică halba, o golește și îi face semn chelneriței să îi aducă încă una. Un milion de euro. Pentru mine. Fără amestecul unor terți. Un milion de euro în ziua în care avocații retrag acțiunea și n-o să mai auzi de mine. Fără avocați, fără drepturile omului, fără alte rahaturi. Ai cumpărat tot pachetul. De ce te uiți așa la mine? Ai vreo problemă?

– N-am niciuna. Doar că prețul mi se pare prea mic. Am înțeles că avocații tăi au refuzat deja suma asta, ba chiar și mai mult.

– Nu m-ai ascultat cu atenție. Îți ofer un preț redus. Asta vreau să spun. Îți ofer un preț redus, o singură plată, către mine, un milion de euro.

– Și Karen, fiica lui Liz Gold, ea e mulțumită cu asta, dacă înțeleg bine?

– Karen? Ascultă, o cunosc pe fata aia. Nu trebuie decât să mă duc la ea, îi cânt ceva, așa cum mi-e felul, îi vorbesc despre sufletul meu, poate plâng puțin și îi spun că, până la urmă, nu pot trece prin calvarul ăsta, e prea dureros pentru mine, e vorba de amintirea tatălui meu, să lăsăm morţii în pace. Ştiu cum să-i vorbesc. Karen e sensibilă. Ai încredere în mine.

Iar pentru că nu transmit semnele necesare care să exprime încrederea în ceea ce spune, acesta continuă:

– Ascultă, eu am inventat-o pe fata aceea. Îmi este datoare. Eu am făcut toată treaba, am plătit oameni, am obţinut dosarele. M-am dus la ea, i-am dat vestea cea bună, i-am spus unde se află mormântul mamei ei. Am mers la avocaţi. Avocaţii ei. Pro bono, lucrul cel mai rău. De unde i-a obţinut? Ceva de genul Amnesty International. O organizaţie care se ocupă de drepturile omului. Avocaţii pro bono se duc la guvernul tău și le ţin o predică. Guvernul tău neagă orice răspundere, face o ofertă de un milion de lire pe ușa din dos, doar pentru urechile tale, noi nu am afirmat niciodată așa ceva, fără nicio idee preconcepută. Un milion! Și ăsta-i un preţ de bază, negociabil. În ceea ce mă privește, nu aș investi în lire englezești, dar ăsta-i un subiect secundar. Și ce fac avocaţii lui Karen? Ţin altă predică. Nu vrem un milion de lire, spun ei. Suntem oameni cu principii înalte, vrem ca tu să fii umilit. Și dacă nu se întâmplă asta, te vom da în judecată și, dacă va fi nevoie, mergem și la Strasbourg, și la Curtea Europeană a Drepturilor Omului. Guvernul tău spune: bine, două milioane, dar oamenii ei pro bono nu vor să accepte. Sunt precum Karen. Sunt niște sfinţi. Sunt puri.

Un sunet metalic îi face pe toţi cei din restaurant să se întoarcă spre noi. Mâna nespălată a lui Christoph, cu toate inelele pe degete, a aterizat cu palma în jos pe masă, în faţa mea. Se apleacă în faţă. Faţa lui este toată asudată. O ușă pe care scrie „Doar pentru personal“ se deschide, apare capul cuiva uimit și, la semnul făcut de Christoph, dispare.

– Vrei datele mele bancare, așa e, domnule? Uite-le. Și, domnule, spune-i guvernului tău asta. Un milion de euro în ziua în care retragem plângerea, altfel vă urmărim până în pânzele albe.

A ridicat mâna pentru a lăsa la vedere o bucată de hârtie liniată și m-a urmărit vârând-o în portofel.

– Cine e Tulip? mă întreabă el cu același glas amenințător.

– Poftim?

– Numele de cod pentru Doris Gamp. O femeie de la Stasi, avea un copil.

Nu își anunțase plecarea. Încă insistam în mimica feței că Gamp – Tulip – nu reprezenta un nume cunoscut mie. O chelneriță curajoasă se grăbea spre noi cu nota de plată, dar el coborâse deja jumătate de scară. Când am ajuns în stradă, tot ce am văzut a fost umbra lui masivă pe bancheta din spate a unui taxi care tocmai pleca și mâna lui fluturând în lehamite „la revedere" pe geam.

Știu că m-am întors în Dolphin Square. Pe drum, cred că mi-am adus aminte de bucata de hârtie liniată pe care era trecut contul lui și am aruncat-o într-un coș de gunoi, dar nici să fiu pus la zid nu mi-aș putea aminti în care.

8

Vremea prielnică de ieri fusese înlocuită de o ploaie purtată de vânt în lateral, care a măturat străzile din Pimlico precum gloanțele unei mitraliere. Sosind târziu la întâlnirea de la Grajduri, l-am găsit pe Bunny stând singur în prag, sub o umbrelă.

– Chiar ne-am întrebat dacă nu cumva ai preferat să fugi, a spus el, adoptând zâmbetul lui de băiat sfios.

– Și dacă aș fi făcut-o?

– Să spunem că nu ai fi ajuns prea departe. Încă zâmbind, mi-a întins un plic cafeniu, pe care scria cu roșu „În Serviciul Majestății Sale“. Felicitări. Ți se solicită politicos să apari în fața stăpânilor noștri. Comisia de anchetă parlamentară dorește să discute cu tine. Data urmează a fi anunțată.

– Și tu dorești să discuți cu mine, așa îmi imaginez.

– Pe de o parte. Dar noi nu suntem vedetele, adevărat?

Un Peugeot negru se apropie de noi. El se instalează pe bancheta din spate. Automobilul se îndepărtează.

– Ești pregătit pentru a fi lector, Pete? mă întreabă Pepsi. S-a instalat deja pe tronul ei din bibliotecă. Se pare că vom avea parte de o zi grea.

Se referă la mapa groasă care mă așteaptă pe masă: capodopera mea nepublicată, care cuprinde patruzeci de pagini.

*

– Peter, îți propun să întocmești un raport oficial al întregii tărășenii, îmi spune Smiley.

Este ora trei dimineaţa. Stăm faţă în faţă în salonul unei case de consiliu de pe o proprietate din New Forest.

– Te văd ca fiind persoana ideală pentru această treabă, continuă el, pe acelaşi ton impersonal, ales în mod deliberat. Un raport final, te rog, mai lung decât oricare altul, bogat în amănunte fără relevanţă şi eliminând singura informaţie pe care o deţinem eu, tu şi alţi patru oameni din lume, dacă asta e voia Domnului. Ceva care să satisfacă apetitul libidinos al celor din Comitetul Întrunit de Coordonare şi să acţioneze ca acoperire post-mortem pentru Biroul Central – folosesc expresia în mod figurativ –, acest lucru este clar necesar. Care să fie redactat doar spre aprobarea mea în primă instanţă. Te rog. Doar pentru mine. O să faci asta? Eşti în stare? Având-o pe Ilse alături de tine, desigur.

Ilse, lingvistă de nota zece: dichisită şi extrem de atentă la detalii, care cunoaşte la perfecţie limbile germană, cehă, sârbo-croată şi poloneza, şi care trăieşte cu mama ei în Hampstead şi cântă la flaut sâmbătă seara, Ilse se va afla alături de mine şi va corecta transcrierile mele din înregistrările în limba germană. Ne vom zâmbi la fiecare mică greşeală a mea, vom discuta despre alegerea cuvântului sau expresiei corecte şi vom solicita împreună sendvişuri. Ne vom apleca spre difuzoarele magnetofonului, ciocnindu-ne capetele din întâmplare şi ne vom cere amândoi scuze. Şi punctual la patru şi jumătate Ilse va pleca acasă, la mama şi la flautul ei din Hampstead.

DEZERTAREA ŞI EXTRAGEREA SUB-SURSEI TULIP
Raport întocmit de P. Guillam, asistent al Ş/Operaţiuni Secrete Marylebone, către Bill Haydon Ş/Comitetul Întrunit de Coordonare şi Oliver Lacon
Trezoreria Majestăţii Sale. Spre aprobare de Ş/Operaţiuni Speciale.

Primul indiciu că sub-sursa Tulip ar putea fi expusă riscului de deconspirare s-a petrecut în timpul unei întâlniri de rutină între Mayflower şi coordonatorul său Leamas (PAUL) în casa conspirativă K2 (Fasanenstrasse) din Berlinul de Vest pe 16 ianuarie, în jurul orei 7.30.

Folosind identitatea lui Friedrich Leibach, Mayflower traversase pe bicicletă[1] frontiera până în Berlinul de Vest, odată cu „cavaleria de dimineaţă" a lucrătorilor din Berlinul de Est. Un generos „dejun englezesc", cuprinzând ouă prăjite, bacon şi fasole boabe, gătit de Leamas, a devenit trataţie la astfel de întâlniri, care se desfăşoară la intervale neregulate, în funcţie de nevoile operative şi de obligaţiile profesionale ale lui Mayflower. Ca de obicei, întâlnirea începea cu o informare de rutină şi subiecte aleatorii privind reţeaua:

Sub-sursa DAFFODIL a suferit o revenire a bolii, dar insistă să îşi joace rolul, primind şi transmiţând „cărţi rare, broşuri şi corespondenţă personală".

Raportul sub-sursei VIOLET privind masarea de trupe sovietice la graniţa cehă a fost bine primit de beneficiarii de la Whitehall. Violet va primi plata suplimentară pe care o solicita.

Sub-sursa PETAL are un nou iubit. E vorba de un caporal din Armata Roşie, de douăzeci şi doi de ani, care lucrează la transmisiuni, fiind specialist cifror, din Minsk, detaşat recent la unitatea ei. Este colecţionar împătimit de mărci poştale, iar Petal i-a spus că mătuşa ei în vârstă (fictivă) are o colecţie de timbre datând din perioada dinaintea Revoluţiei, de care s-a cam săturat şi ar putea renunţa la ea contra unui anumit preţ. Ea doreşte ca preţul, negociat în pat, să fie o carte de coduri. Fiind sfătuit de Leamas, Mayflower a asigurat-o că Londra îi va pune la dispoziţie o colecţie corespunzătoare de timbre.

Abia acum subiectul conversaţiei devine sub-sursa Tulip.

---

[1] După recrutarea lui Mayflower de către Serviciu, s-a hotărât reducerea la minimum a numărului de deplasări ale acestuia în Berlinul de Vest. Prin urmare, Rezidenţa din Berlin i-a furnizat identitatea lui Friedrich Leibach, lucrător în construcţii, cu domiciliul în Lichtenberg, Berlinul de Est, unde, prin resurse proprii, Mayflower a obţinut dreptul de a folosi un şopron pentru adăpostirea bicicletei şi a hainelor de muncitor. (n.a.)

Transcrierea convorbirii:

Leamas: Și pe frontul lui Doris? E călare pe situație sau nu?

Mayflower: Paul, prietene, nu știu și nu pot da un diagnostic. În cazul lui Doris, fiecare zi va fi altfel.

Leamas: Karl, tu ești colacul ei de salvare.

Mayflower: A constatat că soțul ei, domnul Quintz, manifestă prea mult interes față de ea.

Leamas: Era și timpul. În ce fel?

Mayflower: O bănuiește. Eu nu știe de ce anume. O întreabă mereu unde pleacă, pe cine întâlnește. Unde a fost. O urmărește în timp ce gătește, se îmbracă sau își vede de viața ei.

Leamas: Poate că Doris s-a ales în sfârșit cu un soț gelos.

Mayflower: Respinge ideea asta. Spune că domnul Quintz e gelos doar față de sine, cariera lui sclipitoare și egoul lui. Însă în cazul lui Doris, cine știe?

Leamas: Și cum e viața ei de birou?

Mayflower: Spune că Rapp nu îndrăznește să o suspecteze din cauză că păcatele lui disciplinare nu îi permit să facă asta. Ea susține că dacă ar fi fost suspectată de S.I., s-ar afla deja într-o celulă din penitenciarul de pe aceeași stradă.

Leamas: S.I.?

Mayflower: Serviciul de securitate internă al Stasi. Trece prin dreptul biroului lor în fiecare dimineață, în drum spre biroul lui Rapp.

În cursul aceleiași zile, la amiază, Leamas i-a ordonat lui de Jong să reanalizeze planurile de urgență existente pentru extragerea sub-sursei Tulip. De Jong a confirmat că resursele și documentele de evadare pentru o extragere via Praga existau. După ce a așteptat exodul de seară al lucrătorilor, Mayflower a plecat pe bicicletă spre Berlinul de Est.

Pepsi nu își găsește locul, coboară în mod repetat de pe tronul ei pentru a păși prin cameră fără niciun motiv sau rămâne în picioare în spatele meu pentru a privi peste umărul meu. Îmi imaginez că și

Tulip este în aceeaşi stare de nelinişte, ba acasă, în Hohenschönhausen, ba în biroul ei, alături de Emmanuel Rapp din Clădirea 3 a complexului Stasi din Magdalenenstrasse.

Al doilea indiciu a venit sub forma unui apel de la doctor la doctor. Cu sprijinul poliţiei din Berlinul de Vest, s-a înfiinţat un sistem de contact de urgenţă. Dacă Mayflower telefona din clinica Charité (Berlinul de Est) la Klinikum (Berlinul de Vest) şi cerea să discute cu colegul lui, doctorul Fleishmann, apelul era redirijat imediat către Rezidenţa din Berlin. Pe 21 ianuarie, la ora 9.20, a avut loc următoare convorbire redirijată, între Mayflower şi Leamas, sub pretext medical.

Transcrierea convorbirii:

Mayflower: (apelând de la Charité, Berlinul de Est): Doctore Fleishmann?

Leamas: La telefon.

Mayflower: Sunt doctorul Riemeck. Ai un pacient. Frau Lisa Sommer[1].

Leamas: Ce este cu ea?

Mayflower: Seara trecută, Frau Sommer s-a prezentat la secţia Urgenţe suferind de halucinaţii. Am sedat-o, dar ea s-a externat în cursul nopţii.

Leamas: Halucinaţii, în ce sens?

Mayflower: Îşi închipuie că soţul ei o bănuieşte că trădează secrete de stat către elemente fasciste, duşmane ale Partidului.

Leamas: Mulţumesc. Am luat notă. Din fericire, sunt chemat „la teatru".

Mayflower: Am înţeles.

Au trecut două ore, în care Mayflower şi-a scos din ascunzătoare echipamentul radio denumit Teatru[2], l-a acordat conform

---

[1] Numele conspirativ al lui Tulip (n.a.)

[2] *Theatre* în original, este un prototip american de sistem de comunicaţii de înaltă frecvenţă şi cu rază scurtă de acţiune, conceput special pentru comunicaţiile

specificaţiilor recomandate şi, în cele din urmă, a obţinut un semnal slab. Calitatea sunetului este nesatisfăcătoare pe tot timpul următoarei discuţii. În esenţă:

În acea dimineaţă, devreme, Tulip făcuse un apel tip „situaţie de criză fără precedent", constând dintr-o serie de ciocănituri în microfonul receptorului de la telefonul unei terţe părţi (în cazul de faţă, unul public). Drept răspuns, Mayflower i-a semnalizat consimţământul: două lovituri, pauză, trei lovituri.

Întâlnirea de urgenţă a avut loc într-o pădurice din apropiere de Köpenick, din întâmplare, aceeaşi pădurice Mayflower pe care o alesese mai demult pentru a ascunde echipamentul Teatru. Cei doi au sosit cu bicicletele la câteva minute unul faţă de celălalt. Potrivit lui Mayflower, dispoziţia iniţială a lui Tulip a fost „triumfalistă". Quintz era „neutralizat", era „ca şi mort". Mayflower trebuia să se bucure alături de ea. Dumnezeu fusese de partea ei. Apoi, a relatat următoarea poveste:

Revenind de la serviciu târziu în seara precedentă, Quintz luase precipitat aparatul foto Zenit, care atârna de curea în spatele uşii, a deschis partea din spate, a mormăit ceva, a închis-o nervos şi l-a pus înapoi în cuier. După aceea, a cerut să verifice conţinutul poşetei lui Tulip. Când ea s-a opus, a azvârlit-o până în cealaltă parte a camerei şi i-a percheziţionat poşeta. Când Gustav s-a repezit să sară în apărarea mamei lui, Quintz l-a plesnit peste faţă, făcându-l să sângereze pe gură şi nas. Cum nu a găsit ceea ce căuta, Quintz a scotocit apoi prin dulapurile şi sertarele bucătăriei, a palpat cu frenezie partea moale a mobilierului, a dat iama prin hainele lui Tulip şi, în cele din urmă, în dulapul cu jucăriile lui Gustav, dar fără succes.

În prezenţa lui Gustav, pe un ton vehement i-a cerut lui Tulip să explice, punând întrebări şi numărându-le pe degetele răsfirate: numărul unu, de ce aparatul Zenit nu avea film pus; numărul doi, de ce era doar un film nefolosit în buzunarul husei aparatului,

---

secrete în raza oraşului Berlin. Leamas a descris sistemul într-o scrisoare către şeful departamentul tehnic drept „complicat, greu de manipulat, sofisticat şi tipic yankeu". După acel raport, sistemul de comunicaţii a fost abandonat. (n.a.)

deşi săptămâna precedentă fuseseră două; şi, numărul trei, de ce dispăruse un film care nu mai departe de duminica precedentă fusese în aparat cu două cadre expuse. Şi drept întrebări subsidiare, ce fotografiase cu celelalte opt cadre rămase? Unde dusese filmul pentru a fi developat? Care erau rezultatele? Şi ce se întâmplase cu filmul lipsă? Ori - convingerea lui personală - ea fotografiase documentele secrete pe care el le aducea acasă şi le vânduse unor spioni occidentali?

Adevăratele elemente ale acelei situaţii, după cum bine ştia Tulip, erau următoarele. De când ascunsese un aparat Minox sub postamentul duşului din toaleta femeilor de pe coridorul din Clădirea 3, Tulip îşi făcuse un principiu din a nu ţine aparatul în dublura genţii de umăr şi nici acasă. În cazul în care Quintz aducea acasă documente de interes de la Ministerul de Externe al RZDG, Tulip aştepta până când el adormea sau era angajat în discuţii cu prietenii lui şi fotografia documentele cu Zenitul familiei. În duminica precedentă, ea făcuse două instantanee cu Gustav pe un balansoar de pe terenul de joacă. În aceeaşi seară, cât Quintz băuse cu prietenii, ea folosise restul de cadre de pe acelaşi film pentru a fotografia documentele din geanta lui diplomat. Apoi scosese filmul, îl îngropase într-un ghiveci cu flori până la următoarea întâlnire cu Mayflower, dar uitase să pună un rolfilm nou în aparat, fără a mai vorbi de a pune un deget pe lentila obiectivului care să reprezinte două rateuri ale lui Gustav. În ciuda tuturor acestora, Tulip a reuşit să declanşeze ceea ce socotea că va fi un contraatac devastator împotriva soţului ei. L-a informat pe Quintz că, în caz că nu ştia, erau mulţi din cadrul Stasi care îl suspectau din cauza odiosului său tată şi a homosexualităţii lui; că nimeni dintre cei din Stasi nu se lăsa păcălit de manifestările lui exagerate de fidelitate faţă de Partid; şi, da, fotografiase tot ce îi căzuse în mână din geanta lui, nu ca să vândă acele informaţii Occidentului sau altcuiva, ci pentru a-l şantaja în eventualitatea în care se va desfăşura o bătălie pentru custodia asupra lui Gustav, lucru pe care ea îl considera iminent. Pentru că un lucru era sigur, i-a spus ea: dacă avea să iasă la iveală faptul că Lothar Quintz lua acasă documente secrete pentru a le studia în afara orelor de program, visul lui de a deveni ambasador al RDG undeva se va nărui.

Revenire la bandă. Transcriere convorbire:

Leamas către Mayflower: Și cum stau lucrurile acum?

Mayflower către Leamas: Ea este convinsă că l-a redus la tăcere. În dimineața asta a plecat la serviciu ca de obicei. A fost calm, chiar afectuos.

Leamas. Unde este ea acum?

Mayflower: Acasă, așteptându-l pe Emmanuel Rapp. La prânz, el o va lua cu mașina lui și vor pleca la Dresda, pentru o ședință în plen a Sovietului Securității Interne. El i-a promis că de această dată ea va participa la sesiune ca asistentă a lui. Va fi o onoare pentru ea.

(Cincisprezece secunde de tăcere.)

Leamas: Am înțeles. Uite ce trebuie să facă. Îi telefonează imediat lui Rapp la birou și îi spune că i-a fost foarte rău toată noaptea, are o febră cumplită și este prea bolnavă ca să călătorească. Este sfâșiată de durere că nu poate să-l însoțească. Apoi anulează toate activitățile operative curente. Știe procedura. Apoi, se deplasează către locul de întâlnire. Și așteaptă.

Apoi, Leamas a informat Biroul Central printr-o telegramă cu informare imediată că cerințele privind extragerea lui Tulip de la codul de alertă portocaliu au trecut la roșu și că, întrucât ea a fost pe deplin conștientă de a-l informa la timp pe Mayflower despre pericolul deconspirării sale, întreaga rețea Mayflower trebuie considerată ca fiind în pericol. Cum planul de evadare impunea colaborarea rezidențelor de la Praga și Paris, resursele Comitetului Întrunit erau esențiale. Totodată, a solicitat să i se permită imediat să întreprindă „personal" extragerea, știind foarte clar că, în virtutea ordinelor Circului, un ofițer activ care deține informații secrete și își propune să pătrundă pe un teritoriu interzis fără a beneficia de protecție diplomatică trebuie să primească în scris o aprobare prealabilă de la Biroul Central – în cazul respectiv, Comitetul Întrunit de Coordonare. Zece minute mai târziu a primit răspuns: „Solicitarea ta este respinsă. Confirmă. C.I.C." Telegrama era de fapt nesemnată, în conformitate cu politica Ş/CIC, adică a lui Haydon, de luare a hotărârilor în plen. În mod simultan, serviciul de cercetare radio, SIGINT, a raportat o creştere a activităţii radio a Stasi pe toate lungimile de undă, în timp ce Misiunea Militară Britanică din Potsdam a remarcat o întărire a măsurilor de securitate la toate punctele de trecere spre Berlinul de Vest, de-a lungul întregii frontiere dintre RDG şi Germania de Vest. La ora 15.05 GMT, postul de radio public est-german a anunţat o urmărire generală a unei femei căreia nu i s-a menţionat numele, sprijinitoare a imperialismului fascist, care avea următoarele semnalmente... Descrierea era aceea a lui Tulip.

Între timp, Leamas luase măsuri pe cont propriu, sfidând instrucţiunile primite de la Comitetul Întrunit. Nu are nicio justificare pentru acest lucru, susţinând doar că nu are de gând „să stea degeaba şi să vadă cum întreaga reţea Mayflower se transformă în scrum". Când Comitetul Întrunit a îndemnat ca măcar Mayflower să fie extras imediat, răspunsul lui Leamas a fost fără compromis: „El poate ieşi din ţară oricând doreşte, dar nu o va face. Ar prefera să fie judecat, ca şi tatăl lui". Mai puţin limpede este rolul jucat de ofiţerul asistent recent înaintat în grad Stavros de Jong şi de Ben Porter, garda de securitate şi şoferul rezidenţei.

Declaraţia lui Ben Porter (garda de securitate, Rezidenţa Berlin) către PG, textual:

Alec se află la biroul lui, pe telefonul securizat cu Comitetul Întrunit. Eu stau lângă uşă. Lasă jos receptorul, se întoarce spre mine şi-mi spune: „Ben, plecăm imediat. E o treabă în desfăşurare. Scoate Land Roverul şi spune-i lui Stas că vreau să ajungă în curte pregătit complet peste cinci minute". Domnul Leamas nu mi-a spus că acest lucru contravenea instrucţiunilor primite de la Biroul Central.

Declaraţia lui Stavros de Jong (ofiţer stagiar detaşat la Ş/Operaţiuni Speciale), textual:

L-am întrebat pe şeful Operaţiunilor Speciale al rezidenţei: „Alec, eşti sigur că Biroul Central aprobă acţiunea asta?" La care mi-a răspuns: „Stas, crede-mă pe cuvânt". Şi aşa am făcut.

Susţinerile lor de nevinovăţie erau ale mele, nu ale lor. Cum nu am nicio îndoială că Smiley îl încurajase pe Leamas să întreprindă de unul singur extragerea lui Tulip, am avut grijă să le acord lui Porter şi de Jong declaraţii care să îi ţină departe de închisoare în cazul în care erau siliţi să dea declaraţii în faţa lui Percy Alleline sau a vreunuia dintre complicii lui.

*

Trei zile mai târziu. Povestea este preluată chiar de Alec. Este ora zece seara şi este interogat de cineva aflat de cealaltă parte a mesei din placaj din camera securizată a ambasadei britanice de la Praga, unde a apărut cu o oră mai înainte. Vorbeşte la microfonul conectat la un magnetofon, iar de cealaltă parte a mesei se află şeful Rezidenţei din Praga, Jerry Ormond, soţul redutabilei Sally, care este şi numărul doi al rezidenţei. Un cuplu care se află în parteneriat cu Circul. Totodată, pe masă, fie şi doar în imaginaţia mea abilitată, se află o sticlă de scotch şi doar un pahar, al lui Alec, pe care Jerry îl umple din când în când. Însă tonul lipsit de viaţă al vocii lui Alec este evident, sugerând că este la capătul puterilor, lucru care, în ceea ce îl priveşte pe Ormond, este spre bine, deoarece sarcina lui ca interogator este să noteze povestea interogatului înainte ca memoria lui să aibă vreo şansă de a o modifica. Tot în imaginaţia mea, Alec este nebărbierit şi poartă un halat de împrumut după duşul grăbit care i s-a permis să îl facă. Irlandezul vorbeşte cu o voce în care apar izbucniri neregulate.

Şi eu, Peter Guillam: unde mă aflu eu? Nu la Praga, alături de Alec, deşi s-ar fi putut întâmpla şi asta. Stau în încăperea de la etaj a cartierului general al Operaţiunilor Speciale din Marylebone, ascultând banda care a fost adusă de urgenţă la Londra de un avion al RAF şi gândesc în sinea mea: eu urmez.

AL: Este aproape ora opt, vântul dinspre est aduce o zăpadă fină pe treptele Stadionului Olimpic, iar pe drumuri s-a depus gheaţă.

Cred că vremea rea este cât se poate de prielnică. Vremea proastă este vreme de scăpare. Land Roverul este în apropiere, iar Ben se află la volan. Stas de Jong coboară treptele în marș forțat în costumație completă de luptă, cu ghete militare și tot tacâmu', și se ghemuiește în locașul podelei, atât cât e de lung. Eu și Ben coborâm capacul peste el, și rămân pe scaunul din dreapta, alături de Ben. Port o caschetă de ofițer și manta, cu trei trese, având pe dedesubt haine de muncitor est-german. Am pus o geantă de umăr jerpelită sub scaun pentru documente. Asta e regula impusă de mine. Păstrează documentele separat în caz că mașina trebuie abandonată de urgență, chiar din mers. Nouă și douăzeci dimineața, trecem prin punctul de trecere pentru personalul militar oficial de la Friedrichstrasse, ne prezentăm legitimațiile către Vopos[1] prin geamurile închise, fără să îi lăsăm pe nenorociți să pună mâna pe ele, pentru că diplomații ne-au spus că le înșfăcau mereu. Imediat ce trecem granița, ne alegem cu obișnuiții urmăritori: doi Vopos într-un Citroën. Așadar, este o zi normală. Vor să se asigure că ne aflăm într-un vehicul militar britanic și ne folosim de drepturile noastre în baza acordului cvadripartit. Iar noi tocmai asta dorim să le comunicăm. Trecem prin Friedrichstasse și sper din tot sufletul că Tulip a plecat, pentru că dacă nu a făcut-o, este moartă sau mai rău, iar rețeaua este și ea compromisă. Ne îndreptăm spre nord, către Pankow, până când ajungem în perimetrul militar al sovieticilor, apoi virăm spre est. Același Citroën pe urmele noastre, ceea ce ne convine. Nu avem nevoie de o schimbare a gărzii și de alți ochi care să ne supravegheze. Le ofer un soi de dans, lucru la care se așteaptă din partea noastră: câte un viraj brusc și ciudat, revenirea pe un alt drum, încetinirea până la viteza mersului la pas, după care accelerare cu pedala până la podea. Cotim spre sud, în Marzahn. Suntem încă în zona limitrofă a Berlinului, dar într-o zonă împădurită, cu drumuri plate și zăpadă care plutește în fața noastră. Trecem de fostul post de radio nazist, care

[1] Prescurtare de la Volkspolizei, Poliția Populară, în Germania de Est la acea vreme.

reprezintă primul nostru reper. Citroënul este la o sută de metri în urma noastră şi şoferului nu îi place drumul acoperit cu gheaţă. Coborâm o pantă şi căpătăm viteză. Urmează o curbă strânsă spre stânga şi coşul alb de uzină, care se ridică dintre copaci, este al doilea nostru reper: un vechi gater. Cotim brusc spre stânga, continuăm drumul, apoi frânăm brusc pe o platformă chiar în apropierea gaterului. Mă rostogolesc afară, având la mine geanta de umăr, mai puţin paltonul, pe care Stas trebuie să îl preia după ce iese din ascunzătoarea maşinii şi trece pe scaunul din dreapta şoferului pentru a arăta ca mine. Eu rămân întins într-un şanţ, acoperit cu zăpadă, aşadar trebuie să mă fi rostogolit un metru sau doi. Când arunc o privire, văd că Land Roverul urcă până pe cealaltă parte a pantei, iar Citroënul se chinuie să urce după el, străduindu-se să îl ajungă din urmă.

(O pauză, punctată de clinchet de pahare şi sunete de lichid care curge.)

AL (în continuare): În spatele fostului gater există o parcare pentru camioanele scoase din uz şi o magazie plină cu rumeguş. Înapoia mormanului de rumeguş există un Trabant vopsit în albastru şi maro, iar deasupra acestuia atârnă o legătură de ţevi din oţel prinsă de tavan. Are la bord nouăzeci de mii de kilometri şi pute a rahaţi de şobolani, dar rezervorul este plin, plus cele două canistre din spate ca rezervă, iar pneurile încă au puţină carne pe ele. Maşina a fost întreţinută de un pacient de încredere al lui Mayflower, care nici măcar nu a vrut să-şi dea numele. Numai că avem o problemă, Trabanturile nu funcţionează bine pe vreme friguroasă. Mi-a trebuit o oră să o dezgheţ şi, în tot acel timp, gândesc: Tulip, unde eşti, te-au prins deja şi ai şi început să faci mărturisiri? Pentru că dacă vei face asta, suntem terminaţi toţi.

JO (Jerry Ormond): Şi identitatea ta?

AL: Günther Schmaus. Sudor din Saxonia. Vorbesc bine ca unul de acolo. Mama mea a fost din Chemnitz. Şi tata din comitatul Cork.

JO: Şi Tulip? Când te întâlneşti cu ea, cine va fi?

AL: Scumpa mea soţie. Augustina.

JO: Şi unde este ea în această clipă? Totul este bine?

AL: Locul de întâlnire este la nord de Dresda. Undeva la ţară. În ciuda vremii defavorabile, ar fi încercat să plece cu bicicleta, ar fi parcurs o bucată bună de drum, apoi ar fi abandonat-o, pentru că autorităţile ştiau că preferă mersul pe bicicletă. Apoi ar fi luat luat trenul local, ar fi făcut autostopul şi ar fi reuşit cumva să ajungă la locul de întâlnire cu ordin să reziste acolo oricât de mult ar fi fost nevoie.

JO: Dar traversarea din Berlinul de Est în RDG? La ce te aştepţi?

AL: E la întâmplare. Nu sunt puncte de trecere, doar patrule care circulă. Ai noroc sau nu ai.

JO: Şi ai avut noroc?

AL: N-a fost mare scofală. Două maşini de poliţie. Te opresc, te înspăimântă de moarte, te pun să cobori din maşină şi te percheziţionează. Dar dacă documentele tale sunt bune, îţi vezi de drum.

JO: Şi ele au fost în regulă. Da?

AL: Nu m-aş afla aici dacă nu ar fi fost în regulă, corect?

(Schimbare a benzii, pasaj afectat vreme de patruzeci şi cinci de secunde, Leamas descrie călătoria dintre Berlinul de Est şi Cottbus.)

AL: Cel mai bun lucru privind traficul din RDG este că el practic nu există. Câţiva cai şi căruţe. Biciclişti, motorete, motociclete cu ataş şi câte un camion vai de el. O idee de autostradă, apoi drumuri înguste. Voi alterna deplasarea pe diferite căi. Dacă un drum lăturalnic este înzăpezit, revin pe autostradă. Mă feresc de Wúndsdorf cât pot de mult. Acolo există un mare lagăr nazist, iar sovieticii l-au luat în stăpânire cu totul: trei divizii de tancuri, rachete cât cuprinde şi o staţie goniometrică cât se poate de mare. Am spionat baza aceea luni întregi. Am făcut un ocol spre nord pentru a fi mai sigur, nu pe autostradă, ci doar pe un drum de ţară drept. Ninsoarea deasă mă atacă, iar şirurile de copaci dezgoliţi încărcaţi cu mănunchiuri de vâsc îmi încetinesc deplasarea, iar eu mă gândesc: într-o bună zi o să mă întorc aici și o să tai tot vâscul și îl voi vinde foarte ieftin la Covent Garden. După aceea, oare visez asta, mă trezesc în mijlocul unui mare convoi militar sovietic și apuc pe un drum greșit. Camioane pline de soldați, tancuri T-34 pe platforme, șase sau șapte piese de artilerie, iar eu în bătrânul Trabant strecurându-mă printre acele vehicule, încercând să ies de pe drumul acela nenorocit, iar ei nici măcar nu mi-au aruncat o privire, continuându-și drumul. Nici măcar nu am avut vreme să apreciez numărul lor!

(Hohote de râs, împărtășite de Ormond. Pauză. Reluare la un ritm mai lent.)

AL: Patru după-amiază. Sunt la cinci kilometri vest de Cottbus. Caut un atelier auto abandonat de pe marginea șoselei. Acela este locul de întâlnire. Și mai caut din ochi o mănușă de copil cu un singur deget prinsă pe o porțiune de gard – semnul de siguranță care îmi spune că Tulip este înăuntru. Și semnul era acolo. Mănușa se afla la locul ei. Roz. Prinsă acolo ca un drapel în mijlocul pustiului. Și asta mă sperie, nu știu de ce. Mai precis, mănușa aceea. E prea bătătoare la ochi. S-ar putea ca înăuntrul atelierului să nu fie Tulip, ci oamenii de la Stasi. Ori poate sunt Tulip și cei de la Stasi. De aceea, opresc și rămân pe gânduri. Și cât mă gândesc, ușa hambarului se deschide și ea apare în prag, ținând de mână un puști de șase ani.

(Pauză de douăzeci de secunde.)

AL: Pentru numele lui Dumnezeu, n-am cunoscut-o pe femeia aceea! Tulip a lucrat pentru Mayflower. Așa a fost înțelegerea. Am cunoscut-o din fotografii, atâta tot. De aceea, spun: „Ce faci, Doris, mă numesc Günther și sunt soțul tău pentru restul acestei călătorii, dar cine naiba este el?" Numai că știu prea bine cine este el. Și ea îmi spune: „E Gustav, fiul meu, și va merge cu mine". Și eu spun: „La naiba, suntem un cuplu fără copii și nu-l putem ascunde sub vreo pătură când vom ajunge la granița cehă. Prin urmare, ce putem face?" Ea spune că în acest caz nu poate merge cu mine, iar băiatul capătă glas și spune că nici el nu merge mai departe. Și atunci îi spun lui

Gustav să intre din nou în hambar, după care o prind de braț pe Tulip și o duc în spate, spunându-i ceea ce știe deja, dar ea nu vrea să audă: „Nu există acte pentru el, așa că vameșii ne vor trage pe dreapta și ne vor verifica la sânge, iar dacă nu scăpăm de el, tu ești terminată, și la fel și eu, la fel și bunul doctor Riemeck, pentru că după ce vă vor avea pe tine și pe Gustav în ghearele lor, vor stoarce numele lui în cinci minute". Nu am primit răspuns, se întunecă, iar ninsoarea reîncepe. De aceea, ne întoarcem în hambar, care e mare cât un hangar pentru avioane și înțesat de mașinării stricate, iar Gustav, micuțul diavol, ne-a pregătit cina, dacă îți vine să crezi: a scos mai toate proviziile aduse de ea și le-a așezat pe pământ: cârnați, pâine, un termos cu cacao fierbinte, cutii pe care să se așeze și hai să facem o petrecere. Așadar, ne așezăm în cerc și luăm un picnic în familie, iar Gustav ne cântă un imn patriotic, iar ea și el se culcă împreună sub haine și tot ce au ca îmbrăcăminte, iar eu stau într-un colț, fumând. Imediat ce se luminează de zi, îi vâr în Trabant și mergem spre satul prin care am trecut în seara precedentă, pentru că acolo am văzut o stație de autobuz. Și, mulțumită lui Dumnezeu, acolo se află două băbuțe, stând cu glugile trase și cu fuste albe, având coșuri cu castraveți în spinare. Și, Dumnezeu să le binecuvânteze, ele sunt de origine sorabă.

JO: Sorabi? Ce mama naibii...?

AL: (izbucnind) Sorabi, pentru numele lui Dumnezeu! Ai mai auzit de sorabi! Șaizeci de mii la număr. Un grup etnic protejat, chiar și în RDG. Minoritate slavă, răspândită în zona Spree, se află aici de secole întregi și cultivă castraveți, ce naiba! Încearcă să recrutezi vreun asemenea om. Iisuse!
(Pauză de zece secunde. Se răcorește.)

AL: Opresc și le spun lui Tulip și Gustav să rămână liniștiți în mașină. Să nu se miște. Cobor. Prima băbuță mă urmărește, iar cealaltă nu mă bagă în seamă. Apelez la farmec. Vorbește germana? Asta înseamnă respect. Vorbește germana, dar ar prefera sorabiană, spune ea. O glumă. O întreb încotro merge.

Cu autobuzul până la Lúbenau, apoi cu trenul spre Ostbanhof din Berlin, ca să își vândă castraveţii. La Berlin obţinem preţuri mai bune. Le servesc o poveste trasă de păr despre Gustav: familia e dezbinată, mama e disperată și băiatul trebuie să se întoarcă la tatăl lui din Berlin, nu ar putea să îl ia cu ele? Femeia îi spune tovarășei ei despre propunerea mea și ele dezbat problema în sorabă. Iar eu mă gândesc că se poate întâmpla ca autobuzul acela nenorocit să vină în orice clipă de peste deal, iar cele două nu vor apuca să se hotărască. Apoi prima spune: îţi luăm băiatul dacă ne cumperi castraveţii. Iar eu spun, cum adică, pe toţi? Și ea zice, da, pe toţi. Și eu le spun, păi dacă-i cumpăr pe toţi, nu mai aveţi ce vinde la Berlin, și-atunci de ce să mai mergeţi până acolo? Ele râd pe săturate. Îi vâr în mână un sul de bani, atât pentru castraveţi, dar păstrează-i. Și uite pentru biletul de tren al băiatului, și ceva pentru călătoria lui până la Hohenschönhausen. Și uite că vine autobuzul, o să-l aduc pe băiat. Mă întorc la mașină și îi spun lui Gustav să coboare, dar mama lui stă ca îngheţată pe banchetă, cu o mână peste ochi, iar băiatul nu vrea să se miște. De aceea îi ordon să coboare, mă răstesc la el și se supune. Atunci îi spun: „Mergi cu mine până la autobuz și aceste două tovarășe de treabă te vor conduce la Ostbanhof. Și de la Ostbanhof te duci acasă, în Hohenschönhausen. Ăsta-i un ordin, tovarășe". Dar el mă întreabă unde pleacă mama lui și de ce nu merge și el cu ea. Îi spun că mama lui are de făcut ceva secret la Dresda și datoria ta de soldat al comunismului este să te întorci la tatăl tău și să continuaţi lupta împreună. Și se duce. (Cinci secunde de liniște.) Ei bine, ce naiba să facă? E un copil al partidului și are doar șase ani, fir-ar să fie!

JO: Și Tulip ce a făcut?

AL: A stat în Trabant cu ochii aţintiţi spre parbriz de parcă ar fi căzut în transă. Urc, conduc un kilometru, apoi opresc și o trag afară din mașină. Pe deasupra bâzâie un elicopter. Doar naiba știe ce crede el că face. L-a împrumutat de la ruși? Îi spun lui Tulip: „Ascultă, pentru că avem nevoie unul de celălalt. Plecarea băiatului tău la Berlin nu pune capăt problemei. E începutul uneia noi. Peste două ore, tot Stasi va ști că Doris Quintz, născută Gamp, a fost văzută în apropiere de Cottbus, îndreptându-se spre est cu prietenul ei. Vor avea o descriere a mașinii, tot ce vrei. Așa că să ne luăm adio de la ideea de a merge cu mașina asta prăpădită în Cehoslovacia cu acte false, pentru că din clipa asta fiecare unitate Stasi și unitate KGB și fiecare punct de trecere de la Kaliningrad și până la Odessa vor căuta un Trabant bălțat în care se află doi spioni fasciști. Ea primește vorbele mele ca pe un pumn în bărbie, recunosc, fără scene de dramatism. Mă întreabă care e planul de rezervă, și eu spun: „Am o hartă demodată folosită de contrabandiști pe care am luat-o cu mine din întâmplare, ceea ce, cu puțin noroc și cu multe rugăciuni, ne-ar putea ajuta să traversăm frontiera pe jos". Se gândește mult la asta și după aceea mă întreabă – e un punct de răscruce pentru ea – „Dacă vin cu tine, când o să-mi mai revăd fiul?" Ceea ce îmi sugerează că se gândește serios să se predea de dragul copilului. De aceea, o prind de umeri și jur în fața ei că voi negocia aducerea băiatului în cadrul unui schimb de agenți, chiar dacă ăsta va fi ultimul lucru pe care o să-l fac pe pământ. Și știu la fel de bine ca și voi că șansa de a se întâmpla asta este... (trei secunde de tăcere)... la dracu'.

*

Oare pur și simplu din motive de economie s-a întâmplat că, în transcrierea ulterioară din raport, cea pe care o citesc acum, m-am îndepărtat de la cuvintele rostite de Alec în acel moment, preferând să le parafrazez pentru, să zicem, mai multă obiectivitate?

Din clipa în care l-a lăsat pe Gustav în grija celor două femei sorabe, acolo unde s-a putut, ținând seama de zăpadă, Alec a condus doar pe drumuri lăturalnice. Problema lui, a explicat el, era că „știe prea multe" despre primejdiile pe care le prezenta terenul pe care îl traversau. Întreaga zonă era înțesată de stații de cercetare radio ale KGB și ale Serviciilor de Informații Militare și le știa pe toate pe de rost. A vorbit despre traversarea unor drumuri secundare, pustii și drepte, pe care zăpada neatinsă era de cincisprezece centimetri, orientându-se doar după șirurile de copaci de pe margine; despre ușurarea pe care a simțit-o când a pătruns într-o pădure, asta până când Tulip a scos un urlet de groază. Zărise fosta cabană nazistă de vânătoare în care elita RDG-ului aducea demnitarii aflați în vizită să vâneze căprioare și mistreți, pentru ca apoi să se îmbete. S-au grăbit să ocolească zona, s-au rătăcit și au văzut o lumină la o fermă aflată în depărtare. Leamas a bătut la ușă. I-a deschis o țărancă speriată care avea un cuțit în mână. După ce a obținut îndrumări de la ea, a convins-o să îi vândă pâine, cârnați și o sticlă de șliboviță, apoi, întorcându-se la Trabant, s-a împiedicat de un cablu telefonic ce atârna și a presupus că era pentru alarmă în caz de incendiu. L-a tăiat ca să fie sigur.

Se întuneca, ninsoarea se întețea, Trabantul bălțat era pe ducă: „ambreiajul era dus, radiatorul dus, cutia de viteze dusă și de sub capotă ieșea fum". A apreciat că se aflau la aproximativ zece kilometri de Bad Schandau și la cincisprezece de punctul de traversare de pe harta contrabandiștilor. După ce i s-a confirmat poziția cât de bine s-a putut folosind busola, a ales un drum forestier care ducea spre est și a condus până când a dat peste un troian. Ghemuiți în Trabant în frigul cumplit, au mâncat cârnați cu pâine, au băut șliboviță, li s-a făcut frig și au urmărit căprioarele trecând pe lângă ei. În toată această vreme, Tulip, pe jumătate adormită cu capul pe umărul lui Alec, a descris languros speranțele și visurile ei de viață nouă pentru ea și Gustav în Anglia.

Nu voia ca fiul ei să studieze la Eton. Auzise că școlile cu internat din Anglia erau conduse de pederaști ca și tatăl lui. Prefera o școală de stat, proletară, cu fete, mult sport și nu foarte severă. Gustav va începe să învețe engleza încă din prima zi după sosirea acolo. Se va îngriji ea de asta. De ziua lui îi va cumpăra o bicicletă englezească. Auzise că Scoția era frumoasă. Vor merge pe biciclete prin Scoția.

Ea încă vorbea în acelaşi fel, când Alec a observat patru siluete de bărbaţi, tăcuţi, înarmaţi cu Kalaşnikov, care stăteau ca nişte santinele în jurul maşinii. Ordonându-i lui Tulip să rămână nemişcată, a deschis portiera şi a coborât încet sub privirile lor. Niciunul dintre ei nu avea mai mult de nouăsprezece ani, şi păreau la fel de speriaţi ca şi el. Luând iniţiativa, i-a întrebat ce căutau acolo, furişându-se lângă o pereche de iubiţi. La început, niciunul nu i-a răspuns. Apoi, cel mai îndrăzneţ dintre ei a explicat că erau braconieri porniţi la vânătoare. La care Alec le-a spus că dacă ei îşi ţineau gura, la fel va proceda şi el. Au parafat înţelegerea prin strângere de mâini, după care cei patru tineri s-au topit în tăcere.

Zorii zilei aduc cer senin, fără ninsoare. Curând apare şi soarele palid. Împreună, au împins Trabantul pestriţ în josul unei pante şi au aruncat zăpadă şi crengi peste el. De acolo au mers pe jos. Tulip are doar cizme uşoare din piele, lungi până la genunchi, dar fără forme aderente pe talpă. Ghetele de muncitor ale lui Alec sunt ceva mai bune. Pornesc la drum, ţinându-se de mână ca să nu alunece şi să cadă. Se află în „Elveţia saxonă", o zonă minunată cu suprafeţe imense ondulate de zăpadă şi pădure. Pe coastele dealurilor sunt case vechi, căzute în ruină sau transformate în orfelinate în vremea verii. Dacă e să se dea crezare hărţii, mergeau paralel cu graniţa. Mână în mână, se zbat să urce o pantă şi ocolesc un iaz îngheţat. Au ajuns într-un sat de munte, cu mici case din lemn.

AL: Dacă harta era corectă, am fi morţi sau în Cehoslovacia.
(Clinchet de pahare. Sunete de lichid turnat în ele.)

Însă povestea abia a început: a se vedea telegramele Circului ataşate. A se vedea şi motivul pentru care, după ce am ascultat banda lui Alec, încă stau încordat la ultimul etaj al cartierului general al Operaţiunilor Secrete din Marylebone la o oră târzie din noapte, aşteptând să fiu chemat din clipă în clipă la Biroul Central.

*

Sally Ormond, adjuncta şefului Rezidenţei din Praga şi soţia acestuia, este genul de persoană plină de iniţiativă din clasa superioară pe care Circul o adoră orbeşte. Are studii la Colegiul pentru Doamne Cheltenham, tatăl în SOE[1] în timpul celui de-al Doilea Război Mondial şi câteva mătuşi la Bletchley[2]. De asemenea, pretinde că are o misterioasă înrudire prin căsătorie cu George, ceea ce, după părerea mea, el suportă cu prea multă nobleţe.

Raport întocmit de Sally Ormond, AŞ/Rezidenţa din Praga, către Ş/Operaţiuni Secrete (Smiley), personal şi privat. Prioritate: EXTREMĂ URGENŢĂ.

Ordinele primite de rezidenţă de la Operaţiuni Secrete erau să primească, sprijine şi cazeze în siguranţă un ofiţer acoperit, Alec Leamas, şi o femeie evadată, agent, care călătoreşte cu documente est-germane într-un Trabant înmatriculat în Germania de Est, înmatricularea fiind asigurată, care urmează a sosi la primele ore de lăsare a întunericului.

Cu toate acestea, rezidenţa NU a fost informată că operaţiunea se desfăşura prin încălcarea instrucţiunilor emise de Comitetul Întrunit de Coordonare. Am putut presupune doar că, imediat ce se afla că Leamas preluase acţiunea pe cont propriu, Biroul Central a hotărât să îi acorde sprijin operativ.

Rezidenţa de la Berlin ne anunţase (de Jong) că după intrarea pe teritoriul Cehoslovaciei, Leamas va semnaliza sosirea în siguranţă printr-un telefon, în care nu îşi va declina numele, către Secţia Vize a ambasadei, pentru a se interesa dacă vizele pentru Marea Britanie erau valabile şi în Irlanda de Nord. Rezidenţa din

[1] Secret Operations Executive – Ofiţer în Serviciul de Operaţiuni Secrete (n.tr.)
[2] În timpul celui de-al Doilea Război Mondial, în localitatea Bletchley a funcţionat sediul principalei organizaţii de criptanaliză a Marii Britanii. Aici au fost descifrate codurile şi cifrurile de comunicaţii ale mai multor state ale Axei, cele mai importante fiind cele ale maşinilor germane Enigma şi Lorenz. (n.red.)

Praga va răspunde prin activarea unui anunţ înregistrat prin care îl sfătuieşte să telefoneze din nou în timpul orelor de program. Acest lucru va fi o confirmare a faptului că s-a primit mesajul.

După aceea, Leamas şi Tulip vor ajunge prin orice mijloace posibile la un punct de pe drumul dintre Praga şi aeroportul oraşului şi vor parca pe un drum lăturalnic, conform hărţii avute la dispoziţie.

În baza planului formulat de această rezidenţă şi aprobat de Şeful Operaţiunilor Speciale, cei doi vor abandona automobilul, iar un şofer din reţeaua GODIVA din Praga va asigura transferul cu maşina de serviciu a ambasadei (cu plăcuţe de înmatriculare de corp diplomatic şi geamuri laterale negre), care transportă de obicei personalul ambasadei către şi de la aeroportul din Praga. Apoi el îi va prelua pe Leamas şi Tulip de la locul de întâlnire convenit. În spatele furgonetei se vor afla articole de îmbrăcăminte occidentale, furnizate de această rezidenţă. Leamas şi Tulip se vor îmbrăca pentru a fi oaspeţi la cina oficială dată de ambasadoarea Majestăţii Sale, iar sub acel pretext, vor putea ajunge în interiorul ambasadei, care se află sub permanenta supraveghere a securităţii cehoslovace.

La ora 10.40, în camera securizată a ambasadei s-a ţinut o conferinţă de urgenţă, la care excelenţa sa ambasadoarea a consimţit cu amabilitate aplicarea acelui plan. Cu toate acestea, la ora 16.00, ora Marii Britanii, după alte consultări cu Ministerul de Externe, ambasadoarea şi-a schimbat hotărârea pe motiv că, întrucât femeia fugară fusese între timp prezentată în mass-media din RDG drept o infractoare faţă de stat, potenţialul repercusiunilor diplomatice cântărea mai greu decât consideraţiile ei de mai devreme.

Având în vedere poziţia declarată de excelenţa sa, niciun vehicul al ambasadei şi niciun membru al ambasadei nu vor fi folosiţi pentru realizarea acelui plan de extragere. Drept urmare, am deconectat sistemul de anunţuri automate al Secţiei Vize, în speranţa că acest lucru îi va spune lui Leamas că nu va beneficia de niciun sprijin.

Mi-am pus din nou căștile. Sunt din nou alături de Alec, dar nu în confortul imperial al ambasadei noastre din Praga, ci blocat pe marginea drumului împreună cu Tulip, fără niciun ajutor sau o mașină de sprijin. Alec ar spune în acest caz: „La naiba, fără absolut nimic". Țin minte ceea ce a predicat de când l-am cunoscut: „Când plănuiești o operațiune, gândește-te la fiecare mod în care Serviciul te poate da în gât, apoi așteaptă modalitatea la care nu te-ai gândit, însă ei au anticipat-o". Și cred că exact la asta se gândește acum.

AL (revenire la transcrierea înregistrării): Când nu a apărut niciun mijloc de transport și nici vreo veste bună de la Secția Vize, m-am gândit: la dracu', asta e Londra ta, așa că singurul lucru este să te descurci din aproape în aproape. Suntem o pereche de est-germani nenorociți pe marginea șoselei, soția mea se simte cât se poate de rău, așa că ajutați-mă careva, oricine. Îi spun lui Doris să se așeze pe asfalt și să arate patetic, ceea ce i se potrivește de minune și, după scurtă vreme, un camion încărcat cu cărămizi trage pe dreapta și șoferul scoate capul pe geam. Dintr-un noroc ceresc, e din Leipzig și vrea să știe dacă sunt peștele frumoasei doamne de pe pavaj. De aceea îi spun: „Nu, amice, e soția mea și se simte rău", iar el spune „bine, urcați" și ne duce până la spitalul din centrul orașului. Am un pașaport britanic pentru orice eventualitate prins în căptușeala genții mele de umăr, pe numele unui anume Miller. Îl scot de acolo și îl vâr în buzunar. Apoi îi spun: „Doris, chiar îți este foarte rău. Ești însărcinată și starea ta se agravează clipă de clipă. Așa că fă-mi un serviciu, umflă-ți burta și dă-te cât de suferindă ești în stare. Ca ei să deschidă ușile și să putem intra. Îmi pare rău de tot".

JO: Asta nu este totuși toată povestea, adevărat? (Sunet de lichid care se toarnă.)

AL: Iisuse. Bine. Și mergem pe aleea presărată cu pietriș de acolo. Ne apropiem de nobilele porți care au coroana Majestății Sale pe ele, vopsite cu auriu frumos. Afară își fac de lucru trei cehi în costume cenușii, care nu au nicio treabă clară. Poate că nici măcar nu i-ați observat. Doris face o scenă pentru care Sarah Bernhardt și-ar fi dat și viața. Îmi flutur pașaportul britanic spre ei: lăsați-ne să intrăm imediat. Nemernicii vor să vadă și pașaportul ei. Ascultați, le spun eu, în cea mai limpede limbă engleză. Doar apăsați butonul acela de pe perete și spuneți-le celor dinăuntru că soția mea este pe cale să avorteze, ca să cheme cât mai repede un doctor. Pentru că dacă pățește ceva aici, pe stradă, vă veți pierde capetele. Și nu aveți și voi mame, dar probabil că nu – sau cuvinte cam cu același înțeles, bine? Și, abracadabra, porțile s-au deschis. Iar noi ne aflăm în curtea ambasadei. Și Tulip se strânge de burtă și îi mulțumește sfântului ei păzitor pentru că ne-a scăpat de cel rău. Iar tu și scumpa ta soție vă cereți scuze profunde pentru încă o ratare de dimensiuni cosmice a Biroului Central. Așa că vă mulțumesc amândurora pentru scuze, le accept. Și, dacă nu vă deranjează, o să mă duc să mă culc, la naiba.

Sally Ormond preia povestea și o derulează înapoi.

Extras din Sally Ormond, AȘ/Rezidența Praga, scrisoare neoficială scrisă de mână către Ș/Operațiuni Speciale (Smiley) prin geanta diplomatică a Circului. Prioritate: EXTREMĂ URGENȚĂ.

Ei bine, desigur, după ce i-am dus pe sărmanii Tulip și Alec în interiorul ambasadei, a început adevărata distracție. Cu toată sinceritatea, cred că ambasada, dar și Ministerul de Externe s-ar fi simțit mult mai bine dacă ea ar fi fost predată autorităților RDG-ului și nu s-ar mai fi vorbit despre asta. Pentru început, ambasadoarea nu a vrut să o accepte pe Tulip în căminul ei, chiar dacă, din punct de vedere legal, asta nu conta câtuși de puțin. De fapt, ea a insistat ca două femei de serviciu să fie mutate în clădirea principală, doar ca Tulip să poată fi găzduită în zona servitorilor, care, din punct de vedere strict de securitate, este mai sigură decât clădirea principală. Însă acesta nu a fost nicidecum motivul invocat de ambasadoare, pentru că ea a precizat foarte clar în momentul în care toţi patru eram îngrămădiţi în camera securizată a ambasadei: excelenţa sa, însoţită de Arthur Lansdowne, secretarul ei personal, plus dragul meu soţ şi eu. Şi Alec, deloc bien vu[1] de eminenţa sa, dar care mai târziu a şters-o de sudoarea de pe frunte pe Tulip în zona rezervată servitorilor.

Și, P.S., George: o vorbă la ureche dacă îmi permiţi.

Camera securizată a ambasadei este extrem de înăbuşitoare şi reprezintă un risc potenţial la adresa sănătăţii, aşa cum am raportat în mod repetat, dar în zadar, către șeful departamentului administrativ al Biroului Central. Sistemul minuscul de aer condiţionat este complet stricat. El aspiră când de fapt ar trebui să expire, dar, potrivit lui Barker (jivina-şefă de la administraţie), în ultimii doi ani nu s-au găsit piese de schimb pentru el. Și cum nimeni de la Ministerul de Externe nu a socotit că era necesar să se trimită un nou sistem, cei care folosesc acel loc se coc şi se sufocă. Săptămâna trecută, bietul Jerry a fost cât pe ce să se sufoce acolo, dar bineînţeles că el este prea nobil ca să spună asta. Am sugerat de cel puţin o mie de ori ca această cameră sigură să intre în răspunderea Circului, dar se pare că acest lucru ar însemna o încălcare a drepturilor teritoriale ale Ministerului de Externe!

Dacă poţi discuta cu cei de la Administraţie, fără să le pasezi cheltuielile (dar NU cu Barker, aş sugera eu), ţi-aş fi în veci recunoscătoare. Jerry mi se alătură în a-ţi transmite toată dragostea şi credinţa, ca întotdeauna, mai ales faţă de Ann.

S

Text al Telegramei secrete transmise de ambasadorul britanic, Praga, personal către Sir Alwyn Withers, Șef al Departamentului Est-European, Ministerul de Externe, copie către Circ (Comitetul Întrunit de Coordonare). Procesele-verbale ale întrunirii de criză din camera securizată a ambasadei, ţinută la ora 21.00. Prezenţi: Excelenţa Sa, Ambasadoarea (Margaret Renford), Arthur

[1] Bine văzut (fr.) (n.tr.)

Lansdowne, secretar personal al Excelenţei Sale, Jerry Ormond (Şef al Rezidenţei), Sally Ormond (Adjunctul Şefului Rezidenţei). Scopul şedinţei: Gestionarea şi îndepărtarea rezidenţei temporare a ambasadei. Prioritate: EXTREMĂ URGENŢĂ.

Stimate Alwyn,

După discuţia noastră secretizată din această dimineaţă, între noi doi s-a convenit următoarea procedură privind călătoria mai departe a OASPETELUI NOSTRU NEINVITAT (ONN):

1. ONN va călători către următoarea destinaţie cu ceea ce Prietenii noştri ne asigură că va fi un paşaport valabil, dar nu britanic. În acest fel se evită acuzaţiile ulterioare ale autorităţilor cehoslovace că ambasada oferă paşapoarte britanice oricărei persoane, indiferent de naţionalitate, care încearcă să scape de justiţia RDG sau cehoslovacă.
2. ONN nu va fi sprijinită, însoţită ori transportată în niciun fel de membri diplomatici sau nediplomatici ai personalului ambasadei în cursul plecării. Nu se va folosi niciun vehicul cu plăcuţe de înmatriculare diplomatică pentru misiunea de extragere a ONN. Nu i se vor emite documente britanice false.
3. În cazul în care ONN va susţine că beneficiază de protecţia ambasadei britanice, se înţelege de la sine că acest lucru va fi negat imediat şi ferm pe plan local şi la Londra.
4. Plecarea ONN de pe teritoriul ambasadei va avea loc în termen de trei zile lucrătoare, ori se vor analiza alte măsuri pentru îndepărtarea ei, inclusiv predarea ONN către autorităţile cehoslovace.

Telefonul meu sună, iar luminiţa roşie clipeşte. Este Toby Esterhase, comis-voiajorul lui Percy Alleline şi Bill Haydon, care răcneşte la mine cu accentul lui unguresc pregnant să îmi ridic fundul de pe scaun şi să mă prezint imediat la Biroul Central. Recomandându-i să-şi controleze limbajul, sar pe motocicleta mea, care stă pregătită lângă uşa din faţă.

Procesele-verbale ale conferinței de urgență convocate în camera securizată a Comitetului Întrunit de Coordonare de la Cambridge Circus. Președinte: Bill Haydon (Șeful Comitetului).
Prezenți: colonel Etienne Jabroche (atașat militar la ambasada Franței din Londra, Șeful grupului de contact pe probleme de informații), Jules Purdy (secția Franța), Jim Prideaux (secția Balcani), George Smiley (Ș/Operațiuni Secrete), Peter Guillam (JACQUES). Desemnat pentru consemnarea de notițe: T. Esterhase. Înregistrat, o parte transcrisă textual. Copie transmisă către Ș/Rezidența Praga.

Este ora cinci dimineața. Am primit ordin să mă prezint. Am sosit pe motocicletă de la Marylebone. George a venit direct de la Trezorerie. E nebărbierit și pare mai îngrijorat decât de obicei.

– Peter, ai toată libertatea să spui *nu* în orice moment, m-a asigurat el de două ori.

A descris deja operațiunea drept „complicată în mod inutil", dar oricât ar încerca să ascundă asta, marea lui preocupare este că planul operativ este realizat de colectivul Comitetului Întrunit. Suntem șase oameni la masa lungă din camera securizată de la Circ.

Jabroche: Bill, prietenul meu drag. Șefii mei de la Paris m-au asigurat că domnul Jacques își poate vedea de problemele fermei din Franța.
Haydon: Spune-i, Jacques.
Guillam: Nu asta mă îngrijorează, colonele.
Jabroche: Nici măcar în compania experților?
Guillam: Am crescut la o mică fermă din Bretania.
Haydon: Bretania e franceză? Mă uimești, Jacques.
(Râsete.)
Jabroche: Bill. Cu permisiunea ta.

Trecând pe franceză, colonelul Jabroche inițiază o discuție animată cu Guillam despre agricultura franceză, îndeosebi cea din nord-vestul Franței.

Javroche: Bill, sunt satisfăcut. A trecut testul. Chiar vorbeşte ca un breton, bietul de el.
(Alte râsete.)

Haydon: Dar va merge, Etienne? Poţi să-l strecori înăuntru?

Jabroche: Înăuntru, da. În afară, totul depinde de monsieur Jacques şi de buna lui doamnă. Ai venit la ţanc. Lista delegaţilor francezi se încheie în mod evident. O ţinem deja deschisă. Sugerez ca prezenţa domnului Jacques la conferinţă să fie cât mai scurtă posibil. Îl punem pe listă, merge pe viza colectivă, este împiedicat de o suferinţă, dar este hotărât să participe la sesiunea de încheiere. Fiind unul între trei sute de delegaţi din atâtea ţări, nu va sări în ochi. Monsieur Jacques, vorbeşti finlandeza?

Guillam: Nu prea bine, colonele.

Jabroche: Şi eu care credeam că toţi bretonii ştiu finlandeză. (Râsete.) Şi doamna în chestiune nu vorbeşte franceza?

Guillam: Din câte ştim, doar germana şi rusa învăţată la şcoală.

Jabroche: Dar are stil, spui? E atrăgătoare. Are eleganţă. Şi ştie să se îmbrace.

Smiley: Jacques, ai văzut-o deja.

O văzusem îmbrăcată şi o văzusem şi dezbrăcată. Aleg prima variantă.

Guillam: Ne-am întâlnit în treacăt. Dar e impresionantă. Bune cunoştinţe în materie, gândeşte repede. Creator. Dinamic.

Haydon: Iisuse. Creativitate? Cine naiba are nevoie de creativitate? Femeia trebuie să facă ce i se spune şi să-şi ţină gura, nu? Merge şi ea, Jacques?

Guillam: Susţin ideea, dacă şi George e de acord.

Haydon: Şi e?

Smiley: Având în vedere că acest comitet şi colonelul asigură sprijin pe teren, noi, cei de la Operaţiuni Secrete, suntem pregătiţi să acceptăm acest risc.

Haydon: E o exprimare cam mieroasă, trebuie să spun asta. Înseamnă că va merge. Etienne, presupun că îi pui la dispoziţie lui monsieur Jacques paşaport francez şi documente de călătorie. Ori vrei să facem noi asta?

Jabroche: Ale noastre sunt mai bune. (Râsete.) Bill, dar nu uita, dacă lucrurile se încurcă, guvernul meu va fi foarte şocat să descopere că perfidul serviciu secret englez îşi încurajează agenţii să se dea drept cetăţeni francezi.

Haydon: Iar noi vom respinge cu fermitate şi ne vom cere scuze. (Către Prideaux) Jimmy, băiatule. Comentarii? Ai fost misterios de tăcut. Cehoslovacia e moşia ta. Te bucuri că dăm năvală acolo?

Prideaux: Nu am obiecţiuni, dacă la asta te referi.

Haydon: Vrei să adaugi sau să elimini ceva?

Prideaux: Deocamdată nu.

Haydon: Bine, oameni buni. Vă mulţumesc tuturor. Deci merge, aşa că să ne apucăm de treabă. Jacques, suntem alături de tine. Etienne, poate discutăm ceva între patru ochi.

Dar, având în vedere ce urmează, George nu renunţă chiar atât de uşor la îndoieli. Timpul se scurge, iar eu urmează să plec la Praga peste şase ore.

PG către Ş/Operaţiuni Secrete.

George,

Noi am discutat. Mi-ai cerut să îţi împărtăşesc părerea despre biroul secret de la Heathrow, terminalul 3, în prezent sub comanda Comitetului Întrunit. În aparenţă, biroul arată la fel de mizerabil ca oricare altul din aeroport, la capătul unui coridor nemăturat. Pe uşa din sticlă satinată scrie: „Curierat Internaţional", iar accesul se face prin interfon. Ajuns înăuntru, atmosfera este deprimantă: doi curieri plictisiţi joacă o partidă de cărţi, o femeie vorbeşte răstit în spaniolă la telefon, o costumieră lucrând în schimb dublu, deoarece colega ei este bolnavă, fum de ţigară, scrumiere care dau pe afară şi o singură cabină de probă, deoarece aşteaptă perdele noi pentru cealaltă.

Marea surpriză a constituit-o grupul de primire care aștepta apariția mea: Alleline, Bland, Esterhase. Dacă și Bill Haydon ar fi fost acolo, aș fi avut o chintă regală. Chipurile, au venit acolo ca să mă vadă plecat și să îmi ureze tot binele. Aflat în frunte ca întotdeauna, Alleline mi-a înmânat cu mare fast pașaportul francez și documentele necesare pentru conferință, produse prin bunăvoința lui Jabroche. Esterhase a procedat la fel cu valiza de călătorie și recuzita de rigoare. Haine cumpărate de la Rennes, manuale de agricultură și o istorie a modului în care Franța a construit Canalul de Suez, asta ca să am o lectură ușoară la mine etc. Roy Bland a jucat rolul fratelui mai mare și, cu șiretenie, m-a întrebat dacă țineam să fie cineva informat în caz că întârziam câțiva ani mai mult decât ar fi fost de așteptat.

Însă adevăratul scop al atenției pe care mi-au acordat-o nici nu putea fi mai limpede. Voiau să afle mai multe despre Tulip: de unde venea, cât timp lucrase pentru noi, cine o instruia. Iar apoi, cel mai straniu moment, când, după ce le-am răspuns evaziv la întrebări, am intrat în cabina de probă ca să mă îmbrac, iar Toby Esterhase a vârât capul pe după perdea și mi-a spus că avea un mesaj personal de la Bill: „Dacă te saturi de unchiul George, gândește-te la poziția de Șef al Rezidenței din Paris". Răspunsul meu a fost neutru.

Peter

Acum să îl vedem pe George, în rolul lui de pedant operativ suprem, dorind să repare orice lacună în planificarea neglijentă făcută de Comitetul Întrunit.

Telegramă de la Ș/Operațiuni Secrete (Smiley) către Ș/Rezidenței Praga (Ormond) STRICT SECRET MAYFLOWER. Prioritate: EXTREMĂ URGENȚĂ.

A. Pașaportul finlandez pentru sub-sursa Tulip va sosi mâine prin geanta diplomatică pe numele de Venia Lessif, născută la Helsinki, expert în nutriție, numele soțului, Adrien Lessif. Pașaportul va conține viză de intrare în Cehoslovacia, data de intrare va coincide cu cea a conferinţei intitulate „Câmpii pentru pace", sponsorizată de comuniştii francezi.

B. Peter Guillam va sosi pe aeroportul din Praga cu zborul Air France 412, mâine-dimineaţă la ora locală 10.00, călătorind cu paşaport francez pe numele de Adrien Lessif, lector asociat la Facultatea de Economie Agrară de la Universitatea din Rennes. Viza de intrare cehoslovacă valabilă pentru a coincide cu data conferinţei. Participarea la conferinţă a lui Lessif este, în legendă, întârziată de probleme de sănătate. Ambii Lessif apar pe lista de participanţi la conferinţă, un participant (întârziat) şi soţia.

C. De asemenea, în sacul diplomatic de mâine se vor afla două bilete la compania Air France pentru zborul Praga-Paris, sosire pe aeroportul Le Bourget, pentru Adrien şi Venia Lessif, care decolează pe data de 28 ianuarie, la ora 6.00 dimineaţa. Evidenţele Air France vor confirma că perechea a plecat spre Praga la date diferite (a se vedea ştampilele de intrare în Cehoslovacia), dar se vor întoarce la Paris cu colegii de breaslă din grup.

D. Cazarea profesorului şi doamnei Lessif s-a făcut la Hotel Balkan, unde va fi găzduită delegaţia franceză în noaptea dinaintea plecării, care va fi dimineaţa devreme, spre aeroportul Le Bourget din Paris.

Şi răspunsul lui Sally Ormond, care nu pierde nicio ocazie pentru a-şi lansa doleanţele proprii:

Extras din a doua scrisoare personală trimisă de Sally Ormond către George Smiley, consemnată drept Strict personal şi privat, a nu fi înregistrată.

Primind mesajul tău foarte lucid, prin prezenta acceptat cu recunoştinţă, eu şi Jerry am hotărât ca eu să fiu aceea care o va pregăti pe Tulip pentru plecarea de la ambasadă şi pentru viitoarele chinuri prin care va trece. Am traversat aşadar curtea până la apartamentul-anexă unde am găzduit-o pe Tulip: perdelele duble la ferestrele dinspre stradă, pat de campanie pentru ea în holul din afara dormitorului, un paznic suplimentar postat în holul de la parter în cazul în care ar sosi vizitatori nedoriţi.

Am găsit-o stând pe pat, iar Alec avea un braţ petrecut pe după umărul ei, dar ea a părut că nu ştia că el se afla acolo şi din când în când suspina cu sughiţuri reţinute.

Însă, oricum ar fi, am preluat frâiele asupra situaţiei şi, aşa cum s-a planificat, l-am trimis pe Alec să respire aer curat şi să facă o plimbare de relaxare pe malul fluviului, împreună cu Jerry. Cum cunoştinţele mele de limbă germană au cam rămas la nivelul 2, la început nu am putut afla multe lucruri de la ea, deşi mă îndoiesc că ar fi avut vreo importanţă, deoarece ea abia dacă a scos câteva vorbe, ca să nu spun că nici nu m-a ascultat. A spus în şoaptă de câteva ori „Gustav“ şi am înţeles, după ce am apelat la limbajul semnelor, că Gustav nu era soţul, ci fiul ei.

Am reuşit totuşi să o fac să priceapă că mâine va părăsi ambasada, plecând spre Anglia, dar nu direct, ci se va alătura unui grup amestecat de francezi, alcătuit din profesori universitari şi agricultori. Lucru foarte firesc, prima ei reacţie a fost: cum se putea aşa ceva dacă ea nu ştia nici boabă de franceză? Şi după ce i-am spus că nu avea importanţă, pentru că ea va trece drept finlandeză – şi nimeni din grup nu va vorbi acea limbă, nu? Următoarea ei reacţie a fost: „cu hainele astea?“, moment în care am avut prilejul să etalez hainele sclipitoare pe care Rezidenţa din Paris le-a cumpărat pentru noi: un taior din două piese extraordinare, de culoare cafeniu-deschis, cumpărat de la Printemps, pantofi eleganţi exact mărimea ei, cămaşă de noapte atrăgătoare, lenjerie intimă, trusă de machiaj pentru care practic îţi vine să mori – cred că Staţia de la Paris a cheltuit o avere –, exact tot ce trebuie să fi visat ea în ultimii douăzeci de ani, chiar dacă nu şi-a dat seama de asta, şi articole de îmbrăcăminte de marcă pentru a completa iluzia. Şi un inel de logodnă pe care mi l-aş fi dorit şi eu, plus o verighetă decentă din aur în locul celei de duzină pe care o purta, toate urmând a fi înapoiate la aterizare, desigur, dar nu am socotit că era nevoie să îi spun asta, deocamdată!

Şi, în acel moment, parcă şi-a intrat în rol. Profesionista din ea se trezise. S-a uitat foarte atent la noul ei paşaport frumos (deşi nu era chiar nou) şi a afirmat că arăta foarte bine. Şi, când i-am spus că o va însoţi un galant francez care se va preface că este soţul ei în cursul călătoriei, ea a spus că i se părea un plan foarte rezonabil, dar cum arăta bărbatul?

De aceea, aşa cum mi s-a ordonat, i-am prezentat o fotografie a lui Peter G, iar ea s-a uitat la ea fără nicio expresie pe faţă, trebuie să recunosc, având în vedere că aşa cum arată falşii soţi, cu greu ai putea găsi pe cineva ca el, care să creeze o impresie neplăcută. În cele din urmă, a întrebat: „E francez sau englez?“, iar eu i-am spus: „Şi una, şi alta, iar tu eşti finlandeză şi franţuzoaică“ şi, scumpa de ea, s-a prăpădit de râs!

Şi, foarte curând după ce Alec şi Jerry s-au întors de la plimbare, cum gheaţa s-a spart, am trecut la instruirea de bază. Tulip a ascultat cu atenţie şi calm.

Spre sfârşitul instruirii, am avut senzaţia că ea aprecia cu adevărat ideea şi, într-un mod destul de sumbru, i s-a părut amuzantă. Am socotit că era adepta pericolelor şi, doar în acel fel, semăna foarte mult cu Alec!

Ai grijă de tine, şi transmit toată dragostea mea frumoasei noastre Ann.

S

*

Să nu faci nicio mişcare precipitată sau necontrolată. Ţine-ţi mâinile şi umerii exact cum sunt acum, şi respiră adânc. Pepsi a revenit pe tronul ei şi nu-şi poate dezlipi ochii de la tine, iar asta nu din vreun sentiment de iubire.

*

Raport întocmit de Peter Guillam, detaşat temporar la Operaţiuni Secrete, referitor la extragerea sub-sursei TULIP de la Praga cu destinaţia Paris, aeroportul Le Bourget, pentru ca apoi să fie îmbarcată într-un avion militar al RAF cu destinaţia Londra, aeroportul din Northolt, 27 ianuarie 1960.

Am sosit la aeroportul din Praga la ora locală 11.25 (zbor întârziat) în persoana lectorului în economie agrară de la universitatea din Rennes.

Am înţeles că, graţie grupului de contact francez, sosirea mea târzie la conferinţă din cauza unor probleme medicale fusese luată în seamă, iar numele meu era inclus pe lista de participanţi, spre ştiinţa autorităţilor cehoslovace.

Pentru a întări buna mea credinţă, am fost întâmpinat de ataşatul cultural al ambasadei Franţei, care s-a folosit de calitatea sa de diplomat pentru a grăbi procedurile de aeroport, care s-au desfăşurat relativ uşor, pentru că ataşatul şi-a asumat rolul de interpret al meu.

Apoi m-a condus cu maşina oficială la ambasada franceză, unde am semnat în cartea vizitatorilor, după care am fost dus, tot cu maşina ambasadei, la conferinţă, unde mi se rezervase un loc în ultimul rând.

Sala de conferinţe era ceva ce amintea de operă, fiind poleită, construită iniţial pentru Consiliul Central al Muncitorilor Feroviari, în care încăpeau până la patru sute de persoane. Măsurile de securitate s-au dovedit superficiale. La jumătatea scării impunătoare, două femei suprasolicitate, care vorbeau doar limba cehă, stăteau la un birou şi bifau numele delegaţilor din vreo şase ţări. Conferinţa în sine a căpătat forma unui seminar condus de o comisie de experţi aşezaţi pe scenă, primind sugestii aranjate dinainte de la cei din sală. Nu mi s-a cerut să îmi aduc şi eu contribuţia. Am rămas impresionat de abilitatea serviciului francez care, în foarte scurt timp, anunţase prezenţa mea în ochii securităţii cehoslovace şi ai delegaţilor, astfel că doi dintre ei şi-au dat seama de rolul meu şi şi-au găsit timp ca să mă caute şi să îmi strângă mâna.

La ora 17.00, conferinţa a fost declarată încheiată, iar delegaţii francezi au fost duşi cu un autobuz la Hotel Balkan, o clădire mică şi demodată, care fusese rezervată pentru uzul nostru exclusiv. După ce am fost înregistrat la recepţie, mi s-a înmânat o cheie pentru camera numărul 8, denumită „apartament de familie", deoarece, practic, noi alcătuiam un cuplu căsătorit. Balkan are un restaurant doar pentru cei cazaţi acolo şi, plecând din ea, intri într-un bar cu o masă centrală, la care m-am aşezat în aşteptarea teoreticei mele soţii.

În mare, înţelesesem că procesul de extragere va demara de la ambasada britanică cu o ambulanţă anonimă, transportată până la o casă conspirativă din suburbii, de unde va fi adusă la Hotel Balkan cu mijloace care îmi erau necunoscute.

Prin urmare, am fost impresionat să o văd sosind într-o maşină diplomatică franceză, la braţul aceluiaşi ataşat cultural care mă întâmpinase la aeroportul din Praga. Ţin încă o dată să recunosc agerimea serviciului de informaţii francez.

Tulip fusese înregistrată sub numele de Venia Lessif, ca soţia unui delegat care participa la conferinţă „in absentia". Înfăţişarea ei atrăgătoare şi îmbrăcămintea modernă au provocat o uşoară emoţie în rândul celorlalţi delegaţi francezi din hotel şi am fost din nou sprijinit de doi bărbaţi care, după ce m-au salutat cu un aer familiar la conferinţă, au salutat-o şi îmbrăţişat-o pe Tulip ca pe o prietenă. La rândul ei, Tulip a primit complimentele lor cu stil, prefăcându-se că ştie doar o germană de baltă, care a devenit lingua franca pentru noi doi, ca soţi, pentru că eu am cunoştinţe limitate de germană.

După cina luată în compania a doi delegaţi francezi, care şi-au jucat rolurile la perfecţie, nu am mai zăbovit în bar cu restul oamenilor, ci ne-am retras devreme în dormitor, unde, printr-o înţelegere tacită, discuţiile dintre noi s-au limitat la banalităţi care să confirme legenda noastră, deoarece prezenţa microfoanelor sau chiar a camerelor de filmat într-un hotel pentru străini era aproape sigură.

Din fericire, camera noastră era spaţioasă şi avea două lavoare pentru spălarea mâinilor. Am fost siliţi mai toată noaptea să ascultăm discuţiile aprinse ale delegaţilor de dedesubt, iar după miezul nopţii, cântecele lor.

Am avut impresia că nici eu, nici Tulip nu am dormit deloc. La ora 4.00 dimineaţa, întreg grupul delegaţilor francezi s-a adunat şi am fost transportaţi cu autobuzul la aeroportul din Praga unde, deşi acum mi se pare un miracol, am fost trecuţi în bloc spre salonul de tranzit, iar apoi, cu avionul Air France, am ajuns la Le Bourget. Ţin încă o dată să le mulţumesc cu toată sinceritatea colegilor francezi pentru sprijin.

Felul în care următoarea notă şi-a găsit loc în raportul meu mă derutează pe moment, asta până când ajung la concluzia că trebuie să o fi adăugat pur şi simplu din lipsă de atenţie.

Scrisoare de mână personală şi confidenţială către George Smiley de la Jerry Ormond, Ş/Rezidenţa Praga. A nu se îndosaria.

Stimate George,

Ei bine, pasărea şi-a luat zborul, îţi imaginezi uriaşele răsuflări de uşurare de aici şi sperăm că probabil este instalată în siguranţă, chiar dacă nu fericită, în castelul Tulip, undeva prin Anglia. Zborul ei, în ambele înţelesuri, pare să fi decurs fără mari probleme, în ciuda faptului că în ultima clipă JONAH, cretinul naibii, a cerut 500 de dolari peste salariu înainte de a consimţi să o ducă pe Tulip la locul de întâlnire cu ambulanţa lui. Însă nu despre Tulip îţi scriu acum şi nici măcar despre Jonah. E vorba de Alec.

Aşa cum ai spus deseori în trecut, ca profesionişti legaţi prin secrete, ne apasă o îndatorire, aceea de a avea grijă unul de altul. Şi asta înseamnă să ne veghem unul pe celălalt, iar dacă vreunul dintre noi lasă impresia că cedează din cauza stresului şi nu îşi dă seama de asta, avem datoria să îl protejăm de sine şi, în acelaşi timp, să protejăm şi Serviciul.

Alec este cel mai bun om de teren pe care îl cunoaştem tu şi eu. E priceput ca naiba, dedicat meseriei, descurcăreţ, are toate calităţile. Şi tocmai a declanşat una dintre cele mai riscante operaţiuni la care am asistat cu plăcere, cu toate că am acţionat peste capul Comitetului Întrunit, al adorabilului nostru ambasador şi al oficialilor de la Whitehall. Aşadar, când bagă în el trei sferturi de sticlă de scotch dintr-odată, iar apoi se încaieră cu un paznic de la cancelarie pe care nu-l înghite, îi acordăm toate circumstanţele atenuante şi nu numai.

Dar ne-am plimbat, eu şi Alec. De-a lungul fluviului, o vreme, apoi am mers spre castel, după care ne-am întors la ambasadă. Prin urmare, o plimbare de două ore cât a fost, potrivit standardelor lui, cât se putea de treaz. Iar singura temă de discuţie propusă de el a fost tot timpul aceasta: Circul este infiltrat. Nu doar de cine știe ce funcționar mărunt care are o ipotecă pe casă, ci de cineva de la vârful arborelui Comitetului, unde se strâng toate informațiile care contează. Și nu este vorba doar de a avea vreun sticlete la cap, ci de un stol. E ceva disproporționat, nu se bazează pe fapte și, sincer să fiu, mi se pare a fi ceva vecin cu paranoia. La care se adaugă ura viscerală față de tot ce este american, iar asta îngreunează conversația, ca să nu spun mai mult, iar totul devine tot mai alarmant. În baza legilor profesiunii noastre, definite nu de altcineva, ci de tine, și cu afecțiunea și respectul pe care ți le datorez, îmi exprim îngrijorările față de tine.

Ca întotdeauna, Jerry

P.S. Iar pentru Ann, omagii și toată dragostea. J

Iar de la Laura, un semn prietenesc, care îmi poruncește să mă opresc.

*

– A fost plăcută lectura?

– Acceptabilă, Bunny, mersi.

– Păi, Dumnezeule, chiar tu ai scris asta, nu? Asta ți-a dat niște fiori, cu siguranță, după atâta vreme, adevărat?

La sfârșitul acestei după-amiezi a adus cu el un prieten. Un tânăr blond, zâmbitor, bine educat, a cărui față nu evidențiază semne vitale.

– Peter, el este Leonard, spune Bunny cu glas mieros, ca și cum s-ar fi cuvenit să știu cine este Leonard. Leonard va fi consilier pentru Serviciu în cazul în care mica noastră problemă ajunge să fie judecată în tribunal, lucru despre care sper cu toată evlavia să nu se întâmple, desigur. El va apărea în numele nostru la întrunirea preliminară a grupului multipartid de anchetă de săptămâna viitoare. La care, după cum știi, ai fost deja convocat. Un rânjet ca un rictus. Leonard. Peter.

Ne strângem mâinile. A lui Leonard e moale ca a unui copil.

– Dacă Leonard reprezintă Serviciul, ce caută aici, alături de mine? întreb eu.

– Ca să vă recunoaşteţi unul pe celălalt, spune Bunny, pe un ton împăciuitor. Leonard este specialist în avocatura legilor cu litere negre[1] – şi, văzând că ridic mirat din sprâncene, continuă –, ceea ce înseamnă doar că ştie fiecare virgulă şi lacună din lege, ba chiar şi unele care nu sunt acolo. Îi pune în umbră pe avocaţii obişnuiţi ca mine.

– Ei, lasă asta, spune Leonard.

– Şi, Peter, motivul pentru care Laura nu se află astăzi aici, pentru că nu m-ai întrebat, este că eu şi Leonard, împreună, am simţit că ar fi mai bine pentru toate părţile, inclusiv tu, dacă asta ar fi o discuţie doar între bărbaţi.

– Ce vrea să însemne asta?

– În primul rând, e vorba de tact, chestie demodată. Respect faţă de intimitatea ta. Şi, pe de altă parte, posibilitatea de a obţine măcar acum adevărul de la tine. Un zâmbet răutăcios. Ceea ce i-ar îngădui lui Leonard să aibă o părere generală în ceea ce priveşte modul în care să acţioneze. Corect comentariul, Leonard? Ori e prea mult?

– A, foarte corect, cred, spune Leonard.

– Şi, bineînţeles, pentru a rezolva mai detaliat problema dacă interesele tale personale sunt cel mai bine apărate dacă ai propriul reprezentant, continuă Bunny. În situaţia nefericită în care, de pildă, toţi membrii partidelor ies tiptil din scenă – lucru care, din câte ni s-a spus, nu e nicidecum neobişnuit – lăsând justiţia oarbă să îşi urmeze calea în ceea ce te priveşte. Dar şi pe noi.

– Ce-ar fi să port o centură neagră? sugerez eu.

---

[1] În original, „black-letter lawyer“ (engl.), avocat specializat în principiile şi elementele de bază ale dreptului procesual. (n.red.)

Gluma mea a trecut neobservată. Ori poate a fost luată în seamă, fie chiar ca dovadă că astăzi sunt mai iritat decât de obicei.

– Caz în care Circul are o listă scurtă de candidaţi eligibili – candidaţi acceptabili, să spunem –, iar, Leonard, cred că ai spus că eşti dispus să îl îndrumi pe Peter dacă se ajunge într-o asemenea situaţie, lucru care sper şi mă rog să nu se întâmple – zice el, aruncându-i un zâmbet colegial lui Leonard.

– Evident, Bunny. Necazul este că nu există prea mulţi dintre noi care să aibă acreditare de acces la informaţii clasificate la un nivel atât de superior. Am sentimentul că Harry se descurcă foarte bine, după cum ştii, spune Leonard. A făcut cerere să devină consilier al reginei, iar judecătorii pur şi simplu îl adoră. De aceea, personal vorbind, nedorind să influenţez în niciun fel, l-aş alege pe Harry. El un bărbat adevărat şi lor le place când un bărbat apără alt bărbat. S-ar putea să nu-şi dea seama de asta, dar ăsta-i adevărul.

– Şi cine îl plăteşte pe el? întreb eu. Sau pe ea?

Leonard zâmbeşte privindu-şi mâinile. Iar Bunny îmi răspunde la întrebare:

– Ei bine, Peter, cred că, în mare, multe pot depinde de felul în care decurge audierea şi, să spunem, de atitudinea ta, de sentimentul datoriei şi de fidelitatea ta faţă de vechiul Serviciu.

Însă Leonard nu a auzit niciun cuvânt, după cum îmi dau seama din modul hotărât în care continuă să zâmbească privindu-şi mâinile.

– Aşadar, Peter, spune Bunny, ca şi cum ar fi ajuns la partea uşoară a chestiunii. Da sau nu. Strânge din ochi. Ca între bărbaţi. Te-ai culcat sau nu cu Tulip?

– Nu.

– Sigur nu?

– Absolut nu.

– Irevocabil nu, aici şi acum, în camera asta, în prezenţa unui martor de cinci stele?

– Bunny, scuză-mă – și Leonard ridică o mână în semn de reproş prietenesc –, cred că pentru moment ai uitat legea. Având în vedere îndatoririle mele în tribunal şi obligaţiile mele de a acţiona în calitate de consilier al clientului meu, nu pot apărea şi ca martor.

– Am înţeles. Încă o dată, dacă nu te superi, Peter. Eu, Peter Guillam, nu m-am culcat cu Tulip în Hotelul Balkan din Praga în noaptea dinaintea extragerii ei de către Marea Britanie. Adevărat sau fals?

– Adevărat.

– Ceea ce reprezintă o uşurare pentru noi toţi, după cum sunt convins că îţi poţi imagina. Mai ales că s-ar părea că te-ai culcat cu orice altă sursă.

– O uşurare imensă, îl aprobă Leonard.

– Şi chiar mai mult, deoarece prima regulă a Serviciului, care de altfel nu are multe reguli, dictează că ofiţerii activi, aflaţi în misiune, nu se culcă niciodată cu informatorii lor, nici măcar din politeţe. Dacă sunt dorite, în cazul surselor altor ofiţeri, cale liberă. Doar că niciodată cu propriile surse. Cunoşti regula asta?

– Da.

– Şi ai cunoscut-o şi la acea dată?

– Da.

– Şi eşti de acord că, dacă te-ai fi culcat cu ea şi noi ştim că nu ai făcut-o, asta ar constitui nu numai o încălcare monumentală a disciplinei impuse de Serviciu, ci o dovadă clară privind caracterul tău reprobabil şi incontrolabil, şi o dovadă de desconsiderare faţă de sensibilităţile unei mame fugare, aflată în pericol de moarte, care a fost ruptă de singurul ei copil? Eşti de acord cu afirmaţia asta?

– Sunt de acord cu afirmaţia asta.

– Leonard, ai vreo întrebare?

Leonard se trage cu degetele de buza de jos şi se încruntă, dar pe faţă nu îi apare nicio cută.

– Ştii ceva, Bunny? Sună îngrozitor de nepoliticos, dar nu cred că am vreo întrebare, mărturiseşte el cu un zâmbet speriat faţă de sine. După declaraţiile acestea, nu. Pro tem[1], cred că am avansat cât se poate de departe. Poate chiar mai departe. Apoi, pe un ton confidenţial către mine: Peter, o să-ţi trimit lista scurtă. Şi nu m-ai auzit aducând vorba de Harry. Ori mai bine i-o strecor lui Bunny. Complicitate, explică el, acordându-mi încă un zâmbet afectuos şi întinzând mâna după geanta lui diplomat de culoare neagră, dând de înţeles că acea întâlnire lungă pe care o anticipasem s-a încheiat. Dar cred că totuşi ar prinde bine un bărbat, îi spune el lui Bunny, nu mie, ca o digresiune. Când vine vorba de întrebări dure, bărbaţii au un avantaj în asemenea cazuri. Sunt mai puţin puritani. Ne vedem la şedinţa multipartid, Peter. Tschüss[2].

*

M-am culcat cu ea? Nu, la naiba, nu am făcut-o. Am făcut dragoste cu ea în tăcere, frenetic, pe întuneric deplin vreme de şase ore care ne-au schimbat vieţile, într-o explozie de încordare şi de poftă carnală între două trupuri care se doriseră unul pe celălalt de la naştere şi mai aveau de trăit doar o noapte.

Iar eu trebuia să le spun asta? Întreb aceasta către întunericul presărat de nuanţe oranj în timp ce stau întins pe patul meu de închisoare din Dolphin Square.

Eu, care am fost învăţat chiar din leagăn să neg, să neg şi iar să neg, educat chiar de Serviciul care se străduieşte să îmi smulgă o confesiune?

*

– Pierre, ai dormit bine? Ai ţinut marea cuvântare? Vii acasă astăzi?

Cred că eu i-am telefonat.

---

[1] Deocamdată (lat.) (n.tr.)

[2] La revedere (germ.) (n.tr.)

– Ce mai face Isabelle? întreb eu.

– E frumoasă. Îi este dor de tine.

– S-a întors? Acel prieten nepoliticos al meu?

– Nu, Pierre, prietenul tău terorist nu s-a întors. Ai văzut un meci de fotbal cu el?

– Nu mai facem aşa ceva.

9

În dosar nu am văzut nimic scris – și slavă Domnului că nu exista – despre zilele și nopțile de eternitate pe care le-am petrecut în Bretania după ce i-am predat-o pe Doris lui Joe Hawkesbury, șeful Rezidenței noastre din Paris, la aeroportul Le Bourget, la ora șapte într-o dimineață cețoasă de iarnă. Imediat ce avionul a aterizat și am auzit o voce chemându-i pe profesorul și madame Lessif, am trăit o stare de ușurare delirantă. Când am coborât scara avionului alături, imaginea lui Hawkesbury stând dedesubt într-o mașină Rover negru, cu plăcuțe de corp diplomatic și o tânără asistentă din rezidența lui pe bancheta din spate, am simțit un gol în inimă.

– Și Gustav al meu? m-a întrebat Doris, strângându-mă de braț.

– Va fi bine, se va întâmpla și asta, am spus eu, auzindu-mă maimuțărind asigurările nefondate ale lui Alec.

– Când?

– Cât de curând se va putea. Sunt oameni buni. Vei vedea. Te iubesc.

Fata lui Hawkesbury ținea deschisă portiera din spate. Oare mă auzise? Izbucnirea mea dementă, rostită de altcineva din mine? Nu avea nicio importanță dacă știa sau nu germană. Orice nătărău știe ce înseamnă *Ich liebe Dich.* Am îndemnat-o pe Doris să înainteze.

Cu o tresărire, a aterizat împotriva voinţei ei pe bancheta din spate. Fata a urcat după ea şi a trântit portiera. Eu m-am aşezat pe scaun alături de Hawkesbury.

– Aţi avut un zbor plăcut? m-a întrebat el în timp ce goneam pe zona de staţionare, în urma unui Jeep cu lumini de avertizare.

Am pătruns într-un hangar. În faţa noastră, în semiîntuneric, era un avion RAF cu două motoare, ale cărui elice se roteau încet. Fata a sărit din maşină. Doris a rămas pe loc şi a spus în şoaptă ceva ce nu am auzit. Cuvintele mele nebuneşti păreau să nu impresioneze deloc. Probabil că nu le auzise. Poate nici nu le rostisem. Fata a încercat să o încurajeze, dar ea nu a vrut să se clintească. M-am aşezat alături de ea şi am luat-o de mână. Ea şi-a apăsat capul de umărul meu, în vreme ce Hawkesbury ne-a urmărit în oglinda retrovizoare.

– *Ich kann nicht*, mi-a şoptit ea.

– *Du musst*, va fi în regulă. *Ganz ehrlich*. Sincer.

– *Du kommst nicht mit?* – tu nu vii?

– Mai târziu. După ce discuţi cu ei.

Am coborât din maşină şi i-am întins o mână. A ignorat-o şi a coborât singură. Nu, nu m-a auzit. Imposibil. O femeie-pilot în uniformă, având în mână o tabelă de scris, s-a apropiat de noi cu paşi soldăţeşti. Avându-l pe Hawkesbury de o parte şi pe femeia-pilot de cealaltă, Doris s-a lăsat condusă spre avion. Ajunsă la scara lui, s-a oprit, a privit în sus şi, făcându-şi curaj, a început să urce treptele ţinându-se cu ambele mâini de balustrade. Am aşteptat ca ea să privească în urmă. Uşa cabinei s-a închis.

– Am rezolvat problema, a spus Hawkesbury cu vioiciune în glas, dar fără să se întoarcă spre mine. Aşadar, cuvântul venit de sus este: bravo, ai făcut o treabă grozavă, acum du-te acasă în Bretania, odihneşte-te şi aşteaptă marea chemare. La gara Montparnasse e bine?

– Gara Montparnasse e perfect, mulţumesc.

Și s-ar putea să fii protejatul Comitetului Întrunit, frate Hawkesbury, dar asta nu l-a împiedicat pe Bill Haydon să îmi ofere slujba ta.

*

Chiar și acum mi-ar fi greu să descriu torentul de emoții conflictuale care se învolburau în mine când m-am întors la fermă, când conduceam un tractor, împrăștiam gunoi de grajd pe câmp sau mă străduiam în alt fel să îmi fac simțită prezența ca tânăr stăpân. Acum mă bucuram din plin de senzațiile unei nopți prea memorabile ca să o definesc; iar apoi eram pierdut în spaima provocată de iresponsabilitatea monstruoasă a actului necugetat, irezistibil pe care îl comisesem și a vorbelor pe care le rostisem sau nu.

Invocând întunericul tăcut în care s-au desfășurat îmbrățișările noastre, am încercat să mă conving că actul iubirii dintre noi se petrecuse doar în mintea mea, o iluzie creată de spaima că securitatea cehoslovacă putea să spargă ușa camerei noastre în orice clipă. Însă o scurtă privire la urmele lăsate de degetele ei pe corpul meu mi-au spus că mă autoamăgeam.

Și nicio închipuire de-a mea nu ar fi putut restabili momentul în care, odată cu primele raze de soare și când încă nu existase niciun cuvânt între noi, ea s-a desprins treptat de lângă mine, întâi rămânând goală în fața mea, ca o santinelă, așa cum se aflase în fața mea pe plaja din Bulgaria, apoi acoperindu-se treptat, una după alta din finețurile franțuzești, până când nu a mai rămas nimic de dorit, ci o fustă de zi și o jachetă neagră încheiată la nasturi până la gât; doar că o doream mai disperat ca niciodată.

Și cum, în timp ce se îmbrăca, lumina triumfului dorinței s-a stins treptat pe fața ei și, prin hotărârea ei, am devenit din nou niște străini, întâi în autobuzul spre aeroportul din Praga, când a refuzat mâna mea întinsă, iar apoi în avionul spre Paris când, din motive care mi-au scăpat, am fost plasați pe rânduri diferite, până când avionul a oprit şi am început să coborâm unul după altul, iar mâinile noastre s-au găsit, dar numai pentru a se despărţi.

În cursul călătoriei chinuite spre Lorient – pe vremea aceea nu existau trenuri de mare viteză – s-a petrecut un episod care, privind în retrospectivă, mă umple și acum de groază la ceea ce avea să se întâmple. Când mai aveam de mers o oră până la Paris, trenul s-a oprit brusc, fără să ni se ofere nicio explicaţie. Vocile înăbușite de afară au fost urmate de un singur urlet, a cărui sursă nu se putea găsi, al unui bărbat sau al unei femei, nu am aflat niciodată. Am aşteptat toţi. Unii dintre noi au schimbat priviri. Alţii au rămas cu hotărâre captivaţi de lectura cărţilor sau a ziarelor. În cadrul uşii vagonului a apărut un funcţionar în uniformă, un băiat de cel mult douăzeci de ani. Ţin bine minte tăcerea care a precedat vorbele lui pregătite dinainte, după care, inspirând adânc, ne-a spus cu un calm lăudabil:

– Doamnelor și domnilor. Îmi pare rău să vă informez că trenul s-a oprit din cauza unei intervenţii umane. Ne vom continua călătoria peste câteva minute.

Și nu eu am fost acela care s-a ridicat în picioare și a întrebat brusc, ci un bătrân calculat, care purta o cămașă albă, scrobită, cu gulerul ţeapăn, aflat alături de mine.

– Intervenţie, de ce fel?

La care tânărul nu a putut răspunde cu o voce de penitent:

– O sinucidere, monsieur.

– A cui?

– A unui bărbat. Se crede că a fost vorba de un bărbat.

La câteva ore după sosirea mea la Les Deux Eglises, m-am dus la golfuleţul meu, locul în care îmi găseam consolarea. Întâi mersul chinuitor în josul pantei acoperite de iarbă până la marginea terenului meu, apoi alt drum dificil de-a lungul potecii de pe faleză, iar la poalele ei, mica porţiune de nisip având de o parte şi de alta stânci scunde ca niște crocodili care moţăie. Acela era locul în care mă retrăgeam în copilărie ca să gândesc. Acela era locul în care, de-a lungul anilor, mi-am adus femeile – iubiri, semiiubiri, sferturi de iubiri. Însă femeia după care tânjeam era Doris. M-am luat în derâdere gândindu-mă că niciodată nu purtaserăm o discuţie care să nu fie un pretext. Dar nu împărtăşisem fiecare oră a vieţii ei, în somn și în trezie, vreme de un an întreg? Nu răspunsesem la orice impuls al ei, la fiecare idee de puritate, dorinţă, revoltă şi răzbunare? Vorbiţi-mi despre altă femeie pe care am cunoscut-o atâta vreme, și atât de intim, înainte să fac dragoste cu ea.

Îmi dăduse putere. Mă făcuse să devin bărbatul care nu fusesem până atunci. Mai mult decât o femeie care, de-a lungul anilor, îmi spusese – cu amabilitate, direct sau cu o nemulţumire vădită – că nu aveam nicio aptitudine pentru sex; că nu puteam primi sau da ceva ca dăruire de sine; că eram incapabil și reţinut; că îmi lipsea adevăratul foc instinctual.

Însă Doris ştiuse toate astea, încă înainte de a ne fi îmbrăţişat. Ştiuse asta când trecuserăm unul pe lângă celălalt şi ştiuse când mă luase goală în braţe, mă primise, mă iertase şi îmi arătase; apoi se învăluise în jurul meu până când deveniserăm vechi prieteni, apoi amanţi grijulii şi, în cele din urmă, rebeli triumfători, eliberaţi de orice presupunea controlul asupra celor două vieţi ale noastre.

„Ich liebe Dich". Vorbisem serios. Şi asta va însemna întotdeauna. Iar când mă voi întoarce în Anglia, îi voi spune asta din nou și îi voi spune lui George ce i-am spus ei, și îi voi declara că îmi îndeplinisem misiunea, ba chiar mai mult decât atât: dacă va trebui să părăsesc Serviciul ca să mă căsătoresc cu Doris și să duc lupta până la capăt pentru Gustav, aş face și asta. Mă voi menţine pe aceeași poziţie și nici măcar George, cu toate argumentele lui delicate, nu avea să mă determine să mă răzgândesc.

Însă imediat ce luasem această hotărâre măreaţă și ireversibilă, promiscuitatea bine cunoscută a lui Doris a început să mă urmărească. Acela era adevăratul ei secret? Că făcuse amor cu toţi bărbaţii pe care îi cunoscuse cu aceeaşi generozitate, fără nicio discriminare? Aproape că m-am convins că şi Alec fusese în situaţia mea: două nopţi întregi petrecute împreună, pentru numele Domnului! Desigur, în prima noapte îl avuseseră şi pe Gustav lângă ei. Dar ce se întâmplase în a doua noapte, îngrămădiţi în Trabant, aproape unul de celălalt, strânşi pentru a se încălzi – capul ei pe umărul lui, potrivit propriilor lui cuvinte! –, în vreme ce eu, un curier oarecare, abia dacă puteam număra pe degete cuvintele pe care eu şi Doris reuşiserăm să le schimbăm între noi.

Însă chiar în timp ce invocam acest spectru de trădare imaginară, mi-am dat seama că mă autoamăgeam, ceea ce a făcut ca josnicia mea să mi se pară mai dureroasă. Alec nu era un asemenea bărbat. Dacă, în locul meu, Alec şi-ar fi petrecut noaptea cu Doris în Hotel Balkan, ar fi stat placid într-un colţ, fumând, aşa cum procedase în noaptea aceea din Cottbus, în timp ce Doris îl ţinuse în braţe pe Gustav, nu pe Alec.

Încă priveam spre mare, gândind una sau alta în aceşti termeni, când mi-am dat seama că nu eram singur. Absorbit de propriile gânduri, nici măcar nu băgasem de seamă că fusesem urmărit. Ba mai grav, fusesem urmărit de cel mai puţin simpatizat membru al comunităţii noastre, Honoré, piticul otrăvitor, negustor de gunoi de grajd, pneuri la mâna a doua şi alte nenorociri. Avea o siluetă de elf, şi încă una sinistră: scund, cu umeri laţi, cu un chip răutăcios, cu şapcă de breton, purtând haine de lucru, stând cu picioarele răşchirate la marginea falezei şi privind în jos.

Am strigat spre el. Cu un oarecare dispreţ în glas, l-am întrebat dacă îi puteam fi de vreun ajutor. În realitate îi ceream să plece şi să mă lase cu gândurile mele. Drept răspuns, el a coborât poteca de pe marginea falezei şi, fără ca măcar să-mi arunce vreo privire, s-a aşezat pe o stâncă din apropierea mării. Întunericul cobora cu rapiditate. Dincolo de golf, luminile din Lorient începeau să se aprindă. După o vreme, a înălțat capul și s-a uitat fix la mine, ca și cum ar fi vrut să mă întrebe ceva. Cum nu a primit răspuns, a scos o sticlă dintr-un buzunar adânc al hainelor de lucru și, după ce a umplut două pahare din hârtie pe care le avea în alt buzunar, m-a chemat să mă alătur lui, lucru pe care, din politețe, l-am făcut.

– Te gândeai la moarte? m-a întrebat el cu glas slab.

– Nu în mod conștient.

– O femeie? Încă una?

Am ignorat întrebările. Fără să vreau, eram șocat de tonul lui misterios de curtenitor. Era ceva nou? Ori nu băgasem asta de seamă până atunci? Și-a ridicat paharul; l-am ridicat și eu. În Normandia, băutura aceea se numea calvados, dar pentru noi, bretonii, ea este lambig. În versiunea lui Honoré, era ceea ce se turna pe copitele cailor pentru a le întări.

– Pentru sfântul tău tată, a spus el, vorbind către mare. Marele erou al Rezistenței. A omorât o groază de nemți.

– Așa se spune, i-am răspuns pe un ton rezervat.

– Și câte medalii a primit?

– Două.

– L-au torturat. Apoi l-au ucis. De două ori erou. Bravo, a spus el și a mai luat o gură, privind tot spre mare. Și tatăl meu a fost erou, a urmat el. Mare erou. Mega-erou. Mai mare cu doi metri decât tatăl tău.

– Dar ce a făcut?

– A colaborat cu nemții. I-au promis că vor acorda independența Bretaniei după câștigarea războiului. Prostul de el i-a crezut. Războiul s-a încheiat, iar Eroii Rezistenței l-au spânzurat în piața orașului sau ceea ce mai rămăsese din ea. Multă lume. Multe aplauze. Se puteau auzi din tot orașul.

Auzise și el toate astea? Probabil. Cu palmele peste urechi, ghemuindu-se într-un fel de pivniță a casei lui? Am trăit senzația că probabil așa se întâmplase.

– Așadar, ar fi mai bine să cumperi balegă de cal de la altcineva, a spus el după aceea. Ori poate că te vor spânzura și pe tine.

A așteptat să spun ceva, dar nu am reușit să articulez nicio vorbă, de aceea, el a umplut ambele pahare și a continuat să privească încordat spre mare.

*

Pe vremea aceea, țăranii continuau să joace boules[1] în piața satului și să cânte cântece bretone când se îmbătau. Hotărât să mă socotesc o ființă umană normală, am împărțit cu ei cidrul și am ascultat poveștile de gen Grand Guignol[2] care treceau drept bârfe sătești: soții care se ocupă de oficiul poștal, care s-au încuiat într-o cameră de la etaj și nu vor să iasă de acolo, deoarece fiul lor s-a sinucis; colectorul de impozite districtual, a cărui soție l-a părăsit pentru că tatăl lui suferă de demență și coboară la micul dejun îmbrăcat complet la ora două dimineața; fermierul din satul alăturat care a ajuns în închisoare pentru că și-a violat fiicele. Față de toate astea, am făcut toate eforturile să dau din cap către cine trebuia, în vreme ce întrebările care nu-mi dădeau pace se înmulțeau și se adânceau.

*

Pentru numele Domnului, ușurința nefirească tuturor acestor lucruri.

De ce mersese totul ceas, când în orice altă operațiune la care participasem nimic nu se desfășurase conform planului, chiar când ajunsese scârțâind la un final reușit?

O femeie-ofițer a Stasi fugară într-un stat polițienesc învecinat, care era înțesat de informatori? Când securitatea cehoslovacă era notorie pentru eficiență și cruzime? Cu toate astea, fără să fim verificați, urmăriți, ascultați și chiar interogați, suntem totuși conduși cu blândețe spre ușile de ieșire?

---

[1] Bile, joc în care bilele trebuie aruncate cât mai aproape de o bilă-țintă. (n.tr.)

[2] Teatru parizian specializat în spectacole de groază, existent între 1897 și 1962. (n.tr.)

Şi de când, dacă nu vă supăraţi, este serviciul de informaţii francez chiar atât de imaculat? Sfârtecat de rivalităţi interne cum nu am mai pomenit. Incompetent şi penetrat de la bază până la vârf? Şi de ce asta face să sune un clopoţel în mintea mea? Cu toate astea, brusc, ei devin marii maeştri ai acestei arte - ori nu e aşa?

Şi dacă acelea erau bănuielile mele, lucru adevărat, care deveneau tot mai asurzitoare clipă de clipă, ce mi-am propus să fac în legătură cu asta? Să mă confesez faţă de Smiley, după care să arunc prosopul şi să mă retrag?

Din câte îmi dădeam seama, chiar şi în acele momente Doris era închisă alături de un ofiţer investigator în cine ştie ce zonă rurală. Îi mărturisea cumva cât de arzător făcusem dragoste? În chestiuni care ţineau de sentimente, reţinerea nu reprezenta punctul ei forte.

Iar dacă anchetatorii vor începe să bănuiască, la fel ca mine, că evadarea ei din Germania de Est şi Cehoslovacia fusese nefiresc de uşoară, ce concluzii vor trage ei?

Că totul fusese o treabă aranjată? Că fusese o înscenare, o dublură, o parte a unui joc înşelător cu mize mai mari? Şi că Peter Guillam, prostul proştilor, se culcase cu duşmanul? Lucru pe care am început să îl cred în momentul în care Oliver Mendel m-a sunat la ora cinci dimineaţă şi mi-a ordonat, în numele lui George, să mă prezint în oraşul Salisbury pe cea mai rapidă rută posibilă. Nici vorbă de: „Ce mai faci, Peter?“ sau „Îmi pare rău că te scol din pat înainte de crăpatul zorilor“. Doar „George spune să-ţi mişti fundul până aici la Tabăra 4, cât mai curând, fiule“.

Tabăra 4: casa conspirativă a Comitetului Întrunit din New Forest.

*

Îngrămădindu-mă pe ultimul scaun rămas liber al unui mic avion care pleca de la Le Touquet, mi-am imaginat tribunalul sumar care mă aștepta. Doris mărturisise că era agent dublu. Folosește noaptea noastră de pasiune drept un fel de diversiune.

Dar apoi, cealaltă jumătate a mea preia controlul. E aceeași Doris, ce Dumnezeu. O iubești. Așa i-ai spus, ori așa crezi și, oricum, este încă adevărat. Așa că nu te grăbi să judeci doar pentru că urmează să fii judecat tu însuți!

Când am aterizat la Lydd, nimic nu mai avea vreo logică. Iar când trenul meu a oprit în gara Salisbury, situația nu se schimbase. Însă măcar îmi găsisem timp să mă gândesc la motivele care duseseră la alegerea Taberei 4 drept loc pentru chestionarea lui Doris. Potrivit standardelor Circului, nu era cea mai secretă și nici cea mai sigură din arhipelagul de case conspirative. Pe hârtie, prezenta toate calitățile: o mică proprietate din inima New Forest, nu poate fi văzută dinspre șosea, o clădire cu etaj nu prea înaltă, grădină înconjurată de ziduri, un pârâu, o idee de lac, patru hectare de teren, parțial împădurit și totul era îngrădit de un gard înalt de un metru și optzeci din plasă de sârmă, năpădit de vegetație și ascuns de arbuști.

Dar pentru chestionarea unui agent prețios, smuls cu doar câteva zile în urmă din ghearele Stasi, care a avut-o ca angajată? Cam lipsită de strălucire, desigur, ceva mai vizibilă decât și-ar fi dorit George în cazul în care Comitetul Întrunit nu ar fi acaparat operațiunea.

La gara din Salisbury, un șofer al Circului, pe nume Herbert, cunoscut de mine de pe vremea când lucram la secția Scalphunters (Vânătorii de scalpuri), aștepta ținând un bilet pe care scria „Pasager pentru Barraclough", unul dintre numele conspirative de agent ale lui George. Însă, când am încercat să înfirip o conversație banală, Herbert mi-a spus că nu era autorizat să discute cu mine.

Am pătruns pe aleea lungă și presărată de gropi. Un anunț scris menționa că intrușii vor fi pedepsiți conform legii. Crengile joase ale teilor și arțarilor au măturat acoperișul furgonetei. Din umbre a apărut silueta nefirească a lui Fawn, numele de familie fiindu-mi necunoscut, fost instructor de luptă fără arme de la Sarratt și folosit ocazional ca pază de corp pentru Operațiuni Secrete. Dar ce Dumnezeu căuta Fawn acolo, când Tabăra 4 se lăuda cu propriile gărzi de securitate sub forma acelei renumite perechi de homosexuali, iubiți de toți cursanții, domnii Harper și Lowe? Apoi mi-am adus aminte că Smiley avea un deosebit respect profesional față de Fawn și îl folosise într-o serie de misiuni delicate.

Șoferul a oprit, Fawn s-a uitat pe geam la mine, nu a zâmbit, apoi, cu o înclinare din cap ne-a făcut semn să trecem. Drumul a urcat. O poartă rezistentă din lemn, în două canaturi, s-a deschis și închis în urma noastră. În dreapta, casa principală, un conac construit să imite stilul Tudor, a fost folosită ca berărie. În stânga, o casă de oaspeți, două adăposturi Nissen[1] și un hambar maiestuos, cu acoperiș din paie, denumit Stoop (Veranda). În curte erau parcate trei Forduri Zephyr și o furgonetă Ford, de culoare neagră. În fața lor, singura ființă umană la vedere, Oliver Mendel, inspector de poliție pensionat și aliat vechi al lui George, care ținea un aparat de emisie-recepție la ureche.

Cobor din furgonetă și trag rucsacul după mine. Strig: „Bună, Oliver! Am reușit!“ Numai că pe fața lui Oliver Mendel nu tresare niciun mușchi, murmură ceva în aparatul acela în vreme ce mă urmărește pășind spre el. Dau să îl salut din nou, dar mă răzgândesc. Oliver spune încet: „Am înțeles, George“ și închide.

– Prietenul nostru este oarecum ocupat pentru moment, Peter, îmi spune el cu un aer grav. Am avut un mic incident. Dacă nu te superi, o să facem o plimbare prin curte.

Am priceput mesajul. Doris a spus tot, inclusiv acel „Ich liebe Dich“. Prietenul nostru George este ocupat, ceea ce înseamnă că e

---

[1] Construcție prefabricată din tablă sub formă de hangar cu acoperișul rotund, folosită ca adăpost exterior sau semiîngropat în cel de-al Doilea Război Mondial. (n.tr.)

dezgustat, furios, îngrețoșat din cauză că discipolul lui ales l-a dezamăgit. Nu se simte în stare să discute cu mine, de aceea l-a delegat pe inspectorul Oliver Mendel, întotdeauna de încredere, să îi tragă tânărului Peter o muștruluială pe cinste și probabil să îi transmită ordinul de plecare. Dar ce caută Fawn aici? Și de ce această senzație de tabără părăsită în grabă?

Am urcat pe o porțiune de peluză și stăm oblic unul față de celălalt și nu am nicio îndoială că asta este intenția lui Mendel. Avem ochii ațintiți asupra unui obiect incert aflat nu departe: doi mesteceni argintii și un porumbar vechi.

– Peter, am un mesaj trist pentru tine.

Iată, vine și momentul adevărului.

– Îmi pare foarte rău să te informez că sub-sursa Tulip, doamna pe care ai extras-o cu succes din Cehoslovacia, a fost declarată decedată în dimineața asta.

*

Și cum nimeni nu știe ce se poate spune într-un asemenea moment, nici eu nu fac excepție, nu voi scoate obligatoriul strigăt de durere, oroare sau incredulitate. Știu că am încetat să mai văd clar, nici mestecenii argintii, nici porumbarul. Știu că era soare și cald pentru acea perioadă a anului. Știu că mi-a venit să vărs, dar, consecvent față de caracterul meu inhibat, am reușit să nu fac asta. Știu că l-am urmat pe Mendel până la căsuța de vară dărăpănată, care se află în locul cel mai îndepărtat spre sud al proprietății, izolată de casa principală de un crâng des de chiparoși macrocarpa. Și după ce ne-am așezat pe veranda șubredă, ne-am uitat la peluza năpădită de buruieni pe care cândva se juca crochet, deoarece țin minte cercurile ruginite care se ițeau din iarbă.

– Regret, fiule, s-a spânzurat și a murit, tocmai spunea Mendel, rostind cuvintele unei sentințe la moarte. O treabă făcută cu mâna ei. De creanga joasă a unui copac de partea cealaltă a pantei de acolo. Lângă podeț. Punctul 217 de pe hartă. Decesul a fost certificat la ora 8.00 de doctorul Ashley Meadows.

Ash Meadows, psihiatrul la modă de pe Harley Street, nu tocmai prieten de-al lui George. Folosit ocazional de Circ, în cazul dezertorilor nevrotici.

– Ash e aici?

– Cu ea.

Rumeg știrea încet. Doris a murit. Ash e cu ea. Un doctor stă de gardă lângă o moartă.

– A lăsat vreun bilet, ceva? A spus cuiva ce avea de gând să facă?

– Fiule, s-a spânzurat, pur și simplu. Cu o bucată de frânghie de cățărare din nailon împletit, pe care se pare că a găsit-o pe proprietate. Avea doar doi metri șaptezeci. Probabil uitată după o sesiune de instruire. Oarecum neglijent, după părerea mea.

– I-a spus cineva și lui Alec? întreb eu, gândindu-mă acum la ea rezemându-și capul de umărul lui.

Din nou glasul lui de polițist.

– George îi va spune prietenului tău Alec ceea ce e nevoie să știe, când va fi nevoie, nu mai înainte, fiule. Și George va alege momentul pentru a face asta. Ai înțeles?

Înțeleg că Alec crede că a adus-o pe Tulip într-un loc sigur.

– Acum unde e? Nu Alec. George, întreb eu prostește.

– În acest moment, George poartă o discuție cu un domn elvețian care se află aici. S-a prins într-o cursă de pe domeniu, sărmanul de el. Nu un laț, ci mai curând o capcană plasată de cine știe ce braconier lipsit de scrupule, care dorea ceva vânat, așa presupunem. Era ruginită, așezată în iarba înaltă, așa ni s-a spus. Probabil că era acolo de cine știe când. Arcul nu s-a destins. Iar dinții aceia, ca de balaur, i-ar fi putut reteza piciorul, mi s-a spus. Așadar, a avut noroc. Și, văzând tăcerea mea persistentă, continuă pe același ton colocvial: Elvețianul respectiv este pasionat de ornitologie, lucru pe care îl respect, pentru că și eu am hobby-ul ăsta, iar el căuta păsări. Nu a vrut să pătrundă pe domeniu, dar a făcut-o, lucru pe care îl regretă. Și eu aș face la fel. Între noi fie vorba, ceea ce mă șochează este că Harper și Lowe nu au dat de capcana aceea în rondurile lor pe proprietate. Tot ce pot spune e că au avut noroc că n-a călcat vreunul dintre ei în ea.

– Și de ce discută George cu el? Și presupun că de fapt voiam să spun – într-un asemenea moment.

– Cu domnul elvețian? Păi, e martor, nu, fiule? Elvețianul. Fie că ne place sau nu asta. Se afla pe domeniu, de acord, din greșeală, un iubitor de păsări ca mine, asemenea lucruri se mai întâmplă – dar având în vedere momentele acelea, spre nefericirea lui. Sigur, George dorește să știe dacă a văzut sau auzit ceva de interes care să arunce lumină asupra celor întâmplate. Poate că Tulip i s-a adresat în vreun fel. Avem o situație delicată, dacă stăm să ne gândim mai bine. Ne aflăm într-un loc strict secret, iar Tulip nu se află în Marea Britanie în mod oficial, așa că domnul elvețian a nimerit în ceea ce am putea numi un cuib de viespi în privința securității. Oricum ar fi, acest lucru trebuie să fie luat în calcul.

Îl auzeam, dar nu îl ascultam cu adevărat.

– Oliver, vreau să o văd.

La care, spre surprinderea mea, a răspuns:

– Atunci rămâi aici, fiule, cât cer aprobare de sus și sub niciun motiv să nu te miști de aici.

După care a mers prin iarba înaltă a terenului de crochet, murmurând din nou în aparatul de emisie-recepție. Dând răspuns gestului făcut de el, l-am urmat pe ușa masivă a verandei. A bătut scurt în ea, apoi s-a retras. După o vreme, ușa s-a întredeschis și în crăpătură l-am văzut pe Ash Meadows în persoană, un fost jucător de rugby de cincizeci de ani, cu bretele roșii și cămașă cadrilată din flanel, fumându-și pipa obișnuită.

– Îmi pare rău, prietene, a spus el, retrăgându-se ca să pot intra, de aceea am spus și eu că îmi pare rău.

Pe o masă de ping-pong din mijlocul hambarului se află întinsă efigia unei femei suple într-un sac cu fermoar pentru cadavre. Stătea întinsă pe spate, cu degetele picioarelor în sus.

– Sărmana fată nu a știut că o chema Tulip decât după ce a ajuns aici, tocmai își amintea Ash cu glasul degajat pe care și l-a format clar pentru a vorbi în prezenţa morţilor. Imediat ce a aflat cum o numeam noi, să ferească Dumnezeu să o numească în alt fel. Sigur vrei să o vezi?

Voia să spună: eram pregătit pentru desfacerea fermoarului? Eram.

Chipul ei, pentru prima oară, era lipsit de orice expresie. Părul castaniu, împletit și legat cu un șnur verde, coada fiind întinsă alături de cap. Ochii închiși. Până în acel moment nu o văzusem dormind. Gâtul ei, o zonă violacee și cenușie.

– Gata, prietene Peter?

Apoi a tras fermoarul, fără să mai aștepte răspunsul meu.

*

Îl urmez pe Mendel afară, la aer curat. În faţa mea movila acoperită cu iarbă se înalţă spre un pâlc de castani. De sus, priveliștea este frumoasă: casa principală, o pădure de pini, câmpurile înconjurătoare. Însă abia am început urcușul, că Mendel întinde o mână de-a latul drumului.

– Fiule, rămânem aici, jos. N-are rost să sărim în ochi, spune el.

Și cred că nu e surprinzător că nu mi-a trecut prin minte să întreb ce motiv avea să spună așa ceva.

Apoi a urmat o perioadă – nu-mi dau seama câte minute – în care părem a vorbi fără niciun rost. Mendel îmi povestește despre stupii lui. Apoi îmi povestește despre câinele salvator Poppy, un labrador auriu, după care soţia lui este moartă. Din câte îmi aduc aminte, Poppy era băiat, nu fată. Mai ţin minte că am fost surprins în secret, fiindcă nu cred că știam că Oliver Mendel avea o soţie.

Treptat, treptat, încep să îi răspund. Când mă întreabă cum merg lucrurile în Bretania și cum arată culturile și câte vaci avem, îi prezint o relatare lucidă și precisă, lucru pe care probabil îl așteaptă, pentru că, în momentul în care ajungem pe poteca presărată cu pietriș ce duce dincolo de Verandă către casa de oaspeți, se îndepărtează brusc de mine și spune ceva scurt în microfonul aparatului de emisie-recepție. Iar când se întoarce la mine, nu mai este partenerul de discuție nonșalant, ci a redevenit cât se poate de polițist:

– Acum, fiule. Te rog să fii atent. Ești pe cale de a afla cealaltă jumătate a poveștii. Vei vedea ce se poate vedea, nu vei reacționa absolut în niciun fel și vei rămâne mut în legătură cu ceea ce vei vedea în continuare. Nu e un ordin venit de la mine. De la George și e personal pentru tine. Pe de altă parte, fiule, dacă, din întâmplare, te simți răspunzător pentru sinuciderea sărmanei doamne, poți renunța la asta chiar acum. Ai priceput? Acum nu-ți vorbește George. Eu îți spun asta. Vorbești cât de cât elvețiană?

Zâmbea și, spre uimirea mea, am zâmbit și eu. Direcția plimbării noastre de plăcere a căpătat un scop înfiorător. Pentru moment, uitasem de elvețian. Presupusesem că Mendel întreținea cu mine o conversație pe teme banale. Acum, misteriosul iubitor de păsări care încălcase din greșeală limitele domeniului a revenit cu forță deplină. La capătul îndepărtat al micului defileu stătea Fawn. În spatele lui se înălțau treptele din piatră care duceau spre intrarea de culoare oliv pe care scria: PERICOL DE MOARTE. ÎNDEPĂRTAȚI-VĂ.

Am urcat. Fawn a pornit în frunte. Am ajuns la un fânar. Harnașamente mucegăite atârnau de cârlige vechi. Am trecut printre baloturi de fân în stare de putrefacție până când am ajuns la Submarin, o celulă de izolare construită special pentru instruirea cursanților în artele respingătoare ale administrării și rezistenței la interogatorii dure. Niciun curs de reciclare la care am participat nu se încheia fără să mi se administreze gustul pereților capitonați, fără ferestre, cătușe la mâini și picioare și efecte sonore care îmi făceau capul să explodeze. Ușa era din oțel, vopsită în negru, cu un vizor pentru a vedea înăuntru, dar nu și în afară.

Fawn rămâne la distanță. Mendel înaintează spre Submarin, se apleacă în față, dă deoparte clapa de peste vizor, se retrage din nou și face un semn din cap spre mine: rândul tău. Și, în șoapta cea mai perfectă, grăbit, spune:

– Numai că ea nu s-a spânzurat, adevărat, fiule? A făcut-o prietenul nostru, iubitorul de păsări.

În cursul stagiilor de instruire, în Submarin nu existaseră obiecte de mobilier. Stăteai pe podeaua din piatră ori pășeai prin cameră într-o beznă absolută, în vreme ce difuzoarele urlau la tine până nu mai suportai, ori personalul care se ocupa de asta socotea că îți fusese de ajuns. Însă celor doi ocupanți neobișnuiți ai Submarinului li se puseseră la dispoziție luxul unei mese de joc de cărți, acoperită cu fetru, ca al meselor de biliard și două scaune cât se putea de decente.

Pe unul dintre ele stă George Smiley, arătând așa cum arată el când interoghează pe cineva: puțin stingherit, puțin îndurerat, ca și cum viața ar reprezenta un disconfort îndelungat pentru el și nimeni nu o poate face să devină suportabilă în afara celui pe care îl are în față.

Iar vizavi de George, pe celălalt scaun, stă un bărbat blond, puternic, de vârsta mea, având vânătăi proaspete în jurul ochilor, un picior dezgolit bandajat și întins în față, având mâinile încătușate, cu palmele în sus pe masă, amintind de acelea ale unui cerșetor.

Iar când întoarce capul, văd exact ceea ce acum aștept să văd: o veche cicatrice, ca una produsă de o sabie, care coboară pe obrazul lui drept.

Și, cu toate că abia dacă o văd din cauza vânătăilor, știu că are ochi albaștri, pentru că asta scria în cazierul lui. Pe care îl furasem pentru George Smiley după ce fusese bătut până aproape de moarte chiar de omul care stă acum în faţa lui.

Interogatoriu sau negociere? Numele reţinutului, cum l-aş putea uita? Este Hans-Dieter Mundt. Fost membru al Misiunii Est-Germane a Oţelului din Highgate, care s-a bucurat de statut oficial, dar nu diplomatic.

În timpul turului său londonez, Mundt a ucis un dealer de automobile care ştia mai multe decât trebuia. Când a încercat să îl lichideze pe George, a făcut-o din acelaşi motiv.

Iar acum în Submarin se află acelaşi Mundt, un asasin al Stasi instruit de KGB, care se preface a fi un ornitolog elveţian prins într-o capcană pentru căprioare, în vreme ce Doris, care a dorit să fie cunoscută doar sub numele de Tulip, este moartă la mai puţin de cincisprezece metri de el. Mendel mă trage de braţ. Peter, avem de mers doar câteva minute cu maşina. George ni se va alătura ceva mai târziu, îmi spune el.

– Ce s-a întâmplat cu Harper şi Lowe? îl întreb eu când ajungem în siguranţa maşinii, pentru că acesta este singurul subiect care îmi vine în minte.

– Meadows l-a trimis pe Harper la spital ca să i se repare faţa. Prietenul nostru ornitolog nu a fost chiar atât de liniştit când a scăpat din capcana aceea, ca să mă exprim astfel. A avut nevoie de un ajutor serios, după cum cred că ai băgat de seamă.

*

– Peter, am două chestii pentru tine, spune Smiley şi mi-o întinde pe prima.

Este ora două dimineaţa. Suntem singuri în camera din faţă a unei case de poliţist, aflată undeva la marginea New Forest. Gazda noastră, un vechi prieten de-al lui Mendel, a aprins un foc cu cărbuni, apoi ne-a adus o tavă cu ceai şi biscuiţi, după care s-a retras la etaj cu soţia. Nu am băut ceai şi nici nu ne-am atins de biscuiţi.

Prima bucată de de hârtie este o ilustrată englezească, având partea de pe dos albă, fără timbru. Pe ea apar niște zgârieturi, ca și cum ar fi fost vârâtă printr-un spațiu îngust, probabil pe sub o ușă. Partea pentru adresă este necompletată. Pe partea pentru mesaj există un mesaj în germană, cu cerneală neagră-albăstruie, scris de mână cu majuscule:

> SUNT UN BUN PRIETEN ELVEȚIAN CARE TE POATE CONDUCE LA GUSTAV AL TĂU. NE VEDEM LA PICIORUL PODULUI LA ORA 1.00. TOTUL VA FI ARANJAT. SUNTEM CU TOȚII CREȘTINI. (Fără semnătură.)

– De ce au așteptat până când ea a ajuns în Anglia? am reușit să îl întreb pe George, după o îndelungă întârziere. De ce nu au ucis-o în Germania?

– Ca să-și protejeze sursa, evident, îmi răspunde Smiley pe un ton prin care reproșează lipsa mea de înțelegere. Pontul a venit de la Centrala moscovită care, foarte firesc, a insistat să se păstreze discreția. Nu un accident de mașină sau alt eveniment contrafăcut. Era preferabil un deces provocat de sinucidere, care să provoace cea mai mare consternare în tabăra adversă. Consider acest lucru drept perfect logic, tu ce părere ai? În fine, Peter, așa e?

Furia este controlată perfect în glasul lui, de obicei blând, în rigiditatea trăsăturilor lui, altfel fluide în mod normal. Furie față de monstruozitatea a ceea ce va trebui să facă, drept sfidare a oricărui instinct de decență.

– Am mânat-o, este expresia folosită de Mundt, continuă George, fără să aștepte răspunsul meu, dar și fără să anticipeze așa ceva. Noi am mânat-o până la Praga, am mânat-o până în Anglia și tot noi am mânat-o până la Tabăra 4. Apoi noi am strangulat-o și am făcut-o să pară spânzurată. Nu eu. Întotdeauna un noi colectiv. I-am spus că asta mi se pare ceva vrednic de dispreț. Mi-ar plăcea să fi înțeles asta. Și, ca și cum ar fi uitat: A, iar cealaltă bucată de hârtie este pentru tine, şi îmi întinde o foaie de hârtie împăturită, provenită dintr-un pachet produs de Basildon Bond, pe care este scris cu litere mari „Adrien", de astă dată cu creionul. Scrisul este clar şi chinuit. Fără înflorituri inutile. O şcolăriţă harnică din Germania îi scrie prietenului de corespondenţă.

> Dragul meu Adrien, al meu Jean-François.
>
> Sunteţi toţi bărbaţii pe care îi iubesc. Îl rog pe Dumnezeu să vă iubească şi EL.
>
> Tulip

– Te-am întrebat dacă vrei să păstrezi asta drept amintire sau să o arzi, repetă Smiley pentru urechile mele ameţite cu aceeaşi voce în care răzbate o furie îngheţată. Eu aş sugera a doua soluţie. Millie McCraig a găsit biletul. Era rezemat de oglinda de machiaj a lui Tulip.

Apoi, fără nicio emoţie evidentă, mă urmăreşte cum îngenunchez în faţa şemineului şi aşez mesajul lui Doris, încă împăturit, ca pe o ofrandă, pe cărbunii încinşi. În miezul tuturor sentimentelor turbulente care mă sfârtecă, îmi dau seama că eu şi George Smiley suntem mai aproape decât am dori în chestiuni de iubire pierdută. Eu sunt un prost dansator. Potrivit soţiei lui păcătoase, George refuză cu hotărâre să danseze. Şi totuşi, eu nu am scos nicio vorbă.

– Există câteva condiţii folositoare legate de înţelegerea pe care tocmai am convenit-o cu Herr Mundt, continuă el, imposibil de oprit. Înregistrarea pe bandă a conversaţiei noastre, de exemplu. Stăpânii lui de la Moscova şi Berlin nu vor fi impresionaţi de ea, am fost de acord asupra acestui aspect. Totodată, am convenit că activitatea lui în favoarea noastră, gestionată corect de ambele părţi, îl va ajuta în distinsa lui carieră în cadrul Stasi. Se va întoarce la tovarăşii lui ca un erou învingător. Mai-marii Directoratului se vor arăta mulţumiţi de el. Centrala de la Moscova se va arăta încântată. Funcţia lui Emmanuel Rapp trebuie ocupată de cineva.

Iar el o va solicita. Mi-a dat asigurări că aşa va proceda. Pe măsură ce şansele lui sporesc la Berlin şi Moscova, iar accesul lui la documente secrete va creşte în mod corespunzător, probabil că va veni o zi în care va putea să ne spună cine a trădat-o pe Tulip şi pe alţi agenţi ai noştri care şi-au găsit un sfârşit prematur. Eu şi tu avem multe lucruri pe care să le aşteptăm, adevărat?

Şi totuşi, din câte îmi aduc aminte, nu am scos nicio vorbă, în vreme ce George, drept încheiere, are ceva important de spus.

– Eu, tu şi doar foarte puţini oameni deţinem această informaţie foarte secretă, Peter. În ceea ce priveşte Comitetul Întrunit şi, în mare, Serviciul, îi spunem că ne-am lăcomit, am adus-o pe Tulip aici în prea mare grabă, nu am acordat atenţie sentimentelor ei cele mai profunde. Drept urmare, ea s-a spânzurat. Aceasta este versiunea ce trebuie trâmbiţată către Biroul Central şi toate rezidenţele noastre din străinătate. Nu trebuie să existe nicio excepţie acolo unde Întrunirea deţine controlul. Şi, cu regret, asta îl include şi pe prietenul nostru Alec Leamas.

*

Am incinerat-o sub numele de Tulip Brown, o femeie renăscută în credinţa creştină rusă, care fugise ca să scape de persecuţiile comuniştilor şi alesese să ducă o viaţă solitară în Anglia. Brown, i s-a explicat preotului ortodox descoperit de doamnele de la Operaţiuni Secrete, care au şi aranjat lalele pe sicriu, era numele pe care şi-l alesese chiar ea din teama de pedeapsa divină. Preotul, un bătrân la care se apela ocazional, nu a pus întrebări incomode. La ceremonie am fost şase. Ash Meadows, Millie McCraig, Jeanette Avon şi Ingeborg Lugg de la Operaţiuni Secrete, Alec Leamas şi eu. George avea treabă în altă parte. După încheierea slujbei, femeile au plecat, iar noi, cei trei bărbaţi, ne-am dus să căutăm o bodegă.

– De ce naiba a făcut femeia asta aşa ceva? s-a plâns Alec, ţinându-şi capul între mâini, în timp ce noi aveam pahare de scotch în faţă. După ce am făcut atâtea eforturi. Şi cu acelaşi ton de indignare mimată: Dacă mi-ar fi spus ce voia să facă, nu m-aş fi agitat atât de mult.

– Nici eu, am spus eu drept aprobare, după care m-am dus la bar şi am comandat încă trei pahare.

– Sinuciderea este o hotărâre pe care anumiţi oameni o iau devreme în viaţă, tocmai spunea pe un ton de predicator când m-am întors la masă. S-ar putea ca acei oameni să nu ştie asta, dar imboldul există în ei, Alec. Apoi, într-o bună zi, se întâmplă ceva care declanşează acel mecanism. Ar putea fi ceva cu totul banal, cum ar fi, de pildă, să-ţi uiţi portofelul în autobuz. Poate fi ceva dramatic, precum moartea celui mai bun amic. Dar intenţia a existat mereu în minte. Iar urmarea este aceeaşi.

Am băut. Încă o tăcere, întreruptă de Alec:

– Probabil că toţi informatorii sunt sinucigaşi. Unii nu ajung să o facă, bieţii de ei. Iar apoi: În fine, cine îl va anunţa pe băiat?

Băiat? A desigur. Se referea la Gustav.

– George a spus să lăsăm asta în seama opoziţiei, i-am răspuns, la care Alec a mârâit: „Doamne, pe ce lume trăim“ şi a sorbit din pahar.

10

Nu mai privesc spre peretele bibliotecii: Nelson, care a înlocuit-o pe Pepsi, este deranjat de lipsa mea de atenție. Îndatoritor, reiau lectura raportului pe care, spre durerea și remușcarea mea, l-am întocmit din ordinul lui George, fără să omit niciun amănunt, indiferent cât de mărunt, în misiunea mea de a respecta singurul secret pe care nu îl vor împărtăși decât foarte, foarte puțini oameni.

SUB-SURSA TULIP. INTEROGARE ȘI SINUCIDERE.
Interogare condusă de Ingeborg Lugg (Operațiuni Secrete) și Jeanette Avon (Operațiuni Secrete)[1]*. Cu participare periodică: doctor Ashley Meadows, folosit ocazional.*
Redactat și consemnat de PG și aprobat de Ș/Operațiuni Secrete Marylebone pentru a fi prezentat Comisiei de Supraveghere a Trezoreriei.
Copie către Ș/Comitetului Întrunit de Coordonare, pentru comentarii.

---

1. Primirea lui TULIP și transferul la Tabăra 4.

Imediat după sosirea cu avionul RAF la Norholt, Tulip nu a fost supusă formalităților de aterizare, prin urmare, practic nu a pătruns pe teritoriul Marii Britanii. Prezentându-se drept „reprezentantul

---

[1] Janette Avon și Ingeborg Lugg sunt anchetatoare de marcă ale serviciului de Operațiuni Secrete, de vârstă medie, femei cu o îndelungată experiență operativă. (n.a.)

numit al unui Serviciu care este foarte mândru de tine", doctorul Meadows a ținut o scurtă alocuțiune de bun venit în sala de primire a VIP-urilor din zona de tranzit și i-a oferit un buchet de trandafiri englezești, ceea ce a părut să o impresioneze profund, pentru că i-a ținut lipiți de față în tot cursul călătoriei.

Apoi a fost dusă direct într-o furgonetă închisă până la Tabăra 4. Avon (nume de serviciu ANNA), fiind infirmieră calificată, cu calități bune în stabilirea de relații amicale, a stat cu Tulip în spate, calmând-o și discutând cu ea. Lugg (nume de serviciu LOUISA) și doctorul Meadows (nume de serviciu FRANK) au stat în față, cu șoferul, pentru că s-a considerat că era mai probabil ca legătura dintre Avon și Tulip, dacă erau lăsate singure, putea fi mai reușită. Noi, ceilalți trei, vorbim germana cursiv, pentru că am absolvit nivelul șase.

În cursul călătoriei, Tulip a dormitat și a arătat spre trăsăturile peisajului care l-ar fi interesat pe fiul ei Gustav, după ce va sosi în Marea Britanie, lucru pe care părea să îl socotească iminent. Pe de altă parte, a arătat cu entuziasm drumuri și zone prin care i-ar plăcea să meargă pe bicicletă, tot cu Gustav. A întrebat de două ori de „Adrien" și, când i s-a spus că nu exista niciun Adrien, a schimbat subiectul discuției, interesându-se de Jean-François. Apoi doctorul Meadows a informat-o că, fiind solicitat de o misiune urgentă, curierul Jean-François va apărea imediat ce va fi posibil.

Cazarea în aripa pentru oaspeți a Taberei 4 cuprinde un dormitor mare, cameră de zi, bucătărie și verandă, aceasta din urmă fiind o prelungire din secolul al XIX-lea, din sticlă și lemn, care domină bazinul de înot exterior (neîncălzit). Toate spațiile, inclusiv veranda și zona bazinului, sunt dotate cu microfoane și dispozitive speciale.

Chiar în spatele bazinului de înot se află un pâlc de conifere dintre care unele, nu toate, au crengile tăiate. Căprioarele roșcate sunt prezențe obișnuite și au fost văzute deseori scăldându-se în bazinul de înot. Având în vedere perimetrul înconjurat de gard de sârmă, căprioarele alcătuiesc practic o turmă domestică, închisă pe proprietate, prin urmare aducând ceva suplimentar aerului de farmec cultivat și de liniște al Taberei 4.

La început, am prezentat-o pe Tulip lui Millie McCraig (ELLA) care, la solicitarea Ş/Operaţiuni Secrete, fusese deja instalată în acea zi drept menajeră a casei conspirative. La cererea Ş/Operaţiuni Secrete, s-au instalat microfoane în poziţii importante, iar cele folosite la operaţiunile precedente au fost deconectate.

Locuinţele personale ale celor ce îngrijesc casa conspirativă de la Tabăra 4 sunt situate exact în spatele apartamentului pentru oaspeţi, la capătul unui coridor scurt. Un telefon intern leagă cele două apartamente permiţându-le oaspeţilor să solicite ajutor la orice oră din noapte. La sugestia lui McCraig, Avon şi Lugg ocupau dormitoarele în casa mare, astfel că puteau asigura un mediu feminin pentru Tulip.

Harper şi Lowe, gărzile permanente ale Taberei, aveau camerele în casa de oaspeţi. Ambii sunt grădinari pricepuţi. În calitate de paznici de vânătoare calificaţi, controlează populaţia de animale sălbatice de pe proprietate. Casa de oaspeţi cuprinde şi un dormitor de rezervă, care acum era ocupat de doctorul Meadows.

2. Dare de seamă, zilele 1–5

Perioada iniţială de prezentare a raportului a fost stabilită la 2-3 săptămâni, cu posibilitatea de prelungire, plus sesiuni suplimentare cu durate nespecificate, deşi acest lucru nu i s-a comunicat lui Tulip. Sarcina noastră imediată a fost să o instalăm, să o convingem că se află între prieteni, să îi inspirăm încredere în privinţa viitorului ei (cu Gustav), lucru pe care, spre mulţumirea noastră rezervată, am simţit că îl reuşiserăm. Ea a fost informată că doctorul Meadows (Frank) era un anchetator cu o specialitate aparte şi că vor exista şi alţii care, ca şi Frank, vor veni şi pleca în timpul acelor sesiuni. I s-a mai spus că Herr Direktor (Ş/Operaţiuni Secrete) era plecat pentru a rezolva treburi urgente legate de doctorul Riemeck (MAYFLOWER) şi de alţi membri ai reţelei, dar care, la întoarcere, abia aştepta să aibă onoarea de a-i strânge mâna.

Întrucât regula generală era ca prezentarea raportului să înceapă cât subiectul era încă „fierbinte", echipa noastră s-a reunit în sufrageria casei principale la ora 9:00 în următoarea dimineață. Sesiunea a continuat cu pauze până la ora 21:00 seara. Înregistrările pe bandă de magnetofon au fost realizate de Millie McCraig din apartamentul ei, care s-a folosit de acel inteval de timp pentru a verifica în amănunțime apartamentul și bunurile lui Tulip. Discuția a fost condusă de Lugg (Louisa), în conformitate cu programul stabilit, cu întrebări suplimentare venite din partea lui Avon (Anna) și intervenții ale doctorului Meadows (Frank), ori de câte ori s-a ivit prilejul de a se explora starea de spirit și motivațiile lui Tulip.

Cu toate acestea, în ciuda încercărilor de a se ascunde scopul întrebărilor aparent nevinovate ale lui Frank, Tulip a reușit imediat să identifice caracterul lor psihologic și, cum fusese informată că era medic, l-a luat peste picior, spunându-i că era un discipol al „acelui mincinos perfect și falsificator numit Sigmund Freud". Stârnită și înfuriată, ea a anunțat apoi că nu avusese decât un doctor în viața ei, iar numele lui era Karl Riemeck; adăugând că Frank era un nenorocit, spunând: „Dacă tu (doctorul Meadows) dorești să-mi vii în ajutor, adu-mi fiul înapoi!" Nedorind să fie o prezență percepută ca negativă, doctorul Meadows a socotit că era de bun simț să revină la Londra, dar să rămână la dispoziție pentru cazul în care era nevoie de serviciile lui.

În zilele următoare, în ciuda unor asemenea izbucniri periodice, sesiunile de interogare au decurs în mod eficient și într-o atmosferă de relativ calm, iar benzile cu înregistrări au fost transmise în cursul nopții către Marylebone.

Interesul primar pentru Ș/Operațiuni Secrete a fost fluxul informațiilor sovietice despre țintele britanice, deși puține, care ajungeau la biroul lui Rapp de la Moscova. Deși a acceptat că foarte puține asemenea informații apăruseră în documentele pe care Tulip reușise să le fotografieze, existau probabil chestiuni pe care le citise sau le auzise din întâmplare cu privire la sursele Moscovei din Marea Britanie pe care probabil le uitase sau socotise că nu meritau raportate? Exista vreun indiciu, vreo lăudăroșenie, de pildă, de surse plasate în funcții importante în interiorul sistemului politic sau de informaţii din Marea Britanie? Sau că fuseseră penetrate codurile britanice?

Deşi i-am adresat lui Tulip astfel de întrebări în multe forme diferite, şi trebuie spus că asta a iritat-o din ce în ce mai mult, nu putem să evidenţiem un rezultat pozitiv. Cu toate acestea, având în vedere că rapoartele ei au fost grav întârziate din cauza condiţiilor operative, după evaluarea noastră, valoarea informaţiilor furnizate de Tulip a fost mare spre foarte mare. Atâta timp cât a fost în activitate, ea a predat informaţiile doar lui Mayflower, niciodată direct Rezidenţei din Berlin. Chestiunile de potenţială sensibilitate nu i-au fost niciodată transmise pe motiv că, dacă erau divulgate în cazul unui interogatoriu, ele ar fi dezvăluit slăbiciunile din propria noastră armură a sistemului de informaţii. Acestea puteau fi abordate acum fără nicio restricţie, de exemplu: întrebări privind seriozitatea altor sub-surse potenţiale sau active; identitatea diplomaţilor şi politicienilor aflaţi sub controlul Stasi; posibila explicaţie a fluxurilor de plăţi secrete descoperite în documentele pe care ea le fotografiase pe biroul lui Rapp, dar pe care nu le manipulase; locul şi descrierea instalaţiilor secrete de semnalizare pe care le vizitase în compania lui Rapp, dispunerea lor, procedurile de acces, forma antenelor şi direcţia spre care erau îndreptate ele; orice indiciu privind prezenţa sovieticilor sau a unor persoane care nu erau germane; şi, în mare, orice alte informaţii care până acum se pierduseră efectiv, din cauza lipsei de timp disponibil pentru întâlniri mai dese cu Mayflower, caracterul disparat al discuţiilor dintre ei şi a limitelor impuse de metodele clandestine de comunicare.

Deşi şi-a exprimat frustrarea în repetate rânduri şi şi-a descărcat-o într-un limbaj injurios, Tulip a lăsat impresia că îi plăcea să fie în centrul atenţiei, chiar tachinându-i şi flirtând cu cele două gărzi de securitate ale Taberei 4, Harper, cel mai tânăr dintre ei, fiind preferat în mod deosebit. Cu toate acestea, odată cu apropierea serii, dispoziţia ei se schimba, transformându-se într-o disperare vinovată, primul său obiect fiind fiul ei Gustav, dar şi sora ei, Lotte, susţinând că prin dezertarea ei distrusese viaţa acesteia.

Millie McCraig, administratoarea casei conspirative, a stat în mod intermitent cu Tulip în cursul nopților. După ce au descoperit că ambele credeau în Dumnezeu, ele s-au rugat deseori împreună, sfântul preferat de Tulip fiind Nicolae, a cărui iconiță o însoțise în cursul extragerii. Faptul că amândouă manifestau interes față de plimbările cu bicicleta a reprezentat de asemenea un teren comun. La rugămintea lui Tulip, McCrain (Ella) a obținut un catalog cu biciclete pentru copii. Emoționată când a descoperit că McCraig era scoțiană, Tulip a cerut imediat o hartă a Highlands din Scoția, pentru ca împreună să analizeze rute de mers cu bicicleta pe acolo. În următoarea zi, Biroul Central a trimis o hartă militară. Cu toate astea, starea ei de spirit a rămas inconstantă și ieșirile ei nervoase au fost frecvente. Sedativele și pastilele de dormit pe care McCraing i le-a dat, la cererea ei, nu au părut să ajute prea mult la ameliorarea stării lui Tulip.

În cursul sesiunilor de informare, Tulip a cerut mereu să i se spună la ce dată va fi schimbat Gustav contra unui agent și chiar dacă nu cumva fusese deja obținut prin schimb. Drept răspuns, i s-au dat asigurări că problema era negociată la cel mai înalt nivel de Herr Direktor și că nu se putea rezolva peste noapte.

3. Nevoile recreative ale lui Tulip

Din momentul sosirii în Marea Britanie, Tulip a precizat clar că avea nevoie de mișcare. Avionul RAF fusese aglomerat, călătoria până la Tabăra 4 o făcuse să se simtă ca o deținută, claustrarea de orice fel era insuportabilă pentru ea etc. Întrucât aleile de la Tabăra 4 nu sunt potrivite pentru mersul cu bicicleta, va alerga. După ce i s-a luat măsura pentru încălțăminte, Harpper s-a dus la Salisbury și a cumpărat o pereche de pantofi de sport, iar în următoarele trei dimineți, Tulip și Avon (Anna), și ea adeptă a mișcării, au alergat împreună pe aleile din perimetru înainte de micul dejun, iar Tulip și-a luat de fiecare dată geanta de umăr în speranța de a găsi vreo fosilă sau piatră prețioasă care l-ar putea interesa pe Gustav. Împrumutând jargonul rusesc, a numit geanta „Poate pică ceva". Proprietatea se laudă și cu o mică sală de gimnastică, iar când alte mijloace nu dădeau rezultat, aceasta i-a oferit lui Tulip o uşurare temporară a stresului evident de care suferea. Indiferent de oră, Millie McCraig a însoţit-o la sala de gimnastică.

Obiceiul lui Tulip era să stea gata îmbrăcată la fereastra cât tot peretele al camerei de zi, aşteptând apariţia lui Avon. Totuşi, în acea zi aparte, Tulip nu se afla la fereastră. Drept urmare, Avon a intrat în apartamentul pentru oaspeţi dinspre grădină, a strigat-o, a bătut în uşa băii şi, cum nu a primit răspuns, a deschis-o în zadar. Apoi, Avon a întrebat-o pe McCraig prin intermediul telefonului interior unde era Tulip, dar aceasta nu a reuşit să o lămurească. Deja foarte îngrijorată, Avon a pornit cu paşi iuţi pe aleile perimetrului. Ca măsură de precauţie, McCraig i-a alertat pe Harper şi pe Lowe că oaspetele nostru a „fugit undeva", iar cele două gărzi au început imediat să cerceteze proprietatea.

4. Descoperirea lui Tulip. Declaraţia personală a lui J. Avon

Când se pătrunde dinspre latura estică, poteca în circuit a proprietăţii se înalţă abrupt cale de vreo douăzeci de metri, după care este pe teren drept pe o distanţă de patru sute de metri, cotind spre nord şi coborând într-o vale mocirloasă traversată de un podeţ din lemn care duce la rândul lui spre o scară cu nouă trepte, cele de sus fiind în parte aproape acoperite de crengile unui castan.

Întorcându-mă spre nord şi începând coborârea către vale, am zărit-o pe Tulip atârnată de gât de o creangă joasă a castanului, cu ochii deschişi şi mâinile pe lângă corp. Ţin minte că distanţa dintre labele picioarelor ei şi cea mai apropiată treaptă din lemn era de cel mult 30 de centimetri. Laţul din jurul gâtului era atât de subţire încât la prima vedere mi s-a părut că ea plutea.

Am 42 de ani. Trebuie să subliniez că am înregistrat aceste impresii aşa cum au rămas până astăzi în mintea mea. Sunt instruită de Serviciu, astfel că am experienţă privind urgenţele operative. Prin urmare, este umilitor pentru mine să mărturisesc că singurul impuls pe care l-am avut când am văzut-o pe Tulip atârnând de copac a fost să pornesc în goană spre casă cât mai curând, pentru a chema ajutoare, în loc să fac încercarea de a o da jos de acolo şi de a o resuscita. Regret profund această lipsă de sânge rece în acea situaţie operativă. Deşi acum am primit asigurarea clară că Tulip era moartă de cel puţin şase ore când am descoperit-o eu, ceea ce îmi dă un adânc sentiment de uşurare. Plus că nu aveam un cuţit, iar la frânghie nu aveam cum să ajung.

Millie, aşa cum o cunoşteam atunci: mireasa Serviciului, credincioasa fiică a unui preot al Bisericii Presbiteriene Libere. Urcă pe Cairgorms[1], ştie să vâneze cu ogari şi a mers în locuri primejdioase. Şi-a pierdut fratele în război, tatăl, în lupta cu cancerul, iar inima ei este legată, potrivit zvonurilor, de un bărbat ceva mai vârstnic decât ea, căsătorit, care a ţinut mai mult la onoare. Existau unele guri rele care susţineau că bărbatul în cauză era George, deşi nimic din ceea ce am văzut între ei nu m-a îndemnat să cred asta. Dar să îi ferească Domnul pe tinerii cu sânge fierbinte care ar fi încercat să o atingă, pentru că Millie nu îl voia pe niciunul dintre noi.

Raport suplimentar privind îngrijirea, întreţinerea şi sinuciderea sub-sursei TULIP, întocmit de Millie McCraig, administratoarea casei conspirative, Tabăra 4, ofiţer de carieră gradul 2. Copie (doar) pentru George Smiley, Ş/Operaţiuni Secrete.

---

1. Dispariţia lui TULIP.

După ce, la ora 6.10 dimineaţa, am fost informată de Jeanette Avon că Tulip plecase să alerge de una singură, am cerut imediat agenţilor de securitate (Harper şi Lowe) să declanşeze o cercetare a proprietăţii, concentrându-se asupra potecii de perimetru, despre care înţelesesem de la Avon că era ruta preferată de Tulip. Ca măsură de precauţie, am întreprins o inspecţie a apartamentului pentru oaspeţi şi am constatat că treningul şi pantofii de alergare se aflau în garderobul ei. În schimb, hainele de zi şi lenjeria intimă

---

[1] Lanţ muntos din estul Highlands din Scoţia, cu o altitudine maximă de 1 309 metri.

franţuzească, pe care le primise în Praga, nu erau acolo. Deşi nu avea acte de identitate şi nici bani, poşeta ei, care, după cum stabilisem anterior, nu conţinea nimic în afară de mici lucruri personale şi necesare, dispăruse.

Întrucât situaţia depăşea competenţele Ş/Operaţiuni Secrete, şi cum acesta era absent, fiind plecat într-o misiune urgentă la Berlin, am luat hotărârea de a apela ofiţerul de serviciu de la Comitetul Întrunit, căruia i-am cerut să informeze ofiţerul de legătură cu poliţia că un pacient suferind de boli mintale fugar, care corespundea în general descrierii făcute lui Tulip, evadase în vecinătate, că nu era violentă, că nu vorbea limba engleză şi că era în tratament psihiatric. Dacă era găsită, trebuia adusă la Institut.

Apoi l-am sunat pe doctorul Meadows la cabinetul din Harley Street şi am lăsat vorbă secretarei lui că trebuia să revină cât de curând posibil la Tabăra 4, dar mi s-a spus că, după ce primise telefon de la Biroul Central, el era deja pe drum spre noi.

2. Descoperirea unui intrus neautorizat la Tabăra 4.

Abia încheiasem acele apeluri când am primit o ştire de la Harper prin sistemul de comunicare internă de la Tabăra 4 prin care eram anunţată că, în timp ce o căuta pe Tulip, descoperise într-un punct împădurit, aflat aproape de perimetrul estic, o persoană rănită, un bărbat, clar intrus, care, după ce pătrunsese printr-o gaură făcută recent într-un punct aflat aproape de centură, călcase şi activase o capcană foarte veche, în parte acoperită de vegetaţie, probabil lăsată acolo de vreun braconier cu mult înainte ca proprietatea să fi fost cumpărată de Circ.

Respectiva capcană, un dispozitiv extrem de vechi, era alcătuită din două fălci ruginite, iar resortul încă funcţionase. Potrivit relatării lui Harper, intrusul îşi prinsese piciorul stâng în acel mecanism şi, zbătându-se, şi-l prinsese şi mai rău. Vorbea bine engleza, dar cu un accent străin, şi susţinea că, văzând gaura din gard, trecuse prin ea ca să îşi satisfacă o nevoie firească. Pe de altă parte, a explicat că era un pătimaş observator de păsări.

După sosirea lui Lowe, el şi Harper îl eliberaseră pe intrus, care după aceea îl lovise cu pumnul în stomac pe Lowe şi cu capul în faţă pe Harper. După o scurtă luptă, cei doi l-au imobilizat pe intrus şi l-au dus la Verandă care, din fericire, se afla aproape. Acum era închis în celulă (Submarin), având un bandaj temporar la piciorul stâng. În conformitate cu procedurile standard de securitate, Harper raportase incidentul, furnizând o descriere cât se putea de bună a intrusului direct către Securitatea Internă a Biroului Central şi către Ş/Operaţiuni Secrete, care tocmai se întorcea de la Berlin. Întrebându-i dacă el sau Lowe o zăriseră în acest timp pe Tulip, care dispăruse, Harper mi-a spus că intrusul îi împiedicase temporar să îşi continue căutarea, pe care o vor relua imediat.

3. Ştirea privind moartea lui TULIP

Cam în acelaşi moment, Jeanette Avon a apărut pe veranda casei principale în stare de disperare pentru a anunţa că o văzuse pe Tulip spânzurată de un copac, fiind probabil moartă, în punctul 217, potrivit hărţii proprietăţii. Am transmis imediat aceste informaţii către Harper şi Lowe şi, având confirmarea că intrusul fusese imobilizat, le-am dat ordin să ajungă imediat la punctul 217 şi să ofere tot sprijinul necesar.

Apoi am transmis un semnal de alertă roşie, cerându-le tuturor oamenilor de sprijin de pe proprietate să se prezinte în casa principală. Între aceşti oameni se numărau doi bucătari, un şofer, un om însărcinat cu întreţinerea, doi oameni de serviciu şi doi spălători. A se vedea lista din Anexa A. I-am informat că pe proprietate fusese descoperit un cadavru şi că, până la noi ordine, trebuie să rămână toţi în casa principală. Nu am considerat necesar să îi informez că, pe de altă parte, fusese descoperit un intrus neautorizat.

Din fericire, în acele momente a sosit doctorul Meadows, care venise cu viteză maximă cu maşina lui, un Bentley. Eu şi cu el am pornit pe aleea de pe perimetrul estic, în direcţia punctului 217. La sosire am găsit-o pe Tulip coborâtă şi eliberată din laţ, moartă şi zăcând cu un bandaj în jurul gâtului; Harper şi Lowe stăteau de pază alături de ea. După ce fusese lovit cu capul în faţă de intrus, Harper sângera şi dorea să anunţe poliţia, iar Lowe voia să cheme o ambulanţă. În acea situaţie, am recomandat ca asemenea autorităţi să nu fie chemate fără aprobarea Ş/Operaţiuni Secrete, care era în drum spre Tabăra 4. După o examinare preliminară a cadavrului, doctorul Meadows a fost de aceeaşi părere.

Drept urmare, le-am ordonat lui Harper şi Lowe să revină la Verandă, să nu ia legătura cu nimeni, să aştepte ordine şi să nu încerce sub nicio formă să intre în discuţie cu prizonierul lor. Imediat ce aceştia au părăsit scena incidentului, doctorul Meadows mi-a mărturisit că Tulip murise cu câteva ore înainte de a fi fost descoperită.

În timp ce doctorul Meadows a continuat să examineze femeia decedată, am luat notă de ţinuta ei, care consta din taiorul ei cu fustă plisată şi pantofi cu toc. Buzunarele jachetei taiorului erau goale, mai puţin două şerveţele de hârtie, folosite. Tulip se plânsese că suferă de o uşoară răceală. Geanta „poate pică ceva" era plină cu restul de lenjerie de origine franceză.

Instrucţiunile noastre, care erau primite nonstop de la Biroul Central prin intercomul Taberei 4, erau să transportăm imediat cadavrul către Verandă. Drept urmare, i-am chemat pe Harper şi Lowe să acţioneze ca brancardieri. Acest lucru s-a făcut imediat, în ciuda faptului că în acele momente Harper sângera serios din cauza rănilor.

Am revenit în casa principală împreună cu doctorul Meadows. Spre lauda ei, Avon îşi revenise şi oferea ceai şi biscuiţi personalului şi, în mare, îi încuraja pe oameni. Grupul de criză înfiinţat de Biroul Central sub conducerea Ş/Operaţiuni Secrete urma să sosească pe la jumătatea după-amiezii. Între timp, mai puţin Harper şi Lowe, toată lumea trebuia să rămână în casa principală, momente în care doctorul Meadows a curăţat contuziile de pe faţa lui Harper şi s-a ocupat de intrusul rănit, acum încarcerat în Submarin.

Între timp s-a purtat o discuţie între cei închişi în casa principală. Jeanette Avon a insistat să spună că se considera persoana cea mai vinovată de sinuciderea lui Tulip, însă eu mi-am permis să contrazic acea sugestie. Tulip era deprimată, lucru stabilit din punct de vedere clinic, sentimentele ei de vinovăţie şi dor faţă de Gustav erau insuportabile, distruseseră viaţa proprie, dar şi pe aceea a surorii Lotte. Probabil că ideea sinuciderii existase în mintea ei chiar din momentul în care sosise de la Praga, și cu atât mai mult când ajunsese la Tabăra 4. Făcuse alegerea supremă și plătise prețul pentru asta.

Iar acum, intră George, transmițând mesaje false:

4. Sosirea Ș/Operațiuni Secrete (Smiley) și a inspectorului Mendel.

Ș/Operațiuni Secrete (Smiley) a sosit la ora 15.55, însoțit de inspectorul (în retragere) Oliver Mendel, folosit ocazional de cei de la Operațiuni Secrete. Eu și doctorul Meadows i-am condus imediat la Verandă.

După aceea, am revenit în casa mare, unde Ingeborg Lugg și Jeanette Avon au continuat să îi liniștească pe oamenii agitați ai personalului de serviciu. Au mai trecut două ore până când domnul Smiley s-a întors de la Verandă, însoțit de inspectorul Mendel. Convocând întregul personal, domnul Smiley a oferit condoleanțe personale, împreună cu asigurarea că sub-sursa Tulip se făcea personal vinovată de moartea sa și că nimeni din Tabăra 4 nu trebuia să își reproșeze ceva.

Cobora seara. Cum autobuzul de navetă aștepta în curtea din față, iar mulți dintre membrii echipei abia așteptau să ajungă acasă la Salisbury, Ș/Operațiuni Secrete și-a dedicat un moment pentru a-i liniști pe toți în legătură cu descoperirea unui „intrus misterios" despre care unii dintre ei se putea să fi auzit. Avându-l alături pe inspectorul Mendel, care zâmbea liniștitor, a recunoscut că avea să „destăinuiască" membrilor echipei un secret pe care, în mod obișnuit, nu l-ar fi spus însă, în acele circumstanțe, hotărâse că oamenii meritau o dezvăluire completă.

Intrusul misterios nu era deloc misterios, a explicat el. Era un membru prețuit al unei secții de elită, puțin cunoscută, a serviciului care este soră cu al nostru, MI5, care avea misiunea de a penetra, prin mijloace legale și ilegale, sistemele de protecție ale celor mai secrete și sensibile obiective ale țării noastre. Din întâmplare, era şi prieten personal şi profesional al inspectorului Mendel, care se afla acolo. Râsete. Era în natura unor astfel de exerciţii pe viu ca obiectivul-ţintă să nu fie informat, iar faptul că exerciţiul fusese programat în aceeaşi zi în care Tulip alesese să îşi ia viaţa nu era decât „actul unei Providenţe maligne“, pentru a folosi chiar cuvintele folosite de Smiley. Aceeaşi Providenţă îndrumase picioarele intrusului în capcana pentru căprioare. Râsete. Harper şi Lowe se achitaseră cu nobleţe de sarcinile lor. Ambilor li se explicase situaţia şi, cu tristeţe, o acceptaseră, cu toate că, lucru de înţeles, socotiseră că „amicul nostru exagerase oarecum prin reacţia violentă“ pe care o avusese – a spus Şeful Operaţiunilor Secrete, urmând alte râsete.

Şi, spre dezinformarea noastră completă:

Ş/Operaţiuni Secrete a mărturisit către adunare că intrusul, care de fapt nu era străin, ci un cetăţean britanic din Clapham, cât se poate de cinstit, era deja în drum spre secţia Urgenţe de la Salisbury, unde urma să i se administreze o injecţie antitetanos şi să i se îngrijească rănile. Inspectorul Mendel îl va vizita curând pe vechiul lui prieten şi îi va duce o sticlă de whisky şi îi va transmite complimente din partea celor de la Tabăra 4. Aplauze.

*

Acum este din nou spectacolul lui Bunny şi al Laurei. Nu al lui Leonard. Bunny preia conducerea. Laura ascultă cu scepticism.

– Aşadar, tu ai compilat raportul. Cu toate detaliile plicticoase, dacă aş putea spune aşa. Ai inclus toate probele disponibile şi nu numai. Ai trimis o copie la Comitetul Întrunit. Apoi ai furat aceeaşi copie din arhivele Circului. Asta rezumă bine situaţia.

– Nu.

– Atunci de ce raportul tău se află aici la Grajduri, între alte multe documente pe care le-ai furat?

– Pentru că el nu a plecat spre aprobare.

– Către nimeni?

– Către nimeni.

– Nici măcar o parte din el? Nici măcar o versiune prescurtată?

– Comisia Trezoreriei a hotărât să nu se întrunească.

– Te referi la aşa-numita comisie a celor Trei Înţelepţi, din câte pricep, da? De care presupun că se temea Circul?

– Era prezidată de Oliver Lacon. După ce a cugetat adânc, el a tras concluzia că raportul nu slujea niciunui scop util. Nici măcar în formă prescurtată.

– Din ce motive?

– Pentru că o investigaţie privind sinuciderea unei femei care nu ajunsese în Marea Britanie nu reprezenta o utilizare valabilă a banilor contribuabililor.

– Este cât de cât posibil ca în luarea acestei hotărâri Lacon să fi fost influenţat de Smiley?

– De unde să ştiu asta?

– Cu uşurinţă, aşa aş fi înclinat să cred. Dacă Smiley îţi proteja fundul, dar şi pe al altora, dacă de pildă, luând la întâmplare un caz pur ipotetic, presupunem că Tulip s-a spânzurat din cauza voastră. A existat în raport vreun element sau episod aparte pe care Smiley l-ar fi putut considera prea tulburător pentru urechile delicate ale celor de la Trezorerie?

– E de conceput că pentru urechile delicate ale celor de la Comitetul Întrunit. Nu ale Trezoreriei. Comitetul era implicat deja prea mult în operaţiunea Mayflower pentru ca George să se simtă bine. O fi crezut că o anchetă ar deschide uşa şi mai mult. Şi l-a sfătuit în consecinţă pe Lacon. Asta e doar presupunerea mea.

– Nu crezi că, din întâmplare, adevăratul motiv pentru care s-a pus capac anchetei a fost că Tulip nu s-a dovedit dezertoarea cooperantă, aşa cum era considerată – cel puţin de raportul tău în care o pupai în fund – şi a plătit preţul?

– Ce preţ? Despre ce Dumnezeu vorbeşti?

– A fost o femeie foarte hotărâtă. Știm asta. Pe de altă parte, când dorea, devenea o femeie cicălitoare. Și își voia copilul înapoi. Sugerez că a refuzat să coopereze cu echipa de interogare până când nu îi va fi adus copilul, iar anchetatorii nu au văzut asta cu ochi buni. Raportul lor – și al tău – a fost o rasoleală, cârpit așa din ordinul lui Smiley. Iar Tabăra 4, dezafectată între timp, se lăuda, din câte știm, cu o cameră specială folosită ca izolator în cazul persoanelor ca ea. Era poreclită Submarinul. Se folosea pentru ceea ce în prezent suntem încântați să numim interogare avansată și era domeniul unei perechi de gărzi de securitate destul de perverse, care nu erau recunoscuți pentru metodele lor blânde. Sugerez că ea a beneficiat de atenția lor. Pari șocat. Am atins vreun punct sensibil?

Mi-a trebuit un moment ca să îmi revin:

– Tulip nu a fost interogată, ce Dumnezeu? Era în proces de prezentare a unui raport, în mod uman și decent, în fața unor oameni care o plăceau, care îi erau recunoscători și care înțelegeau crizele unui dezertor!

– Să văd dacă râzi și acum, sugerează Bunny. Mai avem o scrisoare înainte de acțiune și încă un reclamant în situația în care cazul ajunge în instanță. Un anume Gustav Quintz, fiul lui Doris, se pare că, dar nu este sigur, la instigarea lui Christoph Leamas, și-a adăugat numele pe lista celor care vor să dea în judecată acest Serviciu. Noi, acest Serviciu, în principal prin persoana ta, am sedus-o pe scumpa lui mamă, am șantajat-o ca să spioneze pentru noi, am răpit-o din țară împotriva voinței ei, am torturat-o de am stors-o de puteri, făcând-o să se spânzure de cel mai apropiat copac. Adevărat? Nu-i adevărat?

Am crezut că terminase, dar m-am înșelat.

– Și cum aceste acuzații, care au căpătat greutate odată cu trecerea timpului, nu pot fi suprimate de legislația draconică pe care o avem la dispoziție în cazuri mai recente de aceeași natură, există șanse mari ca Grupul Multi-Partid și, sau orice litigiu ulterior să fie folosit pentru a ni se adresa întrebări indiscrete privind chestiuni cu o relevanţă considerabil mai mare pentru noi în prezent. Pari amuzat de situaţie.

Amuzat. Probabil că da. Gustav, tocmai mă gândeam. Bravo, băiete. Până la urmă, ai hotărât să-ţi ceri drepturile, chiar dacă ai greşit adresa.

*

Am condus prin Franţa şi Germania cu viteză nebună printr-o ploaie continuă. Stau în faţa mormântului lui Alec. Aceeaşi ploaie mătură micul cimitir din Berlinul de Est. Port haine de piele, specifice pentru motociclişti, dar din respect pentru Alec mi-am scos casca, iar apa ploii mi se scurge şuvoaie pe faţa dezgolită în timp ce schimbăm mut o serie de banalităţi. Bătrânul paracliser, sau ce-o fi el, mă conduce în ghereta lui şi îmi arată cartea de condoleanţe şi între numele îndoliaţilor îl văd şi pe al lui Christoph.

Şi probabil că acela a fost le point d'appui[1], îndemnul: întâi pentru Christoph, apoi pentru Gustav, cel cu păr morcoviu şi cu dinţi ca de iepure, etalaţi într-un zâmbet larg, care mi-a cântat un cântec patriotic. Iar pentru Alec, acelaşi băiat pe care, din ziua morţii mamei lui, îl luasem în secret, chiar dacă numai în gândurile mele, în grija mea, imaginându-mi că se afla în cine ştie ce şcoală de corecţie sumbră din Germania de Est rezervată copiilor căzuţi în dizgraţie, apoi azvârlit într-o lume nesimţitoare.

Tot în secret, încălcasem cu neruşinare regulamentele în vigoare ale Circului, căutându-l prin arhive sub un pretext sau altul şi jurându-mi – sau, s-ar putea spune, fantazând – că într-o bună zi, chiar dacă lumea s-ar fi întors doi sau cinci centimetri din axa sa, îl voi căuta şi, din iubire pentru Tulip, îi voi oferi ajutorul meu într-un mod nedefinit, pe care aveau să îl hotărască circumstanţele.

Ploaia cădea cu înverşunare când m-am suit din nou pe motocicletă şi am pornit nu spre vest, către Franţa, ci spre sud, către

[1] Punct de sprijin (fr.) (n.tr.)

Weimar. Ultima adresă posibilă a lui Gustav pe care o aveam era veche de zece ani: un cătun la vest de oraș, o casă înregistrată pe numele tatălui său, Lothar. După două ore de gonit am ajuns în pragul unei case mohorâte, în stil sovietic, construită la zece metri de biserica satului, ca un act de agresiune socialistă. Dalele se destrămau. Câteva dintre ferestre erau acoperite cu hârtie pe dinăuntru. Zvastici desenate cu vopsea-spray împodobeau veranda dărăpănată. Quintz avea apartamentul 8D. Am apăsat butonul soneriei fără niciun rezultat. S-a deschis totuși o ușă, iar o bătrână suspicioasă m-a măsurat din cap până în picioare.

– Quintz? a repetat ea dezgustată. Der Lothar? Längst tot. A murit de mult.

– Și Gustav? am întrebat. Fiul?

– Te referi la chelner? a întrebat ea cu dispreț.

Hotelul se numea Elefant și ferestrele lui dădeau spre piața principală, monument istoric. Nu era nou. De fapt, fusese hotelul preferat de Hitler: bătrâna îmi spusese și asta. Însă fusese renovat în mod spectaculos, iar fațada lui sclipea ca un far al prosperității occidentale etalată în fața clădirilor vecine mai sărăcăcioase și mai frumoase. La recepție, o fată într-un taior nou de culoare neagră a înțeles greșit întrebarea mea: nu avem niciun Herr Quintz în hotel. Apoi a roșit și a spus:

– A, vă referiți la Gustav, după care mi-a zis că oamenii din personal nu au voie să primească vizite în timpul programului și că trebuie să aștept până când Herr Quintz își termina tura.

Când se va întâmpla asta? La șase. Și unde ar fi mai bine să aștept, vă rog? La ușa pentru livrări, unde altundeva?

Ploaia nu se potolise, iar ziua se întuneca. Am rămas la ușa pentru livrări, așa cum mi s-a spus. Un bărbat slăbănog, lipsit de zâmbet, care arăta cumva mai bătrân decât vârsta lui reală, a ieșit dintr-un subsol, în timp ce îmbrăca o veche haină militară cu glugă. Avea bicicleta legată cu lanț de balustradă. S-a aplecat spre lanț și s-a apucat să descuie lacătul.

– Herr Quintz? Am spus eu. Gustav?

A ridicat capul şi s-a înălţat sub lumina chinuită a lămpii stradale de deasupra. Avea umerii într-o încovoiere prematură. Părul cândva roşcat era rărit şi încărunţit pe alocuri.

– Ce doreşti?

– Am fost un prieten de-al mamei tale, am spus. Poate îţi mai aduci aminte de mine. Ne-am întâlnit pe o plajă din Bulgaria – demult. Mi-ai cântat ceva. Şi i-am spus numele meu conspirativ, acelaşi pe care i l-am spus pe plajă, în timp ce mama lui stătea goală în spatele lui.

– Ai fost un prieten al mamei mele? a repetat el, obişnuindu-se cu ideea.

– Aşa am spus.

– Francez?

– Exact.

– A murit.

– Am auzit asta. Îmi pare foarte rău. Mă întrebam dacă te pot ajuta cu ceva. Am aflat din întâmplare adresa ta. Poate bem ceva împreună. Şi discutăm.

S-a uitat lung la mine.

– Te-ai culcat cu mama mea?

– Am fost prieteni.

– Înseamnă că te-ai culcat cu ea, a spus el, drept chestiune de realitate istorică, fără să ridice sau să coboare glasul. Mama a fost o târfă. Şi-a trădat patria. A trădat revoluţia. A trădat partidul. L-a trădat pe tata. S-a vândut englezilor şi s-a spânzurat. A fost un duşman al poporului, a încheiat el.

Şi, încălecând pe bicicletă, s-a îndepărtat.

11

– Inimioară, cred că primul lucru pe care ar trebui să-l facem, spune Tabitha cu glasul ei permanent reţinut – sper că nu te superi că-ţi spun aşa, nu? Tuturor clienţilor mei le spun inimioară. Asta-mi aduce aminte că şi eu am una, la fel ca şi ei, chiar dacă a mea nu este în mod obligatoriu în aşteptare. Aşadar, primul lucru pe care îl vom face este să alcătuim o listă precisă a tuturor lucrurilor dizgraţioase pe care cealaltă parte le spune despre noi, apoi le vom doborî unul după altul. Atâta vreme cât stai comod. Aşa e? Bun. Mă asculţi, da? Nu am cum să ştiu dacă lucrurile astea funcţionează. Ţin de Sistemul Naţional de Sănătate?

– Francez.

Din câte îmi aminteam din cărţile scrise de Beatrix Potter, citite în copilărie, Tabitha era mama istovită a trei copii obraznici. De aceea, m-am amuzat ironic să observ că, cel puţin ca aspect, femeia cu acest nume care şedea în faţa mea împărtăşea multe dintre trăsăturile ei: mămoasă, cu chip dulce, sărită puţin peste patruzeci de ani, plinuţă, cam lipsită de suflu şi obosită la modul eroic. Pe de altă parte, mi s-a dat de înţeles, era avocatul care mă va apăra. Leonard îi pusese la dispoziţie lui Bunny promisa listă scurtă de nume, nume pe care Bunny le admira enorm – şi care vor lupta pentru tine ca nişte rottweileri desăvârşiţi, Peter – şi două nume de care se îndoia puţin, după părerea lui nerodate suficient, dar să nu îl citām, şi unul - dar numai între noi, Peter, şi tu trebuie să mă protejezi în problema asta – pe care nu l-ar fi atins nici măcar cu o prăjină: nu ştie când să se oprească şi nu are nici cea mai vagă idee cum funcţionează tribunalele, iar judecătorii o detestă din suflet. Aceasta era Tabitha.

Am spus că mi se părea în regulă şi am cerut să o întâlnesc la biroul ei. Bunny a spus că biroul ei nu era considerat sigur, de aceea mi-a oferit sediul lui din bastion. I-am spus că nu consideram sigur biroul lui. Şi astfel, am revenit în bibliotecă, având siluetele în mărime naturală ale lui Hans-Dietrich Mundt şi rivalul lui de moarte, Josef Fiedler, privindu-ne cu severitate.

*

În prezent, a trecut doar o noapte de când am incinerat-o pe Tulip, însă lumea cu care Tabitha încearcă să se ia la trântă a făcut un pas istoric înapoi.

Zidul Berlinului s-a ridicat din nou.

Fiecare agent sau subagent al reţelei Mayflower a fost dat dispărut, arestat, executat sau toate trei.

Karl Riemeck, eroicul doctor din Köpenick, fondatorul întâmplător al reţelei şi inspiraţia ei, a fost împuşcat fără milă în timp ce încerca să fugă în Berlinul de Vest pe bicicleta lui de muncitor.

Pentru Tabitha, acestea sunt fapte ale istoriei. Pentru aceia dintre noi care le-am îndurat, ele reprezintă vremuri de disperare, uimire şi frustrare.

Este agentul nostru Windfall de partea noastră sau împotriva noastră? Din reduta noastră de la Grajduri, noi, puţinii îndoctrinaţi, urmăriserăm cu teamă şi respect ascensiunea lui spectaculoasă în ierarhia Stasi până la funcţia actuală de şef al operaţiunilor speciale.

Sub titlul generic de Windfall, primiserăm, prelucraserăm şi distribuiserăm informaţii de cea mai bună calitate privind o serie largă de ţinte strategice, politice şi economice, spre exclamaţiile mute de încântare ale clienţilor noştri de la Whitehall.

Însă în ciuda puterii neîndoielnice al lui Mundt – ori poate tocmai din cauza asta – el nu reuşise să pună stavilă şi nici chiar să potolească vânătoarea neîncetată a agenţilor şi sub-agenţilor de la Operaţiuni Secrete, conduse de rivalul lui, Josef Fiedler.

În dezagreabilul duel pentru a obţine favorurile Centralei de la Moscova şi comanda Stasi, Hans-Dieter Mundt, numele de cod al lui Windfall, a susţinut că nu avea altă soluţie decât să dea dovadă de chiar mai multă fervoare decât Fiedler în acţiunea de a curăţa utopica Republică Democrată Germană de spioni, sabotori şi alţi lachei ai imperialismului burghez.

Pe măsură ce agenţii fideli cădeau unul după altul în furia competiţiei dintre Mundt şi duşmanul lui de moarte, moralul echipei lui Windfall a scăzut la un nivel îngrijorător.

Şi nimeni nu era mai afectat de asta decât Smiley, care se încuia noapte de noapte în Camera de Mijloc, primind doar vizitele ocazionale ale lui Control pentru a-i deteriora şi mai mult starea de spirit.

*

– De ce nu pot citi chiar eu declaraţiile reclamanţilor? o întreb pe Tabitha. Scrisorile acelea înainte de acţiune, sau cum se numesc ele?

– Pentru că, în înţelepciunea sa, fostul tău Serviciu a ţinut să trântească o clasificare drept Strict Secretă întregii corespondenţe, din motive de securitate naţională. Nu vor scăpa de asta nici măcar la sfântu-aşteaptă, dar acest lucru va bloca acţiunile şi va face cale liberă unei restricţii temporare de raportare, pentru că asta doresc ei. Între timp, am şterpelit ce firimituri am putut în favoarea ta. Înţelegi?

– Unde-au dispărut Bunny şi Laura?

– Mă tem că ei consideră că au tot ce le trebuie. Iar Leonard a acceptat spusele lor. Am aruncat o scurtă privire în secretele celeilalte părți. Din nefericire, sărmana Doris Gamp pare să fi fost foarte atrasă de tine încă din ziua în care te-a văzut și abia a așteptat să îi spună surorii ei, Lotte, despre asta. Iar la data la care Lotte și-a vărsat sufletul în fața interogatorilor de la Stasi, din tine nu a mai rămas nimic. Chiar v-ați hârjonit goi pușcă pe plaja din Bulgaria în lumina lunii?

– Nu.

– Bine. Și a existat o noapte de iubire și râsete pe care se presupune că ați petrecut-o împreună într-un hotel din Praga, unde natura și-a urmat din nou cursul.

– Ba nu.

– Bine. Acum, referitor la celelalte două decese: Alec Leamas și Elizabeth Gold, berlinezii noștri. Întâi Elizabeth, așa cum este formulată plângerea împotriva ta de fiica ei, Karen. Se susține că ai contactat-o personal – fie din proprie inițiativă, fie la sugestia lui George Smiley sau a altor conspiratori nenumiți –, că apoi tu ai momit-o, sedus-o sau ai determinat-o în alt mod să devină carne de tun – astea sunt expresiile oribile ale celeilalte părți, nu ale mele – într-o încercare prost concepută, grandioasă și sortită eșecului – nu-mi pot imagina cine vine cu asemenea cuvinte – pentru a submina conducerea Stasi. Tu ai fost acela?

– Nu.

– Bine. Începi să vezi imaginea de ansamblu? Ești un Lothario[1] angajat de Serviciul Secret Britanic și ai atras fete impresionabile drept complice fără voie în operațiuni nechibzuite care s-au dus de râpă. Adevărat?

– Neadevărat.

– Ba sigur da. Tot tu i-ai pasat-o pe Elizabeth Gold colegului tău, Alec Leamas. Așa e?

---

[1] Arhetipul seducătorului, creat de Cervantes în *Nuvela curiosului nestăpânit*, din romanul picaresc *Iscusitul hidalgo Don Quijote de la Mancha*. (n.tr.)

– Nu.

– Bine. Tot tu, pentru că tu ai făcut o mulţime de lucruri, te-ai culcat cu Elizabeth Gold. Ori dacă n-ai făcut asta, ai pregătit-o pentru Alec. Ai făcut vreunul din aceste lucruri?

– Nu.

– N-am crezut niciun moment că aşa a fost. Şi presupusul efect final al maşinaţiunilor tale perfide: Elizabeth Gold este împuşcată mortal la Zidul Berlinului, amantul ei, Alec Leamas, încearcă să-i salveze pielea ori pur şi simplu hotărăşte să moară alături de ea. În orice caz, el moare pentru toate eforturile făcute, şi e numai greşeala ta. E momentul să bem o ceaşcă de ceai, ori continuăm bombardamentul? Continuăm. Acum, privind acuzaţia adusă de Christoph Leamas, care este mai suculentă, deoarece tatăl lui, Alec, este victima a tot ce s-a întâmplat înainte de asta. Înainte ca tu să-l momeşti, ademeneşti, mituieşti, înşeli et cetera pe Alec, pentru a deveni jucăria nefericită a caracterului tău manipulativ irezistibil. Era un om distrus, care nu mai era în stare să traverseze nici strada de unul singur, fără a mai vorbi de iniţierea unei operaţiuni de dezinformare diavolesc de complicată, cu alte cuvinte: să dea impresia că dezerta la Stasi, în vreme ce va rămâne sub influenţa ta nefastă. Adevărat?

– Nu.

– Sigur că nu. Aşadar, uite ce sugerez, cu îngăduinţa ta, ia o gură sănătoasă de apă, aruncă-ţi ochii migdalaţi peste ceea ce am realizat în orele mici ale acestei dimineţi, când mi s-a permis, în cele din urmă, să arunc o privire foarte limitată la o minusculă parte a arhivei istorice a iubitului tău Serviciu. Întrebarea numărul unu: episodul acesta marchează începutul declinului prietenului tău Alec? Şi întrebarea numărul doi: dacă da, este un declin real sau simulat? Cu alte cuvinte, vorbim despre prima etapă a procesului în care Alec devine în mod voit nesuferit faţă de propriul

Serviciu şi foarte atractiv pentru Centrala moscovită, ori a descoperitorilor de talente de la Stasi?

*

Telegrama Circului de la Ş/Rezidenţei Berlin (McFadyen) către Ş/Comitetul Întrunit, copie către Ş/Operaţiuni Secrete, Ş/Personal, extrem de urgent, 10 iulie 1960.
Subiect: Transferul imediat al lui Alec Leamas de la Rezidenţa Berlin din motive disciplinare.

În această dimineaţă, la orele 10.00 s-a petrecut următoarea situaţie: la clubul de noapte Altes Fass din Berlinul de Vest între AŞ/Rezidenţa Berlin, Alec Leamas şi Cy Aflon, AŞ/Rezidenţa CIA Berlin. Cele întâmplate nu sunt negate de niciunul dintre ei. Între cei doi există o adversitate îndelungată, pentru care, aşa cum am mai declarat anterior, consider că singurul care poartă vina este Leamas.

Leamas a intrat singur în club şi s-a îndreptat spre Damengalerie, un bar plasat special pentru femeile singure în căutarea unui partener. Băuse, dar, după părerea lui, nu era beat.

Aflon stătea împreună cu două colege din rezidenţa lui, urmărind spectacolul de cabaret şi degustând în tăcere băuturi.

Zărindu-i pe Aflon şi pe însoţitoarele lui, Leamas şi-a schimbat direcţia şi s-a îndreptat spre masa lor şi, aplecându-se în faţă, i-a adresat lui Aflon următoarele cuvinte, rostite pe un ton coborât:

Leamas: Dacă mai încerci să-mi cumperi vreo sursă o să-ţi frâng gâtul, nenorocitule.

Aflon: Hei, Alec. Uşurel. Nu în faţa doamnelor.

Leamas: Două mii de dolari pe lună pentru prima muşcătură din orice prinde, după care ne-o vinde la a doua mână. Şi tu numeşti această luptă drept război? Poate că primeşte un sărut franţuzesc de la aceste simpatice doamne pe care le pui la înaintare?

Când Aflon s-a ridicat în picioare ca să protesteze faţă de acea insultă flagrantă, Leamas l-a izbit cu cotul braţului stâng peste faţă, făcându-l să cadă la podea, apoi l-a lovit cu piciorul în vintre. A fost chemată poliţia vest-berlineză, care a convocat poliţia militară americană. Aflon a ajuns la spitalul militar american, unde se recuperează. Din fericire, nu s-au înregistrat fracturi sau răni care să îi pună viața în pericol.

Le-am prezentat personal scuze lui Aflon și șefului rezidenței, Milton Berger. Acesta este cel mai recent dintr-o serie de incidente regretabile în care a fost implicat Leamas.

Deși recunosc că pierderile înregistrate recent de rețeaua Mayflower au creat un stres considerabil pentru rezidență și Leamas personal, acest lucru nu justifică în niciun fel daunele aduse relațiilor noastre cu cel mai important aliat. Atitudinea antiamericană a lui Leamas este cunoscută de multă vreme. Acum a devenit total inacceptabilă. Ori pleacă el, ori eu.

Și după cuvintele scrise de Control cu verde, Smiley răspunde lapidar: „*I-am ordonat deja lui Leamas să revină la Londra*".

*

– Așadar, Peter, tocmai spune Tabitha. Simulat? Nesimulat? Avem de a face cu începutul oficial al prăbușirii lui?

Și după ce, având îndoieli sincere, mă feresc de adevăr, ea vine cu propriul răspuns:

– Control sigur a socotit că reprezenta începutul – și face semn către scrisul în verde de la baza paginii. Uite nota de subsol către George, unchiul tău. Un început promițător, semnat C. Mai clar de atât nu se poate, da? Chiar în lumea voastră tenebroasă?

Nu, Tabitha, nu se poate. Și chiar este tenebroasă, fără nicio îndoială.

*

E o înmormântare. Un priveghi. O conferință a hoților, ținută din disperare la miez de noapte chiar în această încăpere, în care Josef Fiedler și Hans-Dietrich Mundt ne privesc cu aceeași concentrare lugubră. Suntem cei șase care ne ocupăm de operațiunea Windfall, după cum ne-a poreclit Connie Sachs, ultima noastră recrută: Control, Smiley, Jim Prideaux, Connie, eu și Millie, partenerul nostru aproape mut. Jim Prideaux abia s-a întors de la Budapesta, unde a realizat o întâlnire senzațională cu omul nostru cel mai prețios din operațiunea Windfall. Cu puțin trecută de douăzeci de ani, Connie Sachs, deja copilul minune necontestat al cercetării agenților de informații sovietice și ale țărilor-satelit, a picat recent, gâfâind, de la o ședință a Comitetului Întrunit, drept în brațele dornice ale lui George. Este o persoană dolofană, iute, intelectuală, născută în puf și care nu are răbdare cu oameni a căror minte funcționează ca a mea, adică mai încet.

Impunătoare și distantă, cu părul negru-tăciune, Millie McCraig se mișcă printre noi ca o asistentă medicală dintr-un spital de campanie, aducând cafea sau scotch celor care au nevoie de așa ceva. Ca de obicei, Control vrea ceai verde, puturos, ia o gură, apoi îl lasă neatins. Ca de obicei, Jim Prideaux aprinde una de la alta țigările lui rusești, cu miros respingător.

Iar George? Arată atât de rezervat, atât de inabordabil și are un aer de introspecție atât de amenințător, încât ar fi nevoie de un bărbat curajos care să îi întrerupă reveria.

Când vorbește, Control își trece degetele pătate de nicotină peste buze ca și când ar verifica dacă nu cumva prezintă inflamații. Cu părul argintiu, arată spilcuit, pare fără vârstă și, din câte se spune, nu are prieteni. Are pe undeva o soție, dar, potrivit bârfelor, ea crede că soțul ei lucrează la Consiliul Cărbunelui. Când se ridică în picioare, umerii căzuți apar ca o surpriză. Te aștepți ca ei să se îndrepte, dar asta nu se întâmplă nicicând. Deține funcția din vremuri încețoșate, iar eu am discutat cu el exact de două ori și l-am auzit ținând un discurs doar o dată, iar asta s-a întâmplat în ziua absolvirii cursurilor de la Sarratt. Vocea lui e tăioasă ca briciul, nazală, monotonă și supărătoare, ca aceea a unui copil răzgâiat. Și nu se încălzește în mod firesc atunci când apar întrebări, nici măcar atunci când le adresează el.

– Prin urmare, credem sau nu? întreabă el, fluturându-și degetele prin față, că încă obținem cele mai bune materiale de la acest blestemat Herr Mundt? Ori e vorba de firimituri? E vorba de nimicuri? E o abureală? Și tot el ne duce pe o cale greșită? Ia spune, George.

În cazul în care Control este prezent, nimeni nu folosește numele de acoperire, asta e regula casei. Control nu se sinchisește. E mai bine să spună că o cazma este hârleț decât să o numească relicvă sfântă.

– Informațiile furnizate de Mundt par a fi la fel bune ca întotdeauna, Control, îi răspunde Smiley.

– Păcat că nu ne-a dat pontul privind căderea Zidului. Ori a uitat? Ce părere ai, Jim?

Jim Prideaux, după ce și-a dezlipit cu regret țigara de buze, spuse:

– Mundt a transmis că Moscova l-a scos din circuitul informațiilor. Rușii l-au informat doar pe Fiedler. Nu l-au anunțat și pe Mundt. Iar Fiedler a păstrat informația pentru sine.

– Porcul ăsta l-a ucis pe Riemeck, nu-i așa? N-a fost un act prietenos. Ce l-a determinat să procedeze astfel?

– Susține că s-a întâmplat să ajungă acolo cu o oră sau două înaintea lui Fiedler, răspunde Prideaux, cu obișnuitul lui glas răgușit și monoton.

Și încă o dată îl așteptăm pe Control care, drept reacție, ne face să așteptăm și mai mult.

– Prin urmare, nu credem că opoziția l-a întărâtat pe Mundt împotriva noastră, spune Control cu glas supărător. Încă e omul nostru. În fine, așa ar trebui să fie. Îl putem azvârli în colții lupilor în orice moment am dori. E nebun după putere. Vrea să devină băiatul de aur al Moscovei. Ei bine, și noi dorim să devină băiatul de aur al Moscovei. Prin urmare, interesele noastre coincid. Însă nenorocitul de Herr Josef Fiedler îi stă în drum. Și în drumul nostru. Fiedler bănuiește că Mundt este omul nostru, și așa și este. De aceea, Fiedler vrea să îl expună şi să îşi asume meritele. Asta cam însumează situaţia, ce părere ai, George?

– Aşa s-ar părea, Control.

– Aşa pare. Totul pare. Dar nimic nu este. Am considerat că în treaba asta vom avea de a face cu realităţi. Da sau nu: Herr Josef Fiedler, un om sfânt, potrivit standardelor Stasi, din câte ni s-a spus, un adevărat credincios în cauză şi evreu din mamă în tată, consideră că stimatul lui coleg Hans-Dieter Mundt este un nazist nereformat şi câinele de pază al serviciilor de informaţii britanice. Dar nu se înşală defel, adevărat?

George aruncă o privire spre Jim Prideaux. Acesta se freacă la falcă şi priveşte fix spre covorul uzat. Control rosti din nou:

– Aşadar, îl mai credem pe Herr Mundt? Încă o întrebare: este posibil să vorbească prea mult, la fel ca alţi agenţi pe care îi cunoaştem? Te atrage şi pe tine alături de el, Jim? Cei care se ocupă de agenţi sunt slabi când este vorba de informatori. Până şi în cazul oamenilor de rahat din clasa A, precum Mundt, trebuie să ne exprimăm îndoieli.

Însă, după cum bine ştie Control, Jim Prideaux este tare ca stânca.

– Mundt are oameni infiltraţi în tabăra lui Fiedler. Mi-a spus cine sunt aceştia. I-a ascultat. Ştie că Fiedler vrea să îl doboare. Fiedler chiar i-a spus asta într-o discuţie faţă în faţă. Şi Fiedler are prieteni la Centrala din Moscova. Mundt crede că aceştia ar putea acţiona foarte curând.

Aşteptăm din nou replica lui Control, care se hotărăşte, până la urmă, că are nevoie de o gură de ceai verde, chiar rece.

– Şi trebuie să ne vadă urmărindu-l făcând asta. Ceea ce naşte întrebarea, nu-i aşa, George? se plânge el cu un aer obosit. Dacă Josef Fiedler ar fi scos din joc – mijloacele urmează a fi discutate – s-ar putea ca Moscova să-l iubească mai mult pe Mundt? Iar dacă l-ar iubi mai mult, am putea descoperi care este ticălosul care ne trădează agenții către Centrala din Moscova? Și cum nu primește răspuns de la cei prezenți, continuă: Ce părere ai, Guillam? Are tinerețea ta vreun răspuns la întrebarea asta? Eu aștept.

– Mă tem că nu am un răspuns, domnule.

– Păcat. Eu și George credem că am găsit un răspuns, înțelegeți? Dar George nu suportă ideea asta. Ei bine, eu pot. Am programat o discuție cu prietenul tău Alec Leamas, mâine. Ca să văd cum stă situația și din punctul lui de vedere. Ca să văd ce părere are el despre tot, mai ales după ce și-a pierdut rețeaua în fața clubului de trăgători Mundt-Fiedler. Un om în situația lui ar putea aprecia șansa de a-și încheia cariera pe o notă pozitivă. Nu sunteți de acord cu asta?

*

Tabitha mă provoacă, și bănuiesc că o face în mod deliberat:

– Necazul cu voi, spionii, nimic personal aici, este că niciunul nu e-n stare să recunoască adevărul, chiar dacă el se află în fața lui. Și din cauza asta îmi va fi cumplit de greu să te apăr. O să-mi dau toată silința și, fii atent, întotdeauna fac asta. Iar după ce îi întorc zâmbetul dulce, dar nu reușesc să îi răspund, continuă: Elizabeth Gold a ținut un jurnal, aici e buba. Și Doris Gamp i-a povestit totul sărmanei Lotte, sora ei. Așa sunt femeile: flecăresc una către alta, țin jurnale, trimit scrisori prostești. Ceata lui Bunny profită de toate astea. Te compară cu informatorii moderni sub acoperire care răpesc inimile victimelor femei și le lasă însărcinate. Am furișat o privire la date ca să văd dacă tu ai fi putut să-i faci lui Elizabeth copilul, pe Karen, dar ești absolut curat aici, ceea ce mi-a dat o senzație de ușurare, sincer. Și Gustav, slavă cerului, e prea vârstnic chiar și pentru a fi reprezentat o sclipire în ochii tăi.

*

E o după-amiază înmiresmată în Hampstead Heath, și ne găsim la o săptămână după ce Control a anunțat că va vedea cum stau lucrurile în privinţa lui Alec. Stau cu George la o masă în aer liber din grădinile Kenwood House. E o zi lucrătoare, astfel că în jur nu e aproape nimeni. Ne puteam întâlni la fel de bine şi la Grajduri, dar George a reuşit să dea de înţeles că discuţia noastră este atât de privată încât trebuie purtată în aer liber. Poartă o pălărie Panama care îi întunecă ochii, iar urmarea este că, aşa cum mi se destăinuie o parte din secret, tot astfel am în faţă doar o parte din George.

Am discutat banalităţi, ori aşa presupun. Sunt mulţumit de munca mea? Da, mulţumesc. Am trecut peste episodul Tulip? Da, mulţumesc. Frumos din partea lui Oliver Lacon să facă îngropată schiţa mea de raport, exista pericolul ca Întrunirea să facă prea mult caz de acel intrus misterios de origine elveţiană de la Tabăra 4. Spun că şi eu mă bucur de asta, deşi m-am chinuit din răsputeri şi am lăcrimat cât l-am întocmit.

– Peter, aş vrea să te împrieteneşti cu o fată, mărturiseşte Smiley, încreţindu-şi fruntea pentru a crea impresia de sinceritate. Apoi, dându-şi seama că aş putea interpreta greşit această solicitare: O, Doamne, nu ca să satisfaci vreo nevoie din partea mea, te asigur! Strict în scopuri operative. Eşti dispus să faci asta? În principiu? Pentru binele cauzei? Să-i câştigi încrederea?

– Cauza fiind Windfall, sugerez eu cu precauţie.

– Da, în totalitate. Exclusiv. Pentru continuarea desfăşurării cu succes a Operaţiunii Windfall. Conservarea ei. Ca sprijin necesar şi urgent, îmi răspunde el, şi sorbim suc de mere şi urmărim oamenii plimbându-se în razele soarelui. De asemenea, la solicitarea specifică a lui Control, aş putea adăuga, urmează el, fie drept nou îndemn, fie pentru a pasa responsabilitatea. Practic, el a propus numele tău: tânărul acela, Guillam. Te-a ales.

Ar fi cazul să interpretez asta drept compliment, ori drept un avertisment voalat? George, din câte bănuiam, nu-l agrea prea mult pe Control, iar acesta nu agrea pe nimeni.

– Sunt convins că există o mulţime de metode de a o cunoaşte, continuă el, văzând partea luminoasă a lucrurilor. În primul rând, e membră a filialei locale a Partidului Comunist. În weekend vinde ziarul Daily Worker. Dar nu te prea văd cumpărând un exemplar de la ea, aşa e?

– Dacă vrei să spui că trebuie să mă dau drept un cititor asiduu al ziarului, nu, nu cred.

– Nu, nu, şi nici nu trebuie să încerci asta. Te rog, în niciun caz să nu încerci să te dai drept persoana care nu eşti. Preferabil să fii omul din clasa medie, prietenos, ca de obicei. Fata aleargă, adaugă el pentru a-mi oferi un punct de plecare.

– Aleargă?

– În fiecare dimineaţa, devreme, aleargă. Mi se pare fermecător. Ţie nu? Alergare de întreţinere. Alergare pentru starea de bine. În jurul aleii pentru sport. Singură. Apoi pleacă la locul de muncă, un depozit de carte din Fulham. Nu magazin de carte, ci depozit. Dar tot de cărţi se ocupă. Le trimite vânzătorilor angro. S-ar putea să ne sune plicticos, dar ea consideră asta drept cauză. Toţi trebuie să avem cărţi, mai ales masele, mulţimea. Şi bineînţeles că participă şi la marşuri.

– Aşa cum aleargă?

– Pentru Pace, Peter. Pentru pace cu literă mare. De la Aldermaston până în Trafalgar Square, apoi spre Hyde Park Corner, tot în acest scop. O, ce bine-ar fi dacă aşa s-ar face Pacea...

Se aşteaptă să zâmbesc? Mă strădui.

– Dar nu te văd nici ajutând-o să ducă o lozincă, sigur că nu. Eşti un burghez de treabă, care îşi croieşte drum în lume, o specie necunoscută ei şi, prin urmare, cu atât mai interesant. O pereche bună de pantofi de alergare, zâmbetul tău şăgalnic şi o să vă împrieteniţi imediat. Iar dacă adopţi latura ta franţuzească, vei reuşi să te retragi cu eleganţă când va veni momentul. După aceea totul va deveni de domeniul trecutului şi prăfuit. O poţi uita. Şi ea la fel. Aşa.

– Mi-ar fi de ajutor dacă i-aş şti numele, sugerez eu.

Se gândeşte şi la asta – dureros, problematic:

– Da, în fine, sunt imigranţi. Adică familia. Părinţii sunt la prima generaţie, ea, a doua. Şi, după ce au analizat o vreme, şi-au ales numele de Gold, capitulează el, de parcă i-aş fi scos numele cu cleştele. Numele mic, Elizabeth. Liz pentru prieteni.

Nu mă grăbesc. Beau suc de mere într-o după-amiază însorită împreună cu un gentleman corpolent care poartă o pălărie Panama. Nimeni nu se grăbeşte.

– Şi după ce-i câştig încrederea, după cum te-ai exprimat, ce fac?

– Păi, vii şi-mi spui mie, desigur, se răsteşte el, ca şi cum, brusc, toată ezitarea de până atunci a fost înlocuită de furie.

*

Sunt un tânăr comis-voiajor de origine franceză, pe nume Marcel Lafontaine, locuind în prezent într-o pensiune deţinută de un indian, situată în Hackney, East London şi am chiar şi documente care să dovedească asta. E ziua a cincea. În fiecare dimineaţă, în zori, iau autobuzul până la parcul memorial şi alerg. În cele mai multe dimineţi suntem şase sau şapte persoane acolo. Alergăm, stăm gâfâind pe treptele sălii de sport, verificăm timpul scos şi facem comparaţii. Schimbăm câteva cuvinte, ne împrăştiem spre camerele de duş, ne salutăm şi ne promitem că ne vom vedea probabil mâine. Camarazii mei sunt oarecum amuzaţi de numele meu franţuzesc, dar dezamăgiţi că nu am şi accent franţuzesc. Le explic că mama a fost englezoaică, acum decedată.

Într-o legendare[1], elimină orice iţă desfăcută, înainte ca lucrurile să scape de sub control.

Între cele trei fete care aleargă, Liz (nu ne ştim numele de familie) este cea mai înaltă, dar în niciun caz cea mai rapidă. În realitate, nu e deloc o alergătoare înnăscută. O face ca un act de voinţă,

[1] Procesul de creare a unei legende de acoperire, vezi nota de la pag. 21. (n.red.)

de autodisciplină sau de eliberare. E rezervată și se pare cu nu este conștientă de frumusețea ei, chiar dacă într-un fel oarecum băiețesc. Are picioare lungi, poartă părul negru tuns scurt, are fruntea lată și ochi mari, căprui și vulnerabili. Ieri am schimbat primele zâmbete cu ea.

– Te-așteaptă o zi încărcată? o întreb.

– Facem grevă, îmi explică ea pe nerăsuflate. Trebuie să ajung la porți la ora opt.

– Ce porți sunt astea?

– Unde lucrez. Conducerea încearcă să-l concedieze pe administratorul magazinului. Ar putea dura săptămâni întregi.

– Atunci, pe curând, până data viitoare.

Iar data viitoare este mâine, adică sâmbătă, așa că probabil nu se organizează pichetarea, oamenii trebuie să iasă la cumpărături. Bem împreună cafea la cantina de acolo și ea mă întreabă cu ce mă ocup. Îi spun că sunt comis-voiajor al unei companii farmaceutice franceze și vând produse spitalelor și medicilor. Ea zice că trebuie să fie foarte interesant. Eu spun că nu tocmai, pentru că eu aș vrea să studiez medicina, dar tatăl meu nu vrea asta, pentru că firma pe care o reprezint este a familiei și ține ca eu să învăț totul pornind de jos, iar apoi să preiau conducerea. Îi arăt cartea mea de vizită. Firma poartă numele fictiv al tatălui meu. O examinează cu o încruntare și un zâmbet, dar încruntarea câștigă:

– Crezi că e drept? Social vorbind. Fiul familiei moștenește firma familiei doar pentru că este fiu?

Și eu spun că nu, nu cred că e drept, chiar mă irită. Și o deranjează și pe logodnica mea, motiv pentru care vreau să fiu doctor ca și ea. O admir la fel de mult precum o iubesc și cred că ea este o adevărată binecuvântare pentru omenire.

Iar motivul pentru care mi-am atribuit o logodnică este că, deși Liz mi se pare tulburător de atrăgătoare, atât cât voi trăi nu o voi transforma într-o nouă Tulip. Totodată, grație logodnicei inventate, acum, când ea ştie că o iubesc la nebunie şi o admir pe femeia medic din Franţa, eu şi Liz putem să ne plimbăm pe marginea canalului, discutând aprins despre aspiraţiile noastre.

După ce ne-am exprimat speranţele şi visurile, discutăm despre părinţi şi ce înseamnă să fii în parte străin, iar ea mă întreabă dacă sunt evreu, iar eu îi spun că nu.

La o carafă de vin roşu la un restaurant grecesc, ea mă întreabă dacă sunt comunist şi, în loc să neg din nou, aleg o cale frivolă şi îi spun că nu mă pot hotărî dacă să fiu bolşevic sau menşevic, de aceea, îmi poate da vreun sfat?

Iar după aceea devenim serioşi, cel puţin ea, şi începem să discutăm despre Zidul Berlinului, care este atât de viu în mintea mea încât nu mi-aş fi închipuit că el este prezent şi în mintea ei.

– Tata spune că e o barieră care să ţină fasciştii departe, spune ea.

Iar eu spun:

– Ei bine, asta e o părere, aşa cred, ceea ce o irită.

– Dar tu ce crezi că e? întreabă ea apăsat.

– Nu cred că Zidul există pentru a ţine oamenii departe, spun eu. Cred că mai curând există pentru a ţine oamenii înăuntru.

La care primesc o replică la care nu se poate răspunde, dată după o gândire intensă:

– Tata nu gândeşte aşa, înţelegi, Marcel: fasciştii i-au ucis familia. Asta e de ajuns pentru el.

*

– Jurnalul sărmanei Liz vorbeşte pur şi simplu exagerat despre tine, Peter, tocmai spune Tabitha, arborând zâmbetul ei dulce şi compătimitor. Eşti un gentleman francez galant. Vorbeşti engleză atât de bine încât uită că eşti francez. Păcat că nu există mai mulţi bărbaţi ca tine pe lume. Eşti o cauză pierdută în ceea ce priveşte adeziunea ta la Partid, dar eşti un umanist, ştii adevăratul înţeles al iubirii şi, cu puţin efort, s-ar putea ca într-o bună zi să vezi lumina. Nu spune că ar vrea să pună arsenic în cafeaua logodnicei tale, dar nu e nevoie. A făcut şi o fotografie cu tine, în caz că ai uitat. Uite-o. A împrumutat aparatul Polaroid al tatălui ei special pentru asta.

– Sunt în echipament de alergare, rezemat de o balustradă, aşa m-a rugat să stau. Apoi mi-a spus să arăt firesc, nu să zâmbesc.

– Şi regret, dar poza se află şi în documentele depuse de ei. Proba A, ca să zicem aşa. Eşti Romeo cel viclean, care a răpit inima unei biete fete şi ai condus-o spre măcel. Există practic şi un cântec despre tine.

*

– Ne-am împrietenit, îl anunţ pe Smiley, de data asta nu la un pahar de suc de mere în însoritul Hampstead Heath, ci la Grajduri, având în fundal duruitul maşinii de cifrare de la etaj şi surorile Windfall care bat de zor la maşinile lor de scris.

Îi transmit restul informaţiilor operative. Nu are fraţi sau surori. Nu iese în oraş. Părinţii ei se ceartă. Tatăl oscilează între zionism şi comunism. Nu lipseşte niciodată de la sinagogă şi nu pierde nicio întrunire a tovarăşilor. Mama este clar laică. Tata vrea ca Liz să intre în comerţul cu îmbrăcăminte. Mama vrea ca Liz să devină profesoară. Dar am impresia că George ştie deja toate astea, pentru că de ce altfel ar fi ales-o?

– Dar ce vrea Elizabeth pentru sine, mă întreb eu? gândeşte el cu voce tare.

– George, vrea să scape, îi răspund, mai impacientat decât am intenţionat.

– În ce direcţie? Ori doar să scape de dragul ideii?

Locul cel mai potrivit pentru ea ar fi o bibliotecă, spun eu. Probabil una marxistă. Există una în Highgate, căreia i-a scris, dar nu i s-a răspuns. Lucrează deja ca voluntar la o bibliotecă publică locală, îi spun eu. Şi citeşte poveşti în engleză pentru copiii de imigranţi care încă învaţă limba. Dar probabil că George ştie şi asta.

– Atunci să vedem ce putem face pentru ea, nu? Ar fi bine să rămâi în preajma ei încă puţin, după care vei dispărea pe meleagurile franceze. Îţi convine ideea?

– Nu tocmai.

Cred că nici George nu se simte confortabil cu această idee.

*

Au trecut cinci zile şi facem cea de-a doua plimbare pe malul canalului. Şi o nouă noapte la Grajduri.

– Ai putea vedea dacă asta o atrage, sugerează George, întinzându-mi o pagină ruptă dintr-o revistă numită *Paranormal Gazette*. Ai dat peste ea din întâmplare în sala de aşteptare a unui doctor, când îţi făceai rondurile obişnuite pentru a vinde produse farmaceutice. Salariul este ridicol de mic, dar bănuiesc că pe ea nu o va deranja prea mult.

Biblioteca Bayswater pentru Cercetări Psihiatrice caută bibliotecar asistent. Depuneţi cerere cu fotografie şi curriculum vitae către domnişoara Eleanora Craig.

*

– Marcel, am reuşit, Marcel! îmi spune Liz, râzând şi plângând în acelaşi timp, în vreme ce flutură scrisoarea către mine în cantina clubului sportiv. Am reuşit, am reuşit! Tata spune că ar trebui să-mi fie ruşine, e o superstiţie burgheză care a luat-o razna şi sigur e antisemită. Mama spune să accept, ar fi primul pas pe scara socială. Aşa că o să accept. Începând de luni, luna viitoare!

Iar când lasă jos scrisoarea, sare, mă îmbrăţişează şi îmi spune că sunt cel mai bun prieten pe care l-a avut vreodată. Şi nu e pentru prima oară că regret că am inventat logodnica din Franţa, care mă aşteaptă. Şi cred că şi ea îşi doreşte asta.

*

Nu trebuia mult ca să mă enervez, aşa cum Tabitha începea să constate.

– Aşadar, imediat ce i-ai aruncat praful fermecat în ochi, ai fugit şi i-ai spus prietenului tău Alec ce fată minunată comunistă i-ai găsit și că tot ce trebuia să facă era să își găsească o slujbă la aceeași bibliotecă ciudată, iar amândoi vor ajunge în pat fără nicio problemă. Așa au evoluat lucrurile?

– Nici nu se punea întrebarea de a-i spune ceva lui Alec. Luasem legătura cu Liz Gold ca parte a Operațiunii Windfall. Indiferent ce s-a întâmplat între Alec și Liz după ce ea a primit slujba la bibliotecă, nu mai avea nicio legătură cu mine, iar eu nu am fost informat.

– Deci, ordinele primite de tine de la Smiley privind simulata decădere în băutură, depravare și trădare, care erau ele, mai precis?

– Să rămânem prieteni și să facem ceea ce era firesc pe măsură ce evoluau lucrurile. Ținând însă seama că, pe măsură ce operațiunea progresa, acțiunile mele vor fi mai pasibile de cercetare amănunțită de către opoziție decât ale lui Alec.

– Prin urmare, instrucțiunile transmise de Control către Leamas ar fi fost între timp acestea, și să mă corectezi dacă greșesc: Alec, știm că îi detești pe americani, așa că du-te acolo și urăște-i ceva mai mult. Știm că bei ca un pește, așa că dublează doza. Și mai știm că îți place să te încaieri când ești băut, așa că nu te simți obligat să te abții și, dacă tot ai pornit pe panta asta, în general, demonstrează că ești pe calea pierzaniei. Asta prezintă lucrurile în rezumat?

– Alec urma să caute gâlceavă cu orice preț printr-o atitudine provocatoare așa cum socotea de cuviință. Asta e tot ce mi-a zis.

– Control ți-a spus toate acestea?

Unde bate? Cu cine ține, pentru că acum ajunge la un milimetru de adevăr, după care se îndepărtează ca și cum asta i-ar frige degetele?

– E tot ce mi-a spus Smiley.

*

Beau ceva la ora prânzului cu Alec, într-un bar aflat la câteva minute distanță de mers pe jos față de Circ. Control i-a oferit o ultimă şansă de a se comporta normal şi l-a adus la Secţiunea Bancară, de la parter, cu instrucţiuni să ciordească orice chestie pe care pune mâna, deşi Alec nu-mi spune asta şi am convingerea că nu ştie la fel de multe ca mine. Este ora două şi jumătate, noi ne-am întâlnit la ora unu, iar dacă lucrezi la parter, beneficiezi de o oră pentru masa de prânz și nu ai nevoie de scuze dacă întârzii.

După câteva halbe de bere, a trecut la scotch şi tot ce mănâncă de prânz este o punguţă de chipsuri presărate cu Tabasco. A bombănit cu voce tare despre mulţimea de ciudaţi de la Circ şi s-a plâns de dispariţia tipilor de treabă care au participat la război, spunând că singurul lucru de care sunt preocupaţi cei de la ultimul etaj este să-i pupe mai abitir în fund pe americani.

Iar eu am ascultat şi nu am spus prea multe lucruri, deoarece nu sunt întru totul sigur cât de real este Alec şi cât de mult îşi joacă rolul. Nu sunt sigur că şi-l joacă, ceea ce este exact ceea ce ar trebui să fie. Doar că, în momentul în care ajungem pe trotuar, timp în care zgomotul traficului devine asurzitor, el mă prinde de braţ. Preţ de o clipă, am impresia că mă va pocni cu pumnul. Dimpotrivă, îşi desface braţul şi mă strânge la piept ca un irlandez beat ce se preface, în vreme ce lacrimile i se rostogolesc pe obrajii nebărbieriţi de câteva zile.

– Te iubesc, Pierrot, mă auzi?

– Și eu te iubesc, Alec, spun eu îndatoritor.

Și, înainte de a mă îndepărta:

– Spune-ne. Doar spre informare. Ce dracu' e Windfall?

– O sursă a Operaţiunilor Secrete pe care o folosim. De ce?

– E vorba de ceea ce mi-a spus efeminatul acela de Haydon când era cherchelit zilele trecute. Cei de la Operaţiunile Secrete au o sursă deosebită acolo şi de ce nimeni nu introduce Întrunirea în acea operaţiune? Ştii ce i-am spus?

– Ce i-ai spus?

– Dacă aş conduce Operaţiunile Secrete, aşa i-am zis, iar cineva de la Întrunire ar veni la mine şi m-ar întreba: „care este marea voastră sursă?“, i-aş da un picior în boaşe.

– Şi ce ţi-a spus Bill?

– Să mă duc dracului. Dar ştii ce i-am mai spus?

– Încă nu.

– Ţine-ţi labele departe de soţia lui George.

*

E noaptea târziu la Grajduri. Întotdeauna e aşa. Grajdurile sunt o casă care învie noaptea, în valuri imprevizibile. Când ne plictisim de moarte în aşteptare, când apare o agitaţie la uşa principală şi un strigăt „La treabă!“

Jim Prideaux intră aducând ultima tranşă de bijuterii ale coroanei. Sunt aduse prin micropuncte sau în inserţie de cărbune. Jim a ridicat o parte de la o căsuţă tainică din teritoriul inamic, iar alta i-a fost transmisă personal de Windfall în cursul unei întâlniri-fulger pe o alee lăturalnică din Praga. Brusc, urc şi cobor cu telegramele, mă ghemuiesc la biroul meu alertând beneficiarii de la Whitehall pe telefonul verde, maşinile mecanice de scris ale surorilor Windfall încep să bată ritmat, iar maşina de cifrare a lui Ben vibrează prin scândurile podelei. În următoarele douăsprezece ore vom descifra materialele brute trimise de Mundt, le vom dispersa spre o serie de surse fictive – unele din informaţii vor fi fost obţinute din SIGINT, altele din interceptări telefonice sau microfonice – şi doar rareori pentru a păstra amestecul viabil, datele cele mai importante care provin de la informatorul sigur, plasat într-o funcţie înaltă, aflat sub numele magic de Windfall, vor fi destinate doar beneficiarilor de rang înalt. În seara asta avem o perioadă de calm între două furtuni. De data asta, George se află singur în Camera de Mijloc.

– M-am întâlnit întâmplător cu Alec acum două zile, încep eu.

– Peter, credeam că am convenit că vei permite relaţiilor tale cu prietenul tău Alec să se răcească.

– Există ceva în legătură cu Operaţiunea Windfall ce nu înţeleg şi consider că ar fi cazul să pricep, spun eu, apropiindu-mă de cuvântarea pe care mi-am pregătit-o.

– Ar fi cazul? În baza cărei autorizări? Doamne Dumnezeule, Peter.

– E doar o simplă întrebare, George.

– Nu ştiam că ne ocupăm de simple întrebări.

– Care sunt atribuţiile lui Alec? Atâta tot.

– Să facă ceea ce face, după cum bine ştii. Să devină unul dintre rataţii furioşi ai vieţii. Un om respins de Serviciu. Să pară plin de resentimente, răzbunător, uşor de sedus şi lesne de cumpărat.

– Dar cu ce intenţie, George? În ce scop?

Neliniştea l-a trădat oarecum. A dat să-mi răspundă, a inspirat adânc şi a reînceput.

– Amicul tău Alec Leamas are ordin să îşi etaleze defectele de caracter bine cunoscute în toată splendoarea lor. Pentru a ne asigura că ele vor atrage privirile descoperitorilor de talente din tabăra adversă – cu puţin ajutor din partea trădătorului sau trădătorilor care se află printre noi – pentru a-şi plasa pe piaţă fondul considerabil de informaţii pe care îl deţine, astfel încât noi să putem adăuga o serie de elemente înşelătoare.

– Aşadar, e vorba de o operaţiune standard de dezinformare realizată de un agent dublu.

– Cu înfrumuseţări, da. O operaţiune standard.

– Numai că el pare să creadă că are misiunea de a-l ucide pe Mundt.

– Păi, cam are dreptate, nu? îmi răspunde el fără nicio şovăială sau modificare a tonului vocii.

Se uita furios la mine prin lentilele rotunde ale ochelarilor. Mă aşteptasem ca în acele momente să ne aşezăm, dar noi rămăseserăm în picioare, iar eu sunt cu mult mai înalt decât George. Însă ceea ce m-a șocat a fost ariditatea vocii lui, ceea ce mi-a adus aminte de întâlnirea dintre noi în casa polițienească la doar câteva ore după ce încheiase pactul diavolului cu Mundt.

– Alec Leamas e profesionist ca și tine, Peter, la fel ca mine. În cazul în care Control nu l-a invitat să citească amănuntele scrise mic privind misiunea pe care o are, cu atât mai bine pentru Alec și pentru noi. Nu poate face niciun pas greșit și nu poate trăda. Dacă misiunea lui reușește în vreun mod în care nu l-a anticipat, nu se va simți înșelat. Se va simți ca și cum ar fi realizat ceea ce i s-a cerut.

– Dar Mundt e omul nostru, George! E informatorul nostru – e Windfall!

– Mulțumesc. Hans-Dieter Mundt e agent al acestui Serviciu. Și, ca atare, trebuie protejat cu orice preț de cei care, pe bună dreptate, îl suspectează că este ceea ce este, visează doar să îl pună la zid și să îi preia funcția.

– Și care e treaba cu Liz?

– Elizabeth Gold? – ca și cum i-a uitat numele, ori l-am pronunțat eu anapoda. Elizabeth Gold va fi invitată să facă exact ce îi este în fire: să rostească adevărul și doar adevărul. Acum ai toate informațiile pe care le doreai?

– Nu.

– Te invidiez.

12

Este o nouă dimineață, însă una cenușie, iar o ploaie slabă cade peste Dolphin Square în timp ce mă sui în autobuz. Din întâmplare, ajunge devreme la Grajduri, dar Tabitha mă așteaptă deja, foarte încântată de sine că a căpătat un teanc de rapoarte de supraveghere întocmite de Brigada Specială, despre care ea susține că i-au fost lăsate în pragul ușii. Nu știe dacă sunt autentice, desigur, sau dacă le-ar putea folosi la proces, însă eu nu trebuie cu niciun preț să mă scap față de cineva că ea le-a căpătat. Ceea ce îmi sugerează este că are un prieten în Brigada Specială, iar rapoartele sunt întocmai ceea ce susțin că sunt.

– Așadar, să pornim cu prima zi a acțiunii, asta. Nu există niciun indiciu cine a cerut Brigăzii Speciale să-și asmută câinii împotriva lui Alec. Doar la solicitarea Cufărului – din câte înțeleg, Cufărul fiind cuvântul folosit de poliție pentru a denumi Circul pe vremea aceea. Corect?

– Da.

– Ai habar care dintre cei din Cufăr ar fi putut lansa cererea către Brigada Specială?

– Probabil că Întrunirea.

– Cine anume din Întrunire?

– Putea fi oricare dintre ei. Bland, Alleline sau Esterhase. Chiar Haydon. Cel mai probabil a delegat asta către vreunul dintre slugoii lui, astfel încât să nu pară deloc implicat.

– Iar Brigada Specială să întreprindă supravegherea și nu amicii tăi din Serviciul de Securitate? Asta e o procedură normală?

– Bineînțeles.

– Pentru că?

– Pentru că cele două servicii nu se plăceau unul pe celălalt.

– Și minunata noastră poliție?

– Nu agrea defel Serviciul de Securitate pentru că se amesteca de multe ori în treburile lor și nici Circul, deoarece noi eram considerați o adunătură de poponari îngâmfați, a căror misiune în viață era să încălcăm legea.

A rămas puțin pe gânduri auzind asta, apoi s-a gândit la mine, examinându-mă cu ochii ei albaștri și triști.

– Câteodată ești foarte sigur de unele lucruri. Oricine ar putea crede că ai cunoscut mai multe decât declari. Va trebui să fim atenți asupra acestui aspect. Noi suntem pe urmele unei persoane la început de carieră care a fost prinsă în vâltoarea unor evenimente istorice. Nu e vorba de cineva care are de ascuns un mare secret.

*

Comandantul Brigăzii Speciale către Cufăr. Strict Secret și Protejat. Subiect: OPERAȚIUNEA GALAXY.

Înainte de a-și ocupa pozițiile, ofițerii mei au făcut investigații discrete de fond privind activitățile cunoscute ale perechii care reprezenta subiectul nostru, privind modul lor de angajare, stil de viață și coabitare.

Ambele părți sunt în prezent angajate cu program complet la Biblioteca Baywater pentru Cercetări Psihiatrice, un institut finanțat cu fonduri private de domnișoara Eleanora Crail, necăsătorită, în vârstă de cincizeci și opt de ani, excentrică prin comportament și înfățișare, până în prezent necunoscută poliției. Fără să își dea seama că se confesa unuia dintre ofițerii mei, domnișoara Crail a oferit din proprie inițiativă informații de bază privind respectiva pereche.

VENUS, despre care vorbește cu „scumpa mea Lizzie", este angajată ca asistentă de bibliotecară de șase luni și, după părerea domnișoarei Crail, este fără pată, fiind punctuală, respectuoasă, inteligentă, cu obiceiuri cărora nu li se poate reproșa nimic, o stagiară conștiincioasă care învață rapid și cu un scris de mână frumos. Aceasta „vorbește elegant, având în vedere clasa din care provine". Domnișoara Crail nu are nicio obiecție față de vederile ei comuniste, despre care nu face niciun secret, „cu condiția să nu le propage în biblioteca mea".

MARS, pe care ea îl numește„dezgustătorul domn L", a fost angajat ca bibliotecar-șef adjunct după renovarea bibliotecii și, după părerea ei, activitatea lui nu este „deloc satisfăcătoare". A depus de două ori plângere la Comisia de Muncă Baywater privind comportamentul lui, dar fără niciun rezultat. Ea îl prezintă ca fiind neglijent, nepoliticos, depășește ora de pauză și deseori „miroase a băuturi alcoolice". Domnișoara Crail ia în nume de rău obiceiul lui de a adopta un puternic accent irlandez când i se aduc reproșuri și l-ar fi concediat chiar după o săptămână dacă scumpa ei Lizzie (Venus) nu ar fi intervenit în favoarea lui, pentru că există o atracție reciprocă „nesănătoasă" între cei doi, în ciuda diferenței de vârstă și de înfățișare, lucru care, în opinia domnișoarei Crail, s-ar putea să fi dat naștere unei intimități depline. De ce, după doar două săptămâni de când s-au cunoscut, amândoi sosesc în același timp dimineața, plus că, într-o anumită ocazie, ea i-a observat ținându-se de mână și nu doar pentru că își transmiteau cărți unul celuilalt.

Când a fost întrebat în treacăt de ofițerul meu ce alte slujbe a mai avut MARS înainte, ea a răspuns că, potrivit Comisiei de Muncă, el fusese „un fel de de funcționar mărunt la o casă de ajutor reciproc", după care a adăugat că nici nu se mira de ce băncile ajunseseră ceea ce erau în prezent.

Raport de filaj

Ofițerii mei au ales drept primă zi de supraveghere a doua joi a lunii, aceasta fiind ziua în care Filiala din Goldhawk Road a

Partidului Comunist Britanic organizează Ziua Deschisă pentru toate nuanţele de păreri de stânga în salonul Oddfellows' Hall, din strada Goldhawk, deoarece, după ce s-a stabilit în Bayswater, Venus a trecut de la filiala din strada Cable la cea din Goldhawk. Între participanţi se numără membri ai Partidului Socialist Muncitoresc, organizaţiei „Militant", grupului pentru Campania de Dezarmare Nucleară, plus doi ofiţeri acoperiţi din propria mea Forţă – un bărbat şi o femeie – asigurând astfel acoperirea pentru toalete.

După ce au plecat de la bibliotecă la ora 17.30, cele două ţinte s-au oprit la barul Queen's Arms din Bayswater Street, unde Mars a băut un pahar mare de whisky, iar Venus, un Babycham[1] şi au sosit, aşa cum se anticipase, la Oldfellows' Hall la ora 19.12. Tema serii a fost „Pacea, cu ce preţ?" şi în sala care are 508 locuri au existat în această ocazie în jur de 130 de persoane de diferite rase şi poziţii sociale. Mars şi Venus s-au aşezat alături în fundul sălii, aproape de ieşire, iar Venus, o figură apreciată de camarazi, a fost primită cu zâmbete şi saluturi.

După o scurtă cuvântare introductivă, ţinută de R. Palmer Dutt, activist şi jurnalist comunist, care a părăsit sala imediat după aceea, au luat cuvântul vorbitori mai puţin importanţi, ultimul dintre aceştia fiind Bert Arthur Lownes, proprietarul firmei Lownes the People's Grocer din strada Bayswater, troţkist declarat şi bine cunoscut poliţiei pentru incitare la violenţă, încăierări şi alte fapte organizate să producă tulburarea liniştii în locuri publice.

Până în momentul în care Lownes a preluat microfonul, Mars a fost morocănos şi plictisit, căscând şi moţăind şi s-a tratat ocazional cu o băutură pe care o avea într-un recipient cu conţinut necunoscut. Cu toate acestea, tonul vehement şi intimidant al lui Lownes l-a trezit din moţăială, pentru a-l cita pe ofiţerul meu, făcându-l să ridice un braţ pe neaşteptate, ca să atragă atenţia preşedintelui care conducea adunarea, totodată trezorier al Filialei din strada Goldhawk. Acesta l-a invitat pe Mars să îşi declare numele, apoi să pună întrebări vorbitorului în conformitate cu regulile Ziua Deschisă. Evidenţele înregistrate de ofiţerii mei, luate în timpul şi după întrunire, sunt clare şi sună astfel:

[1] Perry, băutură alcoolică semănând cu şampania, produsă din pere. (n.tr.)

Mars (Accent irlandez. Îşi declară numele.): Bibliotecar. Am o întrebare, tovarăşe. Ne spui că ar trebui să renunţăm la înarmare până în dinţi împotriva ameninţării sovietice, deoarece sovieticii nu ameninţă pe nimeni. Am dreptate? Să ieşim din cursa înarmării imediat şi să cheltuim banii pe bere?
(Râsete.)

Lownes: Tovarăşe, asta este o simplificare exagerată, dacă nu greşesc. Dar, în fine. Dacă vrem să ne exprimăm astfel. Da.

Mars: Pe de altă parte, după părerea ta, adevăratul duşman împotriva căruia ar trebui să ne facem griji este America. Imperialismul american. Capitalismul american. Agresiunea americană. Ori fac şi acum o simplificare exagerată?

Lownes: Care este întrebarea, tovarăşe?

Mars: Ei bine, tovarăşe, întrebarea este: nu ar trebui să ne înarmăm până în dinţi împotriva ameninţării americane dacă ei sunt băieţii de care trebuie să ne temem?

Răspunsul lui Lownes a fost acoperit de râsete, strigăte de furie şi aplauze izolate. Mars şi Venus au ieşit pe uşa din spate. Ajunşi pe trotuar, la început au lăsat impresia că au o altercaţie animată. Cu toate acestea, diferendul nu a durat mult, după care au păşit la braţ până la staţia de autobuz, oprindu-se doar pentru a se îmbrăţişa.

Anexă

Comparându-şi notele, doi dintre ofiţerii mei au remarcat separat prezenţa aceluiaşi bărbat bine îmbrăcat în vârstă de treizeci de ani, de înălţime medie, cu păr ondulat şi trăsături efeminate care, plecând de la întrunire imediat în urma perechii, a urmărit-o până la staţia de autobuz şi a urcat în acelaşi autobuz, după care s-a aşezat la parter, în vreme ce perechea a preferat etajul, ceea ce i-a permis lui Mars să fumeze. Când perechea a coborât, individul a coborât şi, după ce a urmărit-o până la blocul de apartamente şi a aşteptat până a văzut o lumină aprinzându-se la etajul trei, apoi s-a dus la o cabină telefonică. Ofiţerii mei nu primiseră ordin să urmărească ţinte auxiliare, astfel că nu au făcut nicio încercare de a identifica sau de a urmări acel individ pentru a-i afla adresa.

*

– Deci marele plan funcţiona. Fiarele pădurii începeau să adulmece capra priponită de tine. Reprezentată de bărbatul de treizeci de ani, bine îmbrăcat, cu aspect efeminat. Da?

– N-a fost capra mea. Ci a lui Control.

– Nu a lui Smiley?

– Când s-a pus problema infiltrării lui Alec în opoziţie, Smiley a fost vioara a doua.

– Aşa a dorit el?

– E de presupus.

Descopăr o nouă Tabitha. Ori pe cea adevărată, care îşi arată ghearele.

– Ai mai văzut raportul ăsta?

– Am auzit de el. În esenţă.

– Aici, în casă? Împreună cu colegii autorizaţi să cunoască Operaţiunea Windfall?

– Da.

– Aşadar, v-aţi distrat de minune. Ura, au înghiţit nada.

– Cam aşa ceva.

– Nu pari prea convins. Tu, personal, nu te simţeai îngreţoşat de operaţiune? Dorindu-ţi să scapi de ea, dar fără a găsi modalitatea?

– Eram pe drumul cel bun. Operaţiunea decurgea conform planului. De ce să mă simt îngreţoşat?

A lăsat impresia că pune la îndoială afirmaţia mea, apoi s-a răzgândit.

– Îmi place chestia asta, a spus ea, împingând spre mine un alt raport.

*

Comandantul Brigăzii Speciale către Cufăr. Strict Secret şi Protejat.
Subiect: OPERAŢIUNEA GALAXY. RAPORT Nr. 6.

Atac neprovocat asupra lui Bert Arthur LOWNES, proprietar al LOWNES THE PEOPLE'S GROCER, o afacere desfăşurată în sistem cooperatist din strada Bayswater, la data de 21 aprilie 1962, orele 17.45.

Următoarele informaţii au fost obţinute neoficial de la martorii care nu au fost convocaţi la proces, având în vedere caracterul incontestabil al cazului.

În cursul săptămânii care a precedat incidentul, rezultă că Mars îşi făcuse un obicei din a merge în stare de ebrietate la magazinul universal al lui Lownes la diferite ore din zi, sub pretextul de a face cumpărături, făcând plata din contul de economii personale al lui Venus, la care avea acces, dar în realitate pentru a se angaja în confruntări verbale cu Lownes, în cadrul cărora i se adresa cu voce ridicată şi provocatoare, vorbind cu un puternic accent irlandez. În ziua în chestiune, ofiţerul meu l-a observat pe Mars umplând un coş cu o mare cantitate de alimente, inclusiv whisky, având valoarea de aproximativ 45 de lire. Fiind întrebat dacă voia să achite cumpărăturile în numerar, sau din contul lui Venus, Mars a răspuns, citez: „Credit, nătărăule, da' ce dracu' îţi închipuiai?" plus alte vorbe prin care a afirmat că fiind un membru deplin al maselor care suferă de foame, avea dreptul la partea lui cuvenită din bogăţiile lumii. Ignorând avertismentul lui Lownes că, din păcate, suma respectivă excede contul lui Venus, şi nu mai putea acorda credit, Mars a înaintat spre ieşirea principală, ducând coşul plin cu mărfuri neplătite în faţă. Moment în care numitul Lownes a ieşit din spatele tejghelei şi, folosind un limbaj hotărât, i-a cerut lui Mars să lase coşul imediat şi să părăsească magazinul. În loc să procedeze cum i s-a cerut, fără să scoată vreo vorbă, Mars i-a tras lui Lownes o serie de pumni în stomac şi în zona vintrelor, culminând cu o lovitură de cot drept în faţă.

În timp ce clienţii strigau, iar doamna Lownes a telefonat la poliţie, Mars nu a făcut nicio încercare să fugă, nu a dovedit că ar avea remuşcări, ci a continuat să strige insulte la adresa nefericitei lui victime.

După cum a remarcat unul dintre ofiţerii mei mai tineri, i-a fost foarte recunoscător Domnului că nu a fost prezent la acea scenă, deoarece s-ar fi simţit obligat să renunţe la acoperire şi să intervină. În plus, s-a îndoit sincer că ar fi avut capacitatea să îl înfrunte singur pe atacator.

În situaţia respectivă, poliţiştii în uniformă au sosit curând, iar atacatorul nu s-a opus arestării.

*

– Aşadar, întrebarea mea este: ai ştiut dinainte că Alec avea să îl bată măr pe sărmanul domn Lownes?

– În principiu.

– Ce să înţeleg din asta?

– Ei au vrut să creeze un moment în care Alec trebuia să aleagă un drum fără întoarcere. La ieşirea din închisoare, va rămâne fără nicio leţcaie şi nu va mai avea nicio cale să se mai întoarcă la cele dinainte.

– Ei fiind Control şi Smiley?

– Da.

– Dar nu tu. N-a fost ideea ta sclipitoare, clocită de tine şi regizată de şefii şi mai-marii tăi?

– Nu.

– Ce mă îngrijorează este că tu personal l-ai fi putut aranja astfel pe Alec, înţelegi? Ori cealaltă parte va sugera că da. L-ai împins pe bietul tău prieten să se scufunde şi mai mult în mocirla depravării. Dar n-ai făcut-o tu. Ceea îmi dă o senzaţie de uşurare. Acelaşi lucru e valabil şi în cazul banilor pe care Alec i-a şterpelit de la Departamentul Bancar al Circului. Cu alte cuvinte, ceilalţi şase oameni i-au spus să procedeze aşa, nu tu?

– Control, presupun.

– Bine. Deci Alec se dădea în spectacol pentru superiorii lui, tu îi erai amic, nu geniul lui rău. Şi presupun că Alec era conştient de asta. Da?

– Presupun că da. Da.

– Și Alec a știut că aveai dreptul să participi la Operațiunea Windfall?

– Bineînțeles că nu! De unde să știe? Nu a avut habar de Windfall!

– Da, bine, mă temeam că o să devii indignat. Dacă nu te superi, plec să-mi fac tema, iar între timp, citește oroarea asta. Traducerea în engleză e oribilă. Dar mi s-a spus că și textul original e la fel. Asta te face să duci dorul modului magic în care Divizia Specială folosește cuvintele.

EXTRASE DIN DOSARE STASI PÂNĂ ÎN PREZENT NEDATE PUBLICITĂȚII MARCATE A NU FI PUBLICATE PÂNĂ ÎN ANUL 2050, EXTRASE ȘI TRADUSE DE ZARA N. POTTER ȘI ASOCIAȚII, INTERPREȚI ȘI TRADUCĂTORI AUTORIZAȚI DE TRIBUNAL, ÎMPUTERNICIȚI DE DOMNII SEGROVE, LOVE ȘI BARNABAS, AVOCAȚI, LONDRA W.C.[1]

În timp ce ușa s-a închis în urma ei, m-a cuprins o furie irațională. Unde se dusese, lua-o-ar naiba? De ce mă lăsa așa? Ca să relateze pe nerăsuflate ce am discutat amicilor ei din bastion? Ăsta e jocul pe care îl face Tabitha? I se pune în brațe un teanc de rapoarte ale Brigăzii Speciale și i se spune: încearcă și astea cu el, să vedem dacă îi place? Așa funcționează lucrurile? Dar nu așa au funcționat. Știam asta. Tabitha era îngerul păzitor al oricărui acuzat. Și ochii ei triști și blânzi vedeau mult mai departe decât ai lui Bunny sau ai Laurei. Știam și asta.

*

Alec stă rezemat de fereastra murdară și privește afară. Eu sunt așezat pe singurul fotoliu din cameră. Ne aflăm în dormitorul de la

---

[1] Western Central (engl.), se referă la adresa firmei de avocatură. (n.red.)

etajul unui hotel comercial din Paddington care închiriază camerele cu ora. În dimineața asta, el m-a sunat pe un telefon neînscris în cartea de telefon de la Marylebone, rezervat pentru informatori: „Ne vedem la Duchess, ora șase". Asta înseamnă Duchess of Albany, pe strada Praed, unul dintre vechile lui locuri de întâlnire. E mahmur, cu ochii înroșiți și nesiguri. Paharul din mână îi tremură. Propoziții scurte, reticente, rostite între pauze.

– Avem fata asta, spune el. O comunistă înflăcărată. Nu-i pot aduce vreo vină. Mai ales având în vedere de unde vine. În orice caz, cine mai învinuiește pe cineva pentru ceva?

Așteaptă. Nu pune întrebări. Până la urmă, va spune ce dorește.

– I-am spus lui Control. N-o amesteca. N-am încredere în ticălosul acela bătrân. Nu se știe niciodată de ce e-n stare. Mă-ntreb ce face și el acum. O îndelungă contemplare a străzii de sub noi. O tăcere înțelegătoare din partea mea. În orice caz, ce dracu' ascunde George? – și se răsucește spre mine cu un aer acuzator. Aseară m-am întâlnit cu Control în strada Bywater. George n-a apărut acolo.

– Acum, George are mult de lucru la Berlin, am spus eu, nu tocmai adevărul, după care am așteptat.

Alec a ales să mimeze răgetul dominator al lui Control:

– *Alec, vreau să îl elimini pe Mundt. Fă ca lumea asta să devină un loc mai bun. Ești pregătit pentru asta, bătrâne?* Sigur că sunt pregătit. Ticălosul l-a ucis pe Riemeck, nu-i așa? Mi-a distrus rețeaua. A încercat să-l lichideze și pe George, acum un an sau doi. Nu putem tolera asta, așa e, Pierrot?

– Nu, nu putem, l-am aprobat din inimă.

Să fi surprins vreo notă falsă în vocea mea? Ia o gură de scotch și continuă să se uite fix la mine.

– Pierrot, nu cumva ai cunoscut-o din întâmplare?

– Pe cine?

– Pe fata mea. Știi al dracului de bine la cine mă refer.

– Cum naiba s-o fi cunoscut, Alec? Ce tot bâigui acolo? Doamne mare, omule.

În cele din urmă, îşi întoarce privirea de la mine.

– E vorba că a cunoscut pe cineva, un bărbat. După descriere, arăta ca tine. Asta-i tot.

Clatin din cap descumpănit, ridic din umeri şi zâmbesc. Alec revine la contemplaţia lui, uitându-se la trecători de pe trotuar, care se furişează prin ploaie.

*

SUBIECT: FALSE ACUZAŢII ADUSE TOVARĂŞULUI HANS-DIETER MUNDT DE AGENŢI BRITANICI FASCIŞTI. EXONERARE COMPLETĂ ŞI DEFINITIVĂ A LUI H-D MUNDT DE CĂTRE TRIBUNALUL POPORULUI. LICHIDAREA SPIONILOR IMPERIALIŞTI ÎN TIMP CE ÎNCEARCĂ SĂ EVADEZE. PREZENTAT PREZIDIULUI SED[1].
28 OCTOMBRIE 1962.

În cazul în care Camera Stelelor[2] care a judecat procesul lui Hans-Dieter Mundt a fost un simulacru, prezentarea oficială a lui a arătat şi mai rău. Prologul putea fi scris chiar de Mundt. Probabil că aşa a şi fost.

Odiosul şi coruptul agitator contrarevoluţionar Leamas era un degenerat recunoscut, un oportunist burghez veşnic beat, un mincinos, un afemeiat, un huligan obsedat de bani şi de ura contra progresului.

---

[1] Partidul Unităţii Socialiste din Germania, în Republica Democrată Germană, înfiinţat în 1949 şi desfiinţat în 1989. (n.tr.)

[2] Instanţă engleză de jurisdicţie civilă şi penală care a fost înfiinţată la sfârşitul secolului al XV-lea, încercând mai ales acele cazuri care afectează interesele Coroanei. A fost remarcată pentru judecăţile sale arbitrare şi opresive şi a fost desfiinţată în 1641. Aici este folosită de autor cu sensul de instanţă abuzivă care condamnă conform ordinelor partidului comunist german. (n.red.)

Devotații ofițeri operativi ai Stasi care obținuseră depoziția falsă a acestui Iuda făcuseră totul de bună credință și nu puteau fi acuzați pentru că introduseseră o otravă în inima celor dăruiți combaterii forțelor imperialismului fascist.

Procesul a reprezentat un triumf al justiției socialiste și un apel la vigilență sporită împotriva intrigilor spionilor și provocatorilor capitaliști.

Femeia care își spunea Elizabeth Gold era o ignorantă din punct de vedere politic, având simpatii pro-israeliene, îndoctrinată de Serviciul Secret britanic, îndobitocită de iubitul ei în vârstă și ademenită cu ochii deschiși de rețeaua de intrigi occidentale.

Chiar și după ce impostorul Leamas și-a mărturisit faptele, femeia numită Gold îl ajutase în mod trădător să evadeze și plătise prețul suprem pentru duplicitatea ei.

Și un cuvânt de încheiere pentru a felicita gardianul neînfricat al socialismului democratic, care nu a ezitat să o doboare prin împușcare în timp ce încerca să evadeze.

*

– Așadar, Peter, o reluare rapidă a procesului cu adevărat groaznic și rapid, într-un limbaj cât mai simplu. Suntem pregătiți pentru asta?

– Cum spui.

Însă vocea ei a fost sprintenă, chiar hotărâtă și s-a așezat brusc exact în fața mea, de cealaltă parte a mesei, ca un comisar al poporului.

– Alec sosește în Camera Stelelor în același timp cu martorul principal al lui Fiedler, care avea planuri bine ticluite pentru a-l acuza pe Mundt. Da? Fiedler le povestește judecătorilor totul despre falsul circuit al banilor care duce direct spre Mundt. Adevărat? El povestește cu amănunte despre perioada în care, potrivit declarației lui Fiedler, ca pseudodiplomat în Anglia, Mundt a fost recrutat şi îndrumat de forţele imperialismului reacţionar, adică de Circ. Apoi avem o listă a tuturor secretelor de stat pe care se presupune că Mundt le-a vândut stăpânilor lui occidentali pentru cei „treizeci de arginţi" şi totul creează o adevărată furtună în rândul judecătorilor acelui tribunal. Până în ce moment?

Zâmbetul amical a dispărut de mult.

– Până la Liz, presupun, răspund eu îmbufnat.

– Adevărat, până la Liz. Apare Liz şi ea întăreşte prin spusele ei ceea ce iubitul ei Alec tocmai le declarase judecătorilor. Ai ştiut că ea va face asta?

– Bineînţeles că nu! De unde dracu' să ştiu?

– Chiar aşa, cum? Şi n-ai observat, din întâmplare, ce anume a doborât-o pe Liz, dar şi pe Alec al ei? A fost momentul în care ea a adus vorba de numele lui George Smiley. Recunoştea cu o sinceritate absolută faţă de Camera Stelelor că un anume George Smiley, însoţit de un bărbat mai tânăr, o vizitase la scurt timp după misterioasa dispariţie a lui Alec şi i-a spus că Alec făcea o treabă minunată – implicit pentru ţara lui – şi că totul avea să fie cât se poate de bine. George al tău i-a lăsat cartea de vizită ca să se asigure că ea nu va uita. Smiley fiind oricum un nume uşor de ţinut minte şi nicidecum necunoscut celor de la Stasi. Un gest atât de prostesc din partea unui vulpoi bătrân ca George, nu crezi?

Am spus ceva în sensul că până şi George putea face greşeli uneori.

– Şi nu cumva bărbatul mai tânăr care se ţinea scai de el erai chiar tu?

– N-am fost eu! Cum puteam fi eu? A fost Marcel, sau ai uitat?

– Deci el a fost?

– Jim, probabil. Prideaux. Făcuse trecerea.

– Trecerea?

– De la Întrunire la Operaţiuni Speciale.

– Şi avea aprobare de acces la Operaţiunea Windfall?

– Aşa cred.

– Doar crezi?

– Avea.

– Atunci spune-mi altceva, dacă ai voie. Când Alec Leamas a fost trimis în misiune ca să-l distrugă pe Mundt cu orice preţ, cine credea el că era sursa anonimă care furniza Circului toate materialele acelea grozave din Operaţiunea Windfall?

– N-am idee. N-am discutat asta cu el. Control, probabil. Habar n-am.

– Dă-mi voie să mă exprim altfel, dacă e mai simplu. Ar fi bine să spunem că, prin deducţie, printr-un proces de eliminare, după anumite aluzii făcute, la data la care a pornit în călătoria fatală, Alec Leamas îşi vârâse în capul acela buimac al lui că Joseph Fiedler era sursa vitală pe care o proteja, motiv pentru care odiosul Hans-Dieter Mundt trebuia eliminat?

Mi-am auzit propria voce ridicându-se şi nu m-am putut înfrâna:

– Cum dracu' puteam să ştiu eu ce gândea sau nu gândea Alec? El era om de teren. Dacă eşti operativ de teren, nu gândeşti creativ. Războiul Rece era în toi. Ai o treabă de făcut. Şi mergi mai departe!

Vorbeam despre Alec? Ori despre mine?

– Atunci ajută-mă să descâlcesc şarada asta complicată, dacă nu te superi. Tu, P. Guillam, aveai acces la Windfall. Da? Unul dintre cei foarte, foarte puţini. Pot continua? Alec sigur nu avea aprobare de acces. Ştia că exista o super-sursă est-germană, ori mai multe surse, sub numele generic de Windfall. Ştia că Operaţiunile Secrete dirijau sursa sau sursele astea. Însă nu ştia nimic despre locul în care stăm noi acum, sau ce se punea de fapt la cale. Adevărat?

– Presupun că da.

– Şi era esenţial ca el să nu aibă aprobare, care a fost refrenul cântat de tine de la început.

– Şi? – spun eu cu glas obosit de moarte.

– Ei bine, dacă tu erai acreditat să ai acces la Windfall, iar Alec nu, tu ce oare știai, iar Alec nu avea voie să știe? Ori ne prevalăm de dreptul la tăcere? Nu-ți recomand asta. Mai ales că acel grup parlamentar abia așteaptă să te facă fărâme. Ori când o să apari în fața juraților.

*

Prin asta a trecut Alec, gândesc eu: să apere un caz fără speranță și să îl vadă fărâmițându-se în mâinile lui, cu diferența că nimeni nu moare decât de bătrânețe. Mă agăț cu disperare de o mare minciună imposibil de susținut pe care mi-am promis că nu o voi trăda, iar ea se scufundă sub greutatea mea. Dar Tabitha e nemiloasă:

– Așadar, sentimentele noastre. Putem vorbi despre ele? Sunt cu mult mai lămuritoare decât faptele, așa am crezut mereu. Ce ai simțit tu, tu însuți, când ai auzit că sărmana Liz a luat poziție și a distrus toată munca minunată făcută de Alec? Când l-a distrus și pe bietul Fiedler, dacă tot începuse?

– Nu am auzit.

– Poftim?

– Nimeni nu a pus mâna pe telefon ca să spună: „Ai auzit ultimele știri despre proces?“ Primul lucru pe care l-am aflat a fost o știre de presă. Trădător demascat. Acela era Fiedler, care a pățit-o. Ofițer de securitate de rang înalt, total exonerat. Acela era Mundt în siguranță. Apoi am aflat de evadarea dramatică a deținuților și de declanșarea unei vânători generale pentru prinderea lor. Și după aceea am auzit...

– De împușcarea lor la Zid, presupun, da?

– George a fost acolo. El a văzut. Nu eu.

– Și care au fost sentimentele tale? Când stăteai aici, chiar în camera asta, ori erai în picioare, pășeai, sau orice făceai, iar știrile îngrozitoare soseau fragmentate? Acum auzi una, apoi alta? Apoi, alta și alta?

– Ce crezi că am făcut? Că am băut șampanie? Fac o pauză, cât îmi adun gândurile. Doamne Dumnezeule, sărmana fată, asta am gândit. Prinsă într-o asemenea încurcătură. Dintr-o familie de refugiați. Îndrăgostită până peste urechi de Alec. Care nu a vrut să facă rău nimănui. Ce lucru îngrozitor a trebuit să facă.

– A trebuit? Vrei să sugerezi că a vrut să apară în fața judecătorilor? A vrut să salveze nazistul și să ucidă evreul? Nu mi se pare nicidecum normal pentru Liz. Cine i-a spus să facă așa ceva?

– Nimeni nu i-a spus!

– Sărmana fată nici măcar n-a știut de ce era judecată. Fusese invitată la o petrecere a tovarășilor din însorita RDG și, brusc, depune mărturie împotriva iubitului ei într-o parodie de proces. Cum te-ai simțit când ai auzit asta? Tu personal. Iar apoi să auzi că au fost secerați amândoi la Zid. Împușcați când încercau să fugă, chipurile. Trebuie să fi suferit. Profund, nu?

– Bineînțeles.

– Pentru voi toți?

– Pentru toți.

– Și Control a suferit?

– Îmi pare rău, dar nu sunt expert în privința sentimentelor lui Control.

Acel zâmbet trist al ei. A revenit.

– Și unchiul tău George?

– Ce e cu el?

– Cum a reacționat?

– Nu știu.

– De ce? – pe un ton tăios.

– A dispărut. A plecat singur în Cornwall.

– De ce?

– Ca să cutreiere, presupun. Acolo se duce.

– Câtă vreme?

– Câteva zile. Probabil o săptămână.

– Și după aceea s-a întors. Era schimbat?

– George nu se schimbă. Își recapătă sângele rece.

– Și așa s-a întâmplat atunci?

– Nu a vorbit despre asta.

A rămas puțin pe gânduri, părând că nu este dispusă să abandoneze subiectul.

– Și nicio fărâmă de triumf din partea cuiva? a revenit ea după ce s-a mai gândit. Pe celălalt front? Frontul operativ – nu a existat deloc senzația –, în fine, asta a fost o pierdere colaterală, e tragic și îngrozitor, dar misiunea a fost îndeplinită. Nimic de genul ăsta, din câte ți-ai dat seama atunci?

Nimic nu s-a schimbat. Nici vocea blândă, nici zâmbetul dulceag. Atitudinea ei e chiar mai amabilă decât înainte.

– Uite ce te întreb: când ai înțeles, în sinea ta, că disculparea triumfătoare nu a fost eșecul, așa cum a fost făcut să pară, ci o acțiune informativă de anvergură deghizată? Și că Liz Gold a fost catalizatorul necesar care a făcut să se întâmple totul? E vorba de apărarea ta, înțelegi? Intenția ta, previziunile tale, complicitatea ta. Puteai rămâne sau pica alături de unul dintre ei.

O tăcere de moarte. Întreruptă de Tabitha, cu glas întrebător, destins.

– Știi ce-am visat azi-noapte?

– De ce naiba ar trebui să știu?

– Făceam verificarea prealabilă, înotând prin nesfârșita ciornă de raport pe care te-a pus George să o întocmești și care nu trebuia pusă în circulație. Și am ajuns să-mi pun întrebări în legătură cu acel ornitolog elvețian care s-a dovedit a fi un agent secret al brațului înarmat intern al Circului. Iar apoi m-am întrebat de ce nu a vrut Smiley ca raportul tău să fie pus în circulație. De aceea am mai făcut verificări și mi-am vârât nasul pe unde mi s-a îngăduit și, oricât m-am străduit, nu am putut găsi nimic despre cineva care să fi pus la încercare capacitatea de apărare a Taberei 4 în acea perioadă.

Şi absolut nimic despre vreun agent acoperit exagerat de zelos care a luat la pumni gărzile de securitate ale Taberei 4. Aşa că nu a fost nevoie chiar de o revelaţie ca să încropesc restul. Nu exista certificat de deces pentru Tulip. Ei, ştim că biata fată nu sosise oficial în Anglia, dar nu multor doctori le place să-şi lege numele de un certificat de deces fals, nici măcar doctorilor Circului.

Am privit încruntat în depărtare şi am încercat să mă prefac că o socoteam furioasă.

– Şi atunci eu interpretez lucrurile aşa: Mundt a fost trimis să o lichideze pe Tulip. A ucis-o, dar bunul Dumnezeu n-a fost de partea lui şi a fost prins. George l-a luat tare. Spionezi pentru noi, altfel... Şi acceptă. Iar bogăţia de informaţii minunate este brusc periclitată. Se creează impresia că Fiedler îl demască. Apare Control cu planul lui revoltător. Probabil că George nu l-a agreat, dar, ca întotdeauna în cazul lui George, datoria îl obligă. Nimeni nu a bănuit că Liz şi Alec vor fi împuşcaţi. Asta trebuie să fi fost măreaţa idee a lui Mundt: împuşti mesagerii şi dormi mai bine noaptea. Nici măcar Control nu ar fi văzut ideea asta la orizont. Şi George al tău s-a retras imediat, jurând să se lase de spionaj. Lucru pentru care îl apreciem mult, deşi asta nu a ţinut mult. Trebuia să se întoarcă pentru a-l prinde pe Bill Haydon, lucru pe care l-a făcut minunat de bine, fie el binecuvântat. Iar tu ai fost de partea lui tot timpul, hotărâre pe care nu putem decât să o aplaudăm.

Nu mi-a venit nimic în minte, aşa că am tăcut.

– Şi pentru a răsuci cuţitul în ceea ce era deja o rană mare, imediat ce Camera Stelelor şi-a făcut treaba, Hans-Dieter a fost convocat la o conferinţă importantă la Moscova, după care dispare. Aşadar, adio şi ultimelor speranţe că el şi-ar putea vârî nasul prin iţele de la Centrală ca să ne spună cine era trădătorul de la Circ. Probabil că Bill Haydon a ajuns acolo înaintea lui. Putem vorbi ceva mai mult despre tine?

Nu o puteam împiedica, aşadar, de ce să încerc?

– Dacă mi s-ar permite să susţin că Windfall nu a fost gafa secolului, ci o operaţiune diavolesc de inteligentă care a obţinut informaţii de la cel mai înalt nivel şi care a deraiat în ultima clipă, am foarte puţine îndoieli că membrii acelei comisii parlamentare se vor suci şi vor ridica lăbuţele în sus. Liz şi Alec? Tragic, desigur, dar în acele circumstanţe, pierderi acceptabile pentru cauza binelui suprem. Am câştigat? Nu. Vai mie. Doar sugerez asta. Pentru că nu cred că te pot apăra în alt fel. De fapt, sunt foarte sigură de asta.

Începuse să-şi strângă lucrurile. Ochelari, cardiganul, şerveţelele de hârtie, rapoartele Brigăzii Speciale, rapoartele Stasi.

– Ai spus ceva, inimioară?

Spusesem? Niciunul dintre noi nu este sigur. A pus capăt strângerii obiectelor. Îşi ţine geanta diplomat deschisă în poală, aşteptând ca eu să vorbesc. Are un inel cu simbolul eternităţii[1] pe degetul arătător. Ciudat că nu am observat asta până acum. Mă întreb cine îi este soţ. Probabil că a murit.

– Ascultă.

– Încă ascult, inimioară.

– Acceptând pentru o clipă ipoteza ta absurdă…

– Aceea că operaţiunea diavolesc de inteligentă a dat roade…?

– Acceptând-o, teoretic, ceea ce nu fac cu niciun chip – îmi spui în mod serios că, în situaţia imposibilă că acea probă documentară privind acest lucru ar apărea vreodată la lumină…

– Lucru despre care ştim că nu se va întâmpla, dar dacă ar fi aşa, ar trebui să fie de nezdruncinat.

– Îmi spui că într-o asemenea situaţie improbabilă, acuzaţiile, litigiul şi toată această tevatură în care este atacat oricine, eu, George, dacă poate fi găsit, chiar Serviciul, vor dispărea?

– Găseşte-mi dovezile şi eu îţi găsesc judecătorul. Hultanii se adună în timp ce noi stăm de vorbă. Dacă nu apari la audiere,

[1] Inel cu pietre preţioase, de obicei diamante mici, simbolizând dragoste eternă, oferit de unul dintre soţi la împlinirea unui an de căsătorie. (n.tr.)

membrii comisiei se vor teme de ce este mai rău și vor acționa în consecință. I-am cerut lui Bunny pașaportul tău. Bruta nu a vrut să se despartă de el. Însă îți va prelungi șederea în Dolphin Square în aceleași condiții mizere. Totul va fi discutat. Îți convine să ne vedem mâine la aceeași oră?

– Să zicem ora zece?

– Voi fi foarte punctuală.

Iar eu am spus că voi fi acolo.

13

Când adevărul te prinde din urmă, să nu faci pe eroul, ci rupe-o la goană. Însă am avut grijă să pășesc, rar, până la Dolphin Square, apoi până în apartamentul conspirativ în care știam că nu voi mai dormi în acea noapte. Am tras draperiile, am oftat cu resemnare spre televizor și am închis ușa dormitorului. Am scos pașaportul francez din ascunzătoarea de sub anunțul privind reglementările privind prevenirea incendiilor. Există un ritual calm al evadării. Îmbraci haine curate. Strecori un aparat de ras într-un buzunar al impermeabilului, lași restul lucrurilor la locul lor. Cobor în salonul restaurantului, comand o cină ușoară, mă așez comod să citesc din cartea mea plicticoasă ca un bărbat care se resemnează că va avea parte de o seară solitară. Flecăresc cu chelnerița de origine maghiară, în eventualitatea că ea trebuie să raporteze ceva. De fapt, locuiesc în Franța, îi spun eu, dar mă aflu în Anglia ca să discut despre afaceri cu avocați englezi, își poate imagina ceva mai nefericit, ha-ha? Achit nota de plată. Mă duc în curte, unde pensionare purtând pălării albe și fuste ca pentru jocul de crochet, așezate în perechi pe băncile din grădină, se bucură de soarele care nu pare a face parte din acel anotimp. Mă pregătesc să mă alătur exodului de oameni spre Embankment, fără a mă mai întoarce acolo.

Doar că nu fac niciunul dintre aceste două lucruri, deoarece îl zăresc pe Christoph, fiul lui Alec, purtând un pardesiu lung de culoare neagră și o pălărie tip eden, făcându-și de lucru la vreo douăzeci de metri depărtare, singur, având un braț aruncat cu afecțiune de-a lungul spătarului, un picior peste celălalt ca să se relaxeze și ținând mâna dreaptă înfiptă, ostentativ din câte îmi dau seama, în buzunarul pardesiului. Se uită drept spre mine și zâmbește, lucru pe care nu l-am mai văzut la el până acum, fie când era copil, când urmărea un meci de fotbal, fie ca bărbat care mănâncă friptură cu cartofi prăjiți. Și probabil că zâmbetul este ceva nou și pentru el, pentru că apare ca o albire aparte a feței, intensificată de negrul pălăriei, iar în zâmbetul lui răzbate o licărire, ca aceea a unui bec ce nu se hotărăște dacă să se ardă sau nu.

Iar eu sunt la fel de descumpănit ca și el. Mă simt cuprins de o oboseală despre care cred că este teamă. Să îl ignor? Să flutur o mână spre el și să merg mai departe cu evadarea pe care am plănuit-o? Va veni după mine. Va crea un adevărat scandal. Și el are un plan, dar care este el?

Zâmbetul de o placiditate bolnăvicioasă continuă să licărească. Percep ceva legat de falca lui de jos, o iritație pe care se pare că nu și-o poate ține sub control. Și chiar și-a fracturat brațul drept? De asta îl ține cu atâta stângăcie în buzunarul pardesiului? Nu face niciun efort ca să se ridice. Pornesc spre el, urmărit cu atenție de doamnele cu pălării albe care stau pe bănci. În toată curtea suntem singurii bărbați, iar Christoph reprezintă o siluetă excentrică, asta ca să nu spun gargantuană, care ocupă singur toată scena. Mă întreb ce treabă am cu el. Iată-mă față în față cu el. De aceea mă opresc în fața lui. Nu face nicio mișcare. Ar putea fi una dintre statuile din bronz, dedicate unor mari oameni, pe care le vezi plasate în locuri publice: un Churchill sau un Roosevelt. Aceeași înfățișare oarecum umedă, același zâmbet neconvingător.

Statuia capătă treptat viață într-un fel în care alte statui nu o fac. Își desface picioarele apoi, cu umărul drept înălțat și ținând mâna dreaptă încă împinsă adânc în buzunarul pardesiului, își aşază corpul masiv până când pe bancă se face loc pentru mine ca să mă aşez în stânga lui. Şi, adevărat, are o paloare bolnăvicioasă şi percep un tremur al fălcii de jos, chiar dacă zâmbeşte, apoi face o grimasă, iar privirea lui este febrilă.

– Christoph, cine ţi-a spus unde mă poţi găsi? îl întreb eu, cât de bine dispus pot fi, pentru că deja mă confrunt cu ideea, cusută cu aţă albă, că Bunny, Laura sau chiar Tabitha l-au pus pe urmele mele în scopul de a negocia un alt gen de târg secret între Serviciu şi reclamanţi.

– Mi-am adus aminte – şi zâmbetul lui se lăţeşte cu o mândrie visătoare – sunt un geniu în ce priveşte memoria, înţelegi? Creierul nenorocitei Germanii. Aşadar, luăm acel prânz şi tu îmi spui să mă duc dracului. De acord, nu mi-ai vorbit chiar aşa. Am plecat. M-am întâlnit cu nişte prieteni. Am fumat, am luat nişte droguri şi i-am ascultat. Şi pe cine crezi că l-am auzit? Vrei să ghiceşti?

Clatin din cap. Zâmbesc şi eu.

– Pe tatăl meu. L-am auzit pe tatăl meu. Vocea lui. În timpul uneia dintre puţinele plimbări împreună în jurul curţii închisorii. Sunt închis, el se străduieşte să joace rolul recuperatorului, să fie tatăl mereu credincios, aşa cum nu a fost niciodată. De aceea, vorbeşte despre el, ca să mă binedispună, povestindu-mi despre anii în care nu am fost împreună, ca şi cum s-ar fi prefăcut că am fost alături. Mi-a spus ce însemna să fie ca o fantomă. Cât de deosebiţi eraţi toţi, cât de dăruiţi. Ce băieţi răi eraţi. Şi ştii ceva? A vorbit de Hood House[1]. Casa gangsterilor. Gluma asta a voastră. Cum deţinea Circul case conspirative jegoase într-un loc numit Hood House. Toţi suntem gangsteri, de aceea ne-au dus acolo. Zâmbetul devine o încruntătură indignată. Drace, ştii că nenorocitul vostru de Serviciu te-a cazat aici sub numele tău adevărat? P. Guillam. Ce părere ai de o asemenea măsură de securitate? Ai ştiut asta? m-a întrebat el.

[1] Casa gangsterilor sau cuţitarilor, în argou. (n.tr.)

Nu, nu am ştiut. Şi nici nu m-am mirat, aşa cum s-ar fi cuvenit, că în mai bine de jumătate de secol Serviciul nu se gândise să îşi schimbe obiceiurile.

– Ce-ar fi să-mi spui de ce ai venit? l-am întrebat, perturbat de zâmbetul lui, pe care părea că nu îl poate alunga.

– Ca să te ucid, Pierrot, mi-a explicat el, fără să schimbe tonul. Ca să te-mpuşc în cap. Gata. Eşti mort.

– Aici? l-am întrebat. În faţa atâtor oameni? Cum?

Cu un pistol semiautomat Walther P38: cel pe care l-a scos din buzunarul din dreapta al pardesiului şi pe care acum îl ţine la vedere; abia după ce mă lasă să îl admir în voie ceva timp, îl vâră înapoi în buzunar ţinându-l în mână şi, în cea mai bună tradiţie a filmelor cu gangsteri, îndreaptă gura ţevii spre mine prin faldurile pardesiului. Nu voi afla niciodată ce înţeleg doamnele cu pălării albe din acest spectacol. Poate suntem dintr-un film. Poate suntem nişte adulţi ridicoli, care se joacă cu un pistol de jucărie.

– Pentru numele lui Dumnezeu, exclam eu – o expresie pe care, în mod conştient, nu am folosit-o niciodată până acum –, de unde ai asta?

Întrebarea l-a iritat, ceea ce a făcut ca zâmbetul să i se șteargă de pe faţă.

– Îţi închipui că nu cunosc băieţi deştepţi în oraşul ăsta nenorocit? Oameni care să-mi împrumute o armă ca asta? m-a întrebat el, fluturându-și degetul mare și arătătorul mâinii libere prin faţa mea.

Îndemnat de cuvântul împrumut, m-am uitat instinctiv în jur, căutând proprietarul de drept, pentru că nu îmi pot imagina un împrumut pe termen lung. Și așa ochii îmi cad pe o berlină Volvo, vopsită în diferite culori, parcată pe o linie dublă de culoare galbenă, exact vizavi de arcada de pe partea cu Embankment, iar șoferul, un bărbat chel, stă cu ambele mâini pe volan, privind concentrat în faţă prin parbriz.

– Christoph, ai vreun motiv anume ca să mă ucizi? l-am întrebat, păstrându-mi cât de bine am putut același ton relaxat. Le-am spus celor în drept despre oferta ta, dacă asta te îngrijorează, i-am aruncat eu o nadă mincinoasă. O analizează. Dar, firește, funcționarii care numără banii Majestății Sale nu scuipă un milion de euro peste noapte.

– Am fost cel mai bun lucru din viața lui nenorocită. Așa mi-a spus.

Rostit pe un ton scăzut, silit, printre dinții aproape încleștați.

– Nu m-am îndoit niciodată că te-a iubit, am spus.

– Iar tu l-ai ucis. Mi-ai mințit tatăl și l-ai ucis. Tatăl meu, prietenul tău.

– Christoph, nu-i adevărat. Tatăl tău și Liz Gold n-au fost uciși de mine sau de altcineva de la Circ. Au fost uciși de Hans-Dieter Mundt de la Stasi.

– Sunteți bolnavi cu toții. Voi, spionii. Nu sunteți leacul, ci boala. Artiști împuțiți, care fac jocuri împuțite, socotindu-vă cei mai inteligenți tipi din univers. Sunteți niște nimicuri, m-auzi? Trăiți în întuneric, la dracu', pentru că nu suportați lumina. La fel și el. Așa mi-a spus.

– A spus așa ceva? Când?

– În închisoare, unde dracu' crezi? Prima mea închisoare. Pentru puști. Perverși, labagii și eu. „A venit cineva să te vadă, Christoph. Spune că e cel mai bun prieten al tău." Mi se pun cătușe și sunt dus la el. E tata. Ascultă, spune el. Ești o cauză pierdută și nimeni, nici eu, nici altcineva, nu poate face nimic pentru tine. Dar Alec Leamas își iubește fiul, să nu uiți asta. Ai spus ceva?

– Nu.

– Ridică-te dracului în picioare. Mergi. Încolo. Prin arcadă. Ca și restul lumii. Dacă încerci ceva, te omor.

Mă ridic. Merg spre arcadă. Mă urmează ținând mâna dreaptă în buzunar și arma îndreptată spre mine prin stofa pardesiului. În astfel de cazuri sunt o serie de lucruri pe care ar trebui să le faci, de pildă, să te răsuceşti şi să-l loveşti cu cotul înainte de a apuca să tragă. Am exersat asta la Sarratt cu pistoale cu apă şi de cele mai multe ori apa ţâşnea pe lângă tine pe salteaua din sala de gimnastică. Dar acela nu e pistol cu apă şi nu ne aflăm la Sarratt. Christoph merge la un metru şi ceva în spatele meu, aşa cum trebuie să procedeze orice pistolar şcolit.

Am trecut de arcadă. Bărbatul chel din Volvo-ul multicolor încă stă cu mâinile pe volan şi deşi ne îndreptăm spre el, nu ne acordă nicio atenţie, e prea preocupat să se uite în faţă. Oare Christoph intenţionează să mă ia la plimbarea proverbială înainte de a mă scuti de suferinţă? Dacă da, şansa mea de a scăpa va apărea când încearcă să mă urce în maşină. Am făcut asta o dată, demult: i-am rupt mâna cu portiera când încerca să mă silească să urc pe bancheta din spate.

Automobilele trec în ambele direcţii, de aceea trebuie să aşteptăm un spaţiu liber în trafic pentru a traversa strada, mă întreb dacă voi avea prilejul de a mă încăiera cu el şi, în cel mai rău caz, să îl îmbrâncesc spre o maşină. Am ajuns pe trotuarul de vizavi şi încă sunt nedumerit. Am trecut de acel Volvo fără ca între Christoph şi şoferul lui chel să apară vreun semn sau cuvânt, prin urmare, am înţeles eu greşit, iar între cei doi nu există nicio legătură, iar cel care i-a împrumutat pistolul Walther stă în Hackney sau altundeva, jucând cărţi cu prieteni deştepţi.

Stăm pe Embankment, unde există un parapet din cărămidă înalt de aproape un metru şi jumătate, eu rămân cu faţa spre el, având în faţă fluviul şi luminile din Lambeth, aflat pe celălalt mal, pentru că deja a coborât amurgul, încă blând pentru acea oră a zilei. Dinspre apă vine o briză plăcută, ambarcaţiuni destul de mari alunecă prin dreptul nostru, iar eu rămân cu mâinile pe parapet şi cu spatele la el, sperând că se va apropia îndeajuns ca să încerc trucul învăţat cu pistoale cu apă, dar nu-i simt prezenţa, iar el nu vorbeşte.

Rămânând cu mâinile larg desfăcute ca să le poată vedea, mă întorc încet. El se află la aproape doi metri depărtare de mine, tot cu mâna dreaptă în buzunarul pardesiului. Respiră chinuit, iar fața lui mare și palidă este umedă și lucioasă în lumina scăzută. Prin dreptul nostru trec oameni, dar nu printre noi. Ceva în ceea ne privește le spune să ne ocolească. Mai precis, este vorba de ceva legat de masivitatea lui Christoph, de pardesiu și de pălărie. Și-a scos din nou arma, ori o ține tot în buzunar? Încă își păstrează postura de gangster? Foarte târziu, îmi dau seama că omul care se îmbracă astfel vrea să fie temut; iar cel care vrea să fie temut este temător, și probabil că asta îmi dă curajul nebunesc de a-l provoca.

– Hai, Christoph, fă-o, spun eu în timp ce o pereche de vârstă mijlocie trece grăbită pe lângă noi. Împușcă-mă, dacă pentru asta ai venit. Ce mai înseamnă un an de viață pentru un om de vârsta mea? Sunt dispus oricând să mor frumos. Împușcă-mă. Apoi o să-ți petreci restul vieții felicitându-te în timp ce vei putrezi în pușcărie. Ai mai văzut oameni bătrâni murind în detenție. Fii și tu încă unul.

Deja mușchii spinării mele se frământă, simt un puls bătându-mi în urechi și nu aș fi putut spune dacă asta se datora trecerii unei barje, ori dacă era vorba de ceva ce se petrecea în mintea mea. Mi se uscase gura după ce vorbisem, iar privirea mi se aburise, deoarece mi-a trebuit ceva timp până să-mi dau seama că el se afla alături de mine, aplecat mult peste parapet, icnind și suspinând adânc din cauza durerii și furiei.

Mi-am petrecut un braț pe după spatele lui și i-am scos cu delicatețe mâna din buzunar. După ce a apărut fără să țină pistolul între degete. Am scos arma în locul lui și am aruncat-o cât mai departe am putut în apa fluviului, dar nu am auzit nimic drept răspuns. Și-a ținut brațele pe parapet și și-a lăsat capul între ele. L-am scotocit în celălalt buzunar, gândind că mai avea un încărcător plin care să îi dea curaj și, bineînțeles, l-am găsit. Tocmai îl aruncasem și pe acela în fluviu, când bărbatul chel din Volvo-ul multicolor, care, spre deosebire de Christoph, era foarte scund și părea subnutrit, l-a prins de talie din spate și l-a tras înapoi, dar fără niciun rezultat.

Împreună, l-am smuls de lângă parapet și l-am dus cu forța până la mașină. În acest timp, Christoph a început să urle. Am dat să deschid portiera din dreapta șoferului, dar cel care îmi dădea o mână de ajutor deja deschisese ușa din spate dreapta. Tot împreună, l-am îngrămădit înăuntru și am trântit portiera, atenuând, dar nu și amuțind urletele lui. Volvo-ul s-a îndepărtat. Am rămas singur pe trotuar. Treptat, traficul și zgomotele lui s-au reluat. Eram încă în viață. Am oprit un taxi și i-am cerut șoferului să mă ducă la British Museum.

*

Întâi, aleea presărată cu pietriș. Apoi, parcarea privată, care duhnea a gunoi în descompunere. După aceea, cele șase porți doar pentru persoane: a noastră era ultima de pe dreapta. Chiar dacă urletele lui Christoph continuau să îmi răsune în urechi, am refuzat să le ascult. Zăvorul acelei porți a scos un scârțâit. Am auzit bine asta. Întotdeauna scârțâia, oricât de bine l-am fi uns. Când știam că va veni Control, lăsam poarta deschisă, astfel încât să fim siliți să audă comentariul acru al bătrânului diavol privind faptul că era anunțat de sunete de cinele. Lespezi de piatră de York. Eu și Mendel le așezaserăm. Și am pus semințe de gazon între ele. Căsuța pentru păsărele. Niciuna nu a plecat de acolo. Trei pași până la ușa bucătăriei și umbra neclintită a lui Millie McCraig urmărindu-mă pe fereastră, ținându-și o mână ridicată, interzicându-mi să intru.

Stăm într-un șopron improvizat din grădină, construit lângă zid, pentru a proteja pubelele ei și resturile bicicletei ei de damă, exilată din casă de Laura, învelită într-o prelată și fără roți, pentru mai multă siguranță. Vorbim în murmure. Probabil că așa am procedat mereu. Pisica secretă ne urmărește de la fereastra bucătăriei.

– Peter, nu știu ce și unde au pus, se confesează ea. Nu am încredere în telefon. În fine, niciodată n-am avut. Nu am încredere nici în pereți. Nu am habar ce fel de microfoane au și nici unde le plasează.

– Ai auzit ce mi-a spus Tabitha despre probe?

– În parte, da, am auzit. Îndeajuns.

– Mai ai încă tot ce ți-am dat noi? Declarațiile originale, corespondența și orice altceva ți-a cerut George să ascunzi?

– Le-am transcris chiar eu în micropuncte. Le-am ascuns. Am și asta.

– Unde?

– În grădina mea. În căsuța pentru păsări. În casetele lor cerate. În aia – aia fiind ceea ce a mai rămas din bicicletă. Peter, în zilele noastre, ăștia nu mai au habar unde să caute. Nu au instruirea necesară, adaugă ea cu indignare în glas.

– Inclusiv discuția lui George cu Windfall la Tabăra 4? Cel legat de recrutare? Aranjamentul?

– Da. Disimulată ca o parte din colecția mea de discuri clasice de gramofon. A fost transferată pe disc de Oliver Mendel. Le ascult din când în când. Ca să aud vocea lui George. Încă îmi place. Peter, ești căsătorit?

– Doar cu ferma și animalele. Dar tu ce-ai păstrat din viață, Millie?

– Am amintirile mele. Și pe Creator. Ăștia din conducerea nouă mi-au acordat timp până luni ca să mă mut. N-o să-i las să aștepte.

– Și unde te duci?

– O să mor. Am o soră la Aberdeen. Nu ți le dau, Peter, dacă pentru asta ai venit.

– Nu pentru binele suprem?

– Nu există un bine suprem dacă George nu spune asta. Niciodată nu a fost.

– El unde e?

– Nu știu. Și chiar de-aș ști, tot nu ți-aș spune. E în viață, asta e sigur. Am primit felicitări de ziua mea de naștere și de Crăciun. Nu uită niciodată. Întotdeauna le trimite la sora mea, niciodată aici, din motive de securitate. La fel ca întotdeauna.

– Dar dacă aş vrea să-l găsesc, încotro ar fi cazul să mă îndrept? Trebuie să existe cineva, Millie. Ştii despre cine e vorba.

– Probabil că Jim. Dacă-ţi va spune.

– Pot să-i telefonez? Ce număr are?

– Lui Jim nu-i plăceau telefoanele. Nici acum.

– Dar e în acelaşi loc?

– Aşa cred.

Fără alte cuvinte, ea mă prinde de umeri într-o strânsoare feroce cu mâinile ei firave şi îmi acordă un sărut cu buzele strânse.

*

În acea seară am ajuns până în Reading şi m-am cazat într-un cămin studenţesc, unde nimeni nu se interesa de adevăratul tău nume. Dacă nu fusesem dat drept dispărut de la Dolphin Square, prima persoană care va remarca absenţa mea avea să fie Tabitha, la ora zece, în dimineaţa următoare. Dacă urma să se declanşeze o vânătoare generală, nu credeam că ea va fi declanşată înainte de miezul zilei. Am luat micul dejun în voie, mi-am cumpărat un bilet până la Exeter şi am stat în picioare până la Taunton în trenul aglomerat. Trecând apoi printr-o parcare, m-am îndreptat spre periferia oraşului, unde am aşteptat căderea întunericului.

Nu dădusem ochii cu Jim Prideaux de când Control îl trimisese în acea misiune ratată în Cehoslovacia, care îl costase un glonţ în spinare, dar şi atenţia neadormită a echipei de tortură. Prin naştere, amândoi eram metişi: Jim era în parte ceh şi în parte normand, în vreme ce eu eram breton. Influenţa slavă din Jim mergea adânc. Când era mic dusese mesaje şi tăiase gâtlejurile nemţilor în numele rezistenţei cehe. Probabil că studiile de la Cambridge l-au educat, dar nu l-au domolit. Când s-a alăturat Circului, până şi instructorii de luptă corp la corp au învăţat să se ferească de el.

Taxiul m-a lăsat la porţile principale. Pe o tăbliţă înnoroită scria: ACUM DESCHIS ŞI PENTRU FETE. O alee presărată cu gropi şerpuia spre o vilă impozantă şi cam în paragină, înconjurată de clădiri scunde, din prefabricate. Ocolind gropile, am trecut pe lângă un teren de joacă, un pavilion de crichet, dărăpănat, două case pentru muncitori şi un grup de ponei cu coame lăţoase care păşteau într-un padoc. Prin dreptul meu au trecut doi băieţi pe biciclete, cel mai mare dintre ei având o vioară prinsă pe spate, iar cel mic un violoncel. Fluturând o mână, le-am făcut semn să oprească.

– Îl caut pe domnul Prideaux, am spus. S-au uitat nedumeriţi unul la celălalt. Un om din personalul de aici, aşa mi s-a spus. Predă limbi străine. Sau o făcea.

Cel mare a clătinat din cap şi a dat să pornească mai departe.

– Vă referiţi cumva la Jim? a spus cel mic. Un domn bătrân care merge şchiopătat. Stă într-o rulotă din Dip. Predă franceză la opţionale şi rugbi pentru juniori.

– Ce Dip?

– O luaţi la stânga pe lângă clădirea şcolii, ţineţi drumul până vedeţi o maşină Alvis. Iertaţi-ne, dar suntem deja în întârziere.

Am luat-o la stânga. Înapoia ferestrelor, copii, băieţi şi fete stau aplecaţi deasupra pupitrelor în lumina neoanelor. Ajuns în cealaltă parte a clădirii, am trecut prin dreptul unui şir de săli de clasă temporare. Drumul cobora spre un pâlc de pini. În faţa lor, sub o prelată, contururile unei maşini de epocă, iar alături de ea, o rulotă prin a cărei fereastră, chiar dacă avea perdele trase, se vedea lumină. Dinăuntru răzbăteau acorduri de muzică de Mahler. Am bătut în uşă şi mi-a răspuns o voce morocănoasă şi furioasă.

– Du-te de-aici, băiete! Fous-moi la paix[1]! Caută în dicţionar.

M-am apropiat de fereastra cu perdeaua trasă şi, scoţând un pix din buzunar, am întins mâna şi am bătut semnul cunoscut, apoi

[1] Dă-mi pace! (fr.) (n.tr.)

i-am lăsat timp să pună pistolul deoparte, dacă asta făcea, pentru că în cazul lui Jim nu știi niciodată cum va reacționa.

*

Cu o sticlă de șliboviță pe masă, pe jumătate cherchelit, Jim a scos un al doilea pahar și a oprit casetofonul. În lumina lămpii cu parafină, fața lui apare asprită de durere și vârstă. El stă cu spinarea cocoșată lipită de spătarul tapițat al scaunului sărăcăcios. Cei torturați alcătuiesc o clasă aparte. Îți poți imagina până la ce apogeu au ajuns caznele, dar niciodată nu-ți poți imagina cum au reușit să se întoarcă la lumea normală dinainte.

– Școala asta nenorocită s-a dus naibii, spune el lătrat, cu o izbucnire de râs agitat. Thursgood, așa îl chema pe individ. Directorul. Avea o soție perfectă. Doi copii. A devenit homo, nenorocitul, a spus el apăsat, pe un ton exagerat de batjocoritor. A fugit cu bucătarul șef al școlii. A luat banii de salarii. În Noua Zeelandă, sau cine știe unde. Nu sunt bani în buget pentru plata personalului nici până la sfârșitul săptămânii. N-aș fi crezut că e în stare de așa ceva. În fine – chicotind în timp ce umple paharele –, ce poți face, ia zi? Nu-i poți lăsa baltă pe puști, mai ales la mijlocul anului școlar. Vin examenele. Campionatul de crichet. Premiile școlare. Eu am pensia, și ceva în plus după ce am umblat atâta prin lume. Vreo două familii au făcut donații. George cunoștea un bancher. Ei bine, după asta, școala n-o să-mi dea un șut în fund, nu? A băut și m-a măsurat peste buza paharului. N-or să mă trimită pachet în Cehoslovacia după potcoave de cai morți, nu crezi? Mai ales că acum se giugiulesc din nou cu Moscova.

– Vreau să vorbesc cu George, am spus.

Preț de câteva momente nu s-a întâmplat nimic. Din lumea care se întuneca afară se auzeau doar foșnetele copacilor și mugetele vitelor. Iar în fața mea, corpul diform al lui Jim stând nemișcat, lipit de peretele rulotei și privirea lui de slav care mă țintuiește pe sub sprâncenele negre și neîngrijite.

– De-a lungul anilor, George s-a purtat al naibii de frumos cu mine, asta e. Nu oricine e dispus să ajute un informator terminat. Nu sunt convins că are nevoie de tine, sincer. Trebuie să-l întreb.

– Cum o să faci asta?

– George nu-i un jucător înnăscut pentru jocul spionajului. Nu ştiu cum de s-a vârât în aşa ceva. A luat totul pe umerii lui. Şi-n meseria asta nu se procedează astfel. Nu poţi simţi durerea celorlalţi la fel de bine ca pe a ta. Mai ales dacă vrei să mergi mai departe. După mine, nenorocita aia de soţie a lui ar avea de răspuns la multe. La naiba, ce-a fost în capul ei? a întrebat el, şi a redevenit tăcut, strâmbându-se şi provocându-mă să-i răspund la întrebare.

Dar Jim nu s-a dat niciodată în vânt după femei, aşa că nu îi puteam oferi un răspuns care să nu includă numele rivalului şi fostului amant Bill Haydon, care îl recrutase pentru Circ, l-a trădat stăpânilor lui şi s-a culcat cu soţia lui Smiley ca să aibă acoperire.

– S-a ales ciopârţit în legătură cu Karla, tocmai el, s-a plâns Jim, referindu-se tot la Smiley. Ticălosul acela şmecher de la Centrala din Moscova, care i-a recrutat pe toţi informatorii aceia pe termen lung ca să acţioneze împotriva noastră.

Dintre care Bill Haydon a fost cel mai spectaculos, ar fi putut adăuga, dacă ar fi avut tăria să rostească numele celui căruia despre care se spune că îl sfărâmase cu mâinile goale, în timp ce Haydon lâncezea la Sarrat, aşteptând să fie trimis la Moscova ca parte a unei înţelegeri de schimb de agenţi cu ruşii.

– În primul rând, bătrânul George l-a convins pe Karla să vină în Occident. I-a descoperit punctul slab, a insistat, trebuie să-i recunosc meritul. Obţine informaţii. Îi face rost de un alt nume şi îi găseşte o slujbă în America de Sud. Să ţină cursuri de studii ruseşti pentru latino-americani. Îl expediază acolo. Nimic nu i-a dat bătăi mari de cap. Şi un an mai târziu, nenorocitul se împuşcă şi asta îi frânge inima lui George. Cum dracu' s-a întâmplat asta? I-am spus: „Ce naiba te-a apucat, George? Karla s-a sinucis. Norocul lui".

Întotdeauna asta a fost beleaua cu George, a văzut ambele laturi ale problemei. Şi asta l-a epuizat.

Cu un geamăt de durere sau de reţinere, a turnat din nou în pahare.

– Eşti cumva pe fugă? m-a întrebat.

– Da.

– Spre Franţa?

– Da.

– Ce fel de paşaport ai?

– Britanic.

– Şi Biroul ţi-a pus deja numele pe listă?

– Nu ştiu. Vreau să cred că nu.

– La Southampton ai cea mai bună şansă. Stai cuminte şi iei un feribot aglomerat de la miezul zilei.

– Mulţumesc de sfat. Exact asta plănuiam şi eu.

– E vorba de Tulip, adevărat? Doar nu s-au apucat să scoată la lumină chestia aia, ia zi? – făcând o mână pumn şi trecând-o peste gură ca şi cum ar dori să alunge o amintire intolerabilă.

– E vorba de întreaga Operaţiune Windfall, am spus eu. Se desfăşoară o anchetă parlamentară extinsă care atacă dur Circul. În absenţa lui George, m-au ales pe mine drept personajul negativ din piesă.

Abia am apucat să rostesc acele cuvinte că el a lovit cu pumnul în tăblia mesei dintre noi, făcând paharele să scoată clinchete.

– Are pe dracu' legătură cu George! Ticălosul acela de Mundt a ucis-o! El i-a omorât pe toţi! Pe Alec şi pe fată!

– Da, Jim, asta trebuie să putem declara în faţa judecătorilor. Ăştia au aruncat totul în cârca mea. Probabil că şi-n a ta, dacă extrag numele tău din dosare. De aceea, am mare nevoie de George.

Şi cum el încă nu îmi răspunde, spun:

– Aşadar, cum dau de el?

– Nu poţi.

– Dar tu cum o faci?

Încă o tăcere încărcată de furie.

– Telefoane publice, dacă ţii să ştii. Nimic local, nici nu m-aş atinge de vreunul. Şi niciodată acelaşi de două ori. Întotdeauna convenim dinainte asupra următoarei întâlniri.

– Tu lui? Sau el ţie?

– Câte ceva din fiecare.

– Numărul de telefon e mereu acelaşi?

– Ar putea fi.

– E telefon fix?

– Ar putea fi.

– Atunci ştii unde să-l găseşti, adevărat?

Luând un caiet şcolar dintr-un morman aflat aproape de cotul lui, a rupt o filă curată din el. Iar eu i-am întins pixul.

– Kollegiengebäude drei, a intonat el în timp ce a scris. Biblioteca. O femeie pe nume Friede. Ţi-e de ajuns? – iar după ce mi-a întins fila, s-a rezemat de spătar şi a închis ochii, aşteptând ca eu să-l las în pace.

*

Nu era adevărat că îmi propusesem să prind un feribot aglomerat de la miezul zilei de la Southamtpton. Nu era adevărat că aveam asupra mea un paşaport britanic. Nu mi-a făcut plăcere să îl mint, dar în cazul lui Jim nu se ştie niciodată.

Un zbor de dimineaţă de la Bristol m-a dus pe aeroportul Le Bourget. Când am coborât scara, am fost asaltat de amintiri legate de Tulip: acum e ultima oară că te văd în viaţă, acolo ţi-am promis că îl vei avea curând pe Gustav lângă tine, acolo m-am rugat ca tu să întorci capul, dar nu ai făcut-o.

De la Paris, am luat un tren spre Basel. Când am ajuns la Freiburg, furia şi perplexitatea pe care mi le ţinusem în frâu în zilele de confruntare cu inchiziţia au revenit în goană la suprafaţă. Cine se făcea vinovat de muşamalizarea îndatoritoare de o viaţă dacă nu George Smiley? Eu am fost acela care primise sugestia de a se împrieteni cu Liz Gold? Fusese ideea mea să îl mint pe Alec, capra noastră priponită, așa cum îl numise Tabitha, iar apoi să îl văd căzând în capcana pe care George o pregătise pentru Mundt?

Ei bine, acum era momentul adevărului. Momentul pentru a primi răspunsuri clare la întrebări dure, precum: George, te-ai apucat în mod conștient să suprimi umanitatea din mine, ori am fost și eu o victimă colaterală? Sau: ce poţi spune despre umanitatea ta și de ce ea a trebuit să fie întotdeauna vioara a doua în slujba unei cauze superioare, mai abstracte, pe care nu o mai percep acum sau nu am putut-o face vreodată? Ori, ca să exprim lucrurile în alt fel: de cât de multe dintre sentimentele noastre umane ne putem lipsi în numele libertăţii, să zicem, înainte de a înceta să ne simţim umani sau liberi? Ori am suferit pur și simplu de incurabila boală englezească de a simţi nevoia să intrăm în jocul mondial, când noi nu mai eram participanţi la acest joc?

Doamna plină de solicitudine numită Friede, de la recepţie, mi-a spus pe un ton viguros că Biblioteca Kollegiengebäude Numărul Trei se afla în clădirea aflată dincolo de curte, iar eu trebuia să intru pe ușa mare și să o iau la dreapta. Pe ea nu scria BIBLIOTECĂ și, în realitate, nu era chiar o bibliotecă, ci doar o sală de lectură tăcută, pusă la dispoziţia cercetătorilor aflaţi în vizită.

Și mi-a amintit să fiu bun și să păstrez tăcerea, pentru că aceasta era regula acolo.

*

Nu știu dacă Jim îi comunicase într-un fel sau altul lui George că veneam la el sau dacă nu cumva mi-a perceput pur și simplu prezenţa acolo. Stătea la un pupitru încărcat de documente, la o fereastră-logie, cu spatele spre mine, la un unghi care să îi ofere suficientă lumină pentru a citi și pentru a-și satisface nevoia să aibă în faţă priveliștea dealurilor și pădurilor înconjurătoare. Din câte am văzut, în sală nu era nicio altă persoană: doar un șir de alcovuri din lemn cu pupitre și bănci confortabile, acum libere. Am dat un mic ocol până când ne-am putut vedea unul pe celălalt. Și cum George păruse întotdeauna mai bătrân decât vârsta lui, m-am simțit ușurat să văd că nu mă aștepta nicio surpriză neplăcută. Era același George, doar ajuns la vârsta la care păruse mereu a fi, dar un George cu un pulover roșu și pantaloni galbeni din catifea reiată, ceea ce m-a surprins, pentru că îl văzusem mai întotdeauna purtând un costum ieftin. Iar dacă în repaus trăsăturile lui își păstraseră tristețea ca de bufniță, în salutul lui nu am perceput nici urmă de tristețe când, cu o explozie de energie, a sărit în picioare și mi-a prins mâna dreaptă între ambele mâini.

– Așa, ce Dumnezeu citești aici? am protestat la întâmplare, păstrându-mi glasul scăzut, deoarece liniștea era regula în acel loc.

– O, dragul meu, nici măcar nu întreba. La bătrânețe, un spion bătrân caută să afle adevărul vremurilor. Arăți dizgrațios de tânăr, Peter. Ai apelat la vechile tale trucuri?

Își strânge cărțile și hârtiile și le depune într-un dulăpior. Dintr-un obicei vechi, îi dau o mână de ajutor.

Și cum acela nu este nicidecum locul potrivit pentru confruntarea pe care am plănuit-o, îl întreb în schimb ce mai face Ann.

– E bine, Peter, mulțumesc de întrebare. Da. Foarte bine, dacă ținem seama de toate – și încuie dulăpiorul, după care strecoară cheia într-un buzunar. Mă vizitează din când în când. Ne plimbăm. Prin Pădurea Neagră. Nu e chiar maratonul de altădată, recunosc. Dar ne plimbăm.

Discuția noastră cu glasuri scăzute se încheie când o doamnă în vârstă intră în sală și, după ce se debarasează cu o oarecare dificultate de geanta de umăr, își răsfiră hârtiile, își pune ochelarii peste o ureche și cealaltă, și cu un oftat răsunător, se așază în alcovul ei. Și cred că oftatul ei a subminat și ultimele mele rezerve de hotărâre.

*

Stăm în apartamentul spartan de burlac al lui George, aflat într-o clădire de pe un deal care domină orașul. Ascultă ce îi spun ca nici o altă persoană pe care o cunosc. Corpul lui mic intră într-un soi de hibernare. Pleoapele lungi sunt pe jumătate închise. Nu o încruntare, nicio aprobare, nici măcar o ridicare a sprâncenelor decât după ce închei de vorbit. Iar când termini – și se convinge că așa este, acuzându-te de o prezentare a unui argument obscur pe care l-ai omis sau l-ai rasolit – nu poți sesiza nicio surpriză, nici vreun moment de aprobare sau dezaprobare care să te judece. Cu atât mai surprinzător este că în momentul în care ajung la capătul relatării mele oricum prea lungi – timp în care crepusculul a sosit, iar orașul de sub noi dispare sub vălurile de ceață ale serii prin care răzbat puncte de lumină – el se vede silit, cu o mare energie, să tragă draperiile față de lume și să își exprime o furie nestăvilită pe care nu am văzut-o niciodată la el.

– Lașii. Niște lași desăvârșiți. Peter, e condamnabil. Karen, așa ai spus că o cheamă? O s-o caut imediat pe Karen. Probabil că mă va lăsa să merg la ea ca să purtăm o discuție. Mai degrabă o aduc aici, dacă va fi de acord. Și dacă Christoph va dori să stea de vorbă cu mine, ar face bine să vină aici. Iar după o pauză oarecum deconcertantă: Și Gustav, desigur. Ai spus că s-a stabilit o dată pentru audieri? Voi face o depoziție. O voi depune sub jurământ. Mă ofer ca martor în slujba adevărului. În orice tribunal preferă ei.

– Nu am știut despre asta, a continuat el, pe același ton furios. Nimic. Nu m-a căutat nimeni, nimeni nu m-a informat. Chiar în retragere, puteam fi găsit imediat, a insistat el, fără să explice de ce anume se izola. La Grajduri? a continuat el cu indignare în glas. Am presupus că fuseseră închise demult. Când am plecat de la Circ, am cedat împuternicirea avocaților. Nu-mi pot imagina ce s-a întâmplat după aceea. Din câte se pare, nimic. Cât privește anchete parlamentare? Procese? Nicio vorbă, nicio șoaptă. De ce nu? Să-ți spun de ce. Pentru că nu au vrut ca eu să aflu despre așa ceva. Eram prea sus în ierarhie ca să le convină. Înțeleg totul. Un fost șef al Operațiunilor Speciale în boxă? Admițând că a sacrificat un agent bun și o femeie nevinovată pentru o cauză pe care lumea abia dacă și-o amintește? Și totul planificat și aprobat personal de șeful Serviciului? Asta nu ar da deloc bine cu stăpânii noștri din prezent. Nimic nu trebuie să pângărească imaginea de sfințenie a Serviciului. Doamne Dumnezeule! Se înțelege de la sine că îi voi transmite imediat instrucțiuni lui Millie McCraig să dea publicității toate documentele și ceea ce am lăsat în grija ei, a continuat el cu voce mai calmă. Windfall mă bântuie până în ziua de azi. Mă va bântui mereu. Îmi asum toată vina. Am contat pe cruzimea lui Mundt, dar am subestimat-o. Ispita de a ucide martorii a fost mult prea mare pentru el ca să-i reziste.

– Dar, George, protestez eu. Windfall a fost operațiunea lui Control. Tu doar ai acceptat ideea.

– Ceea ce reprezintă păcatul cel mare, din păcate. Peter, îți pot oferi canapeaua pentru noaptea asta?

– Nu e cazul, pentru că mi-am rezervat o cameră la Basel. Nu e departe. Și mâine-dimineață iau un tren spre Paris.

Era o minciună și cred că el a ghicit-o.

– Înseamnă că ultimul tău tren este la unsprezece și zece. Pot să-ți ofer ceva de mâncat înainte de plecare?

Din motive prea profunde pentru mine, nu socotisem firesc să îi spun despre încercarea eșuată a lui Christoph de a mă ucide, cu atât mai puțin despre tirada lui Alec, tatăl lui, împotriva Serviciului pe care totuși îl iubea. Cu toate acestea, următoarele cuvinte ale lui George au putut fi interpretate drept răspuns la perorația lui Christoph:

– Peter, nu am fost nemiloși. Niciodată nu am fost neîndurători. Am fost chiar miloși. Da, se poate spune că mila a fost arătată cui nu merita. Cu siguranță că efortul ăsta a fost inutil. Acum știm asta. Atunci nu știam.

Pentru prima oară de când îl cunoșteam, a riscat să își lase o mână pe umărul meu, doar pentru a o retrage de parcă s-ar fi fript.

– Peter, dar tu ai știut! Sigur ai știut. Tu și inima ta bună. Din ce alt motiv l-ai fi căutat pe sărmanul Gustav? Te-am admirat pentru asta. Dedicat lui Gustav, dăruit bietei lui mame. Sunt convins că ea a reprezentat o mare pierdere pentru tine.

Nu avusesem habar că își dădea seama de efortul meu neconvingător de a-i oferi o mână de ajutor lui Gustav, dar nu am rămas din cale-afară de surprins. Acesta era George pe care mi-l aminteam: știind totul despre fragilitatea celorlalți, refuzând cu stoicism să o recunoască pe a sa.

– Și Catherine a ta e bine?

– Da, sigur, mulțumesc de întrebare.

– La fel și fiul ei, da?

– De fapt, fiică. E bine.

Uitase că Isabelle era fată? Ori rămăsese cu gândul la Gustav?

*

Un han vechi pentru poștalioane, în apropierea catedralei. Trofee de vânătoare țintuite pe panouri negre. Clădirea se află acolo de o veșnicie, ori a fost bombardată, făcută una cu pământul și reconstruită cu ajutorul unor desene vechi. În prezent, specialitatea casei este vânat marinat. George îmi recomandă localul și constat că există un vin de Baden care să se potrivească. Da, încă trăiesc în Franța, George. E încântat de mine. Și-a stabilit domiciliul la Freiburg? Temporar da, Peter, da. Rămâne de văzut cât de temporar. Apoi, ca și cum ideea i-a venit abia acum, deși eu am bănuit că a existat între noi tot timpul:

– Peter, cred că ai venit să mă acuzi de ceva. Am dreptate? Și cum este rândul meu să ezit, continuă: A fost pentru lucrurile pe care le-am făcut, așa ai spune? Ori de ce le-am făcut, totuși? m-a întrebat el pe cel mai blând ton. De ce le-am făcut eu, ceea ce ar fi mai aproape de adevăr. Ai fost un soldat credincios. Nu era treaba ta să te întrebi de ce soarele răsare dimineața.

Aș fi putut pune toate astea la îndoială, dar nu am vrut să întrerup șirul gândurilor lui.

– Pentru pacea mondială, indiferent ce ar însemna asta? Da, da, bineînţeles. Nu va izbucni un război, dar în lupta pentru pace nu va rămâne nici piatră pe piatră, după cum obişnuiau să spună amicii noştri ruşi. A tăcut, doar pentru a reveni cu mai multă vigoare: Ori totul a fost în numele măreţ al capitalismului? Doamne păzeşte. Pentru creştinătate? Doamne fereşte, din nou.

O gură de vin, un zâmbet mirat, îndreptat nu spre mine, ci spre sine.

– Aşadar, a fost pentru Anglia? a revenit el. A existat o vreme, sigur că da. Dar a cui Anglie? Care Anglie? Anglia absolut singură, un cetăţean de niciunde? Peter, sunt european. Dacă am avut o misiune, dacă am fost vreodată conştient de o misiune dincolo de lupta noastră cu inamicul, aceea a fost Europa. Dacă am avut un ideal de neatins, acela a fost să scot Europa din bezna ei spre un nou secol al raţiunii. Încă nu am renunţat la idealul ăsta.

O tăcere, mai adâncă, mai lungă decât oricare alta care îmi venea în minte, chiar şi în momentele noastre cele mai nefericite. Contururile fluide ale chipului îngheţat, fruntea îndreptată în jos, cu pleoapele umbrite coborâte peste ochi. Cu un aer absent, George ridică un deget arătător spre rama ochelarilor de pe nas, verificând dacă încă sunt la locul lor. Asta până când, cu o clătinare din cap, ca şi cum ar voi să scape de un vis rău, a zâmbit.

– Iartă-mă, Peter, am început să ţin predici. Mai avem de discutat zece minute, până ajungem la gară. Îmi dai voie să te conduc?

14

Scriu toate acestea stând la biroul meu de la ferma Les Deux Eglises. Evenimentele pe care le-am prezentat s-au petrecut cu mult timp în urmă, însă pentru mine, ele sunt la fel de reale ca ghiveciul cu begonii care se află pe pervazul ferestrei, ori ca medaliile primite de tatăl meu, care sclipesc în caseta lor din lemn de mahon. Catherine şi-a cumpărat un computer. Îmi spune că face progrese în folosirea lui. Noaptea trecută am făcut dragoste, dar în braţe am strâns-o doar pe Tulip.

Încă mă duc spre golfuleţ. Iau bastonul cu mine, dar mă descurc. Câteodată, prietenul meu Honoré se află în faţa mea, stând ghemuit pe bucata de stâncă preferată de el, ţinând o sticlă de cidru prinsă între ghete. În cursul primăverii, am luat amândoi autobuzul până la Lorient, iar la insistenţele lui, am mers pe malul pe care mama obişnuia să mă ducă pentru a vedea navele mari care porneau spre răsărit. În prezent, malul este desfigurat de bastioane monstruoase din beton, construite de germani pentru submarinele lor. Indiferent câte bombardamente au declanşat, Aliaţii nu au reuşit să le clintească, însă oraşul a fost făcut praf. Prin urmare, ele au rămas, înalte cât un bloc de şase etaje, eterne ca şi piramidele.

Mă întrebam de ce mă adusese Honoré acolo, asta până când s-a oprit brusc şi a făcut un semn furios cu mâna spre ele.

– Ticălosul le-a vândut cimentul, a protestat el cu glas caracteristic pentru un breton.

Ticălos? Îmi trebuie un moment ca să mă conectez la situație... Desigur. Se referă la regretatul lui tată, care a fost spânzurat pentru că a colaborat cu nemții. Ar vrea să mă arăt șocat și se arată mulțumit că nu sunt astfel.

Duminică am avut parte de prima ninsoare a iernii. Vitele sunt disperate că s-au văzut închise. Isabelle a ajuns deja o fată măricică. Ieri, când i-am vorbit, mi-a zâmbit direct în față. Credem că, până la urmă, va începe să vorbească. Și iată-l pe Domnul General, care merge șerpuit în susul dealului cu furgoneta lui galbenă. Probabil că vom primi o nouă scrisoare din Anglia.

Mulţumiri

Sincerele mele mulţumiri lui Théo şi Marie Paule Guillou pentru generoasa şi edificatoarea îndrumare prin sudul Bretaniei; lui Anke Ertner, pentru neobositele ei cercetări privind Berlinul de Est şi de Vest în anii şaizeci şi pentru preţioasele amănunte ce ţin de amintiri personale; lui Jürgen Schwämmle, un cercetaş extraordinar, pentru descoperirea rutei de scăpare aleasă de Alec Leamas şi Tulip din Berlinul de Est până la Praga şi pentru că m-a condus pe acel drum; dar şi impecabilului nostru şofer Darin Damjanov, care a făcut din călătoria prin zăpadă un deliciu deosebit. Totodată, trebuie să le mulţumesc lui Jörg Drieselmann, John Steer şi Steffen Leide de la muzeul Stasi din Berlin pentru că mi-au prilejuit un tur personal al domeniului lor întunecat şi pentru darul de a avea propriul meu Petschaft (sigiliu). Şi, în cele din urmă, mulţumiri lui Philippe Sands care, cu simţ de avocat şi înţelegere de scriitor, m-a îndrumat printre obstacolele pe care le reprezintă comisiile parlamentare şi procesele. El este înţeleptul. Dacă apar erori, ele îmi aparţin.

John le Carré

biblioteca rao

FICȚIUNE ADULȚI

Mitch Albom. *Măsura timpului*
Pierre Assouline . . . . *Portretul*
Camille Aubray. . . . . *Cina cu Picasso*
David Baldacci . . . . *Lovitura de grație* (seria *Vega Jane* vol. 1) • *Tărâmul celor cinci cercuri* (seria *Vega Jane* vol. 2) • *Un simplu geniu* • *Rece ca piatra* • *Ziua zero*
Angela Becerra . . . . *Penultimul vis*
Ana Bell. . . . . *Lista de dorințe*
Mark Benecke. . . . . *Pe urmele crimelor*
Steve Berry . . . . *Afacerea Columb* • *Enigma reginei* • *Secretul marelui sigiliu* • *Taina președintelui* • *Tezaurul Împăratului*
Samuel Bjork. . . . . *Călătoresc singură*
Chris Bohjalian. . . . . *Închideți ochii, luați-vă de mână*
Serena Burdick . . . . *O fată în amurg*
John Burnham Schwartz . . . . *Împărăteasa* • *O singură clipă*
Jessie Burton . . . . *Miniaturista*
Mireille Calmel. . . . . *Cântul vrăjitoarelor* vol. 1 și 2
Carol Cassella . . . . *Oxigen*
Emma Cline . . . . *Fetele*
Sarah Cohen-Scali . . . . *Max*
Michael Connelly . . . . *Chipul dur al despărțirii* (seria *Harry Bosch*) • *Până la capăt* (seria *Mickey Haller*) • *Verdictul* • *Avocatul din limuzină* • *Jocul de domino* • *Adevărul din umbră*
John Connolly. . . . . *Răzbunătorii*
Michael Cox . . . . *Sensul nopții*
Blacke Crouch. . . . . *Materia întunecată*
Clive Cussler . . . . *Gheața de foc* • *Moarte în Arctica* • *Sabotorul* • *Urmărirea*
Clive Cussler și Dirk Cussler. . . . . . *Săgeata lui Poseidon* (seria *Dirk Pitt*) • *Zorii semilunii* (seria *Dirk Pitt*)
Manuel DeLope . . . . *Perlele călătoare*
Nelson DeMille. . . . . *Coasta de Aur* • *Întoarcerea la Coasta de Aur*
Karen Dionne . . . . *Evadarea din mlaștină*
Val Emmich. . . . . *Nu uita să-ți amintești*
Joseph Finder . . . . *Omul companiei*
Adam Foulds. *Labirintul însuflețit*
Gyle Forman . . . . *Fără mine*
Ulla Frohling. *Ființa din oglindă*

Adele Geras .... *Taina pictorului*

Javier Gonzales .... *Insula sfârșitului timpului*

John Grisham .... *Avocatul rebel* • *Calico Joe* • *Campionul din Arkansas* • *Ford County* • *Informatorul* • *Litigiul* • *Mărturisirea* • *Șantajul* • *Șirul de platani* • *Theodore Boone – Puștiul avocat* • *Theodore Boone – Răpirea* • *Theodore Boone – Acuzatul* • *Theodore Boone – Amenințarea*

Lauren Groff .... *Destin și furie*

Katryn Harkup .... *A de la arsenic. Otrăvurile Agathei Christie*

A.S.A. Harrison........ *Soția tăcută*

Antonio Hill .... *Vara jucăriilor moarte*

Gail Honeyman........ *Eleanor Oliphant se simte excelent*

Jay Hosking .... *Trei ani în labirint*

Catherine Isaac .... *Aici, acum, mereu*

Howard Jacobson .... *Chestiunea Finkler* • *J*

Christian Jacq .... *Fugarul* (vol. 1 seria *Răzbunarea zeilor*) • *Divina Adoratoare* (vol. 2 seria *Răzbunarea zeilor*)

Mack Karen & Kaufman Jennifer. . *Amanta lui Freud*

Dean Koontz .... *Noaptea lui Odd*

Danya Kukafka .... *Misterul fetei din zăpadă*

Will Landay........ *În apărarea lui Jacob*

John Le Carre .... *Cel mai vânat om* • *Genul nostru de trădător* • *Tunelul cu porumbei* • *Un adevăr delicat*

Maggie Lehrman .... *Orice lucru are prețul lui*

Forrest Leo........ *Un gentleman*

Susana Lopez Rubio........ *Intrați în El Encanto*

Charlie Lovett .... *Povestea anticarului*

Benjamin Ludwig........ *Ginny Moon: din secretele unei fetițe autiste*

Scott Lynch .... *Minciunile lui Locke Lamora* • *Pirații mărilor roșii*

Kathleen McGowan .... *Cartea iubirii* • *Prințul poet*

Benjamin Mee........ *Avem un ZOO!*

Brad Meltzer .... *Cercul asasinilor* • *Cercul cavalerilor* • *Jocul zero*

Claire Messud .... *Prietenie dispărută*

Maggie Mitchell .... *A doua fată*

Walter Moers........ *Cele 13 1/2 vieți ale căpitanului Urs Albastru*

Jeniffer Murphy .... *Te iubesc mai mult*

Tea Obreht........ *Soția tigrului*

James Patterson / Maxine Paetro . . *Private – Agenția de investigații*

David Park........................*Comisarul adevărului*
Chris Pavone....................*Expatriații*
Malin Person Giolito ....*Nisipuri mișcătoare*
Michael Poore...................*Dansul reîncarnării*
Francine Prose ....*Prima iubire*
Manicka Rani ....*Zeița orezului*
James Reese.....................*Dosarul Dracula*
T.R. Richmond ....*Ce-a lăsat în urmă*
Imogen Robertson ....*Iarna la Paris*
Patrick Rothfuss ....*Numele vântului* • *Teama înțeleptului* • *Tainica iscodire a celor tăcute*
Brian Ruckley ....*Nașterea iernii* – seria *Lumea fără zei*
Clara Sanchez ....*Misterul numelui tău*
Lisa See..........................*Floare de zăpadă și evantaiul secret* • *Dragostea florii de bujor* • *Frumoasele chinezoaice*
Javier Sierra ....*Îngerul pierdut* • *Maestrul de la Prado*
Lorenzo Silva....................*Linia meridianului*
Indra Sinha ....*Oamenii lui Animal*
Dan Smith ....*Ținta: Președintele*
Wilbur Smith.....................*În pericol* • *Orizontul albastru*
Jose Carlos Somoza ....*Cheia Adâncului*
Nicholas Sparks..................*Privește-mă!*
Olen Steinhauer ....*Turistul*
Emma Straub.....................*Soare și nori în Mallorca*
Sarah Stricker ....*Cinci copeici*
Anne Sward......................*Cu sufletul la gură*
James D. Tabor ....*Dinastia Iisus*
Kathryn Taylor ....*Moștenirea partea 1* și *partea 2* (Saga *Daringham Hall*) • *Hotărârea*
Yasuko Thanh ....*Mireasma misterioasă a munților Galbeni*
Brad Thor........................*Lista neagră*
J.R.R. Tolkien ....*Legenda lui Sigurd și a lui Gudrun* (ediție bilingvă) • *Copiii lui Hurin* • *Hobbitul* • *Frăția inelului* (vol. 1 trilogia *Stăpânul Inelelor*) • *Cele două turnuri* (vol. 2 trilogia Stăpânul Inelelor) • *Întoarcerea Regelui* (vol. 3 trilogia *Stăpânul Inelelor*) • *Silmarillion*
S.K. Tremayne...................*Dublă identitate*
Heather Tucker..................*Fata din lut*
Simon Urban.....................*Planul D*
Timur Vermes....................*Ia uite cine s-a întors*
Nicole C. Vosseler...............*Sub luna de șofran* • *Dincolo de Nil*

Leslye Walton .... *Straniile și minunatele amărăciuni ale Avei Lavender*
Michael White.................. *Secretul Medici*
David Wroblewski .... *Povestea lui Edgar Sawtelle*
Javier Yanez.................... *Stăpânul savanelor*
Joakim Zander .... *Fratele • Înotătorul*
Markus Zusak................... *Hoțul de cărți • Mesagerul*

ROMAN ISTORIC / DRAMĂ ISTORICĂ

Francisco Asensi................ *Sângele*
Paula Cifuentes................. *Vremea bastarzilor*
Catherine Delors .... *Iubire și sânge*
Luca Di Fulvio.................. *Fata care a atins cerul*
Ildefonso Falcones .... *Regina desculță*
Ken Follett..................... *Stâlpii pământului • O lume fără sfârșit • Codul „Rebecca"*
Antonio Garrido................. *Cititorul de cadavre*
Georgia Hunter.................. *Supraviețuitorii • Mâna Fatimei*
Antonio G. Iturbe............... *Bibliotecara de la Auschwitz*
Laura McVeigh .... *Sub stelele tăcute*
Colum McCann .... *Transatlantic*
Pauline Peters .... *Camera rubinie*
Lucy Ribchester .... *Clubul Clepsidrelor: Vremea sufragetelor*
Lutz Seiler .... *Kruso*
Jean Louis Vullierme .... *O oglindă a Occidentului*

CLASICI CONTEMPORANI

Albert Camus & Rene Char ...... *Corespondență 1946-1959*
Miguel Delibes .... *Ereticul*
William Faulkner .... *Hoțomanii • Iscoada în țărână • O parabolă • Pe patul de moarte • Recviem pentru o călugăriță*
Gabriel Garcia Marquez .... *N-am venit să țin un discurs*
Witold Gombrowicz .... *Jurnal* – vol. I și II
Hermann Hesse .... *Cele mai frumoase povestiri* vol. 1 și vol. 2 – colecția Nobel • *Narcis și Gură-de-Aur*
John Irving .... *Vaduvă pentru un an*
James Joyce .... *Stephen Eroul*
Andre Malraux .... *Carnet din URSS 1934*
Thomas Mann..................... *Casa Buddenbrook* vol. 1 și 2 – colecția Nobel
William Saroyan................. *Aventurile lui Wesley Jackson • Nebunie în familie*
John Steinbeck .... *Călătorii cu Charley*
Stefan Zweig .... *Amoc. Obsedatul*

RAO CONTEMPORAN

Angela Becerra .... *Ella*
Carlos Franz .... *Deșertul • Locul în care a fost paradisul*
Howard Jacobson .... *Vremea maimuțelor*
Siegfried Lenz .... *Un moment de reculegere*
Colum McCann .... *Goana nebună a lumii*
Patrick Modiano .... *Dora Bruder • Un pedigri*
Chimamanda Ngozi Adichie ..... *Hibiscus purpuriu*

AUTORI ROMÂNI CONTEMPORANI

Anghel Andreescu .... *Acțiunile separatiste*
Anghel Andreescu, Dan Andreescu, Dan Bardaș .... *Efectul migrației asupra securității României și a Europei*
Vartan Arachelian .... *Cartea regelui romantic și a fiilor fără de țară • Numele și umbra • Scânteia vine de la Moscova • Istoria unei supraviețuiri*
Ion Bâtlan .... *Reconsiderări filozofice*
Augustin Buzura .... *Absenții • Drumul cenușii • Nici vii, nici morți • Orgolii • Recviem pentru nebuni și bestii • Refugii • Vocile nopții*
Doina Cherecheș .... *Străinul din oglindă*
Eugen Ovidiu Chirovici .... *Cine a ucis-o pe Nora Jones? • Hoodoo Creek • O amintire de la Paris • Pulbere neagră • Sanitarium • Cartea oglinzilor*
Adrian Eugen Cristea, Marius Marinescu, Mihai Mitran ...... *Cartierul interzis*
Ciprian Enea .... *Jurnalul unui călător boem*
Corneliu Filip .... *Ion Ghițulescu, omul de la microfonul radio*
Freddy Gârbaci .... *Iubirea și faptele timpului*
Mircea Malița .... *Homo Fraudens • Istoria văzută prin ochii diplomatului*
Vanessa D. Maris .... *Imagini de Fado*
Eugen Mihăescu .... *Corina • Rebel • Între linii • Strigăte în pustiu*
Ștefan Mitroi .... *Atunci când era mereu duminică • Biblia pentru furnici • Dulce ca pelinul • Jocuri de nenoroc*
Doru Munteanu .... *Viața de împrumut*
Adrian Năstase .... *Sub Zodia Momentului: Blog'n Roll vol. 7 • Războiul lui Onoda: Blog'n Roll vol. 8*
Adrian Onciu .... *Templul negru*
Dan Ioan Panțoiu .... *Mercenarul întunericului*

Dumitru Popescu . . . . *Cătând în urmă, istovit, spre omul poliedric • Artemis sau uzurparea sentimentului • Singurătatea mărilor*
Tudor Vlad Popescu. . . . . *Taina. O nouă incursiune în irealitatea imediată*
Flaviu George Predescu. . . . . *Softul Ge*
Dinu Săraru. . . . . *Corrida • Ura din ochii vulpii*
Aurelian Silvestru . . . . *Cel rătăcit*
Mirel Taloş. . . . . *Colecționarul de nuduri*
Stelian Tănase . . . . *Nocturnă cu vampir*
Stelian Țurlea. . . . . *Trei femei*
Olimpian Ungherea . . . . *Dex masonic* – vol. 1 și 2 • *Sayonara. Confesiunile unui criminalist*

COLECȚIA PENTRU TINE

Antony Capella . . . . *Ofițerul stării civile*
Sarah Lark . . . . *În Țara Norului Alb*, vol. I din trilogia *În Țara Norului Alb* • *Cântecul maorilor* vol. II din trilogia *În Țara Norului Alb* • *Strigătul păsării Kiwi* vol. III din trilogia *În Țara Norului Alb* • *Aurul maorilor* vol. I din trilogia *KAURI*

COLECȚIA ICEBERG FICTION

Åsa Avidc. *Insula morții*
Anders de la Motte. . . . . *Jocul • Bubble • Buzz*
Roy Jacobsen . . . . *O minune de copil*
Henning Mankell . . . . *Câinii din Riga • Creierul lui Kennedy • Omul din Beijing • Pantofi italienești • Ucigași fără chip – seria Inspectorul Wallander*
Jo Nesbo. . . . . *Călăul • Steaua diavolului • Mântuitorul • Omul de zăpadă*
Jussi Adler Olsen . . . . *Camera groazei • Vânătorii de oameni • Somnul rațiunii*
Dan T. Sehlberg . . . . *Mona. Virus mortal*
Erik Axl Sund . . . . *Persona. Slăbiciunea Victoriei Bergman partea I • Trauma. Slăbiciunea Victoriei Bergman partea a II-a • Catharsis. Slăbiciunea Victoriei Bergman partea a III-a*
Erik Valeur . . . . *Al șaptelea copil*
Jakob Vedelsby . . . . *Legea umanității*

www.raobooks.com | www.facebook.com/rao.editura
office@rao.ro | libraria.rao@rao.ro